울 2

사 일 로 연 대 기
PART 1

울 2

휴 하위 지음 | 이수현 옮김

시공사

일러두기

· 본문의 각주는 모두 옮긴이 주이다.

· 《울》은 2012년 사이먼&슈스터사의 페이퍼백을 바탕으로 2013년에 번역 출간한 후, 이번 개정판을 내면서 손질했다. 《시프트》와 《더스트》는 2020년 새로 출간된 매리너판을 번역 대본으로 삼았다.

· 소설에 인용된 성경 구절은 《개역개정 성경》을 따랐다.

앰버에게

차례

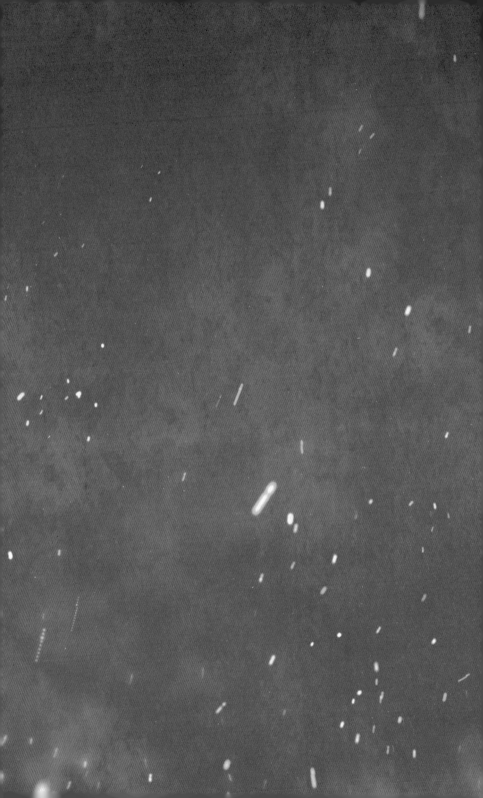

4부

풀어지다

31

로메우스와 줄리엣의 비극적인 이야기*

길은 멀었고, 줄리엣의 어린 마음에는 더 멀었다. 그 작은 발로 직접 디딘 걸음은 몇 계단 되지도 않는데, 부모님과 함께 몇 주는 여행한 기분이 들었다. 인내심이 없는 어린아이에게는 모든 일에 영원한 시간이 걸리고 어떤 기다림이든 고문이기 마련이었다.

줄리엣은 아빠의 어깨에 목말을 탔다. 아빠의 턱을 꽉 붙잡고 두 다리로 아빠의 목을 휘감았다. 너무 높아져서 위층 계단에 부딪치지 않게 고개를 숙여야 했다. 머리 위에서 낯선 사람들이 디딤판을 밟는 소리가 울리고, 녹 부스러기가 떨어져 눈에 들어갔다.

줄리엣은 눈을 깜박이며 아빠의 머리카락에 얼굴을 문질렀다. 신이 나기는 했어도, 아빠의 어깨가 들썩이며 흔들리는 통에 제대로

---

* 영국 시인 아서 브룩의 장편시. 셰익스피어가 이 시를 개작하여 쓴 희곡 《로미오와 줄리엣》이 더 잘 알려져 있다. 제목은 아서 브룩의 작품이지만, 4부에서 쓰인 각 장의 인용구들은 셰익스피어의 희곡에서 따온 것이다.

있을 수가 없었다. 아빠가 허리가 아프다고 불평하자 줄리엣은 엄마의 등에 업혀서 또 몇 층을 내려갔다. 엄마의 목을 안고 손가락을 얽은 채, 어린 머리통을 축 늘어뜨리고 잠에 빠져들었다.

여행의 소리들은 즐거웠다. 발소리, 엄마와 아빠가 어른들의 일을 의논하는 리듬감 있는 운율. 정신이 흐려졌다가 깨어날 때마다 두 분의 목소리도 멀어졌다가 가까워졌다.

여행은 흐릿한 기억들로 이루어진 안개가 되었다. 열린 문으로 새어 나오는 돼지들의 울음소리에 잠을 깬 줄리엣은, 그들이 정원을 둘러볼 때까지도 아직 몽롱하다가 달콤한 냄새를 맡고서야 완전히 깨어나 밥을 먹었다. 점심인지 저녁인지는 잘 알 수 없었다. 아빠의 품에서 어두운 침대 안으로 미끄러져 들어가고 밤새 뒤척이지도 않았다. 그리고 다음 날 아침에는 집과 거의 똑같은 아파트 안, 처음 보는 사촌 옆에서 깨어났다. 주말이었다. 손위 아이들이 학교 갈 준비를 하는 대신 복도에서 큰 소리로 놀고 있어서 알 수 있었다. 차가운 아침 식사를 먹은 후에 줄리엣은 부모님과 함께 계단으로 돌아갔고, 하루가 아니라 평생 여행을 한 듯한 느낌도 돌아왔다. 그리고 낮잠이 부드럽게 시간을 지워나갔다.

또 하루가 지나고 그들은 측량할 수 없이 깊은 사일로의 100번째 층계참에 도착했다. 줄리엣은 마지막 한 계단을 직접 디뎠다. 엄마와 아빠가 양쪽에서 손을 잡고, 그게 어떤 의미가 있는지 말해줬다. 이제 '심층'이라는 곳에 왔다고 했다. 사일로 아래쪽 3분의 1을 그렇게 불렀다. 부모님은 99층 계단의 마지막 디딤판에서 100층의 층계참으로 내려서는 줄리엣의 졸음에 겨운 다리를 잡아주었다. 아빠는 사람들이 바쁘게 오가는 열린 문 위에 커다랗게 칠해놓은 그 놀라운 세 자릿수를 가리켰다.

100

두 개의 동그라미가 줄리엣의 마음을 사로잡았다. 마치 처음 세상을 보는 듯 크게 뜬 눈동자 같았다. 줄리엣은 아빠에게 벌써 그렇게 큰 숫자도 셀 수 있다고 말했다.

"알고 있단다. 넌 정말 영리한 아이니까." 아빠가 말했다.

줄리엣은 두 손으로 아빠의 강인하고 거친 손을 꽉 붙잡고 엄마를 따라 시장 안으로 들어갔다. 사방에 사람들 천지였다. 시끄러웠지만, 좋은 느낌으로 시끄러웠다. 사람들이 저마다 자신의 소리를 전달하려고 목청을 돋우면서 행복한 소음이 허공을 채웠다. 꼭 선생님이 나간 직후의 교실 같았다.

줄리엣은 길을 잃을까 무서워서 아빠에게 매달렸다. 두 사람은 엄마가 치트를 점심 식사로 교환하는 동안 기다렸다. 엄마는 주문한 음식을 받기 위해 가판대 몇 군데를 들러야 했다. 아빠는 어떤 남자에게 말을 해서 줄리엣이 울타리 안으로 몸을 기울여 토끼를 만져볼 수 있게 해줬다. 토끼의 털은 너무나 부드러워서, 꼭 그 자리에 있는 것 같지 않았다. 토끼가 고개를 돌리자 줄리엣은 무서워서 얼른 손을 물렸지만, 토끼는 보이지 않는 무엇인가를 씹으면서 지루하다는 듯이 줄리엣을 쳐다볼 뿐이었다.

시장은 영원히 계속되는 것 같았다. 둥글게 빙 돌아 이어져 있어, 색색의 어른들 다리 사이로 시야가 트여도 끝을 알아볼 수 없었다. 옆으로는 더 많은 가판대와 천막들로 꽉 차서 점점 좁아지는 통로

들이 색깔과 소리의 미로 속에서 복잡하게 이어졌지만 줄리엣은 어느 통로로도 가볼 수 없었다. 어린 줄리엣이 처음 보는 네모난 계단들이 있는 곳에 도착할 때까지 줄리엣은 부모님과 붙어 있었다.

"조심하렴." 엄마가 계단을 오르게 도와주면서 말했다.

"내가 할 수 있어요." 줄리엣은 고집스럽게 말하면서도 엄마 손을 잡았다.

"두 명에 아이 하나요." 아빠가 계단 꼭대기에서 말했다. 이미 꽉 찬 듯한 상자 속으로 치트가 떨어지는 땡그랑 소리가 들렸다. 아빠가 문을 통과할 때 보니, 한 남자가 알록달록한 옷을 입고 너무 커서 축 늘어진 우스꽝스러운 모자를 쓴 채 상자 옆에 서 있었다. 줄리엣은 엄마가 한 손을 등에 대고 귓가에 아빠를 따라가라고 속삭이면서 문을 통과시키는 동안 그 남자를 더 자세히 보려고 했다. 남자는 고개를 돌려 모자에 달린 종을 흔들고, 혀를 옆으로 내밀면서 우스꽝스러운 표정을 지어 보였다.

줄리엣은 소리 내어 웃었지만, 앉아서 먹을 자리를 찾는 동안에도 반쯤은 그 낯선 남자를 무서워하고 있었다. 아빠가 가방에서 얇은 침대보를 꺼내어 널찍한 벤치 위에 펼쳤다. 엄마는 줄리엣이 침대보 위에 올라가기 전에 신발을 벗게 했다. 줄리엣은 아빠의 어깨를 잡고 서서 아래에 있는 널찍한 공간을 향해 층층이 내려가는 벤치와 의자들을 내려다보았다. 아빠는 그 널찍한 공간을 '무대'라고 부른다고 했다. 심층부에서는 모든 것이 다른 이름을 가졌다.

"저 사람들 뭐 하는 거예요?" 줄리엣이 물었다. 무대 위에서는 문지기처럼 알록달록한 옷을 입은 사람들 몇 명이 허공에 말도 안 되게 많은 공을 던져 올리면서도 하나도 땅에 떨어뜨리지 않았다.

아빠가 웃었다. "곡예란다. 연극을 시작하기 전까지 우리를 즐겁게 해주려는 거야."

줄리엣은 연극이 시작되기를 바라지 않았다. 이거였다. 이걸 보고 싶었다. 곡예사들은 서로 공과 쇠고리들을 주고받았고, 줄리엣은 지켜보면서 자기도 팔을 풍차처럼 돌렸다. 쇠고리가 몇 개인지 세어보려 했지만 쉴 새 없이 움직여 셀 수 없었다.

"점심 먹어야지." 엄마가 과일 샌드위치를 건네며 말했다.

줄리엣은 넋을 잃었다. 곡예사들이 공과 쇠고리들을 치우고 서로를 쫓아다니다가 넘어지며 바보같이 굴기 시작하자, 줄리엣은 어느 아이 못지않게 큰 소리로 웃었다. 그러면서 계속 엄마와 아빠를 보며 무대를 보고 있는지 확인했다. 두 분의 소매를 잡아당기기도 했지만, 부모님은 그저 고개만 끄덕이며 계속 대화하고, 먹고, 마셨다. 다른 가족이 근처에 자리를 잡았다. 줄리엣보다 나이가 많은 남자아이도 곡예사들을 보고 웃음을 터뜨리자, 줄리엣은 갑자기 동료가 생긴 것 같아 더 크게 소리를 지르기 시작했다. 곡예사들은 줄리엣이 이제까지 본 제일 화려한 존재였다. 언제까지라도 볼 수 있었다.

그러나 조명이 어두워지면서 연극이 시작되었고, 연극은 상대적으로 지루했다. 기운찬 칼싸움으로 멋지게 시작했지만 곧 이상한 말이 잔뜩 나오고 남자와 여자가 줄리엣의 부모님처럼 서로를 바라보며 괴상한 말로 대화를 했다.

줄리엣은 잠들어버렸다. 꿈에서 100개는 될 법한 색색의 공과 쇠고리들이 사일로 안을 날아다니며 사방에서 줄리엣을 감쌌는데, 결코 손에 닿지는 않았고, 쇠고리들은 시장 층의 층계참에 있는 숫자처럼 둥글었다. 줄리엣은 휘파람 소리와 박수 소리에 깨어났다.

부모님은 우스꽝스러운 옷을 입고 선 남자가 무대 위에서 몇 차례 허리를 굽히며 인사하는 동안 일어서서 소리를 질렀다. 줄리엣은 하품을 하고 옆 벤치의 남자아이를 쳐다보았다. 그 아이는 엄마의 무릎을 베고 입을 벌린 채 자고 있었다. 엄마가 박수를 칠 때마다 아이의 어깨가 흔들렸다.

침대보를 걷어 챙긴 후 아빠는 줄리엣을 데리고, 칼싸움하던 사람들과 괴상하게 말하던 사람들이 관객과 이야기를 나누고 악수를 나누고 있는 무대로 내려갔다. 줄리엣은 곡예사들을 만나고 싶었다. 쇠고리를 허공에 띄우는 방법을 배우고 싶었다. 하지만 부모님은 머리카락을 땋아 둥글게 늘어뜨린 여자와 이야기를 할 수 있게 될 때까지 기다렸다.

"줄리엣." 아빠는 줄리엣을 무대 위로 들어 올리며 말했다. "우리 줄리엣을 만나봤으면 좋겠군요." 아빠는 이상한 머리 모양에 폭신폭신해 보이는 드레스를 입은 여자에게 손짓했다.

"그게 진짜 네 이름이니?" 그 여자는 무릎을 꿇고 줄리엣에게 손을 뻗으며 물었다.

줄리엣은 손가락을 깨물려 드는 토끼를 만난 것처럼 손을 뒤로 물렸지만, 고개는 끄덕였다.

"훌륭했어요." 엄마가 그 여자에게 말했다. 두 사람은 악수를 하고 인사를 나누었다.

"연극은 마음에 들었니?" 이상한 머리를 한 여자가 물었다.

줄리엣은 고개를 끄덕였다. 그래야 할 것 같았다. 거짓말을 해도 괜찮다는 걸 느낄 수 있었다.

"아이 아빠와 처음 데이트를 했을 때 이 연극을 보러 왔었죠." 엄마가 말하며 줄리엣의 머리를 쓰다듬었다. "우리의 첫아이에게 로메우스 아니면 줄리엣이라는 이름을 붙이려고 했어요."

"그렇다면 딸이어서 다행인데요." 여자는 미소 지으며 말했다.

부모님은 웃음을 터뜨렸고, 줄리엣은 같은 이름을 가진 이 여자가 덜 무서워지기 시작했다.

"혹시 사인을 받을 수 있을까요?" 아빠가 줄리엣의 어깨를 놓고 가방 안을 뒤졌다. "여기 어디 프로그램이 있는데⋯⋯."

"이 어린 줄리엣에게 대본을 주는 건 어떨까요?" 여자는 줄리엣을 보고 미소 지었다. "글자는 배우고 있니?"

"난 100까지 셀 수 있어요." 줄리엣은 자랑스럽게 말했다.

여자는 잠시 말이 없다가 미소를 지었다. 줄리엣은 여자가 일어서서 무대를 가로지르는 동안 멜빵바지로는 전혀 상상할 수 없는 방식으로 흐르는 드레스를 지켜보았다. 여자는 커튼 뒤에 들어갔다가 놋쇠 핀으로 묶어 고정한 작은 종이책을 가지고 돌아왔다. 여자는 줄리엣의 아빠에게 목탄 조각을 받아 들고 책 표지에 그녀의 이름을 크고 둥글둥글하게 적었다.

여자는 그 종이 묶음을 줄리엣의 작은 손에 쥐여주었다. "네가 이걸 가졌으면 좋겠구나, 사일로의 줄리엣."

"아, 그럴 수는 없어요. 이렇게 많은 종이를⋯⋯." 엄마가 사양했다.

"다섯 살밖에 안 된 아입니다." 아빠도 말했다.

"전 또 있어요. 저희는 종이를 직접 만들거든요. 이건 이 아이가 가졌으면 좋겠네요." 여자는 두 사람을 안심시켰다.

그 여자는 손을 뻗어 줄리엣의 뺨을 만졌고, 이번에는 줄리엣도 몸을 뒤로 빼지 않았다. 종이책을 넘겨보면서 인쇄된 글자들 말고도 옆면 여기저기에 적힌 동글동글한 손 글씨들을 보느라 바빴다. 한 단어에 거듭해서 동그라미가 쳐져 있었다. 다른 단어는 잘 몰랐지만 이 단어는 읽을 수 있었다. 그녀의 이름이었다. 정말 많은 문장 앞에 찍혀 있었다. 줄리엣이라고.

이게 그녀였다. 그리고 그 순간 왜 부모님이 여기까지 데려왔는지, 왜 이렇게 멀리 오래 걸어왔는지 깨닫고 그 여자를 올려다보았다.

"고맙습니다." 줄리엣은 예의를 갖춰 말했다.

그리고 조금 생각한 후에 덧붙였다.

"자버려서 죄송해요."

32

우울한 평화와 함께 온 오늘 아침.
태양도 슬픔 때문에 머리를 내밀지 않는구나.
자, 가서 이 슬픈 일들에 관해 좀 더 이야기해보자.
어떤 이는 사면받고, 어떤 이는 처벌받으리라.

루카스 인생에서 최악의 청소 날 아침이었다. 이번만은 유급 휴가를 반납하고 출근해 평소와 다름없는 날이라 여기고 싶기도 했다. 그는 겨우 기운을 끌어모아 침대 발치에 앉았다. 수많은 성도星圖 중 하나를 무릎 위에 올려놓고, 목탄 자국이 지워지지 않도록 가벼운 손길로 어느 별의 윤곽을 어루만졌다.

　다른 별들과는 달랐다. 다른 별들은 목격한 날짜와 위치와 강도 같은 세부 사항들로 꼼꼼하게 그린 격자 안의 단순한 점이었지만, 이건 그런 종류의 별이 아니었다. 그렇게 오래도록 존재한 별이 아니었다. 끝이 뾰족한 오각형의 별, 보안관 배지 모양이었다. 루카스는 어느 밤 그녀와 이야기를 나누면서 그 모양을 그렸던 일을 기억했다. 그녀의 가슴에 달린 금속 별이 계단에서 흘러나오는 약한 빛을 받아서 희미하게 반짝이던 일을 기억했다. 그녀의 마법 같은 목소리를, 그녀가 마음을 사로잡던 방식을, 그의 지루한 일상에 구름이 갈라지듯 예기치 않게 등장했던 일을 기억했다.

이틀 전 밤 유치장에서 그를 밀어내며 그의 마음을 덜 아프게 하려고 고개를 돌리던 모습도.

이제는 눈물도 더 남아 있지 않았다. 잘 알지도 못하는 여자를 위해 거의 밤새 눈물을 흘렸다. 그리고 이제는 하루를 어떻게 보낼지, 아니 인생을 어떻게 보낼지 생각했다. 그녀가 바깥에서 그자들을 위해 어떤 일이든 하고 있다는 생각을 하면, 청소를 한다는 생각을 하면 속이 뒤집혔다. 그래서 이틀 동안 식욕이 없었던 걸까. 억지로 먹는다 해도 내장 깊은 곳에서는 내려보내지 못하리라는 걸 그의 몸은 알고 있는 게 분명했다.

그는 성도를 옆에 내려놓고 손바닥에 얼굴을 묻었다. 너무 지친 나머지, 그냥 일어나서 일하러 가자고 스스로를 설득하면서도 그 자리에 그대로 있었다. 일을 하러 간다면 그래도 정신을 다른 데 팔 수는 있을 것이다. 지난주에 서버실 일을 어디에서 멈췄는지 기억하려고 해보았다. 또 고장 난 게 8번 타워였나? 새미는 제어판을 청소하자고 했지만, 루카스는 케이블에 문제가 있지 않나 생각했다. 이제 하던 일이 기억났다. 이더넷* 운영을 맞추고 있었다. 바로 그게 오늘 해야 할 일이었다. 휴일에 빈둥거리면서 어머니에게 말을 꺼냈다 뿐이지 아무 진전도 없었던 여자 때문에 실제로 몸이 아플 수도 있다는 걸 상기시키지만 않는다면 무슨 일이든 좋았다.

루카스는 일어서서 어제 입었던 작업복을 그대로 걸쳤다. 그리고 왜 일어섰더라 생각하면서 잠시 맨발을 내려다보고 서 있었다. 어

---

* 컴퓨터끼리 연결하는 근거리 통신망 기술.

디로 가고 있었지? 머릿속이 텅 비었고 몸은 마비되었다. 혹시 이렇게 꼼짝도 하지 않고, 내장이 마디마디 꼬인 채 평생 서 있을 수도 있을까. 결국에는 누군가가 그를 찾아내게 되겠지. 죽어서 뻣뻣하게 굳은 채 똑바로 선 시체 조각상을.

그는 고개를 내저어 이런 어두운 생각을 털어내고 신발을 찾았다.

그리고 찾아냈다. 하나의 성취였다. 루카스는 직접 옷을 입는다는 일을 해냈다.

그는 방을 나서서, 또 학교를 쉰다는 생각에 신이 나서 소리를 지르는 아이들과 그 아이들을 다독여 신을 신기고 옷을 입히려고 애쓰는 부모들 사이를 누비며 느릿느릿 층계참으로 걸어갔다. 이 소동은 루카스에게 배경 소음에 불과했다. 그녀를 보기 위해 한참을 내려갔다가 그보다 더 오래 걸려서 올라오느라 다리에 남은 통증처럼 웅웅거리는 소리일 뿐이었다. 그는 아파트 층계참으로 나가면서 습관처럼 1층 식당을 향해 올라가고 싶다는 충동을 느꼈다. 지난주 내내 했던 생각을 또 떠올릴 수밖에 없었다. 그녀를 보러 꼭대기로 올라갈 수 있게 또 하루를 잘 보내자는 생각.

문득 아직도 그럴 수 있다는 생각이 들었다. 루카스는 해돋이보다는 해넘이와 별들을 더 좋아하는 사람이었지만, 그녀를 보고 싶다면 그저 식당까지 걸어 올라가서 풍경을 훑어보기만 하면 될 일이었다. 새로운 시체가 있겠지. 빌어먹을 구름 사이로 흘러나오는 태양의 약한 빛을 받아 아직은 반짝거릴 새 보호복을 입은 시체가.

머릿속에 그 장면을 뚜렷하게 떠올릴 수 있었다. 불편하게 대자로 뻗은 그녀의 모습을. 뒤틀린 다리, 고정된 팔, 한쪽 옆으로 돌려진 채 사일로를 보는 헬멧. 더 서글픈 것은, 수십 년이 지난 후 외로운 노인이 되어 그 회색 벽 스크린 앞에 앉아 성도 대신 풍경을 그리고 있을 스스로의 모습이었다. 똑같은 풍경만 그리고 또 그리면서, 아마도 부패해 사라졌을 시신을 찾고, 똑같은 자세를 스케치하는 동안 떨어지는 눈물이 목탄을 진흙으로 바꿔놓겠지.

루카스도 가엾은 만스와 비슷해지리라. 묻어줄 사람도 없이 죽은 부보안관을 생각하자, 줄리엣이 했던 마지막 말이 떠올랐다. 누군가를 찾으라고, 자기처럼 되지 말라고, 절대 외롭게 살지 말라고.

그는 50층의 서늘한 철제 난간을 잡고 몸을 기울였다. 아래를 내려다보니, 땅속 깊이 뚫고 내려가는 계단을 볼 수 있었다. 56층 층계참이 보였다. 그 사이에 있는 층계참들은 보이지 않는 각도로 튀어나와 있을 것이다. 거리를 가늠하기는 힘들었지만 그 정도면 충분하고도 남았다. 82층까지 내려갈 필요도 없었다. 대부분의 투신자들은 그곳에서 뛰어내리면 99층까지 깨끗하게 떨어질 수 있어서 좋아했지만 말이다.

순간, 팔다리를 벌리고 날아서 아래로 떨어지는 자신의 모습이 보였다. 층계참에는 떨어지지 못하겠지. 어딘가 난간에 걸려서 반동강이 나겠지. 아니면 조금 더 멀리 뛰면, 머리를 잘 조준하면 빨리 끝내버릴 수도 있을 것이다.

그는 추락을, 끝을 정말 생생하게 그려보고 솟구치는 아드레날린과 찌르르한 두려움을 느끼며 몸을 바로 세웠다. 주위를 슬쩍 둘러보고, 아침 통행인 중에 누군가가 그를 지켜보고 있는지 확인했다. 루카스는 예전에 난간 너머를 넘겨다보는 어른들을 본 적이 있었다. 그럴 때면 늘 저 사람들 머릿속에 나쁜 생각이 지나가고 있구나 생각했었다. 사일로 안에서 자라는 동안, 층계참에서 실제로 물건을 던지는 건 아이들뿐이라는 걸 알게 되었기 때문이었다. 나이가 들면, 쥘 수 있는 것은 모두 꽉 쥐고 있어야 한다는 걸 알게 된다. 하지만 결국, 사라져버린 것은 다른 무언가였다. 사일로의 심장부를 관통해 떨어져버려 뒤따라 뛰어내리고 싶게 한 것은 그 사라져버린 무언가였다.

운반인의 서두르는 발걸음으로 층계참이 흔들렸다. 맨발이 철 디딤판을 때리는 소리가 이어지더니 나선을 그리며 가까워졌다. 루카스는 난간에서 몸을 떼어내고 그날 무엇을 할지 생각하려고 했다. 어쩌면 그냥 침대 안으로 다시 기어 들어가 멍한 상태로 몇 시간을 때우는 게 나을지도 몰랐다.

루카스가 의욕을 조금이라도 불러일으키려고 하는 동안, 속도를 빨리하던 운반인이 날듯이 지나쳐 갔고, 루카스는 순간 그 소년의 얼굴이 경악으로 일그러져 있음을 보았다. 운반인이 빠르고 무모한 속도로 사라져간 후에도 그 걱정스러운 얼굴은 루카스의 마음속에 선명하게 꽂혀 있었다.

그리고 루카스는 알았다. 운반인 소년의 발이 타닥타닥 소리를 내며 빠르게 땅속 깊이 멀어지는 동안, 그는 아침에 무슨 일이 일어났음을 깨달았다. 꼭대기에서 무슨 일이 생겼다. 청소에 대해 뉴스거리가 생겼다.

희망의 씨앗. 그를 독살하거나 질식시킬까 봐 아는 척도 하지 않으려 했던, 깊숙이 묻어두었던 소망의 씨앗이 싹을 틔우기 시작했다. 어쩌면 청소가 집행되지 않았을지도 모른다. 그녀의 추방을 재고한 걸까? 기계부 사람들이 탄원서를 올려 보냈지. 그녀를 구하기 위해 수백 명이 자기들 목숨을 걸고 서명을 했다. 심층부의 그런 정신 나간 행동이 판사들을 누그러뜨린 걸까?

그 작은 희망의 씨앗은 뿌리를 내렸다. 루카스의 가슴속에 덩굴처럼 뻗어가며 어서 달려 올라가서 직접 보아야겠다는 마음을 불러일으켰다. 그는 난간을 놓고, 시름에 잠겨 뛰어내린다는 꿈도 버리고 아침 군중 사이로 밀고 올라갔다. 이미 운반인이 뛰어 내려간 길을 따라 속삭임이 퍼져나가고 있었다. 눈치를 챈 사람은 루카스 혼자가 아니었다.

그리고 위로 올라가는 사람들 사이에 합류하면서 그는 며칠 전의 운동으로 아프던 다리가 멀쩡해졌음을 깨달았다. 그는 앞에서 천천히 움직이는 가족을 추월하려다가 뒤에서 커다랗게 울리는 무전기 소리를 들었다.

루카스가 고개를 돌리자 몇 단 아래에서 작은 마분지 상자를 끌어안고 있는 마시 부보안관이 보였다. 이마에 땀이 반들반들해서 엉덩이께에 찬 무전기를 잡으려고 더듬거리고 있었다.

루카스는 멈춰 서서 난간을 잡고, 중층부 부보안관이 올라오기를 기다렸다.

"마시!"

부보안관은 마침내 무전기 볼륨을 줄이고 위를 올려다보았다. 그는 루카스를 보고 고개를 끄덕였다. 두 사람은 옆으로 지나쳐 올라가는 노동자 한 명과 그의 그림자에게 길을 비켜주느라 난간을 붙잡았다.

"무슨 소식이에요?" 루카스가 물었다. 그는 부보안관을 잘 알았고, 공짜로 소식을 알려줄 만한 사람이라는 것도 알았다.

마시는 이마를 닦고, 안고 있던 마분지 상자를 반대쪽 팔로 옮기며 불평했다. "그 버나드라는 친구가 오늘 아침엔 아주 날 몰아대는구먼. 이번 주에는 이미 계단을 충분히 오르내렸단 말이야!"

"아니, 청소는 어떻게 됐냐고요. 운반인 하나가 방금 유령이라도 본 얼굴로 급하게 내려가던데요."

마시 부보안관은 계단을 슥 올려다보았다. "그 여자 물건을 얼른 34층으로 가져오라는 명령이야. 행크도 나한테까지 가져오느라 죽을 뻔했지." 그는 머물 여유가 없다는 듯이 계단을 오르기 시작했다. "이봐, 잘리지 않으려면 난 계속 움직여야 해."

루카스가 그의 팔을 잡았다. 짜증 난 사람들이 그 옆으로 비집고 지나가고 드물게 아래로 가는 여행자들과 간신히 교차하면서 두 사람 아래쪽으로 통행이 정체되었다. "청소는 된 거예요, 안 된 거예요?" 루카스는 끈질겼다.

마시는 난간에 기대어 늘어졌다. 무전기에서 조용히 말소리가 튀어나왔다.

"안 됐어." 마시가 속삭인 순간, 루카스는 날아갈 듯한 기분이었다. 사일로의 콘크리트 심장부와 계단 사이를 수직으로 날아올라서 층계참 주위를 빙빙 돌고, 한 번에 50층도 올라갈 수 있을 것만 같았다.

"나가기는 했는데, 청소는 안 했어." 마시가 말했다. 낮은 목소리였지만, 루카스의 꿈을 가르고도 남을 만큼 날카로운 내용이었다. "언덕을 넘어가버렸어."

"잠깐만요. 뭐라고요?"

마시가 고개를 끄덕이자 코끝에서 땀방울이 떨어졌다. 그는 소리를 줄여놓은 무전기처럼 낮은 소리로 말했다. "완전히 보이지 않

는 데까지 가버렸어. 이제 난 그 여자 물건을 버나드에게 가져가
야……."

"제가 할게요." 루카스가 두 손을 내밀었다. "전 어차피 34층으
로 가요."

마시는 상자를 움직였다. 그 불쌍한 부보안관은 언제라도 쓰러질
것 같았다. 루카스는 이틀 전에 유치장에 있는 줄리엣을 보기 위해
빌었을 때처럼 애원했다. "제가 가지고 올라가게 해주세요. 버나드
는 신경 쓰지 않을 거예요. 버나드와 전 좋은 친구 사이거든요. 부
보안관님과 저도 언제나 그렇잖아요."

마시 부보안관은 입술을 닦고 생각하더니 살짝 고개를 끄덕였다.

"보세요, 전 어차피 올라가요." 루카스가 말했다. 온몸에 넘실대
는 감정의 파도 때문에 집중하기 힘든 상태였지만, 그는 지친 마시
의 손에서 천천히 상자를 받아 들었다. 계단 통행자들의 소리는 배
경 소음으로 물러났다. 줄리엣이 아직 사일로 안에 있을지도 모른다
는 생각은 사라졌지만, 줄리엣이 청소를 하지 않았다는 소식, 언덕
너머로 넘어갔다는 소식에는 다른 감정이 차올랐다. 별들의 지도를
그리고 싶어 하는 그의 일면을 건드리는 소식이었다. 그것은 아무도
줄리엣이 썩어가는 모습을 지켜보지 않아도 된다는 의미였다.

"조심해서 가져가야 해." 마시가 이제는 루카스의 품에 안긴 마
분지 상자에 눈을 고정시키고 말했다.

"목숨 걸고 지킬게요. 절 믿으세요."

마시는 알았다고 고개를 끄덕였다. 그리고 루카스는 줄리엣의 소
지품이 부드럽게 덜그럭거리는 상자를 가슴팍에 꼭 껴안고, 청소
를 축하하러 올라가는 사람들을 앞질러서 서둘러 계단을 올랐다.

33

자네가 예전에 뱉은 탄식이 내 나이 든 귀에 아직 울리는데.

전기 기술자 워커는 어수선한 작업대 위로 허리를 굽히고 확대경을 조정했다. 그 크고 둥글납작한 렌즈는 62년 인생 대부분을 쓰고 지내지 않았다면 불편했을 것이 뻔한 금속 테로 머리에 고정되어 있었다. 렌즈를 제 위치에 밀어 넣자 초록색 전자판에 붙은 작은 검은색 칩 모양이 선명해졌다. 검은색 전자 칩의 몸체에서 거미처럼 휘어져 나온 은색의 금속 다리들, 은빛으로 얼어붙은 강철 웅덩이 속에 갇힌 모양새의 작은 발을 낱낱이 볼 수 있었다.

워커는 발로 흡입 벌브를 누르면서 제일 가느다란 납땜인두 끝으로 은색 점을 찔렀다. 전자 칩의 작은 발 주위를 둘러싼 금속이 녹아서 빨대로 흘러나왔다. 이제 작은 다리 열여섯 개 중에 하나가 풀린 셈이었다.

그는 정신을 다른 데 돌리려고 밤새도록 타버린 전자 칩들을 뜯어내고 있었다. 워커가 다음으로 넘어가려는데, 새로운 운반인이 복도를 잽싸게 달려가는 발소리가 들렸다. 쉽게 가려낼 수 있는 소리였다.

워커는 전자판과 뜨거운 인두를 작업대에 떨어뜨리고 서둘러 문으로 향했다. 뛰어가는 아이를 보고 문설주를 잡은 채 몸을 내밀었다.

"운반인!" 그가 외치자 소년은 마지못해 멈춰 섰다. "무슨 소식이냐?"

아이는 소년답게 하얀 이를 드러내고 웃었다. "대형 소식이 있죠. 하지만 1치트는 내셔야 해요."

워커는 정떨어진다고 투덜거리면서도 작업복에 손을 넣었다. 그는 아이를 손짓해 부르며 말했다. "너 샘슨인가 하는 녀석 맞지?"

아이가 고개를 힘차게 끄덕이자 젊은 얼굴 위로 머리카락이 춤을 추었다.

"글로리아 밑에서 그림자 노릇을 하지 않았더냐?"

아이는 워커의 덜그럭거리는 주머니에서 나온 은색 치트를 눈으로 따라가며 다시 고개를 끄덕였다.

"글로리아는 가족도 없고 인생도 없는 늙은이를 불쌍히 여겼지. 글로리아라면 날 믿고 소식을 알려줬을 게다."

"글로리아는 죽었어요." 아이는 손바닥을 내밀며 말했다.

"죽었지." 워커는 한숨을 내쉬며 말했다. 그는 아이가 내민 손바닥에 치트를 떨어뜨리고, 소식을 내놓으라며 검버섯 핀 손을 흔들었다. 그는 전부 다 알고 싶어 죽을 지경이었고 10치트라도 기꺼이 지불할 용의가 있었다. "자세히 말해라, 얘야. 하나도 빠뜨리지 말고."

"청소가 안 됐어요, 워커 씨!"

워커의 심장박동이 한 박자 멈췄다. 소년은 다시 뛰어가려고 어깨를 돌렸다.

"가만있어봐라, 녀석아! 청소가 안 됐다니, 무슨 뜻이냐? 줄리엣이 풀려난 거냐?"

운반인 소년은 고개를 저었다. 제멋대로 긴 머리는 계단을 오르내리며 휘날리기에 어울리게 생겼다. "아뇨. 거부했어요!"

그런 사실을 안다는 기쁨으로 아이의 눈에는 전기가 흐르는 듯했고, 웃음은 크게 피어났다. 그 아이가 사는 동안에는 아무도 청소를 거부한 적이 없었다. 워커가 사는 동안에도 그랬다. 아마 한 번도 그런 일이 없었을 것이다. 줄리엣에 대해 자랑스러운 마음이 솟아올랐다.

아이는 잠시 기다렸다. 어서 뛰어가고 싶은 모양이었다.

"또 다른 소식이 있냐?" 워커가 물었다.

샘슨은 고개를 끄덕이고 워커의 주머니로 시선을 던졌다.

요즘 젊은것들이란, 워커는 넌더리를 내며 긴 한숨을 내쉬었다. 그리고 한 손을 주머니에 넣으며 초조하게 반대쪽 손을 까닥였다.

"가버렸어요, 워커 씨!"

아이는 워커의 손바닥에서 치트를 낚아챘다.

"가버리다니? 죽었다는 거냐? 제대로 말을 해!"

치트를 작업복 안으로 집어넣으며 샘슨은 이를 번득였다. "아니죠. 언덕 너머로 가버렸어요. 청소도 하지 않고 그냥 곧바로 걸어가서 보이지 않는 곳으로 넘어갔다니까요. 도시로 가버렸어요. 버나드 씨가 전부 다 봤대요!"

젊은 운반인은 제 흥에 겨워 때릴 것이 필요했는지 워커의 팔을 철썩 때렸다. 그는 얼굴에 흘러내린 머리카락을 걷어내고 활짝 웃더니, 몸을 돌리고 이야깃거리 덕분에 가벼워진 발과 무거워진 주머니로 늘 다니던 길을 달려갔다.

워커는 문간에 멍하니 서 있었다. 그는 세상 밖으로 넘어지지 않으려고 문설주를 단단히 잡았다. 흔들리는 몸으로 그 자리에 서서 전날 밤에 밖으로 밀어낸 접시 더미를 내려다보았다. 그리고 어깨너머로 밤새 그를 부르던 헝클어진 침대를 보았다. 납땜인두에서 아직 연기가 오르고 있었다. 그는 이제 곧 첫 번째 근무조가 발소리와 시끌벅적한 소리를 울려댈 복도에서 등을 돌리고, 불이 나지 않도록 인두의 전원을 뽑았다.

그는 잠시 그 자리에 서서 줄스를 생각하고, 지금 들은 소식을 생각했다. 줄스가 그의 편지를 제때 받았을지, 그 편지가 그녀를 생각하며 자신의 마음속 깊이 느낀 것과 같은 끔찍한 두려움을 조금이라도 줄여주었을지 궁금했다.

워커는 문간으로 돌아갔다. 심층부가 동요하고 있었다. 그는 문지방을 넘어 밖으로 나가서 이 전례 없는 사태에 동참하고 싶다는 강력한 욕구를 느꼈다.

곧 셜리가 그에게 아침 식사를 가져다주고 전날의 접시를 치우러 올 것이다. 셜리를 기다렸다가 잠시 대화를 나눌 수도 있었다. 이 무모한 충동은 지나갈 것이다.

하지만 기다린다는 생각을 하니, 시간이 주문서처럼 쌓여가는데도 줄리엣이 얼마나 멀리까지 갔는지, 다른 사람들은 줄리엣이 청소를 하지 않았다는 사실에 어떻게 반응할지 모른다고 생각하니, 당장 행동에 나설 수밖에 없었다.

워커는 한쪽 발을 들고 문지방 너머로 뻗어서, 속박이 없는 땅 위로 잠시 들어 올리고 있었다.

그는 심호흡을 하고, 앞으로 넘어질 뻔한 몸을 멈췄다. 갑자기 대담무쌍한 탐험가가 된 기분이었다. 그렇게 그는 40년이 넘도록 나가지 않았던 익숙한 복도를 불안정하게 걸어갔다. 한 손으로는 강철 벽을 쓸면서, 도무지 본 기억이 나지 않는 모퉁이를 돌아.

워커는 거대한 미지의 세계를 향해 나아가는 또 한 명의 늙은 영혼이 되었다. 그곳에서 무엇을 찾게 될지 생각하니 머리가 어지러웠다.

34

저 하늘 높은 곳에도 내 슬픔의 밑바닥을 들여다보는
동정심은 없는 건가요?
오, 다정한 어머니, 절 버리지 마세요!

사일로의 육중한 강철 문이 갈라지고, 성난 쉭 소리와 함께 거대한
아르곤 구름이 피어올랐다. 압축되어 있던 기체가 더 따뜻하고 밀
도 낮은 공기와 만나면서 거품을 피우는 바람에 난데없이 구름이
생성되는 것처럼 보였다.

줄리엣 니컬스는 그 좁은 틈에 한쪽 발을 끼웠다. 문은 아르곤이
빠져나가는 틈으로 들어올 치명적인 독소를 저지하도록 살짝만 열
렸기 때문에, 그녀는 몸을 옆으로 돌리고 두꺼운 문에 커다란 보호
복을 비비면서 억지로 비집고 나가야 했다. 곧 에어록을 채울 맹렬
한 불길밖에 생각할 수 없었다. 그 불길이 등을 훑으면서 어서 밖으
로 도망치라고 밀어내는 것 같았다.

그녀는 나머지 한 발을 끌어당겼다. 그리고 그 순간 갑작스럽게
바깥에 있는 스스로를 발견했다.

바깥이었다.

헬멧을 쓴 머리 위에는 구름과 하늘, 보이지 않는 별들밖에 없었다.

쉿쉿거리는 아르곤 안개 속을 뚫고 느릿느릿 앞으로 나아가니, 바람이 끌어모아둔 먼지가 두껍게 쌓인 경사로가 올려다보였다. 사일로 꼭대기 층이 땅 밑에 있다는 사실은 잊어버리기가 쉬웠다. 보안관 사무실과 식당에서 보이는 풍경이 사일로가 지상에 서서 거친 바람을 맞고 있다는 환상을 만들어냈는데, 그건 사실 센서가 지상 위에 있기 때문이었다.

줄리엣은 가슴팍에 달린 숫자를 내려다보고 해야 할 일을 기억했다. 고개를 숙이고 부츠만 보면서 터벅터벅 경사로를 올라갔다. 스스로가 어떻게 움직이는지도 잘 알 수 없었다. 실제로 처형에 맞닥뜨리고 나니 무감각해진 것일까? 아니면 자기보호 본능? 에어록에 닥칠 지옥으로부터 벗어나려는 단순한 움직임? 몇 초 후의 미래도 생각할 수 없음을 알기에 그녀의 몸이 피할 수 없는 순간을 조금이라도 지연시켜보려 하는 걸까?

경사로 끝에 다다르자, 줄리엣의 머리는 거짓 속으로, 화려하고 장대한 허상의 세계로 들어갔다. 초록색 풀이 새로 깐 카펫처럼 언덕을 뒤덮었다. 하늘은 취하도록 푸르렀고, 구름은 고급 리넨처럼 새하얘졌으며, 허공에는 날아다니는 것들이 흩어져 있었다.

줄리엣은 제자리에서 한 바퀴 돌면서 그 화려한 장관을 받아들였다. 마치 어렸을 때 읽은 책 속에 떨어진 기분이었다. 동물들이 말을 하고 아이들이 날아다니고 회색이라고는 찾을 수 없는 그런 책 말이다.

사실이 아닌 줄 알면서도, 8인치에 2인치짜리 거짓을 통해 보고 있다는 사실을 알면서도, 믿고 싶다는 유혹이 너무나 강렬했다. 믿고 싶었다. IT부의 기만적인 프로그램에 대해 아는 바를 잊고, 워커와 함께 의논했던 내용도 다 잊고, 그곳에 존재하지 않는 부드러운 풀밭에 쓰러져서 존재하지 않는 생명 속을 굴러다니고, 우스꽝스러운 보호복을 벗어버리고 행복한 비명을 지르며 거짓 풍경 속을 누비고 싶었다.

줄리엣은 두 손을 내려다보고, 두꺼운 장갑 속에서 주먹을 힘껏 쥐었다가 풀었다. 이것이 그녀의 관이었다. 무엇이 진짜이고 무엇이 IT부와 보호복 바이저가 드리운 거짓 희망인지 기억하려고 애쓰느라 생각이 흩어졌다. 하늘은 진짜가 아니었다. 풀은 진짜가 아니었다. 그녀의 죽음이 진짜였다. 언제나 알고 지내던 추한 세상이 진짜였다. 그리고 잠시 동안 그녀는 원래 해야 할 일이 있었음을 기억해냈다. 청소를 하기로 되어 있었다.

줄리엣은 몸을 돌려 센서 탑을 처음으로 보았다. 튼튼한 강철과 콘크리트 덩어리로, 녹슬고 구멍이 송송 뚫린 사다리가 한쪽 옆면을 따라 올라갔다. 탑 표면에는 센서 포드들이 사마귀처럼 튀어나와 있었다. 줄리엣은 가슴팍에 손을 뻗어서 수세미를 하나 뜯어냈다. 워커가 보낸 편지가 계속 마음속에서 흔들렸다. '두려워 마라.'

거친 울 수세미를 잡고 보호복 팔에 문질러보았다. 보호복에 감긴 열 테이프는 벗겨지지 않았다. 언젠가 그녀가 IT부에서 훔쳤던 열 테이프, 쉽게 떨어지도록 만들어졌던 그 테이프처럼 망가지지 않았다. 이건 줄리엣이 언제나 일할 때 쓰던, 기계부가 설계한 열 테이프였다.

'공급부 친구들은 좋아.' 워커가 편지에서 그랬다. 좋다는 건 공급부 '사람들'에 대한 말이었다. 몇 년 동안이나 줄리엣이 제일 필요로 할 때 예비 부품을 손에 넣게 도와주었던 그들이 이렇게 놀라운 일을 해준 것이다. 그녀가 추방을 향해 사흘 낮 동안 계단을 오르고 각기 다른 유치장에서 외로운 사흘 밤을 보내는 동안, 그들은 IT부의 재료를 기계부 재료와 바꿔치기했다. 그들은 각 부서의 부품 주문을 가장 기만적인 방법으로 이행했고, 그건 분명히 워커의 부탁대로였을 것이다. 자기들도 모르는 사이에 IT부는 이번만큼은 손상되지 않고 유지되는 보호복을 만들었다.

줄리엣은 미소 지었다. 확실히 죽는다 해도 그 시간은 늦춰졌다. 그녀는 센서들을 한참 바라보다가 손가락에 힘을 풀고, 울 수세미를 가짜 풀밭 위로 떨어뜨렸다. 제일 가까운 언덕을 향해 몸을 돌리고, 정말로 그곳에 있는 풍경 위에 투사된 가짜 색깔들과 생명의 층들을 최대한 무시하려고 노력했다. 거짓 풍경이 주는 행복감에 굴하는 대신, 부츠가 촘촘한 흙을 밟는 느낌에 집중하고, 성난 바람이 보호복을 뒤흔드는 느낌에 주의를 기울이고, 사방에서 날아드는 모래 알갱이가 헬멧을 때리는 희미한 소리에 귀를 기울였다. 주위에는 무서운 세상이 펼쳐져 있었다. 집중하면 흐릿하게 알 수 있는 세상, 그녀가 알지만 이제는 볼 수 없는 세상이.

줄리엣은 가파른 경사면을 오르기 시작했고 대충 지평선 너머에서 반짝이는 대도시 쪽으로 방향을 잡았다. 도시까지 가겠다는 생각은 별로 없었다. 그저 아무도 그녀가 썩어가는 모습을 볼 수 없도록, 그래서 별 사냥꾼 루카스가 그녀의 움직임 없는 모습을 볼까 두려워서 해거름 녘에 올라오지 못하는 일이 없도록 언덕 너머에서 죽고 싶을 뿐이었다.

그리고 문득, 그저 걷고 있다는 사실에, 목적이 있다는 사실에 기분이 나아졌다. 그녀는 보이지 않는 곳까지 갈 것이다. 그건 무너져 내리고 있을 가짜 도시보다 훨씬 확실한 목표였다.

언덕을 반쯤 오르다가 줄리엣은 바위 두 개와 마주쳤다. 피해서 돌아가려다 문득 그곳이 어디인지 깨달았다. 비탈 두 개가 만나는 제일 완만한 길을 따라 올라왔으니, 여기가 가장 무시무시한 거짓이 누워 있는 곳이었다.

홀스턴과 앨리슨. 바이저의 마법에 가려지고, 바위라는 신기루에 덮여 있었다.

아무런 할 말이 없었다. 볼 것도 없고, 할 말도 없었다. 그녀는 언덕 아래를 내려다보고 풀 속에 간간히 누운 바윗돌들을 알아보았다. 그 위치는 우연이 아니라 예전 청소부들이 쓰러진 자리였다.

이 슬픈 풍경을 뒤로하고 줄리엣은 몸을 돌렸다. 시간이 얼마나 남았는지, 그녀의 시체를 보고 흡족해할 자들과 슬퍼할 몇 사람에게서 몸을 숨기려면 얼마나 걸릴지 알 도리가 없었다.

사흘 동안 사일로를 오르느라 아직도 아픈 다리로 언덕 꼭대기를 향해 올라가면서, 줄리엣은 IT부의 기만적인 베일이 처음으로 찢어지는 모습을 목격했다. 아래쪽으로 언덕에 가려져서 보이지 않았던 하늘과 먼 도시가 시야에 들어왔다. 프로그램의 틈이, 그 거짓의 한계가 보이는 것 같았다. 멀리 보이는 돌기둥들의 윗부분은 온전한 모양새를 갖춘 채 가짜 햇빛을 받아 반짝였지만, 그 선명한 유리창과 번쩍이는 강철들 아래에는 우중충하게 문드러져가는 버려진 세상이 놓여 있었다. 그녀는 그 건물들의 아랫부분을 똑바로 볼 수 있었다. 무거운 상부의 모습이 투사되어 언제 무너져도 이상하지 않을 것 같았다.

그 옆으로, 프로그램에서 추가된 낯선 건물들이 건물 하부도, 토대도 없이 검은 하늘을 아래에 두고 허공에 매달려 있었다. 바이저의 프로그램이 끝에 다다른 곳이 선명한 파란색 경계선이 되어 똑같은 어두운 풍경, 회색 구름과 생명이 살지 않는 언덕들이 낮은 지평선을 따라 펼쳐졌다.

줄리엣은 IT부의 조작이 불완전한 이유가 무엇일까 생각했다. 자기들도 언덕 너머에 무엇이 있는지 몰라서, 무엇을 변형해야 하는지 추측할 수 없었던 걸까? 아니면 아무도 이렇게 멀리까지 오지 못할 테니 굳이 애쓸 필요가 없다고 생각했을까? 이유가 무엇이든, 비논리적이고 조화되지 않은 풍경 때문에 어지러웠다. 그녀는 풍경 대신 자기 발만 보면서 녹색으로 칠해진 언덕의 마지막 걸음을 딛고 정상에 도착했다.

꼭대기에서 줄리엣은 몸을 뒤흔드는 심한 돌풍에 잠시 멈춰 섰다. 기류에 따라 몸을 기울일 수밖에 없었다. 지평선을 훑어보니 두 세계가 갈라지는 지점에 서 있었다. 앞으로 내려가는 비탈길 아래, 한 번도 본 적 없는 풍경 속에는 먼지와 건조한 흙, 흩뿌리는 바람과 작은 회오리바람들, 사람을 죽일 수 있는 공기로 이루어진 황량한 세계가 놓여 있었다. 여기는 새로운 땅이었건만, 이제까지 마주친 어떤 풍경보다 더 익숙해 보였다.

그녀는 몸을 돌리고 막 올라온 길을 따라 부드러운 산들바람에 흔들리는 키 큰 풀밭, 가끔씩 그녀를 향해 고개를 까딱거리는 꽃들, 머리 위에 펼쳐진 눈부신 푸른 하늘과 반짝이는 흰 구름들을 돌아보았다. 유혹적이지만 거짓된, 사악한 조작이었다.

줄리엣은 이 환상에 마지막으로 감탄의 시선을 던졌다. 그녀는 언덕들 한가운데에 움푹 팬 둥근 땅이 사일로의 평평한 지붕 윤곽을 드러내고 있음을 알 수 있었다. 나머지 부분들은 모두 땅속 깊숙이 묻혀 있었다. 주위로 솟아오른 땅 때문에 마치 배고픈 신이 땅을 한 숟가락 크게 퍼낸 듯한 모양새였다. 그녀는 무거운 마음으로, 이제는 자신이 자란 세상으로부터 격리되었음을 실감했다. 고향과 친구들은 잠긴 문 뒤에 안전하게 남겨두고 이제 자신의 운명을 받아들여야 했다. 그녀는 그곳에서 쫓겨났다. 남은 시간은 짧았다. 그래서 줄리엣은 매혹적인 풍경과 눈부신 색채에 등을 돌리고 먼지투성이의 죽어버린, 진짜 세상을 마주했다.

언덕을 내려가면서 줄리엣은 보호복 안의 공기를 조심스럽게 들이마셨다. 워커가 시간을 선물했다는 건 알고 있었다. 그녀에게는 이전의 어느 청소부도 갖지 못했던 시간이 주어졌다. 하지만 얼마나 많은 시간일까? 그리고 무엇을 위한 시간일까? 그녀는 이미 목적을 이루었고, 센서의 시야에서 벗어났는데, 왜 아직도 걷고 있을까? 왜 이 낯선 언덕을 비틀거리며 내려가는 걸까? 관성 때문에? 중력에 이끌려서? 미지의 세상을 보려고?

그녀는 무너져가는 도시 쪽으로 대충 방향을 잡고 비탈을 조금 내려가다가 앞에 펼쳐진 낯선 풍경을 살펴보려고 멈춰 섰다. 높은 곳에 있으니 그녀의 마지막 산책이자 첫 여행을 위해 메마른 땅에 높이 솟아오른 모래언덕들을 어디로 가로지를지 길을 고를 수 있었다. 그 순간, 멀리 보이는 무너져가는 도시를 보던 그녀는 자신의 사일로가 움푹 팬 땅에 자리 잡은 것이 우연이 아니었음을 알았다. 멀리까지 펼쳐진 언덕들에는 뚜렷한 패턴이 있었다. 둥그런 그

룻 모양의 땅이 차례차례 이어지고, 그런 분지를 둘러싸고 솟아오른 언덕들이 마치 숟가락으로 떠낸 자리를 부식성 바람에서 지키고 있는 듯했다.

그런 생각을 하며 줄리엣은 발을 조심스럽게 디디면서 다음 분지로 내려갔다. 큰 돌들을 걷어차고 숨을 골랐다. 물이 넘친 오수 탱크 깊숙이 들어가서 일해보고, 건장한 남자들도 움츠러드는 흙탕물 속을 헤엄치면서 배수관을 뚫어본 경험이 있는 그녀였기에 침착해야 공기를 아낄 수 있음을 알고 있었다. 보호복 안에 이 분지를 가로질러 다음 언덕까지 올라갈 공기가 있을까 생각하면서 줄리엣은 눈을 들었다.

그리고 분지 한가운데에 솟아오른 가느다란 탑을 보았다. 노출된 금속 부분이 흐릿한 햇빛을 받아 반짝였다. 바이저 내장 프로그램도 이곳 풍경은 건드리지 않았으니, 헬멧을 통해 가공되지 않은 현실이 들어올 터였다. 그런데 이 눈에 익은 센서 탑을 보고 있자니 의아해졌다. 혹시 한 바퀴를 돈 것일까? 언덕 꼭대기에서 너무 여러 번 살펴본 탓에 방향을 잘못 잡은 걸까? 사실은 이미 지나간 땅을 다시 밟으며 사일로를 향해 돌아가고 있던 걸까?

흙 속에서 썩어가는 죽은 청소부의 모습이 그 점을 뒷받침해주는 것 같았다. 보호복은 거의 윤곽만 남아서 끈과 헬멧의 껍데기만 겨우 보일 정도였다.

멈춰 서서 발끝으로 헬멧의 둥근 부분을 건드리자 헬멧이 무너지면서 움푹 꺼졌다. 그 안에 들었던 살과 뼈는 오래전에 바람에 날려간 후였다.

줄리엣은 잠든 부부를 찾아서 언덕 아래를 보았지만, 두 언덕 사이에 팬 골짜기는 어디에도 보이지 않았다. 갑자기 어리둥절하고 길을 잃은 기분이었다. 결국 공기가 밀봉과 열 테이프를 뚫고 들어온 것일까, 두뇌가 유독한 공기에 굴복한 것일까 생각해보았지만, 아니었다. 도시는 아까보다 가까워졌고, 다가가고 있는 건물들은 아직도 파란 하늘과 눈부신 구름 떼를 이고 온전하게 반짝이는 모습으로 그 실루엣을 드러냈다.

그렇다면 아래쪽에 보이는 이 탑은…… 그녀의 사일로 탑이 아니라는 뜻이었다. 그리고 이 모래언덕들, 죽은 흙으로 이루어진 이 거대한 둔덕들은 바람을 막기 위해서 만들어진 것도, 공기의 흐름을 저지하기 위해서 만들어진 것도 아니라는 뜻이었다. 이 언덕들은 호기심 많은 눈을 가리기 위해 존재했다. 이 풍경을, 이 모습을 다른 사람이 보지 못하게 하려고.

35

하나, 둘, 그리고 셋에는 네 가슴팍을 겨누고…….

루카스는 작은 상자를 품에 꼭 끌어안고 38층 층계참으로 올라갔다. 사무실과 상점들, 플라스틱 공장, 그리고 작은 정수 처리장 하나가 뒤섞여 있는 층이었다. 문을 밀고 들어간 그는 청소 때문에 조용한 복도를 서둘러 걸어서 주 펌프 제어실에 이르렀다. IT부의 마스터키로 안에 들어갈 수 있었다. 제어실 안에는 화요일의 유지 보수 일정으로 눈에 익은 키 큰 컴퓨터 캐비닛이 있었다. 루카스는 문에 달린 작은 창으로 빛이 새어 나갈까 머리 위 전등을 켜지 않았다. 대신 높은 서버 받침대와 벽 사이로 미끄러져 들어가서 바닥에 주저앉은 다음, 작업복에서 손전등을 꺼냈다.

루카스는 야간등의 부드러운 붉은 불빛 속에서 상자 뚜껑을 살살 벗겨내고 내용물을 드러냈다.

죄책감이 몰려왔다. 그 감정이 기대감과 발견의 흥분, 친밀한 설렘에 구멍을 냈다. 상사를 거역했다거나 마시 부보안관에게 거짓

말을 했기 때문도, 중요하다는 말을 들은 물건의 배달을 늦추었기 때문도 아니었다. 그녀의 물건을 더럽힌다는 죄책감이었다. 그녀의 운명을 되새기는 물건들. 여기에 줄리엣의 유해가 있었다. 사라져버린 그녀의 시신이 아니라, 그녀가 살았던 인생의 파편이라는 의미에서의 유해.

그는 무거운 한숨을 내쉬고, 그냥 뚜껑을 닫고 내용물을 잊어버릴까 고민하다가 그 물건들이 어차피 어떻게 될지를 생각했다. 아마 그의 IT부 친구들이 유품을 헤집어놓을 것이다. 상자를 뜯어 열고 사탕을 나누는 아이들처럼 물건을 교환하고 그녀의 기억을 훼손할 것이다.

그는 뚜껑을 좀 더 열고 직접 그녀를 기리기로 결심했다.

손전등 불빛을 조정해서 맨 위에 전선으로 감아놓은 사일로 증서 뭉치를 보았다. 꺼내어 넘겨보니 휴가증이었다. 수십 장이었다. 그는 종이 뭉치를 코에 가져다 대고 상자에서 스며 나오는 톡 쏘는 기름 냄새에 잠겼다.

휴가증 아래에는 기한이 지난 식권이 몇 장 있었고, 신분증 배지 한쪽이 비죽 튀어나와 있었다. 루카스는 금색으로 만들어진 보안관 배지에 손을 뻗었다. 흩어진 카드들 속에서 다른 신분증을 찾아보았지만, 아직 다른 색깔의 기계부 신분증은 없는 모양이었다. 그녀가 한 가지 죄목으로 해고되고 나서 다른 죄목으로 죽음에 내몰리기까지의 시간이 그만큼 짧았다.

그는 잠시 신분증에 있는 사진을 뜯어보았다. 그가 기억하는 그대로, 최근의 모습 같았다. 머리를 단단히 뒤로 묶어 늘어뜨린 모습. 목 양쪽으로 빠져나온 곱슬머리를 보고 처음 그녀가 일하는 모습을 보았던 밤을 기억할 수 있었다. 긴 머리를 뒤로 땋아 늘이고 빛의 웅덩이 속에 혼자 앉아서, 앞에 놓인 서류들을 한 장 한 장 들여다보고 있었다.

그는 손가락으로 사진을 쓸다가 그녀의 표정을 보고 웃었다. 이마에 주름을 잡고 눈을 가늘게 뜬 얼굴이 마치 사진사가 무엇을 하려고 하는지, 도대체 왜 이렇게 오래 걸리는지 알아내려는 듯한 표정이었다. 그는 울음으로 변해가는 웃음소리를 참으려고 입을 막았다.

다른 증서와 카드들은 상자 안으로 돌아갔지만, 신분증은 줄리엣의 고집스러운 합의를 얻었다는 듯 그의 작업복 가슴에 달린 주머니로 미끄러져 들어갔다. 다음으로 눈길을 끈 물건은 새것처럼 보이는, 그의 것과 약간 다른 은색 다용도 칼이었다. 그는 줄리엣의 다용도 칼을 집어 들고, 뒷주머니에 있는 자신의 다용도 칼을 꺼냈다. 두 개를 비교해보면서 그녀의 것에서 몇 가지 도구를 뽑아보고 그 매끄러운 움직임과 부착 도구가 제자리로 돌아갈 때 나는 깔끔한 딸깍 소리에 감탄했다. 그는 잠시 시간을 들여 지문을 닦아내고 살짝 녹아내린 고무줄 포장을 벗겨낸 다음, 두 개의 다용도 칼을 바꿔치기했다. 그녀를 생각할 수 있는 도구를 몸에 지니고, 그의 것은 창고 안으로 사라지든가 고마워할 줄 모르는 낯선 이들의 손에 들어가게 놓아두기로 했다.

루카스는 발소리와 웃음소리에 얼어붙었다. 그는 숨을 멈추고 누군가가 들어오는 순간을, 머리 위 전등불이 확 켜지는 순간을 기다렸다. 옆에서 서버 컴퓨터가 찰칵대며 윙윙거렸다. 복도에서 나던 소리는 잦아들고, 웃음소리는 멀어졌다.

너무 운을 밀어붙이는 줄은 알지만 상자 안에는 봐야 할 물건이 더 있었다. 그는 다시 안을 뒤적여서 화려한 나무 상자를 하나 찾아냈다. 값비싼 골동품이었다. 손바닥보다 조금 큰 정도였는데, 잠시 시간을 들여서 상자를 열 방법을 알아냈다. 뚜껑을 열고서 처음 본 물건은 여자 결혼반지였다. 순금일 수도 있겠지만 확실히 알아보기는 힘들었다. 손전등에서 흘러나오는 붉은빛이 색채를 씻어내고 모든 것을 흐릿하게 생명력 없어 보이도록 만든 탓이었다.

새겨진 글귀를 찾아보았지만 아무것도 찾지 못했다. 흥미로운 물건이었다, 이 반지는. 분명히 그가 알고 지낸 동안 줄리엣은 반지를 낀 적이 없었다. 친척의 물건일까, 아니면 폭동 이전부터 전해져 내려온 물건일까. 그는 반지를 나무 상자 안에 다시 집어넣고 안에 든 다른 물건에 손을 뻗었다. 팔찌인가? 아니, 팔찌가 아니었다. 꺼내보니 손목시계였다. 시계 앞면이 너무 작아서 보석이 박힌 끈에 파묻힌 모양새였다. 루카스는 시계 문자판을 들여다보았고, 곧 그의 눈 아니면 붉은 손전등 불빛이 장난을 치고 있음을 깨달았다. 아니, 그게 아닌가? 그는 확인해보려고 더 자세히 들여다보았다. 그리고 어처구니없을 정도로 가느다란 바늘이 째깍거리며 시간을 가리키고 있음을 알았다. 이 시계는 움직이고 있었다.

이런 물건을 감춘다는 게 얼마나 큰일인지, 그걸 가지고 있다가 들통이 나면 무슨 일이 일어날지 생각해보기도 전에 루카스는 시계를 앞주머니에 밀어 넣었다. 그는 나무 상자 안에 홀로 놓인 반지를 바라보고 잠시 머뭇거리다가 이것 역시 주머니에 챙겼다. 마분지 상자 안을 뒤져 바닥에 흩어진 치트를 몇 개 모은 뒤 골동품 상자 안에 집어넣고 꽉 닫아서 다시 넣었다.

무슨 짓을 하고 있는 걸까? 그는 머리에서부터 턱을 따라 흘러내리는 땀방울을 느낄 수 있었다. 바쁘게 돌아가는 컴퓨터 뒷면의 열기가 더 강해진 것 같았다. 그는 한쪽 어깨를 들어 흘러내리는 땀을 눌러 닦아냈다. 상자 안에는 아직 물건이 더 있었고, 그는 계속 봐야만 했다. 어쩔 수가 없었다.

작은 수첩을 찾아내어 넘겨보았다. 해야 할 일 목록이 차례로 이어졌고, 하나같이 깔끔하게 줄이 그어져 있었다. 그는 수첩을 집어넣고 상자 바닥에 놓인 종잇조각에 손을 뻗었다가, 그것이 종이 한 장이 아님을 깨달았다. 놋쇠 죔쇠로 묶어놓은 두꺼운 종이 묶음이었다. 맨 위에는 수첩에 적힌 것과 비슷한 필체로 이렇게 적혀 있었다.

주 발전기 제어실 운영 설명서

재빨리 종이를 넘겨보니 이해하기 힘든 도표들과 여백에 강조해서 적어둔 글자들이 보였다. 시간이 흘러도 제어실 운영 방법을 돌이킬 수 있게 정리해두었거나, 아니면 다른 사람에게 유용한 안내 자료로 쓰려고 직접 만든 설명서 같았다. 펄프 단계를 거치지 않고 재활용한 종이였다. 그냥 원래 종이 뒷면에 설명을 적은 것이었다. 그는 종이를 넘겨서 반대편에 찍힌 글귀를 확인했다. 가장자리에 흘려 쓴 글씨가 남았고 한 이름에 반복해서 동그라미를 쳐두었다.

줄리엣. 줄리엣. 줄리엣.

설명서를 뒤집어서 맨 뒤를 살펴보니, 그쪽이 원래 맨 앞면이었다. '로메우스와 줄리엣의 비극적인 이야기'라고 적혀 있었다. 연극 대본이었다. 들어본 적이 있었다. 그의 앞에서 서버의 심장부에 자리한 냉각 팬이 움직이며 따뜻한 실리콘 칩과 전선 위로 바람을 불어냈다. 그는 이마에 맺힌 땀을 닦고 하나로 묶인 대본을 상자 안에 다시 넣었다. 그 위에 나머지 물건들을 깔끔하게 정돈하고 마분지 상자 뚜껑을 다시 접어 끼웠다. 루카스는 서둘러 일어서면서 손전등을 끄고 주머니에 다시 밀어 넣었다. 손전등은 줄리엣의 다용도 칼 옆에 자리를 잡았다. 그는 한쪽 팔 아래에 상자를 끼고, 반대쪽 손으로 가슴팍을 두드리면서 그녀의 손목시계와 반지와 사진이 들어간 신분증을 만져보았다. 모두 그의 가슴에 단단히 붙어 있었다.

루카스는 고개를 내저었다. 대체 무슨 생각을 하고 있는 걸까. 작고 컴컴한 방을 살그머니 빠져나가는 그의 뒷모습을 불빛들이 깜박이는 키 큰 계기판이 지켜보고 있었다.

36

눈이여, 네 마지막을 보아라!
팔이여, 네 마지막 포옹을 하여라! 그리고 입술이여,
오, 너 호흡의 문이여, 정당한 입맞춤으로
마음을 빼앗는 죽음과 불후의 계약을 확정 지어라!

사방이 시체였다. 줄리엣은 먼지와 흙을 뒤집어썼고, 바람 속에 사는 독성을 지닌 무엇인가에 먹혀 닳아버린 보호복에 발이 걸리는 일도 갈수록 많아졌다. 그러다가 시체들이 한데 뒤섞인 돌무더기처럼 끊임없이 이어지기 시작했다. 몇몇은 그녀와 비슷한 보호복을 입고 있었지만, 대부분은 부식되어 갈기갈기 찢긴 넝마를 입은 모습이었다. 바람이 그녀의 부츠 사이를 지나 시체들 쪽으로 불자, 천 조각들이 심층부 물고기 농장의 해초처럼 나부꼈다. 그 시체들을 다 둘러갈 수가 없게 되자 줄리엣은 그냥 유해들을 타 넘으면서 센서 탑에 점점 다가갔다. 시체가 필시 수백 구는 되었고, 어쩌면 수천 구에 이를 수도 있었다.

이들은 줄리엣의 사일로에서 나온 사람들이 아니었다. 아무리 뻔한 사실이라 해도, 그 깨달음에는 깜짝 놀랄 수밖에 없었다. '다른' 사람들이라니. 그 사람들이 죽었다는 사실은 이토록 가까운 곳에 사람들이 살고 있었는데도 전혀 알지 못했다는, 영혼을 뒤흔드는 현실의 충격을 약화시키지 못했다. 줄리엣은 사람이 살 수 없는 진공을 어떻게 해서든 건너간 사람, 아마도 처음으로 한 세상에서 다른 세상으로 건너간 사람이었고, 여기에는 낯선 영혼들, 그녀의 세상과 너무나 가깝고 너무나 비슷한 세상에서 죽은 그녀와 똑같은 사람들의 무덤이 있었다.

줄리엣은 부서진 바위처럼 빽빽하게 쌓여 서로 구분할 수도 없어진 시신들 사이를 뚫고 지나갔다. 가끔은 시신이 높이 쌓여 있어서 길을 신중하게 골라야 했다. 이 '다른' 사일로로 내려가는 경사로에 접근하려다 보니 시신을 한두 구 밟고 넘어가야 했다. 아무래도 사람들이 빠져나오려고 허둥거리며 서로를 타 넘다가, 진짜 언덕으로 가려는 미친 시도 끝에 자기들끼리 작은 언덕을 만들어버린 모양이었다. 하지만 아래로 내려가는 경사로 끝에 도착한 그녀는 강철로 만든 에어록 문 앞에 몰린 시체들을 보고 그들이 나오려던 게 아니라 다시 들어가려다가 죽었음을 깨달았다.

임박한 죽음이 온몸으로 다가왔다. 지속적으로 죽음을 의식한다는 것은, 피부를 갉아 들어가고 온몸의 구멍마다 예민하게 느껴지는 새로운 감각이었다. 그녀도 곧 이 시체들과 같은 모습이 될 테지만 이상하게 두렵지가 않았다. 언덕 정상에서 그런 두려움은 이미 지나쳤다. 지금은 새로운 땅에서 새로운 것들을 보고 있으니, 끔찍하지만 감사해야 할 선물이었다. 호기심이 그녀를 앞으로 몰아세웠다. 어쩌면 그것은 서로 다투던 자세 그대로 굳어버린 이 군중, 서로를 밀치고 헤엄을 쳐서 아래에 있는 문에 도달하려 했던 이 사람들이 보여주는 본능 그대로인지도 몰랐다.

줄리엣은 그 사람들 속을 헤엄쳤다. 필요할 때는 헤치고 걷기도 했다. 부서지고 텅 빈 시체들을 밟고, 뼈를 걷어차고 유해를 흩어 놓으면서 살짝 열린 문을 향해 나아갔다. 문의 강철 이빨 사이에 한 사람이 끼어 있었다. 한쪽 팔은 안에, 한쪽 팔은 바깥에 두고, 회색 으로 메마른 얼굴 속에 내보내지 못한 비명을 가둔 채, 텅 빈 눈구 멍 두 개로 하늘을 보고 있었다.

줄리엣도 그들 가운데 한 명이었다. 여기 보이는 다른 사람들과 같았다. 그녀는 죽었거나 거의 죽은 목숨이었다. 하지만 다른 사람 들이 움직이다가 얼어붙은 반면에 그녀는 아직 밀고 나아갔다. 길 을 냈다. 헬멧 속에서 숨소리가 크게 들리고, 내쉰 숨결이 코앞 화 면을 뿌옇게 만드는 가운데 문틈에 낀 시신을 잡아당겼다. 몸의 절 반은 빠져나왔고, 나머지 절반은 문 안으로 부서져 내렸다. 가루가 된 시신이 일으킨 안개가 허공을 떠돌았다.

그녀는 그 문으로 한쪽 팔을 천천히 집어넣고 옆으로 몸을 밀어 넣었다. 어깨가 빠져나가고 다리도 빠져나갔지만, 헬멧이 걸렸다. 머리를 돌리고 다시 시도해보아도 헬멧은 여전히 문 사이에 꽉 끼 어 있었다. 강철 턱이 머리를 꽉 물고 헬멧의 무게를 지탱하여 몸이 반쯤 매달린 꼴이 되면서 잠시 공황 상태에 빠졌다. 문 안쪽에서 붙 잡고 몸을 당길 만한 물건을 찾으려고 팔을 허우적거렸지만, 상반 신이 낀 상태였다. 한쪽 다리는 안에, 한쪽 다리는 바깥에 있었다. 나머지 몸을 밀어 넣을 수도, 당길 수도 없었다. 갇혀버린 그녀는 안에 들어간 쓸모없는 한쪽 팔을 미친 듯이 휘저으며 가쁜 호흡으 로 남은 공기를 소모했다.

반대쪽 팔을 밀어 넣으려고 해보았다. 허리를 돌릴 수는 없었지만, 팔꿈치를 굽히고 배 위로 손가락을 미끄러뜨려서 배와 문 사이의 빡빡한 공간을 통과시킬 수는 있었다. 그녀는 손가락으로 강철문 가장자리를 움켜쥐고, 당겼다. 이 비좁은 공간에는 지렛대 역할을 할 물건이 하나도 없었다. 오직 손가락 힘과 악력뿐이었다. 줄리엣은 갑자기 죽고 싶지 않아졌다. 그런 모습으로 죽고 싶지는 않았다. 손가락으로 강철 턱 가장자리를 잡은 채 주먹을 쥐듯이 손을 말았다. 가해지는 힘으로 손가락 관절들이 큰 소리를 냈다. 그녀는 헬멧 속에서 고개를 홱 움직이고 그 망할 화면에 얼굴을 부딪칠 뻔해가면서 이리저리 비틀고 밀고 당긴 끝에 느닷없이 빠져나갔다.

한쪽 신발이 잠시 바닥 틈에 걸리는 통에 비틀거리면서 에어록 안으로 들어섰다. 균형을 잡으려고 팔을 마구 휘두르다가 새까맣게 탄 뼈 무더기를 걷어차서 검은 재 구름이 허공에 흩날렸다. 에어록의 소독용 불길에 붙들린 사람들의 유해였다. 줄리엣은 얼마 전에 떠난 방과 으스스할 정도로 비슷하게 생긴 불탄 방 안에 있었다. 충격적인 망상이 떠올라 지치고 놀란 마음이 어지러웠다. 어쩌면 그녀는 이미 죽었고, 이들은 그녀를 기다리는 유령이 아닐까. 어쩌면 그녀는 사일로의 에어록 안에서 산 채로 타버렸고, 이건 고통에서 벗어나기 위해 고안해낸 미친 꿈이며, 이제 영원히 이곳을 떠도는 유령이 되었는지도 몰랐다.

흩어진 유해들 사이를 뚫고 비틀거리면서 안쪽 문으로 다가가서 두꺼운 유리창에 머리를 눌렀다. 책상 앞에 앉은 피터 빌링스를 찾았다. 아니면 복도를 돌아다니는 홀스턴의 모습, 유령이 된 아내를 찾아 헤매는 유령의 모습이라도.

그러나 이건 같은 에어록이 아니었다. 줄리엣은 마음을 진정시키려 했다. 혹시 공기가 부족해지고 있는 걸까, 자기가 내뱉은 숨을 다시 마시면 뜨거운 모터가 뿜어내는 매연을 들이마실 때처럼 두뇌가 죽어가는 걸까.

문은 밀폐되어 있었다. 이건 현실이었다. 수천 명이 죽었지만, 그녀는 죽지 않았다. 아직은 아니었다.

문을 고정하는 커다란 바퀴를 돌리려고 해보았지만, 그 자리에서 굳었거나 안에서 잠근 모양이었다. 줄리엣은 사일로 보안관이나 식당 직원이 들을 수도 있다는 희망을 품고 유리창을 두드렸다. 안은 어두웠지만 분명히 누군가가 있을 거라는 생각이 떠나질 않았다. 사람들은 사일로 주위에 쌓이는 게 아니라 사일로 '안에' 사는 법이었다.

답은 없었다. 불도 켜지지 않았다. 커다란 바퀴에 몸을 기대고 만스가 가르쳐준 내용을, 에어록의 기계장치가 어떻게 작동하는지에 대한 설명을 떠올렸다. 하지만 너무도 오래전 일 같았고, 당시에는 중요하다고 생각하지도 않았었다. 그래도 기억나는 부분이 있기는 했다. 아르곤 세척과 불길이 지나간 다음에는 안쪽 문의 잠금쇠가 자동으로 풀리지 않았던가? 그래야 에어록 안을 닦을 수 있으니까. 만스가 그런 말을 했던 것 같았다. 어차피 불길이 훑고 지나간 다음에 누가 다시 안으로 들어올 수 있는 것도 아니지 않느냐는 농담을 했었다. 이게 진짜 기억일까, 아니면 스스로 지어낸 환상일까? 희망적인 생각일까, 산소가 부족해진 두뇌의 산물일까?

어느 쪽이든 문의 바퀴는 꿈쩍도 하지 않았다. 줄리엣이 온몸의 무게를 실어서 밀어보았지만 아무래도 잠긴 듯했다. 그녀는 뒤로 물러섰다. 청소부들이 죽기 전에 보호복을 입는 벤치가 앉으라고 유혹했다. 그녀는 걷느라, 안으로 들어가려고 애쓰느라 지쳤다. 그런데 왜 안으로 들어가려고 했더라? 그녀는 뚜렷한 답을 내지 못하고 그 자리에서 빙글 돌았다. 뭘 하고 있었더라?

공기가 필요했다. 무슨 이유에선지, 그녀는 사일로 안에 공기가 있을 거라고 생각했다. 헤아릴 수 없이 많은 시체들에서 흩어진 뼈무더기를 둘러보았다. 몇 명이나 죽은 걸까? 그걸 알아내기에는 뼈가 너무 뒤섞여 있었다. 두개골, 두개골을 세면 알 수도 있겠지. 그런 쓸데없는 생각을 하다가 고개를 내저었다. 확실히 제정신을 잃고 있었다.

마음속 깊숙이 도사린 어떤 부분이 말했다. '문에 달린 바퀴는 움직이지 않는 나사야. 굳어버린 볼트라고.'

그리고 어린 그림자 시절에 그녀는 굳어버린 볼트를 잘 풀기로 유명하지 않았던가?

줄리엣은 가능하다고 스스로를 타일렀다. 기름, 열, 지렛대. 그 세 가지가 움직이지 않는 금속을 움직이는 비밀이었다. 지금은 세 가지 다 없었지만, 그래도 주위를 둘러보았다. 바깥문을 비집고 다시 나갈 수는 없었다. 그런 긴장감을 한 번 더 견뎌낼 상태가 아니었다. 그러니 이 방밖에 없었다. 벽을 따라 고정된 벤치에 사슬 두 개가 걸려 있었다. 사슬을 흔들어보았지만 풀어낼 방법이 보이지 않았고, 어차피 그게 도움이 될지도 알 수 없었다.

구석에, 여러 개의 배출구 속으로 구불구불 이어져 올라가는 파이프가 있었다. 분명히 아르곤을 실어 나르는 파이프일 것이다. 그녀는 파이프를 손으로 단단히 감고 벽을 발로 밀면서 잡아당겼다.

배출구에 연결된 부분이 흔들렸다. 독성이 있는 공기에 부식되어 약해진 모양이었다. 줄리엣은 미소를 짓고, 이를 악물고 파이프를 뒤로 확 잡아당겼다.

파이프가 배출구에서 빠져나오면서 아래쪽이 구부러졌다. 그녀는 커다란 빵 조각 위에 선 들쥐처럼 흥분했다. 떨어진 파이프 끝을 잡고 앞뒤로 흔들면서 고정된 쪽을 구부리고 비틀었다. 금속이란 조금이라도 흔들 수 있다면, 그래서 오래 흔들기만 한다면 부러지게 되어 있었다. 파이프가 부러질 때까지 구부리고 구부리고 또 구부리면서 약해진 강철에서 나오는 열기를 느낄 수 있었다.

이마에 땀이 송글송글 맺히더니 바이저 화면으로 들어오는 희미한 빛을 받아 반짝였다. 땀방울이 코를 따라 떨어져서 스크린을 흐릿하게 만들었지만, 그래도 그녀는 당기고 밀고, 당기고 밀었다. 점점 더 정신없이, 절박하게.

파이프가 뚝 부러지는 바람에 깜짝 놀랐다. 헬멧에 희미한 펑 소리가 울렸을 뿐인데, 속이 빈 기다란 금속 막대가 생겼다. 한쪽 끝은 비틀리고 뭉개졌고, 반대쪽 끝은 완벽하게 둥글었다. 줄리엣은 이제 도구를 손에 들고 문 쪽으로 돌아섰다. 그녀는 옆에 매달릴 수 있을 만큼, 그러나 벽을 쓸지는 않을 만한 길이를 남겨두고 파이프를 바퀴 안에 관통시켰다. 그리고 장갑을 낀 두 손으로 파이프 끝을 잡고, 헬멧을 문에 대고 파이프 위로 허리를 굽혀 몸을 들어 올려 무게를 실었다. 그렇게 만든 지렛대 위에서 그녀는 몸에 반동을 주어 움직였다. 볼트를 풀어내는 것은 지속적인 힘이 아니라 급격한 동작이었다. 그녀는 파이프 끝을 향해 몸을 움직이면서, 파이프가 살짝 구부러지는 모습을 보고 혹시 문이 움직이기 전에 반으로 부러지는 게 아닐까 걱정했다.

지렛대의 힘을 최대로 쓸 수 있게 되자 그녀는 온 힘을 다해 몸을 위아래로 움직였고, 파이프가 부러지는 순간에는 욕을 내뱉고 말았다. 커다란 금속음이 보호복 안으로도 크게 울렸고, 곧 그녀는 바닥으로 떨어지면서 고통스럽게 팔꿈치를 찧었다.

파이프가 비스듬한 각도로 갈비뼈를 파고들었다. 줄리엣은 숨을 고르려고 애썼다. 땀이 바이저 스크린에 뚝뚝 떨어져서 시야를 흐렸다. 일어나서 보니 파이프는 부러지지 않았다. 그냥 미끄러져서 풀렸나 생각했지만, 아직 커다란 바큇살 사이를 관통하고 있었다.

믿을 수 없는 심정으로, 그러나 흥분해서 그녀는 파이프를 반대쪽으로 밀어냈다. 손으로 바큇살을 잡고, 몸을 기울여 힘을 실었다.

그리고 바퀴가.

움직였다.

37

지금은 날이 뜨거운 만큼, 피가 끓어오른다네.

복도 끝에 다다른 워커는 마음을 달래주는 좁고 제한된 복도를 벗어나서 기계부로 들어가는 넓은 현관 로비에 들어섰다. 로비에는 어린 그림자들이 가득했다. 무리를 지어서 자기들끼리 소곤거리고 있었다. 사내아이 셋이 한쪽 벽 근처에 쭈그리고 앉아서 치트를 노리고 돌을 던지고 있었다. 워커는 현관 로비 저편에 있는 식당에서 새어 나오는 몇 개의 뒤섞인 목소리를 들을 수 있었다. 그림자를 거느린 어른들은 이 어린 귀들을 내쫓고 어른의 일을 의논하곤 했다. 워커는 심호흡을 하고, 한 걸음 한 걸음에만, 앞으로 움직이는 발에만, 정복해야 하는 작은 바닥 타일 조각에만 집중하면서 이 저주받은 트인 공간을 서둘러 가로질렀다.

짧은 일생 같은 시간이 지나고, 그는 마침내 반대편 벽에 부딪쳐서 안심하고 강철판을 끌어안았다. 뒤에서 그림자들이 웃음을 터뜨렸지만, 워커는 신경도 쓰지 않을 만큼 겁에 질려 있었다. 그는 리벳으로 고정시킨 강철판에서 몸을 미끄러뜨려, 식당 문 가장자리를 잡고 안으로 몸을 끌어당겼다. 엄청난 안도감이 몰려왔다. 그의 수리점보다 몇 배 크기는 했지만 그래도 식당에는 가구와 사람들이 가득했다. 열린 문과 벽 사이에 몸을 붙이고 있으면 더 작은 방인 양 스스로를 속일 수도 있었다. 그는 바닥에 주저앉아서 쉬었다. 기계부의 남자와 여자들이 자기들끼리 언쟁을 하면서 불안한 목소리를 경쟁하듯 높이고 있었다.

"어차피 지금쯤이면 공기가 떨어졌을 거야." 릭이 말했다.

"그건 모르지." 셜리가 말했다. 다른 사람들과 비슷한 키라도 되려는 듯 의자 위에 서 있던 셜리가 좌중을 훑으며 다시 말했다. "보호복이 어느 정도 발전을 이뤘는지 모르잖아."

"그야 그놈들이 우리한테 말을 안 해주니 그렇지!"

"어쩌면 바깥 상황이 나아졌는지도 몰라."

이 마지막 발언에 방 안이 조용해졌다. 그 목소리가 위험을 무릅쓰고 한 번 더 입을 열어 익명을 포기하기를 기다리는지도 몰랐다. 워커는 마주 본 방향에 있는 사람들의 눈을 관찰했다. 두려움과 흥분이 뒤섞여 크게 뜬 눈이었다. 이중 청소가 몇 가지 터부를 없애버렸다. 그림자들은 내보냈다. 어른들은 과감하고 자유롭게 금지된 생각을 말하고 싶은 기분에 사로잡혀 있었다.

"정말로 바깥이 나아진 거면?" 다른 누군가가 물었다.

"겨우 2주 만에? 분명히 보호복이라니까! 보호복 문제를 해결한 거야!" 정유 기술자인 마크가 분노가 담긴 눈으로 다른 사람들을 둘러보았다. "분명해. 그놈들이 보호복 문제를 해결했으니 이제 우리에겐 기회가 있어!"

"무슨 기회?" 녹스가 나지막하게 으르렁거렸다. 기계부 우두머리는 테이블 앞에 앉아서 반백의 머리를 아침 식사 그릇에 처박고 있었다. "사람들을 더 내보내서 공기가 떨어질 때까지 언덕 사이를 헤매게 할 기회?" 녹스는 고개를 젓고 또 한 입을 떠먹더니, 숟가락으로 사람들 쪽을 찔렀다. "우리가 이야기해야 할 건 말이지." 그는 씹으면서 말했다. "엉터리 선거, 그 쥐새끼 같은 시장 놈, 그리고 우리가 여기 어둠 속에 처박혀 있다는 점이야!"

"놈들이 보호복 문제를 해결한 게 아니야." 워커는 아직도 트인 공간을 가로지르는 시련 때문에 숨이 가쁜 채로 낮게 말했다.

녹스가 턱수염을 훔치며 말을 이었다. "여기를 돌아가게 하는 건 바로 우리다. 그런데 그 대가로 뭘 얻지? 망가진 손가락과 쥐똥 같은 급료. 그리고 이제는? 이제는 우리 사람을 데려다가 우리는 관심도 없는 풍경을 유지하라고 밖으로 내보내지!" 녹스가 무지막지한 주먹으로 테이블을 내려치자 앞에 있던 그릇이 튀어올랐다.

워커는 목청을 가다듬었다. 그는 벽에 등을 대고 바닥에 쭈그리고 앉아 있었다. 아무도 워커가 들어오는 모습을 보지 못했고 처음 한 말도 듣지 못했다. 이제 그는 녹스 때문에 무섭도록 조용해진 방에서 다시 한번 시도했다.

"놈들이 보호복을 해결한 게 아니야." 이번에는 조금 더 크게.

의자 위에 선 셜리가 그를 보았다. 입이 떡 벌어졌다. 그녀는 워커 쪽을 가리켰고, 몇몇 다른 사람들도 그 손가락을 따라 고개를 돌렸다.

다들 입을 벌리고 그를 보았다. 워커는 아직도 숨을 고르려고 애쓰고 있었다. 반은 죽은 사람처럼 보일 게 분명했다. 수리점에 들를 때마다 워커에게 친절했던 젊은 배관공 코트니가 자리에서 일어나 서둘러 그의 곁으로 다가왔다. 놀라서 워커의 이름을 속삭이고는 그를 부축해 일으켜서 자기 자리에 가 앉게 했다.

녹스가 그릇을 밀어내더니 손바닥으로 테이블을 쳤다. "허, 이젠 사람들이 이 망할 동네 사방을 쏘다니는구먼. 안 그런가?"

워커가 소심하게 눈을 들어보니 늙은 기계부 감독이 턱수염 사이로 그에게 미소를 짓고 있었다. 다른 사람들도 수십 명이 한꺼번에 그를 보고 있었다. 워커는 반쯤 손을 흔들고 테이블을 내려다보았다. 갑자기 사람이 너무 많아졌다.

"고함 소리가 시끄러워서 일어나셨소, 노인장? 맥도 언덕 너머로 떠나시게?"

셜리가 의자에서 뛰어내렸다. "이런 세상에, 정말 죄송해요. 아침 식사 갖다드리는 걸 깜박했네." 셜리는 워커가 됐다고 손을 내저으려는데도 음식을 가져오려고 서둘러 부엌으로 향했다. 워커는 배고프지 않았다.

"그게 아니라……." 목소리가 갈라졌다. 워커는 다시 시도했다. "그 얘길 들어서 왔네." 그는 속삭였다. "줄스. 넘어갔다고." 그는 손을 구부려서 테이블 위에 상상 속의 언덕 모양을 만들었다. "하지만 IT부 놈들은 아무것도 하지 않았어." 워커는 마크와 눈을 맞추고 제 가슴팍을 두드렸다. "내가 했지."

구석에서 속삭이던 대화 소리들이 조용해졌다. 아무도 주스를 마시거나 움직이지 않았다. 다들 아직도 반쯤은 놀란 상태였다. 워커가 수많은 사람들 사이에 있다는 건 고사하고, 우선 수리점 바깥으로 나왔다는 것 자체가 놀라웠다. 워커가 마지막으로 돌아다녔을 때를 기억할 만큼 나이 든 사람은 아무도 없었다. 그들은 워커를 동굴 속에 살면서 그림자도 더 들이지 않겠다고 거부한 미친 전기 기술자로 알고 있었다.

"무슨 소리요?" 녹스가 물었다.

워커는 심호흡을 했다. 그리고 말을 꺼내려는데 셜리가 돌아와서 그의 앞에 숟가락을 찔러 넣은 뜨거운 오트밀 그릇을 놓아주었다. 워커가 좋아하는 대로 참으로 걸쭉한 오트밀이었다. 그는 양손으로 그릇을 감싸고 손바닥으로 온기를 느꼈다. 갑자기 수면 부족으로 인한 피곤이 밀려왔다.

"워커 아저씨?" 셜리가 물었다. "괜찮아요?"

워커는 고개를 끄덕이고 손을 내저은 다음, 고개를 들고 녹스와 눈을 마주쳤다.

"며칠 전에 줄스가 나한테 왔었네." 그는 자신감을 얻어서 고개를 끄덕거렸다. 얼마나 많은 사람이 지켜보고 있는지, 또는 머리 위 전등빛이 물기 어린 눈에 어떻게 반사되는지는 생각하지 않으려고 했다. "줄스에게는 보호복과 IT부에 대한 가설이 하나 있었지." 그는 한 손으로 오트밀을 휘저으면서 생각해서도 안 될 내용을 말하겠다는 결심을 단단히 했다. 하지만 그의 나이가 얼마던가? 왜 아직도 터부에 신경을 쓴단 말인가?

"그 열 테이프 기억나나?" 그는 첫 번째 근무조에서 일해서 줄리엣을 잘 아는 레이첼을 돌아보았다. 레이철은 고개를 끄덕였다. "줄스는 그게, 그 테이프가 쉽게 떨어진 게 우연이 아니라는 걸 알아냈어." 그는 혼자 고개를 끄덕였다. "줄스가 다 알아냈지, 줄스가."

그는 오트밀을 한 입 떠먹었다. 배가 고프지는 않았지만 뜨거운 숟가락을 혀에 대는 느낌이 좋았다. 방 전체가 조용히 기다렸다. 바깥에 있는 그림자들의 속삭임과 조용히 노는 소리가 희미하게 들릴 정도였다.

"난 수년간 공급부 부탁을 들어주었지." 그는 설명했다. "들어주고 또 들어줬어. 그래서 이번에 그 빚을 다 거둬들였지. 그들에겐 이걸로 빚은 없는 거라고 했어." 그는 모여 있는 기계부 사람들을 바라보았다. 뒤늦게 도착해서 안에 있는 사람들의 얼어붙은 표정을 보고 문간에 멈춰 선 사람들의 소리를 들을 수 있었다. "우린 예전에도 IT부의 보급선에서 물건을 빼낸 적이 있지. 나는 그랬어. 최고의 전자 부품과 전선은 다 그 보호복을 만들라고 그놈들에게 가고……."

"그 쥐똥 같은 놈들." 누군가가 중얼거렸고, 적지 않은 사람이 고개를 끄덕였다.

"그래서 난 공급부에게 내가 베풀었던 호의를 갚으라고 했지. 놈들이 그 아이를 데려갔다는 말을 듣자마자……." 워커는 잠시 멈추고 눈을 문질렀다. "그 말을 듣자마자, 호의를 베풀었던 사람들에게 전신을 보내서 그 망할 놈들이 달라는 물건은 뭐든 우리 물건으로 바꿔달라고 했어. 최고 중에 최고로. 그리고 아무도 모르게 해달라고 했지."

"노인장이 뭘 했다고?" 녹스가 물었다.

워커는 진실을 해방시킨다는 사실에 기쁨을 느끼며 몇 번이고 고개를 끄덕였다. "놈들은 그 보호복이 실패하도록 만들고 있었어. 내 생각에 바깥이 나쁘지 않아서는 아니야. 하지만 놈들은 청소부가 시야 밖으로 걸어 나가길 결코 바라지 않아. 암 그렇고말고."그는 오트밀을 휘저었다. "우리 모두가 자기들이 볼 수 있게 바로 여기에만 있으라는 거지."

"그러면 줄스는 괜찮은 거예요?"셜리가 물었다.

워커는 얼굴을 찌푸리고 천천히 고개를 저었다.

"말했잖아. 지금쯤이면 공기가 떨어졌을 거라고."누군가가 말했다.

"줄스는 어차피 죽었어."다른 누군가가 반박했고, 다시 언쟁이 벌어지기 시작했다. "이건 놈들이 거짓말쟁이라는 명백한 증명밖에 안 돼!"

워커도 그 말에 동의할 수밖에 없었다.

"다들 좀 침착하자고."녹스가 고함을 질렀다. 하지만 녹스가 제일 침착을 잃은 모습이었다. 이제 침묵의 시간이 끝난 듯 보이자 더 많은 노동자들이 쏟아져 들어왔다. 모두가 걱정이 가득한 얼굴로 테이블을 에워싸고 모였다.

"이거야."워커는 무슨 일이 일어나는지, 자기가 무슨 일을 시작했는지 보면서 혼잣말을 했다. 그는 친구들과 동료들 모두가 흥분한 채로 허공에 대고 대답을 구하고, 격노를 터뜨리는 모습을 지켜보았다. "이거야."그는 다시 한번 말했고, 이제 터질 준비를 하며 부글거리는 기운을 느낄 수 있었다. "이거야, 이거……."

아직 근처에 남아서 환자 다루듯 그를 보살피던 코트니가 섬세한 두 손으로 그의 손목을 잡았다.

"이거라니, 뭐가요?"코트니는 워커의 목소리를 들으려고 다른 사람들에게 목소리를 낮추라고 손짓했다. 그녀는 워커에게 가까이 몸을 기울였다. "워커, 말해봐요. 뭔데요? 이거라니, 뭐예요? 무슨 말씀을 하시려는 거예요?"

"이렇게 시작되는 거야." 그는 다시 한번 조용해진 방에 대고 속삭였다. 그는 모두의 얼굴을 보았다. 그 얼굴들에서 사람들의 분노를, 폭발해버린 터부를 보았다. 그의 걱정이 옳았다.

"이렇게 폭동이 시작되는 거야……."

38

그자는 심한 불행에 뼛속까지 닳았지……
그리고 그자의 선반에는 빈 상자가 몇 개 놓여 있어.

루카스는 작은 상자를 꽉 끌어안고 가쁜 숨을 몰아쉬며 34층에 도착했다. 일터까지 가는 언제나의 오르막보다는 방금 전의 범법 행위 때문에 더 피곤했다. 서버 컴퓨터 뒤에 숨어서 줄리엣의 물건을 뒤지면서 솟구친 아드레날린의 톡 쏘는 금속 맛이 아직도 입안에 남아 있었다. 가슴팍을 두드리자 그곳에 든 줄리엣의 물건들과 더불어 맹렬히 뛰는 심장이 느껴졌다.

루카스는 마음을 좀 더 가다듬은 다음에 IT부로 가는 문에 손을 뻗었다가, 문이 갑자기 확 열리는 바람에 손가락이 부러질 뻔했다. 그도 아는 기술자인 새미가 서둘러 뛰쳐나오더니 무서운 속도로 뛰어 지나갔다. 루카스가 이름을 불렀지만, 나이 든 기술자는 이미 계단을 뛰어올라 사라진 후였다.

현관 로비에서는 더욱 큰 소란이 일고 있었다. 서로 고함을 쳐대는 목소리가 들렸다. 루카스는 이게 다 무슨 소동일까 생각하며 조심스럽게 안으로 들어갔다. 상자는 가슴에 꼭 끌어안은 채 팔꿈치로 문을 열고 방 안으로 슬며시 들어갔다.

고함 소리는 대부분 버나드에게서 나오는 것 같았다. IT부의 책임자는 보안문 바깥에 서서 기술자들에게 차례차례 소리를 질러대고 있었다. 근처에서는 IT부 보안 책임자인 심스가 회색 작업복을 입은 남자 세 명을 비슷하게 나무라고 있었다. 루카스는 성난 두 사람에게 겁을 먹고 문가에 멈춰 섰다.

버나드는 루카스의 존재를 알아차리자 바로 입을 다물더니, 떨고 있는 기술자들 사이를 헤치고 그에게 다가왔다. 루카스는 뭔가 말을 하려고 입을 열었지만 상사는 그보다도 그의 손에 있는 물건에 더 관심이 있었다.

"이건가?" 버나드는 그의 손에서 상자를 낚아채며 물었다.

"이거요……?"

"그 기름쟁이 물건이 모두 이 작은 상자에 들어 있어?" 버나드는 상자 뚜껑을 당겨 열었다. "이게 다냐고?"

"어…… 제가 받은 건 그게 다예요." 루카스는 더듬거렸다. "마시 말로는…… ."

"그래, 부보안관이 다리에 쥐가 났다고 전신을 보냈더군. 〈협정〉에 보안관직 나이 제한 규정을 넣어야 해. 심스!" 버나드는 보안 책임자에게 고개를 돌렸다. "회의실로. 당장."

루카스는 보안문과 그 너머에 있는 서버실 쪽을 가리켰다. "전 이만 가봐야…… ."

"같이 가지." 버나드가 루카스에게 팔을 두르고 어깨를 꽉 잡았다. "자네도 여기 있었으면 좋겠네. 여기에는 내가 믿을 만한 기술

64

자가 점점 적어지는 느낌이야."

"저, 전 서버를 손봐야 하는데요. 13번 서버에 문제가 있었는데……."

"그건 기다려도 돼. 이 일이 더 중요해." 버나드는 루카스를 덩치 큰 심스가 앞서가고 있는 회의실 쪽으로 인도했다.

보안 직원은 문을 연 채로 잡고 있다가, 루카스가 지나가자 얼굴을 찌푸렸다. 루카스는 문지방을 넘으면서 몸을 떨었다. 가슴팍을 따라 흘러내리는 땀이 느껴졌고, 죄책감 때문에 겨드랑이와 목에서 열기가 올라왔다. 갑자기 테이블 위에 팽개쳐져서 눌린 자신의 모습, 누군가가 그의 주머니에 든 금지품을 꺼내어 얼굴에 대고 흔드는 모습이 떠올랐다.

"앉아." 버나드가 말했다. 그는 테이블 위에 상자를 내려놓고, 루카스가 천천히 의자에 앉는 동안 심스와 함께 내용물을 꺼내기 시작했다.

"휴가증이군요." 심스가 종이 쿠폰 다발을 꺼내며 말했다. 루카스는 그런 작은 움직임에도 심스의 팔에 잡힌 근육이 물결치는 걸 볼 수 있었다. 심스는 예전에, 덩치가 계속 커지면서 덜 지적인 일에 더 잘 맞는다는 점이 분명하게 드러날 때까지만 해도 기술자였다. 그는 휴가증을 코에 갖다 대고 킁킁거리더니 움찔했다. "땀에 전 기름쟁이 냄새."

"위조인가?" 버나드가 물었다.

심스는 고개를 저었다. 버나드는 작은 나무 상자를 조사하고 있었다. 흔들어보고 손가락 마디로 두드려보기도 하면서, 안에 든 치트가 덜그럭거리는 소리에 귀를 기울였다. 그리고 외부에 경첩이

나 잠금쇠가 있는지 찾았다.

루카스는 윗면을 열 수 있다고, 워낙 섬세하게 만들어서 연결 부위가 잘 보이지 않는다고, 애를 좀 써야 한다고 말해버릴 뻔했다. 버나드는 뭐라고 중얼거리더니 나무 상자를 옆으로 치웠다.

"정확히 뭘 찾으시는 거죠?" 루카스는 그렇게 묻고 몸을 앞으로 기울여서 상자를 잡았다. 처음 그 상자를 보는 척했다.

"뭐든. 어떤 망할 단서든." 버나드가 으르렁대듯 말하고 루카스를 노려보았다. "이 기름쟁이가 어떻게 언덕을 넘어갔지? 그 여자가 무슨 짓을 한 건가? 내 기술자 중 한 명인가? 대체 무슨 짓을 했지?"

루카스는 아직도 그 분노를 이해할 수 없었다. 그녀가 청소를 하지 않았다고 해서 뭐가 어떻단 말인가. 어차피 이중 청소가 되었을 텐데. 혹시 버나드는 왜 그녀가 그렇게 오래 살 수 있었는지 이유를 몰라서 화가 난 걸까? 이건 말이 되는 설명이었다. 루카스도 무엇인가를 우연히 고칠 때마다 무엇인가를 망가뜨렸을 때만큼 미칠 지경이 되었으니까. 버나드가 화를 내는 모습이라면 전에도 본 적이 있었지만 이번에는 뭔가 달랐다. 버나드는 격노했다. 미쳐 날뛰었다. 그럴 만한 이유도 없이 전례 없는 성공을 거뒀다면 루카스도 그럴 법했다.

그사이에 심스가 수첩을 찾아내어 넘겨보기 시작했다. "여기 이것 좀 보세요……."

버나드가 수첩을 낚아채어 책장을 휙휙 넘겨가며 보더니 말했다. "누군가가 이걸 다 읽어봐야겠군." 그는 코 위로 안경을 밀어 올렸다. "여기 어딘가에 공모의 증거가 있을지도 모르니……."

"여기." 루카스가 상자를 내밀며 말했다. "열리는데요." 그는 뚜껑을 밀어서 열었다.

"어디 보세." 버나드가 수첩을 테이블 위에 떨어뜨리고 나무 상자를 낚아챘다. 그는 코에 주름을 잡고 혐오스럽다는 듯이 말했다. "치트밖에 없군."

버나드가 치트를 테이블 위에 쏟고 상자를 집어 던지려는데, 심스가 붙잡았다. "그건 골동품인데요." 덩치 큰 남자는 말했다. "단서라고 생각하시는 게 아니면 혹시 제가……?"

"그래, 얼마든지 갖게나." 버나드는 현관 로비가 보이는 창문 쪽으로 팔을 휘저었다. "이 부근에서야 그보다 중요한 일은 일어나지 않을 테니 말이야. 안 그런가? 멍청한 놈 같으니라고."

심스는 대꾸 없이 어깨만 으쓱이고 나무 상자를 주머니에 밀어 넣었다. 루카스는 다른 곳에 있고 싶은 마음이 절실했다. 여기만 아니면 사일로 안 어디라도 좋았다.

"그냥 운이 좋았을 수도 있지요." 심스가 의견을 냈다.

버나드는 상자 안에 든 나머지 물건을 테이블 위에 쏟고, 바닥에 단단히 껴 있는 줄리엣의 설명서를 풀어놓으려고 흔들던 참이었다. 그는 하던 일을 멈추고 안경 너머로 심스에게 눈을 가늘게 떴다.

"운이 좋았다고?" 버나드는 그 말을 되풀이했다.

심스는 고개를 옆으로 기울였다.

"당장 집어치워." 버나드가 말했다.

심스는 고개를 끄덕였다. "네, 맞는 말씀입니다."

"아니, 나가라고!" 버나드는 문을 가리켰다. "망할, 당장 꺼져!"

보안 책임자는 별일이라는 듯 미소를 지으면서도 어슬렁어슬렁

문으로 걸어갔다. 그는 밖으로 나가서 부드럽게 문을 밀어 닫았다.

"온통 머저리들뿐이군." 버나드는 루카스와 둘만 남게 되자 말했다.

루카스는 그것이 자신을 향한 모욕이 아니라고 생각하려 했다.

"여기 있는 사람은 예외야." 버나드가 그 마음을 읽은 것처럼 덧붙였다.

"고맙습니다."

"자네는 그래도 그 빌어먹을 서버는 고칠 줄 알잖아. 다른 쥐똥 같은 기술자들은 뭘 한다고 내가 급료를 주고 있는 건지."

그는 다시 한번 콧잔등에 걸린 안경을 밀어 올렸고, 루카스는 IT부의 책임자가 언제나 이렇게 욕을 많이 했던가 기억을 되살려보았다. 아무래도 예전에는 그렇지 않았다. 시장 대행으로 일하는 부담감 때문일까? 무언가가 변했다. 이제는 버나드를 친구라고 생각하기도 이상했다. 그 남자는 이제 전보다 훨씬 중요해졌고, 그만큼 바빠졌다. 어쩌면 추가된 책임에 따라오는 스트레스로 무너지고 있는지도 몰랐다. 선량한 사람들을 청소형에 내보낸다는 고통으로……

"내가 왜 지금껏 그림자를 두지 않았는지 아나?" 버나드가 물었다. 그는 설명서를 펄럭펄럭 넘겨보고, 반대쪽 면에 찍힌 연극 대본을 보더니 종이 묶음을 뒤집었다. 그는 루카스를 쳐다보았고, 루카스는 양손을 들어 올리고 어깨를 으쓱였다.

"다른 누군가가 여길 운영한다는 생각만 해도 몸서리가 났기 때문이야."

루카스는 사일로가 아니라 IT부를 뜻하겠거니 생각했다. 버나드가 시장이 된 지는 그렇게 오래되지 않았으니까.

버나드는 연극 대본을 내려놓고 다시 한번 누군가를 꾸짖는 소리가 희미하게 들려오는 창밖을 내다보았다.

"하지만 이젠 피할 수 없군. 이제 친구들이며 같이 자란 사람들이 파리처럼 죽어나가는 나이인데, 정작 스스로에게는 그런 일이 일어나지 않을 거라고 믿고 있을 수만은 없으니."

버나드의 시선이 루카스에게 떨어졌다. 젊은 IT 기술자는 버나드와 둘만 있다는 사실이 불편했다. 이전에는 그렇게 느낀 적이 없었는데.

"사일로들은 예전에도 한 사람의 자만심 때문에 잿더미가 된 적이 있어. 영원히 여기 있을 거라 생각하고, 잘못된 계획을 세우면 그렇게 되지. 한 사람이 사라지고." 버나드는 손가락을 딱 튕겼다. "그 뒤에 남아 주위를 빨아들이는 진공 때문에 모든 게 무너질 수 있는 거야."

루카스는 도대체 무슨 말을 하는 건지 묻고 싶어 죽을 지경이었다.

"아무래도 오늘이 그날인 모양이야." 버나드는 줄리엣의 인생이 남긴 물건들을 흩어놓은 채 긴 회의 테이블 주위를 돌았다. 루카스의 시선이 그 물건들 위를 떠돌았다. 그녀의 물건을 헤집어놓았다는 죄책감은 버나드가 그 물건들을 어떻게 대하는지 보고 사라졌다. 오히려 더 많이 챙겨둘 걸 그랬다는 생각이 들었다.

"이미 서버실에 접근할 수 있는 사람이 필요하네." 버나드가 말했다. 루카스는 시선을 돌렸다가 키가 작고 배가 튀어나온 IT부 책임자가 바로 옆에 서 있음을 알았다. 그는 가슴 앞주머니에 손을 올리고, 혹시라도 주머니가 벌어지지 않도록 눌렀다.

"새미는 좋은 기술자야. 난 새미를 믿지만 그 친구는 나만큼이나 늦었어."

"별로 늦지도 않으셨는데요." 루카스는 예의를 차리는 말로 마음을 가라앉히려고 했다. 도대체 무슨 일이 벌어지는 건지 알 수가 없었다.

"내가 친구라고 여기는 사람은 많지 않아." 버나드가 말했다.

"고마운 말씀입……."

"자네가 친구에 제일 가까운 존재일지도 모르지."

"저도 그렇게 생각합니다만……."

"난 자네 아버지도 알아. 좋은 사람이었지."

루카스는 침을 꿀꺽 삼키고 고개를 끄덕였다. 문득 버나드를 보니 그가 손을 내밀고 있었다. 한참 전부터 그러고 있던 모양이었다. 루카스는 여전히 무슨 제의를 받고 있는지 알지 못한 채 손을 뻗어 그 손을 잡았다.

"난 그림자가 필요하네, 루카스." 루카스의 손에 잡힌 버나드의 손은 작았다. 루카스는 자기 팔이 위아래로 흔들리는 모양을 보았다. "자네가 그 사람이 되어줬으면 좋겠군."

39

현명하게, 천천히 진행하세. 빨리 뛰다가는 넘어지기 마련이야.

줄리엣은 에어록 안쪽 문을 밀고 들어간 후 서둘러 다시 닫으려고 했다. 육중한 문이 경첩 긁히는 소리를 내면서 뻑뻑하게 밀려 들어가자 어둠이 덮쳤다. 그녀는 커다란 문을 잠그는 바퀴를 더듬어 찾고, 바큇살에 하중을 실어 힘껏 돌려서 문을 꽉 닫았다.

보호복 안의 공기가 퀴퀴해졌다. 현기증이 심해졌다. 그녀는 손으로 벽을 의지하며, 비틀비틀 어둠을 뚫고 앞으로 나아갔다. 안으로 들어온 바깥 공기가 미친 벌레 떼처럼 등을 할퀴는 기분이었다. 줄리엣은 뒤에 남겨두고 온 시체들과 거리를 벌리려고 애쓰며 아무것도 보이지 않는 복도를 비틀비틀 걸어갔다.

조명이라고는 없었고, 바깥 풍경을 보여주는 벽 스크린으로 들어오는 빛도 없었다. 줄리엣은 이 사일로의 구조도 똑같기를, 그래서 길을 찾을 수 있기를 빌었다. 보호복 안의 공기가 조금만 더 버텨주기를, 사일로 안의 공기가 바깥바람처럼 더럽고 유독하지 않

기를 빌었다. 사일로 안도 보호복 안만큼 산소가 부족하지 않기를
빌었다.

　그녀의 손이 바로 그 자리에 있어야 할 유치장 철창을 쓸었고, 어
둠 속을 제대로 움직일 수 있다는 희망을 심어주었다. 캄캄한 어둠
속에서 무엇을 찾으려고 하는지는 잘 몰랐다. 구원받을 계획도 없
이 그저 바깥의 참상에서 달아나고 있을 뿐이었다. 이제까지 바깥
에 있었고 이제는 새로운 어딘가에 들어왔다는 사실도 제대로 인식
할 수 없었다.

　헬멧 안에 남은 마지막 공기를 빨아들이며 더듬더듬 사무실을 통
과하던 발이 무엇인가에 걸렸고, 줄리엣은 앞으로 고꾸라졌다. 부
드러운 둔덕 위에 넘어져 손으로 더듬어보니 팔이 하나 잡혔다. 시
체였다. 시체가 몇 구나 있었다. 줄리엣은 시체들 위를 기었다. 스
펀지 같은 살덩어리는 바깥에 있는 껍질과 뼈보다 훨씬 사람 같았
고 단단하게 느껴졌다. 헤치고 나아가기도 더 힘들었다. 누군가의
턱이 만져졌다. 그녀의 몸무게 때문에 시체의 목이 돌아갔고, 줄리
엣은 균형을 잃을 뻔했다. 지금 하고 있는 짓을 생각하니 몸이 절로
움츠러들었다. 반사적으로 미안하다고 말하며 자신의 팔다리를 치
우고 싶었지만, 그래도 억지로 시체 더미 위를 기었다. 어둠 속에서
헬멧이 사무실 문에 부딪칠 때까지.

　아무 경고도 없이 세게 들이받은 탓에 눈앞에 별이 보였다. 정신
을 잃을까 두려웠다. 줄리엣은 손을 위로 뻗어 손잡이를 찾았다. 눈
이 단단히 감긴 게 아닐까 싶을 만큼 완벽한 암흑이었다. 기계부 가
장 깊은 곳에서도 이렇게 깊고 완벽한 어둠은 본 적이 없었다.

　그녀는 걸쇠를 찾아내어 밀었다. 잠금장치는 풀렸지만 문은 움직

이지 않았다. 줄리엣은 생명 없는 몸뚱이들 속에 부츠를 파묻은 채 일어서서 문에 어깨를 대고 밀었다. 나가고 싶었다.

문이 움직였다. 살짝. 문 반대편에서 무엇인가가 미끄러지는 느낌이 났고, 그녀는 시체가 더 쌓여 있는 모습을 상상했다. 몇 번이고 몇 번이고 문에 몸을 던졌다. 힘겨운 신음 소리와 좌절감에 지른 작은 비명 소리가 헬멧 안에 메아리쳤다. 머리카락이 흩어졌고, 땀에 젖어서 얼굴에 달라붙었다. 볼 수가 없었다. 숨을 쉴 수도 없었다. 스스로 공기를 오염시키면서 어지러움이 심해졌다.

문이 조금 열리자 억지로 밀고 들어갔다. 한쪽 어깨를 먼저 넣고 헬멧을 밀어 넣은 다음, 반대쪽 팔과 다리를 통과시켰다. 동시에 바닥으로 고꾸라졌다가 허둥지둥 일어나서 몸으로 문을 밀어 닫았다.

희미하게 빛이 있었다. 처음에는 알아차리지 못할 만큼 희미했다. 앞에는 테이블과 의자로 만든 바리케이드가 있었는데, 그녀가 문을 밀어내면서 흩어진 모양이었다. 뒤집어진 집기들의 단단한 모서리와 다리들이 그녀를 유혹하는 덫처럼 보였다.

줄리엣은 공기를 찾아 씨근거리는 자신의 숨소리를 들으며 시간이 다 되었음을 알았다. 독이 기름처럼 온몸에 묻어 있다는 상상을 했다. 스스로가 묻혀 들어온 유독한 공기가 해충 떼처럼 그녀를 먹어치우려고, 그녀가 껍질 속에서 기어 나오기만 기다리고 있다는 생각이 들었다.

차라리 공기가 다할 때까지 이대로 누워 있을까. 그러면 보호복이라는 번데기 안에 보존되겠지. 시신은 워커와 공급부 사람들의 선물인 이 탁월한 보호복 안에 든 채로, 존재해서는 안 될 어두운 사일로 안에 영원히 누워 있게 되겠지. 그래도 생명 없는 언덕 위에

서 썩어가며 변덕스러운 바람에 한 조각 한 조각 날려가는 것보다
는 훨씬 낫지 않은가. 근사한 죽음이 되지 않겠는가. 줄리엣은 숨을
헐떡이며 스스로의 선택에 따라 어딘가에 왔다는 사실, 마지막 몇
개의 장애물을 정복했다는 사실에 자부심을 느꼈다. 문에 기대앉
은 채로 거의 누워서 눈을 감기 직전이었다. 하지만 호기심이 아직
그녀를 괴롭혔다.

줄리엣은 계단에서 흘러나오는 어두운 빛 속에서 자신의 두 손을
눈앞에 들어 올리고 관찰했다. 열 테이프로 감싸서 반짝이는 피부
처럼 만들어놓은 눈부신 장갑 때문에 스스로의 몸이 기계같이 보였
다. 그녀는 두 손으로 둥근 헬멧을 쓸어보고는 자신이 걸어 다니는
토스터나 다름없다는 걸 깨달았다. 기계부에서 그림자로 일할 때,
그녀에게는 이미 멀쩡하게 움직이는 물건이라도 분해해보는 나쁜
습관이 있었다. 워커가 뭐라고 했더라? 토스터 안을 들여다보기를
좋아할 뿐이라고 했던가.

줄리엣은 일어나 앉아서 집중하려고 했다. 감각이 사라지고, 그
와 더불어 살려는 의지도 줄고 있었다. 그녀는 고개를 내젓고 몸을
일으키다가 의자 한 무더기를 바닥에 쓰러뜨렸다. 그녀 자신이 토
스터였다. 그녀의 호기심이 토스터를 열어보고 싶어 했다. 이번에
는 안이 아니라 바깥을 보고 싶어서였다. 한 모금만 들이마시고, 알
고 싶어서였다.

그녀는 자신이 끌고 들어온 나쁜 공기와 조금이라도 더 거리를
두고 싶다는 심정으로 테이블과 의자들 사이를 누비며 나아갔다.
보안관 사무실에서 기어 넘어온 시체들은 온전한 상태 같았다. 안
에 갇혀서 굶어 죽었거나 질식했을 것이다. 하지만 썩지는 않았다.

그렇다 해도, 그리고 어지러움과 숨을 쉬고 싶다는 욕구가 강해지는 가운데에도, 그녀는 헬멧을 부수기 전에 몸에 물이라도 붓고 싶었다. 기계부에서 새어 나왔을 다른 화학물질과 더불어 바깥에서 들어왔을 독소까지 희석시키고 싶었다.

테이블과 의자로 이루어진 장벽을 빠져나가서 트인 식당 공간을 가로질렀다. 계단에 비상등이 흘려보내는 초록색 불빛이 흐릿하게나마 길을 보여주었다. 음식 운반 통로를 지나 부엌에 들어갔고, 커다란 싱크대에 있는 수도꼭지를 시험해보았다. 수도꼭지는 돌아갔지만 주둥이로 흘러나오는 물은 한 방울도 없었다. 멀리 떨어진 펌프가 헛되이 움직이는 소리조차 들리지 않았다. 건조대 위에 늘어진 호스에 접근해서 레버를 당겨보았지만 결과는 마찬가지였다. 물이 없었다.

다음에 드는 생각은 대형 냉장고였다. 보호복 위를 마구 기어 다니는 듯한 불쾌한 바깥 공기를 얼려버릴 수 있을지도 몰랐다. 비틀거리며 조리대 옆을 돌아서, 헬멧 안으로 숨을 씨근대며 냉장고 문에 달린 커다란 은색 손잡이를 당겼다. 불빛이 부엌 안쪽까지 닿지 않아서 거의 앞을 볼 수가 없었다. 보호복을 뚫고 들어오는 한기는 없었지만, 한기가 흘러나온다 해도 느낄 수 있을 것 같지 않았다. 보호복은 그녀를 보호하려고 만들어진 옷이었고, 더구나 잘 만들어졌다. 머리 위 전등이 켜지지 않았으니 냉장고가 죽었다고 봐야 했다. 문을 연 채로 뭐든 액체가 있을까 싶어 안을 살펴보니 수프통 같은 것들이 보였다.

닥치는 대로 시도해볼 만큼 절박했다. 줄리엣은 등 뒤로 천천히 문이 닫히게 내버려두고 냉장고 안으로 들어갔다. 그리고 커다란 플라스틱 통을 잡아서 뚜껑을 뜯었다. 문이 찰칵 소리를 내며 닫히고, 주위가 다시 캄캄해졌다. 줄리엣은 냉장고 선반 옆에 무릎을 꿇고 무거운 수프 통을 기울였다. 액체 수프가 보호복 위에 후두둑 떨어지고, 물결치며 바닥에 튀는 것을 느낄 수 있었다. 수프에 무릎이 미끄러졌다. 그녀는 손으로 더듬어 다음 통을 찾아서 똑같이 하고, 아래에 고인 수프를 손가락으로 건져서 보호복에 발랐다. 이게 미친 짓인지, 혹시 사태를 악화시키는 건지, 아니면 뭘 하든 상관없는지 알 도리가 없었다. 부츠가 미끄러졌고, 그녀는 요란한 소리를 내며 바닥에 헬멧을 부딪치고 대자로 뻗었다.

줄리엣은 미지근한 수프 웅덩이에 누워 있었다. 아무것도 보이지 않았고, 호흡은 거칠고 퀴퀴했다. 시간이 다 됐다. 어지러웠다. 시도해봐야 한다는 생각밖에 들지 않았다. 어차피 숨도 모자라고 에너지도 없었다. 헬멧을 벗어야 했다.

헬멧 걸쇠를 더듬어 찾았다. 가까스로 잡을 수 있었지만 장갑이 너무 두꺼웠다. 장갑 때문에 죽을 판이었다.

줄리엣은 몸을 굴려 엎드렸다. 손과 무릎이 미끄러지는 수프 속을 기어갔다. 문에 도착해서 숨을 몰아쉰 다음 더듬더듬 손잡이를 찾아서 문을 열었다. 조리대 뒤에 식칼 걸이가 희미하게 반짝였다. 그녀는 휘청거리며 일어서서 칼을 하나 쥐었다. 두꺼운 장갑으로 칼날을 잡고, 지치고 어지러운 몸으로 바닥에 주저앉았다.

칼날을 목 쪽으로 돌리고 걸쇠를 더듬어 찾았다. 깃 부분을 따라 칼끝을 미끄러뜨리다가 단추 틈에 걸리자 손을 멈췄다. 떨리는 팔을 고정시키고, 식칼을 움직였다. 가장 인간적인 본능을 거슬러 자기 몸 쪽으로 칼날을 밀어 넣었다.

희미하게 찰칵 소리가 났다. 줄리엣은 숨을 몰아쉬고 단추가 다시 걸릴 때까지 칼끝을 움직였다. 그리고 같은 일을 반복했다.

한 번 더 찰칵 소리가 나고, 헬멧이 펑 소리를 내며 열렸다.

머리보다 몸이 먼저 반응해 악취 나는 공기를 한껏 들이마셨다. 참을 수 없는 악취였지만 그래도 계속 들이마실 수밖에 없었다. 썩은 음식 냄새, 생물학적인 부패 냄새, 미지근한 악취가 입과 혀와 코를 침범했다.

옆으로 몸을 돌리고 구역질을 했지만 아무것도 나오지 않았다. 두 손은 아직도 수프 때문에 미끄러웠다. 숨 쉬기가 고통스러웠다. 피부가 타는 것 같았지만, 그건 열에 들뜬 상상일 수도 있었다. 냉장고에서 식당 쪽으로 기어 나갔다. 썩어가는 수프의 안개에서 벗어나 다시 한번 공기를 한껏 들이마셨다.

공기.

공기를 가슴 가득 들이마셨다. 온몸에 묻은 수프의 악취는 아직도 강렬했다. 하지만 그 악취 너머에 무엇인가 다른 것이 있었다. 희박하게. 숨 쉴 만한 공기가 어지러움과 공황 상태를 몰아내기 시작했다. 산소였다. 생명이었다.

줄리엣은 아직 살아 있었다.

그녀는 미친 사람처럼 웃고 심호흡을 하면서, 도저히 살릴 수 없었을 목숨이 아직 붙어 있다는 사실에 감사하지도 못할 만큼 지친 몸으로 비틀비틀 녹색 불빛에 이끌려 계단 쪽으로 향했다.

40

자네와 나는 춤출 나이를 지났으니.

녹스는 기계부에 일어난 소란을 극복해야 할 또 하나의 비상사태로 보았다. 지하실 아래 벽에 물이 새기 시작했을 때나, 석유 굴착기가 메탄층을 건드리는 바람에 공기 조절원들이 안전을 되찾아줄 때까지 여덟 층을 대피시켜야 했던 때처럼 말이다. 피할 수 없는 소란의 흐름에 직면하여 그가 해야 할 일은 계속 지시를 내리는 것이었다. 과업을 배당하는 것. 거대한 일을 별개의 조각들로 쪼갠 다음 딱 맞는 손에 떨어지게 만들어야 했다. 다만 이번에는 무엇인가를 고치기 위해 나서는 상황이 아니었다. 기계부의 선량한 사람들이 부수려는 것들이 있었다.

"공급부가 열쇠다." 녹스는 벽에 걸린 커다란 청사진을 가리키면서 조장들에게 말했다. 그는 30층 위에 있는 공급부의 주요 제조층까지 손가락으로 계단을 따라 올라갔다. "우리의 최대 이점은 IT부 놈들이 우리가 가는 줄 모른다는 거야." 그는 근무조 조장들을 돌아보았다. "셜리, 마크, 코트니는 나와 같이 간다. 보급품을 가득 싣고, 그림자들도 데려간다. 워커, 당신은 미리 전신을 보내서 공급부에 우리가 간다고 알려줘. 하지만 조심해. IT부의 귀가 있다고 생각하라고. 노인장이 수리한 물건들을 배달하러 간다고 말해."

그는 젱킨스를 돌아보았다. 젱킨스는 녹스 밑에서 6년 동안 그림자로 있다가 턱수염을 기른 사내가 되어 세 번째 근무조로 옮겼는데, 모두들 그가 녹스의 자리를 이어받으리라 생각했다. "젱킨스, 이 아래는 네가 맡아. 한동안 쉬는 날은 없어. 기계들을 계속 돌리되, 최악의 사태에 대비해. 식량을 최대한 비축해두는 게 좋겠어. 물도. 물탱크를 꽉 채워놔. 필요하다면 수경재배 농장으로 가는 물을 돌려도 괜찮지만, 신중하게 해. 혹시 그쪽에서 알아차릴 때에 대비해서 물이 샌다거나 하는 핑계를 생각해봐. 그리고 순찰을 돌려서 잠금쇠와 경첩을 다 확인해놓고. 싸움이 우리한테까지 올 경우에 대비해서 말이야. 만들 수 있는 무기는 다 비축해두고. 파이프든, 망치든, 뭐든 상관없어."

이 말에는 몇 명인가가 눈을 크게 떴지만, 젱킨스는 전부 말이 되는 지시라는 듯이 고개를 끄덕였다. 녹스는 조장들을 돌아보았다. "뭐야? 이게 어떤 일인지는 알고들 있잖아, 안 그래?"

"하지만 더 큰 그림은 뭐죠?" 코트니가 땅속에 묻힌 그들의 집을 나타내는 기다란 청사진을 보면서 물었다. "IT부를 급습한 다음에는? 여기 운영을 접수하나요?"

"여기 운영은 이미 우리가 하고 있어." 녹스가 으르렁거렸다. 그는 30층대 중반을 손바닥으로 내리쳤다. "어둠 속에서 하고 있을 뿐이지. 여기 이 층들이 우리에게 보이지 않는 것처럼 말이야. 하지만 이젠 그놈들의 쥐구멍에 빛을 비춰서 놈들을 쫓아내고, 또 뭘 숨기고 있나 봐야겠어."

"그자들이 이제까지 무슨 짓을 했는지는 너도 알잖아?" 마크가 코트니를 돌아보았다. "그놈들은 사람들을 내보내서 죽였어. 일부러. 그래야 했기 때문이 아니라, 그러고 싶었기 때문에!"

코트니는 입술을 깨물고 말없이 청사진만 노려보았다.

"시작한다." 녹스가 다시 말했다. "워커, 전신 보내. 다들 짐 챙겨. 그리고 움직이는 동안 떠들 잡담거리나 좀 생각해봐. 운반인이 우리 불만을 듣고 한두 푼 벌자고 일러바치는 일 없게."

다들 고개를 끄덕였다. 녹스는 젱킨스의 등을 두드리고 고개를 살짝 끄덕였다. "모두가 필요해지면 전갈을 보낼 테니까. 그때는 여기 아래를 돌리는 데 필요한 최소 인원만 추려내고 나머지를 다 보내. 타이밍이 생명이야, 알겠나?"

"어떻게 할지 압니다." 젱킨스가 말했다. 건방지게 굴려는 게 아니라 연장자를 안심시키려고 하는 말이었다.

"좋아." 녹스가 말했다. "그럼 착수하지."

10층 정도는 별 불평 없이 올라갔지만, 녹스는 무거운 짐 때문에 다리가 아파오는 것을 느낄 수 있었다. 그는 용접복이 꽉 찬 천 자루를 넓은 등에 짊어지고, 덤으로 헬멧 한 묶음도 지고 있었다. 헬멧은 턱끈을 밧줄로 꿰어 묶었는데, 움직일 때마다 넓은 등에서 서로 부딪쳐 덜그럭거렸다. 마크는 계속 미끄러져서 팔에서 빠져나가려고 하는 파이프 한 아름과 씨름했다. 그림자들은 행렬 맨 뒤, 여자들 뒤에서 올라왔는데 무거운 화약 자루를 한데 묶어서 목에 걸었다. 비슷하게 무거운 짐을 진 운반인들이 경쾌하게 지나쳐 가면서 경쟁심에서 우러난 분노와 호기심이 뒤섞인 눈빛을 보냈다. 녹스도 얼굴을 아는 운반인 한 명이 멈춰 서서 도와주겠다고 했을 때, 녹스는 퉁명스럽게 그 제안을 내쳤다. 그 운반인은 서둘러 나선 계단을 올라가다가 그들의 시야에서 벗어나기 전에 한 번 더 뒤돌아보았고, 녹스는 지친 마음을 괜히 운반인에게 풀었다고 후회했다.

"계속 가." 녹스는 다른 사람들에게 말했다. 작은 무리이기는 해도 그들은 볼만한 구경거리였다. 그리고 줄리엣이 놀랍게도 사라졌다는 소식이 사방에 소용돌이치는데 입을 다물고 있자니 더 피곤했다. 거의 모든 층계참에 사람들이, 주로 젊은 사람들이 모여 서서 이게 다 무슨 일인지 떠들어대고 있었다. 생각만 하던 터부가 속삭임으로 이동했다. 금지된 생각들이 혀끝에서 태어나서 허공을 헤엄쳐 다녔다. 녹스는 등의 통증을 무시하고 터벅터벅 공급부를 향해 계단을 올랐다. 어서 공급부에 도착해야 한다는 느낌이 점점 더 강해졌다.

130층대를 벗어날 무렵에는 투덜거리는 소리가 가득했다. 그들은 심층부의 위쪽에 가까워지고 있었다. 중층부에서 일하고 물건을 사고 밥을 먹는 사람들이, 심층에서만 지내고 중층부에 가기는 싫어하는 사람들과 뒤섞인 지역이었다. 128층 계단에서는 행크 부보안관이 언쟁이 붙은 두 무리를 중재하려고 애쓰고 있었다. 녹스는 부보안관이 고개를 돌려 무거운 짐을 진 일행을 보고 이렇게 멀리 올라와서 무엇을 하느냐고 묻지 않기를 빌며 그 사이를 비집고 지나갔다. 녹스는 그 소동을 지나쳐서 올라간 후에 뒤를 돌아보고 맨 끝에 선 그림자들이 안쪽 난간을 붙잡고 살금살금 올라오는 모습을 지켜보았다. 행크 부보안관은 128층 층계참이 녹스의 시야에서 사라질 때까지도 어느 여자를 진정시키고 있었다.

그들은 126층의 흙 농장을 지나쳤고, 녹스는 여기가 주요 자산이라고 생각했다. IT부가 있는 30층대까지는 한참을 올라가야 했지만, 후퇴해야 할 경우에는 공급부에서 막을 필요가 있었다. 공급부의 제조 능력과 지금 지나가는 층에서 생산하는 식량, 기계부의 기계들이면 자급자족이 가능할 수도 있었다. 빈약한 부분이 있기는 했지만, IT부 쪽에는 약점이 더 많았다. 그들은 언제건 IT부의 전력을 끊거나 정수 처리를 멈출 수 있었다. 하지만 피곤한 다리로 공급부에 다가가면서 녹스는 정말로 그런 일은 일어나지 않기를 빌었다.

110층 층계참에 이르자 찌푸린 표정이 그들을 맞이했다. 공급부 책임자인 고령의 매클레인이 노란 작업복 위로 팔짱을 끼고 서 있었다. 반갑지 않다는 기운이 뚜렷했다.

"안녕, 조브." 녹스는 그녀에게 씨익 웃어 보였다.

"그렇게 부르지 마. 이게 대체 무슨 터무니없는 짓이야?"

녹스는 계단 위아래를 슥 훑어보고, 어깨에 진 무거운 짐을 추슬렀다. "들어가서 이야기 좀 해도 되겠소?"

"난 어떤 말썽도 원하지 않아." 매클레인은 숙인 이마 아래로 쏘아보며 말했다.

"안으로 들어갑시다. 올라오면서 한 번도 쉬질 않았어. 우리가 여기 바깥에 널브러지길 바란다면 할 수 없지만." 녹스가 말했다.

매클레인은 생각해보는 듯했다. 그녀는 가슴팍에 낀 팔짱을 풀더니, 뒤에서 인상적인 벽을 만들고 서 있던 직원들 세 명에게 돌아서

서 고개를 끄덕였다. 세 사람이 공급부의 번쩍이는 문을 당겨 여는 동안, 매클레인은 몸을 돌려 녹스의 팔을 움켜잡았다. "편하게 있을 생각은 마."

녹스가 공급부 현관 로비에 들어서자 노란색 작업복을 입은 남자와 여자들로 이루어진 작은 군대가 기다리고 있었다. 대부분은 사일로 사람들이, 새로 제조했든 새로 고쳤든 필요한 부품을 받으려고 기다리는 낮고 긴 카운터 뒤에 서 있었다. 카운터 너머에는 선반이 놓인 깊은 통로가 어둑어둑한 안쪽까지 이어졌고, 선반 여기저기에 상자와 통들이 튀어나와 있었다. 방 안은 유난히 조용했다. 보통은 제조 기기들이 쿵쿵거리고 철컥거리는 소리가 공간을 채우거나, 보이지 않는 안쪽에서 새로 제조한 볼트와 너트를 분류해 넣는 노동자들의 잡담 소리를 들을 수 있었는데.

지금은 침묵과 의심스럽게 노려보는 눈빛뿐이었다. 녹스와 기계부 사람들이 이마에 땀이 맺힌 채 기진맥진해서 자루와 짐을 바닥에 내려놓는 사이, 공급부의 남자와 여자들은 움직이지 않고 지켜보기만 했다.

녹스는 좀 더 우호적인 환영을 기대했다. 기계부와 공급부는 오래 함께해온 역사가 있었다. 그들은 기계부 제일 낮은 곳에 있는, 사일로의 광물 비축량을 보충해주는 작은 광산을 공동으로 운영하기도 했다.

하지만 지금, 부하들을 따라 안으로 들어온 매클레인이 녹스에게 던진 눈빛에는 어머니가 돌아가신 후에는 본 적이 없는 경멸이 담겨 있었다.

"도대체 이게 다 뭐지?" 그녀는 녹스에게 첫소리를 냈다.

그는 그 말투에, 특히나 기계부 부하들 앞에서 그런 말을 듣는다는 데에 깜짝 놀랐다. 스스로 매클레인과 동등하다 여겼는데, 지금은 마치 공급부의 개처럼 꾸지람을 듣고 있었다. 하찮고 쓸모없는 존재를 대하는 투였다.

매클레인의 시선은 기진맥진한 기계공들과 그들의 그림자들을 쭉 훑은 후 다시 녹스에게 돌아왔다.

"이 문제를 어떻게 마무리할지 의논하기 전에, 자네가 직원들을 어떻게 처리했는지 듣고 싶군. 책임질 자가 누구든 간에 말이야." 매클레인의 눈빛이 녹스를 꿰뚫을 듯했다. "자네는 이 일과 상관없다는 내 생각이 설마 틀리진 않았겠지, 그렇지? 나한테 사과하고 뇌물을 안기려고 온 걸 테지?"

셜리가 뭔가 말하려고 했지만 녹스가 손을 저어 물리쳤다. 방 안에는 이 일이 외교적인 차원에서 벗어나기만 기다리는 사람이 많았다.

"그래요, 내 사과하리다." 녹스는 이를 악물고 고개를 숙였다. "그리고 맞아, 나도 오늘 아침에 겨우 알았지. 정확히 말하자면 청소에 대해 알고 난 직후에."

"그러니까 다 자네의 전기 기술자가 한 일이군. 한 사람이 한 짓이야." 매클레인은 가느다란 팔을 가슴 앞에 단단히 교차시키고 말했다.

"맞소. 하지만……."

"말해두는데, 난 우리 쪽에서 관련된 사람들에게 징벌을 내렸어. 그리고 자네도 그 영감탱이를 자기 방에 유배시키는 정도로 끝내지는 말아야 할 거야."

카운터 뒤에서 웃음소리가 들렸다. 녹스는 셜리의 어깨에 한 손을 올리고 움직이지 못하게 했다. 그는 매클레인 뒤에 늘어선 사람들을 둘러보고 천천히 입을 열었다.

"그놈들이 와서 우리 일꾼을 끌고 갔다." 가슴은 무거울지 몰라도 목소리는 여전히 우렁차게 울렸다. "일이 어떻게 돌아가는지는 자네들도 알 거야. 그놈들은 청소할 사람이 필요하기만 하면, 그냥 끌고 가." 그는 가슴팍을 두드렸다. "그리고 난 가만히 내버려뒀지. 그냥 그 자리에 서 있었어. 이 시스템을 믿었기 때문에. 자네들 누구나와 마찬가지로 두려워하기 때문에."

"그건……." 매클레인이 입을 열었지만 녹스는 그녀의 말을 자르고, 늘상 미친 듯이 날뛰는 기계의 소음 속에서 차분하게 명령을 전달하던 목소리로 계속 말했다.

"우리 중 한 명이 끌려갔고, 우리 중에서도 제일 나이 많고 제일 현명한 분이 그 친구를 위해 끼어들었다. 제일 약하고 제일 겁먹은 사람이 용감하게 자기 목을 내건 거야. 그리고 자네들 중에서 그분의 요청을 받고 그 도움을 준 사람이 누구든 간에, 난 자네들에게 내 목숨을 빚졌네." 녹스는 흐릿해진 눈을 깜박이고 말을 이었다. "자네들은 줄리엣에게 언덕을 넘어갈 기회만 준 게 아니야. 우리 눈에 보이지 않는 곳에서 평화롭게 죽을 수 있게 해줬지. 그리고 나에게는 눈뜰 용기를 줬고. 우리 눈을 가리고 있던 거짓의 장막을 볼 수 있게……."

"그만하면 됐어." 매클레인이 소리쳤다. "이런 헛소리, 이런 쓸데없는 소리에 귀를 기울였다는 것만으로도 청소형을 당할 수 있어."

"헛소리가 아닙니다." 마크가 성난 목소리로 끼어들었다. "줄리엣이 죽은 건 다……."

"바로 이 법을 어겼기 때문이지!" 매클레인이 날카로운 소리로 외쳤다. "그리고 이제 자네들은 법을 더 깨뜨리겠다고 여기까지 행군해 온 건가? 내가 맡은 층으로?"

"우린 법이 아니라 머리통을 깰 거예요!" 셜리가 말했다.

"그만들 해!" 녹스가 마크와 셜리에게 말했다. 그는 매클레인의 눈에서 분노를 보았지만, 또한 다른 것도 보았다. 매클레인 뒤에 모여 선 사람들 사이에 드문드문 고개를 끄덕이고 눈썹을 치켜뜨는 얼굴들이 있었다.

운반인 한 명이 양손에 빈 자루를 들고 들어왔다가, 긴장감이 감도는 조용한 방 안을 놀란 눈으로 둘러보았다. 문 옆에 서 있던 덩치 좋은 공급부 직원이 나중에 다시 오라며 운반인을 층계참으로 내보냈다. 녹스는 잠시 언쟁이 끊긴 사이에 조심스럽게 말을 골랐다.

"아무리 대단한 터부라 해도 들었다는 이유만으로 청소형을 받은 사람은 없어." 녹스는 그 말이 스며들기를 기다렸다. 그는 말을 중단시키려고 드는 매클레인을 쏘아보았다. 매클레인은 생각을 바꾸고 입을 다물었다. "그러니 자네들 중 누구든 내가 지금부터 하려는 말로 청소형을 받아야 한다고 생각한다면, 그렇게 하지. 내가 말하는 것들이 자네들을 움직여 나와 내 부하들과 함께 밀고 나가자고 생각하게 만들지 못한다면, 기꺼이 받아들이겠어. 이건 워커와 자네들 용감한 몇 명이 오늘 아침 우리에게 보여준 사실이니까. 우리에게는 그놈들이 준 것보다 더 큰 희망을 품을 이유가 있어. 우린 그놈들이 허락하는 것보다 더 멀리까지 지평선을 넓힐 수 있어. 우리는 한 보따리의 거짓말 위에서 자랐고, 우리 친구와 가족들이 언덕 위에서 썩어가는 모습을 보고 두려워하며 살았지만, 이제 한 사람이 그 언덕을 넘어갔어! 새로운 지평선을 본 거야! 우린 놈들에게 밀봉 테이프와 와셔를 받고 그거면 충분하다는 말을 들었지만, 그것들이 대체 뭐였나?"

녹스는 카운터 뒤에 선 사람들을 노려보았다. 매클레인의 단단한 팔짱이 풀리는 것 같았다.

"실패하게 만들어진 물건이었지! 속임수였어. 또 어떤 거짓말이 있을지 누가 알겠나. 혹시 우리가 청소부를 다시 안으로 들여서 최선을 다했다면? 씻기고 살균했다면? 할 수 있는 일은 뭐든 했다면? 그랬다면 청소부들이 살았을까? 그래도 살지 못했을 거라는 IT부 놈들의 말은 이젠 믿을 수가 없어!"

녹스는 고개를 끄덕이는 사람들을 보았다. 그는 자신의 부하들이 필요하다면 언제든 이 방을 휩쓸 태세임을 알고 있었다. 그들도 이 일 때문에 녹스 못지않게 흥분하고 미쳐 있었다.

"우린 여기에 말썽을 일으키러 온 게 아니네. 질서를 가져오려고 온 거야! 폭동은 이미 일어났어." 녹스는 매클레인을 돌아보았다. "모르겠소? 우리가 폭동 속에서 살았던 거요. 우리 부모님은 폭동의 후손이었고, 이제 우리는 우리 자식들에게 똑같은 방식을 가르치고 있지. 이건 새로운 무언가의 시작이 아니라, 오래된 무언가의 끝이 될 거요. 그리고 공급부가 함께한다면, 우리에겐 승산이 있어. 그렇지 않다면, 우리의 시체가 바깥 풍경에서 당신을 괴롭히기를 바라야지. 이제는 바깥이 차라리 이 빌어먹을 사일로 안보다 덜 끔찍해 보이니까!"

녹스는 모든 터부에 대한 저항을 대놓고 드러내며 마지막 말을 외쳤다. 말을 뱉어내고, 그 맛을, 이 둥그런 벽 너머가 벽 안보다 나을 수도 있다고 인정해버린 기분을 음미했다. 속삭이기만 해도 그토록 많은 사람을 죽였던 내용이, 목쉰 고함이 되어 그의 넓은 가슴에서 터져 나왔다.

그러고 나니 기분이 좋았다.

매클레인이 몸을 움츠렸다. 눈에 두려움과 비슷한 감정을 담고 한 발자국 물러섰다. 그녀는 녹스에게 등을 돌리고 부하들을 돌아보았다. 녹스는 실패했음을 알았다. 이 조용하고 잠잠한 사람들이 행동에 나설 가능성이 희박하게나마 있었는데, 그 순간은 흘러가 버렸다. 아니면 녹스가 그 순간을 쫓아버렸는지도 몰랐다.

그때 매클레인이 어떤 행동을 했다. 녹스는 매클레인의 가느다란 목에 힘줄이 불거지는 모양을 볼 수 있었다. 매클레인은 높고 단단히 틀어 올린 흰머리를 움직여 부하들에게 턱을 들어 올리고 조용히 말했다. "어떻게 생각하나, 공급부?"

그것은 명령이 아니라 질문이었다. 녹스는 나중에야 혹시 그것이 슬퍼서 던진 질문이었을까, 녹스의 미친 소리를 인내심 있게 들어준 부하들을 안타깝게 여겨서 던진 질문이었을까 생각했다. 또한 매클레인이 그저 궁금했던 것인지, 아니면 녹스와 기계공들을 내쫓으라는 뜻이었는지 생각했다.

하지만 지금 그는 줄리엣을 생각하고 벅찬 가슴으로 눈물을 줄줄 흘리며, 여기에서 몇 안 되는 기계부 동포들의 고함 소리를 들을 수나 있을까만 생각했다. 기계부의 고함 소리가 공급부의 선량한 사람들이 지르는 성난 전투 함성 속에 완전히 파묻혀버렸기 때문이었다.

41

너무 일찍 이루어지면 그만큼 일찍 손상을 입는 법이라오.
내 모든 희망을 땅이 삼켜버리고 그 아이만 남았으니.

루카스는 IT부의 복도를 누비는 버나드 뒤를 따라갔다. 불안에 젖
은 기술자들이 두 사람 앞에서 불빛에 놀란 야행성 곤충들처럼 흩
어졌다. 버나드는 사무실 안에 숨어서 창문으로 엿보고 있는 기술
자들을 알아차리지 못한 모양이었다. 루카스는 이쪽저쪽으로 눈을
돌리면서도 뒤처지지 않으려고 서둘렀는데, 이렇게 숨어서 지켜보
는 사람들 때문에 눈에 띄는 존재가 된 기분이었다.

"전 다른 자리의 그림자가 되기에는 나이가 좀 많은 것 같은데
요?" 루카스가 말했다. 그는 분명히 제안을 받아들인 기억이 없었
다. 어쨌든 소리 내어 수락하지는 않았다. 그러나 버나드는 합의가
끝났다는 듯이 말했다.

"바보 같은 소리. 이건 전통적인 의미의 그림자가 아니야." 버나
드는 허공에 손을 흔들고 말을 이었다. "자넨 하던 일을 계속할 거
야. 그저 나에게 무슨 일이 일어날 경우에 나서는 거지. 어떻게 해

야 하는지 아는 사람이 필요할 뿐이야. 내 유언이…….″

버나드는 서버실로 들어가는 육중한 문 앞에 멈춰 서서 루카스를 돌아보았다. "그런 일이 생기면, 비상시에는 내 유언이 다음 책임자에게 모든 것을 설명해줄 거네." 그는 루카스의 어깨 너머로 복도 저편을 보았다. "하지만 지금은 심스가 내 유언 집행자니까 바꿔야겠지. 그대로는 순조롭게 돌아갈 리가 없어."

버나드는 턱을 문지르며 혼자 생각에 빠져들었다. 루카스는 잠시 기다렸다가, 버나드 옆으로 다가서서 문 옆에 달린 판에 암호를 찍어 넣고, 주머니에서 신분증을 꺼내어—줄리엣의 것이 아닌 자기 것인지 확인하고—판독기에 통과시켰다. 문이 철컥 열리면서 버나드도 상념에서 깨어났다.

"그래, 흠, 이게 훨씬 나을 거야. 말해두는데 내가 어디로 갈 생각이 있는 건 아니야." 그는 안경을 바로잡고 무거운 강철 문을 통과했다. 루카스도 따라 들어가서 괴물 같은 문을 뒤로 밀어 닫고 자동으로 잠길 때까지 기다렸다.

"하지만 그래도 무슨 일이 생긴다면, 제가 청소를 감독하는 건가요?" 루카스는 상상할 수 없었다. 분명히 그 보호복에 대해서라면 서버보다 더 배울 내용이 많을 것이었다. 이 일에는 새미가 더 나을 테고, 실제로 이 자리를 원하기도 했다. 게다가…… 그렇게 되면 성도를 버려야 할까?

"그건 이 자리의 작은 부분에 불과하네. 하지만 그렇지." 버나드는 앞장서서 서버들 사이를 움직이더니, 13번 서버의 텅 빈 앞면과 조용한 냉각 팬을 지나쳐서 방 제일 안쪽까지 들어갔다.

"이게 사일로의 진정한 심장부로 통하는 열쇠야." 버나드는 작업복에서 절그렁거리는 열쇠 꾸러미를 꺼냈다. 가죽끈에 묶여서 버나드의 목에 걸려 있었다. 루카스는 이제까지 그런 게 있는 줄도 몰랐다.

"이 캐비닛에는 때가 되면 배워야 할 다른 것들도 많지만, 당장은 아래층으로 내려가는 방법만 배우면 돼." 버나드는 서버 뒷면에 있는 몇 개의 잠금장치에 열쇠를 밀어 넣었다. 오목한 나사처럼 보이게 만들어놓은 잠금장치들이었다. 이게 몇 번 서버였지? 28번? 루카스는 방 안을 둘러보고 이 서버의 위치를 헤아려보다가, 이 서버를 점검하는 일은 맡은 적이 없음을 깨달았다.

부드러운 쇳소리가 나면서 서버 뒷면이 떨어져 나왔다. 버나드가 철판을 옆으로 치우자, 루카스는 왜 이 기계를 맡은 적이 없었는지 알았다. 사실상 빈 서버였다. 오랜 시간에 걸쳐 부품을 뜯어낸 것처럼 껍데기만 남아 있었다.

"다시 올라온 다음에는 이걸 꼭 잠가야 해."

루카스는 버나드가 빈 몸통 바닥에 달린 손잡이를 잡는 모습을 지켜보았다. 버나드가 몸 쪽으로 손잡이를 당기자, 근처에서 부드러운 끼익 소리가 들렸다. "금속판이 제자리로 돌아간 다음에 이걸 내리면 고정이 되지."

루카스가 '무슨 금속판이요?'라고 물어보려던 순간, 버나드가 옆으로 비켜서더니 바닥에 깔린 금속 마루에 손가락을 집어넣었다. 그리고 끙 소리를 내면서 무거운 바닥을 들어 올려서 옆으로 밀어내기 시작했다. 루카스는 허둥지둥 반대편으로 가서 허리를 굽히고 도왔다.

"계단으로는……?" 루카스가 말을 꺼냈다.

"계단으로는 35층의 이 부분에 접근할 수 없어." 버나드는 바닥으로 내려가는 사다리를 향해 손짓했다. "먼저 가게."

하루 동안의 갑작스러운 변화에 루카스는 머리가 핑핑 돌았다. 사다리를 잡으려고 몸을 구부리다 보니 가슴 앞주머니에 든 물건들이 움직였다. 그는 얼른 한 손을 뻗어서 손목시계와 반지와 신분증이 빠져나오지 않게 눌렀다. 대체 무슨 생각을 했던 걸까? 지금은 무슨 생각일까? 그는 누군가가 두뇌에 있는 자동 루틴을 개시해서, 기계적으로 움직이는 프로그램이 모든 행동을 이어받은 듯한 기분으로 긴 사다리를 내려갔다. 사다리를 다 내려가고 올려다보니, 버나드는 첫 번째 가로대에서 발을 내리기 전에 바닥을 제자리에 밀어 넣고, 이미 요새나 다름없는 서버실 밑에 있는 어두운 지하 감옥을 단단히 봉했다.

버나드가 어둠 속에서 말했다. "자넨 엄청난 선물을 받게 될 거야. 전에 내가 말한 그대로."

버나드가 불을 켜자, 루카스는 상사가 미친 사람처럼 히죽거리고 있음을 보았다. 이전에 보이던 분노는 간데없었다. 그의 앞에는 새로운 사람, 자신만만하고 열정적인 남자가 서 있었다.

"사일로와 그 안에 사는 사람 모두가 지금부터 보여줄 물건에 달려 있지." 버나드가 말했다. 그는 루카스에게 따라오라고 손짓하고, 환하기는 하지만 좁은 통로를 따라 넓은 방으로 향했다. 서버 컴퓨터들이 한참 멀리 있는 느낌이었다. 사일로 안에 있는 다른 사람들 모두에게서 차단된 기분이었다. 호기심도 일어났지만 무섭기도 했다. 스스로가 그런 책임을 원하는지 잘 알 수 없었고, 이런 일에 동의한 스스로가 원망스러웠다.

그런데도 발이 움직였다. 두 발은 숨겨진 통로를 지나서 이상하고 기이한 물건이 가득한 방으로 그를 안내했다. 별들의 지도 같은 물건은 하찮아 보이는 방, 세상의 크기와 척도가 완전히 새롭게 바뀌는 은신처였다.

42

내가 그대를 훌륭한 무덤에 묻어주리다.
무덤? 오, 아니지. 등불 속이나 다름없네, 찔려 죽은 젊은이.
여기 줄리엣이 누워 있고, 그녀의 아름다움이
이 납골당을 빛이 가득한 연회장으로 만들어주니.

줄리엣은 수프를 듬뿍 바른 헬멧을 바닥에 버려두고 희미한 녹색 불빛 쪽으로 움직였다. 전보다 밝아 보였다. 헬멧 때문에 더 어두웠던 걸까. 제정신이 돌아오자 이제까지 보고 있던 것이 유리가 아니라, 그녀가 보는 세상을 받아들여서 절반은 거짓말을 덧씌워주던 내장 화면이었다는 사실이 기억났다. 아무래도 그 과정에서 시야를 어둡게 만든 모양이었다.

흠뻑 젖은 보호복의 악취는 사라지지 않았다. 썩은 채소와 곰팡내, 아니면 바깥세상에서 따라온 독성 연기 냄새일지도 몰랐다. 식당을 가로질러 계단으로 가는데 목구멍이 조금 타는 느낌이었다. 피부가 근질거렸지만, 그게 공포에서 비롯된 상상인지, 아니면 정말로 공기 중에 있는 무엇 때문인지 알 수가 없었다. 감히 알아보는 위험을 감수할 생각은 없었기에, 숨을 참고 지친 다리를 최대한 빨리 놀려서 계단이 있을 게 분명한 모퉁이를 돌았다.

이 세계는 나의 세계와 똑같아. 그녀는 푸르스름한 비상등 불빛 속에서 비틀비틀 계단을 내려가며 생각했다. 신이 하나만 만든 게 아니었어.

아직도 수프가 뚝뚝 떨어지는 무거운 부츠로 금속 디딤판을 디디니 불안정했다. 그녀는 2층 층계참에 잠시 멈춰서 공기를 크게 몇 모금 들이마셨다. 훨씬 덜 고통스러운 호흡이었다. 그리고 모든 동작을 어색하게 만들고, 썩은 수프와 바깥 공기의 악취를 풍기는 이 지긋지긋하고 뚱뚱한 보호복을 어떻게 벗으면 좋을까 생각했다. 팔을 내려다보았다. 보호복을 입을 때는 다른 사람의 도움이 필요했다. 등에 이중 지퍼가 달렸고, 그 위에 벨크로가 붙어 있고, 그 위에 열 테이프가 발렸다. 그녀는 손에 들린 식칼을 보고, 문득 헬멧을 떼어내는 데 쓰고 나서 그 칼을 내려놓지 않았다는 사실에 감사했다.

줄리엣은 투박한 장갑으로 식칼을 쥐고, 조심스럽게 칼끝을 반대쪽 소매, 손목 바로 윗부분에 찔러 넣었다. 완전히 가르더라도 스스로를 찌르는 일이 없도록 칼날을 팔 위로 밀어 눕히고 칼끝에 힘을 주었다. 찢기 힘든 재질이었지만, 칼자루로 작게 원을 그리자 마침내 구멍이 났다. 이 작은 틈으로 칼을 밀어 넣고, 칼등을 피부에 대고 팔을 따라 손가락까지 미끄러뜨렸다. 칼끝이 손가락 사이 천을 찢어내자, 길게 난 틈 사이로 손을 빼내고 팔꿈치 아래로 소매를 떨굴 수 있었다.

줄리엣은 층계참의 격자판에 앉아서, 자유로워진 손으로 칼을 옮겨서 반대쪽 팔을 뜯어냈다. 그러는 동안 어깨에서 떨어진 수프가 팔에 흘렀다. 다음으로는 가슴 부분을 찢기 시작했다. 이제 두꺼운 장갑이 없으니 칼을 더 잘 움직일 수 있었다. 외부에 씌운 금속박을 찢고, 오렌지처럼 스스로의 껍질을 벗겼다. 헬멧용으로 만들어진 단단한 깃 부분은 새까만 내피복만이 아니라 등에 달린 지퍼와도 연결되어 있었기에 그대로 두어야 했다. 하지만 수프 때문에 젖고 언덕을 넘어오면서 오염된 반짝이는 외피는 조금씩 제거할 수 있었다.

다음은 부츠였는데, 일단 발목 주위를 잘라서 뜯어낸 다음, 바깥쪽 가장자리를 따라 길게 잘라내어 한쪽 발을 꺼내고 다른 한쪽 발도 꺼냈다.

그녀는 이리저리 늘어진 천 조각을 떼어내거나, 아직 등의 지퍼에 붙어 있는 부분을 걱정할 겨를도 없이 일어서서 황급히 계단을 내려갔다. 목구멍을 할퀴는 것 같은 위쪽 공기와 조금이라도 더 거리를 벌렸다. 계단의 녹색 불빛 속을 헤엄치듯 움직여서 두 층을 더 내려가고 나서야 살아 있다는 사실을 제대로 인식했다.

그녀는 살아 있었다.

얼마나 더 오래 살지는 몰라도, 이것은 줄리엣에게 무자비하고, 아름답고, 새로운 사실이었다. 사흘 동안 지금과 비슷한 긴 계단을 오르면서 그녀는 자신의 운명을 받아들였다. 그리고 풍경 속에 점점이 흩어진 미래의 시체들을 위해 만들어진 유치장에서 다시 하루 낮, 하룻밤을 보냈다. 그리고 나서…… 이거였다. 금지된 황무지를 가로지르는 불가능한 일을 해내고, 불가해한 미지의 장소에 들어왔다. 살아남았다.

이후에 무슨 일이 일어나든, 지금 줄리엣은 맨발로 낯선 계단을 뛰어 내려가면서 얼얼한 발바닥으로 서늘한 강철을 느꼈고, 목구멍을 태우던 공기는 새로운 공기를 들이마실 때마다 점점 줄어들었으며, 지독한 악취와 죽음의 기억은 점점 더 위쪽으로 멀어져갔다. 곧 아래로 내려가는 즐거운 발소리만이 외롭고 텅 빈 암흑 속을 울리고, 아래로 아래로 울려 퍼졌다. 죽은 사람이 아니라, 산 사람을 위해 울리는 숨죽인 종소리처럼.

줄리엣은 6층에 멈춰 쉬면서 보호복을 마저 벗겨냈다. 조심스럽게 검은색 내피복의 어깨와 쇄골 부분을 잘라내고, 한 바퀴를 빙 둘러 찢어내면서 아직 열 테이프 조각들이 붙어 있는 등 부분을 뜯어냈다. 일단 헬멧의 단단한 깃이 천에서 분리되자 마침내 줄리엣의 목을 감싸고 있던 단단한 깃이 떨어져 나갔다. 지퍼만 두 번째 등뼈처럼 붙어 있었다. 뜯어낸 깃을 바닥에 던져버리고 검은색 탄소 내피복을 마저 벗겨냈다. 팔과 다리의 천들까지 모두 뜯어내서 6층의 양여닫이문 바깥에 마구잡이로 쌓아놓았다.

6층이라면 주거지일 터였다. 안으로 들어가서 도와달라고 외치거나 여러 방을 돌아다니며 옷과 비축품을 찾아볼까 싶기도 했지만, 그보다는 아래로 내려가고 싶은 충동이 더 컸다. 최상층은 독에 물들고 지상에 너무 가까운 느낌이었다. 모두 그녀의 상상에 불과한지, 최근 사일로 최상층에서 겪은 비참한 경험 때문인지는 중요하지 않았다. 그녀의 몸은 최상층에 혐오를 느꼈다. 안전한 곳은 심층부였다. 언제나 그렇게 느껴졌다.

위층 부엌에서 본 희망적인 광경이 머릿속을 떠나지 않았다. 수확이 적은 시기를 위해 깡통과 병에 저장해둔 식품이 줄줄이 놓여 있었다. 줄리엣은 아래층 식당에 저장 식품이 더 있으리라 생각했다. 그리고 호흡을 회복하자 사일로 안의 공기가 썩 괜찮게 느껴졌다. 폐와 혀를 찌르는 느낌이 사라졌다. 거대한 사일로 안에 아무도 숨을 쉬는 사람이 없어서 공기가 잔뜩 남아 있거나, 아니면 아직 산소를 내뿜는 곳이 있다는 뜻이었다. 이렇게 쓸 수 있는 자원을 계산해보니 희망이 솟았다. 그녀는 망가지고 너덜너덜해진 보호복을 뒤에 남기고, 커다란 식칼 하나만으로 무장한 채 벌거벗은 몸으로 나선 계단을 뛰어 내려갔다. 계단을 밟을 때마다 몸은 점점 살아났고, 마음은 계속 아래로 내려가려는 결심을 굳혔다.

13층에 멈춰서 줄리엣은 문 안을 확인했다. 이 사일로의 각 층이 자신의 사일로와 완전히 다르게 설계되었을 가능성은 언제나 있었고, 그러니 무엇을 기대해야 할지 모르면서 앞일을 계획하는 것은 무모했다. 상층부에서 그녀가 정말 익숙하게 아는 공간은 얼마 되지 않았지만 지금까지 본 부분들은 완벽한 복사본 같았다. 13층은 확실히 아는 공간이었다. 거기에는 워낙 어렸을 때 배우고 깊이 기억에 남아 마음속 한가운데 박힌 작은 돌 같은 어떤 것들이 있었다. 그녀의 몸이 바람에 흩어지고 나무뿌리 깊이 스며들어도 마지막까지 남아 가장 나중에 썩어갈 부분이었다. 양여닫이문을 살짝 밀어 열 때 그녀의 마음은, 다른 사일로, 버려져서 껍데기만 남은 사일로가 아니라, 스스로의 과거 속 어린 시절의 문을 열고 있었다.

안은 캄캄했다. 보안등도, 비상등도 켜져 있지 않았다. 다른 냄새가 났다. 공기가 한자리에 고인 채 부패의 기운을 띠고 있었다.

줄리엣은 복도에 대고 외쳤다. "누구 있어요?"

그녀는 텅 빈 벽에 부딪쳐 돌아오는 메아리에 귀를 기울였다. 돌아오는 목소리는 그녀의 목소리보다 멀고, 약하고, 높게 들렸다. 아홉 살의 그녀가 바로 이 복도를 달리면서 세월을 가로질러 나이 든 그녀에게 소리를 지른다는 상상을 해보았다. 그 소녀를 품에 안아 얌전히 있게 하려고 뒤쫓아 달려오는 어머니의 모습도 그려보려고 했지만, 유령들은 어둠 속으로 사라졌다. 마지막 메아리도 사라지고 벌거벗은 그녀만 홀로 문간에 남았다.

눈이 적응하고 나니 복도 끝에 놓인 접수대를 가까스로 알아볼 수 있었다. 계단 불빛이 유리창이 있어야 할 자리에 반사되어 빛났다. 중층부에서 아버지가 근무했던 육아실, 그녀가 태어났을 뿐만 아니라 어린 시절을 보내기도 한 그곳과 똑같은 구조였다. 여기가 다른 곳이라는 사실이 믿기 어려웠다. 다른 사람들이 여기에 살았고, 다른 아이들이 태어나서, 언덕만 넘어가면 나오는 다른 사일로에서와 똑같이 놀고 성장하고, 서로를 쫓아다니거나 술래잡기를 하거나 자기들이 발명해낸 놀이를 하면서도 다른 사람들에 대해서는 전혀 알지 못했다니. 육아실 문 앞에 서 있어서 그렇겠지만, 그녀는 이 장소에 존재했을 모든 생명에 대해 생각할 수밖에 없었다. 성장하고, 사랑에 빠지고, 죽은 이를 묻었을 사람들.

바깥에 있던 그 모든 사람들이었다. 그녀가 부츠로 훼손하고, 그들이 도망쳐 나온 곳으로 들어가려고 발길질을 해서 뼈와 재를 흩어버린 그 사람들. 줄리엣은 얼마나 오래전에 일어난 일일까 생각했다. 이 사일로가 버려진 지 얼마나 됐을까. 여기에 무슨 일이 일어난 걸까. 계단에 불이 들어와 있으니 배터리실에는 아직 연료가 있다는 뜻이었다. 이 모든 생명이 죽어버린 게 얼마나 최근의 일인지 계산을 해보고, 얼마나 오래된 일인지 알아내려면 종이가 필요했다. 호기심 때문만이 아니라, 알고 싶어 할 만한 실용적인 이유가 있었다.

마지막으로 한 번 더 안을 들여다본 줄리엣은 사일로를 떠나기 전 몇 번 육아실을 지나쳤을 때 아버지를 볼 걸 그랬다는 후회로 몸서리를 쳤다. 어둠과 유령들을 두고 문을 닫은 후에 그녀는 자신이 처한 곤경을 곰곰이 생각했다. 죽어가는 사일로 안에는 그녀 혼자일 가능성이 꽤 높았다. 살아 있다는 흥분은 재빨리 빠져나가고, 고독과 빈약한 생존이라는 현실이 그 자리를 대신했다. 배 속이 꾸르륵거리며 그 생각에 동의했다. 어쩐지 아직도 몸에 뛴 수프의 악취를 맡을 수 있고, 구역질하면서 솟아오른 위산의 맛을 느낄 수 있었다. 물이 필요했다. 옷이 필요했다. 이런 원초적인 욕구가 튀어나오면서 상황의 심각성을 날려 보냈다. 앞에 놓인 벅찬 과제가 과거의 후회를 뒤로 밀어냈다.

구조가 똑같다면 첫 번째 수경재배 농장은 30층에 있을 테고 상층부 흙 농장 중 넓은 곳이 바로 그 아래층에 있을 것이다. 줄리엣은 위로 올라오는 찬바람에 몸을 떨었다. 계단에는 계단만의 온도 순환이 존재했고, 아래로 내려갈수록 추워지기만 할 터였다. 그래도 내려갔다. 아래로 내려갈수록 좋았다. 다음 층으로 내려가서 문을 열어보았다. 너무 어두워서 문을 열자마자 나오는 복도 너머까지는 볼 수 없었지만, 사무실이나 작업실들 같았다. 원래 살던 사일로의 14층에 무엇이 있었는지 기억해보려고 했지만 떠오르지 않았다. 그걸 모르다니 말이 안 된다고? 고향에서도 최상층은 그녀에게 낯선 공간이었다. 덕분에 이 사일로도 완전히 생경한 공간이 되어버렸다.

줄리엣은 14층으로 통하는 문을 잡고 식칼 자루를 층계참 격자판 사이에 끼웠다. 똑바로 튀어나온 칼자루가 장애물이 되어줄 것이었다. 손을 놓자 용수철이 든 경첩이 닫히면서 움직이던 문이 칼자루에 닿아 멈췄다. 이 정도만 열려 있으면 흘러드는 불빛으로 처음 보이는 방 몇 군데는 돌아볼 수 있었다.

문 뒤에 걸린 작업복은 없었지만, 방 하나에는 회의 준비가 갖춰져 있었다. 주전자에 든 물은 오래전에 말라버렸어도 자주색 식탁보는 충분히 따뜻해 보였다. 맨몸보다야 따뜻하겠지. 줄리엣은 컵과 접시와 주전자들을 치우고 식탁보를 잡았다. 어깨에 식탁보를 두르기는 했는데, 몸을 움직이니 흘러내려서 앞쪽으로 양쪽 귀퉁이를 잡아 묶어보려고 했다. 이런 시도 역시 포기하고 나서는 층계참으로, 반가운 불빛 속으로 뛰어 돌아가서 식탁보를 벗었다. 식칼을 집어 들자 문이 음침하게 삐걱거리며 닫혔다. 칼날을 식탁보 중앙에 밀어 넣고 천을 길게 찢었다. 이 구멍에 머리를 밀어 넣자 식탁보가 발아래까지 떨어지며 몸을 감쌌다. 칼을 잠시 더 움직여서 남는 부분을 잘라내고, 긴 조각으로는 허리띠를 만들고 나머지 천은 머리를 따뜻하게 하려고 뒤집어썼다.

무엇인가를 만들어서 문제를 해결하니 기분이 좋았다. 이제는 필요하면 무기가 될 수 있는 도구가 있었고, 옷도 있었다. 불가능한 과제 목록이 몇 개 줄어들었다. 그녀는 부츠를 꿈꾸고, 갈증을 느끼고, 남은 할 일 모두를 철저히 의식하면서 맨발로 차가운 계단을 밟고 더 아래로 내려갔다.

15층에서 지친 다리가 다시 한번 풀릴 뻔하자 그녀는 또 한 가지 필요한 게 떠올랐다. 무릎이 꺾이면서 난간을 붙잡았고, 혈관에 흐르던 아드레날린이 사라지고 죽도록 피곤하다는 사실을 깨달은 것

이다. 층계참에 멈춰 서서 두 손으로 무릎을 짚고 심호흡을 몇 번
했다. 얼마나 오랫동안 움직였지? 얼마나 더 스스로를 채찍질할 수
있을까? 그녀는 식칼에 비친 자기 모습을 확인했다. 얼마나 끔찍한
몰골인지 보고는 더 움직이기 전에 쉬어야 한다는 판단을 내렸다.
아직 온몸이 덜덜 떨리지는 않을 만큼 따뜻할 때 쉬어둬야 했다.

그 층에서 침대를 찾아보고 싶기도 했지만 그만두기로 했다. 문
안의 암흑 속에서는 편안할 수가 없었다. 그래서 15층의 격자판 위
에 몸을 말고, 침대보를 이리저리 움직여서 맨살을 다 덮었다. 머릿
속에 떠오르는 긴 목록을 검토해보기도 전에 피로가 덮쳐들었다.
잠에 빠져들기 전에 잠시 공포가 솟아올랐다. 이렇게 피곤할 리가
없다, 이건 영영 깨어나지 못하는 낮잠일지도 모른다, 이렇게 이 이
상한 세계의 주민들과 함께할 운명인지도 모른다, 이렇게 몸을 만
채로 움직이지 않고, 생명 없이 얼어붙은 채로 썩어 사라질지도 모
른다……

43

하지만 노인들은 흔히 죽은 사람처럼 굴거든.
다루기 힘들고, 느린 데다가, 몸도 무겁고, 납처럼 창백하지.

"우리에게 무슨 일을 제안하는 건지 알고는 있나?"

녹스는 눈을 들고 매클레인의 주름진 눈을 마주했다. 자신감을 최대한 끌어모았다. 사일로 전체의 예비 부품과 제작을 통제하는 이 자그마한 여성은 이상하게 위압감이 있었다. 매클레인에게는 녹스의 두꺼운 가슴도 빽빽한 턱수염도 없었고 손목은 녹스의 손가락 두 개보다 굵을까 싶었지만, 눈가에 주름이 자글자글한 회색 눈동자와 힘든 세월의 무게 앞에서는 녹스도 한갓 그림자가 된 기분이었다.

"이건 폭동이 아니오." 습관과 시간이라는 기름칠 덕분에 금지된 말도 쉽게 흘러나왔다. "일을 바로잡으려는 거지."

매클레인은 코웃음을 쳤다. "우리 조상들도 분명히 그렇게 말했을걸." 매클레인은 흘러내린 은색 머리를 걷어내고 두 사람 사이에 펼쳐진 청사진을 내려다보았다. 마치 이것이 잘못된 일임을 알지만, 그래도 방해하느니 포기하고 돕자고 여기는 듯했다. 어쩌면 나이 때문인지도 모른다고, 녹스는 유리 섬유처럼 가늘고 하얀 머리 털 사이로 드러난 매클레인의 분홍색 두피를 보며 생각했다. 어쩌 면, 이 벽 속에서 오랜 시간을 보내고 나면 무슨 일이든 결코 좋아 질 리가 없다고, 무엇도 그렇게 많이 바뀌지는 않는다고 생각하게 되는지도 몰랐다. 아니면 결국에는 무엇이든 지킬 가치가 있다는 희망 자체를 잃어버리는지도.

녹스는 청사진을 내려다보고 질 좋은 종이에 남은 날카로운 주름 을 문질러 폈다. 문득 자기 손이 얼마나 두껍고, 손가락이 얼마나 기 름투성이로 보이는지 깨달았다. 매클레인은 그를 정의에 대한 환상 을 품고 여기까지 뛰어 올라온 야수 같은 작자로 보고 있을까. 매클 레인은 그를 젊은이로 여길 만큼 나이가 많았다. 그는 스스로를 늙고 현명하다 여기지만 매클레인의 눈에는 젊고 혈기 왕성해 보이리라.

공급부의 물건 더미 사이에 사는 열댓 마리의 개들 중 한 마리가 마치 이 전쟁 계획이 낮잠을 방해한다는 듯이 테이블 아래에서 끙 끙거렸다.

"IT부는 뭔가 터질 줄 알고 있다고 보는 편이 안전할 거야." 매클 레인은 작은 손으로 공급부와 34층 사이에 놓인 수많은 층을 훑으 며 말했다.

"왜지? 우리가 조심해서 올라왔을 거라고 생각지 않는 거요?"

매클레인은 녹스를 향해 웃어 보였다. "분명히 신중했겠지만, 이 렇게 생각해두는 편이 안전해. 모를 거라고 생각하면 위험하니까."

녹스는 고개를 끄덕이고 턱수염을 질겅질겅 씹었다.

"나머지 기계공들은 언제 여기 도착하지?" 매클레인이 물었다.

"10시쯤. 계단이 어두워지면 떠날 테니까 늦어도 2, 3시면 도착할 거요. 짐을 잔뜩 싣고 올 거야."

"열댓 명 정도로 아래층을 돌리기에 충분할까?"

"큰 고장만 없으면." 녹스는 목덜미를 긁었다. "운반인들은 어디로 붙을 것 같소? 중층부 사람들은?"

매클레인은 어깨를 으쓱였다. "중층부는 자기들을 거의 상층부로 여기지. 난 알아. 어린 시절을 거기서 보냈으니까. 중층부 사람들은 최대한 자주 풍경을 보고 1층 식당에서 밥을 먹으면서 올라가는 일을 정당화하지. 상층부는 또 다른 문제야. 난 오히려 상층부에 더 희망이 있다고 봐."

녹스는 자기가 제대로 들었는지 의심했다. "뭐요?"

매클레인은 녹스를 쳐다보았고, 개 한 마리가 친구를 찾는지 온기를 찾는지 녹스의 부츠에 코를 비볐다.

"생각해보게. 자네는 왜 그렇게 열이 받았지? 좋은 친구를 잃어서? 그런 일은 늘상 일어나. 아니지. 자네는 거짓말을 들었기 때문에 화가 났어. 그리고 내 장담하는데 상층부 사람들은 이 일을 더 예민하게 느낄 거야. 상층부는 거짓말을 듣고 나간 사람들을 보면서 살거든. 중층부가 문제야. 알지도 못하면서 위로 올라가고 싶어 하고, 연민도 없이 우리를 내려다보는 중층부 사람들이 제일 저항이 심할 거야."

"그러면 꼭대기에 우리의 협력자가 있다는 거요?"

"그래, 우리가 닿을 수 없는 곳에 말이지. 갈 수 있다 해도 설득이 필요하기는 할 거야. 내 사람들을 물들인 자네의 멋진 연설 같은 것 말이야."

매클레인은 드물게 씩 웃는 얼굴을 선사했고, 녹스는 활짝 웃었다.

그리고 그 순간 왜 사람들이 매클레인에게 헌신하는지 알았다. 녹스 본인이 다른 사람들에게 발휘하는 영향력과 비슷했지만 이유가 달랐다. 사람들은 그를 두려워했고, 안전하다는 느낌을 받고 싶어 했다. 하지만 매클레인은 존경했고, 그녀에게 사랑받고 싶어 했다.

"문제는 우리와 IT부 사이에 있는 중층부지." 매클레인은 손으로 청사진을 훑었다. "그러니 싸움을 벌이지 말고 빨리 통과해야 해."

"그냥 동이 트기 전에 급습해 올라가자고 생각했는데." 녹스가 투덜거렸다. 그는 등을 기대고 테이블 아래에 있는 개를 보았다. 녀석은 그의 부츠에 반쯤 앉아서, 바보 같은 혀를 늘어뜨리고 꼬리를 흔들면서 그를 올려다보았다. 녹스에게는 그 짐승이 식량을 먹고 똥을 남기는 기계로밖에 보이지 않았다. 먹어서는 안 된다는 말을 들은 털북숭이 고깃덩어리였다. 그는 그 더러운 짐승을 신발에서 털어냈다. "썩 꺼져."

"잭슨, 이리 오렴." 매클레인이 손가락을 튕겼다.

"왜 그 녀석들을 키우는지 모르겠소. 하물며 수를 더 늘리다니."

"자네야 모르겠지." 매클레인이 쏘아붙였다. "이 녀석들은 영혼에 좋거든. 키우는 우리에게 말이야."

진심으로 하는 말인가 살피던 녹스는 매클레인이 아까보다 더 편하게 미소 짓고 있음을 알았다.

"흠, 여길 바로잡고 나면 그 녀석들에게도 추첨을 요구해야겠어. 그놈들 수를 제한하게." 그는 매클레인의 빈정거리는 미소를 그대로 돌려줬다. 잭슨은 매클레인이 손을 뻗어 쓰다듬어줄 때까지 낑낑거렸다.

"우리가 이 녀석들만큼 서로에게 충성스럽다면, 폭동 같은 건 일어날 일도 없을 거야." 매클레인은 녹스를 지그시 바라보며 말했다.

동의할 수 없었던 녹스는 고개만 살짝 떨어뜨렸다. 지난 세월 동안 기계부에도 개가 몇 마리 있었고, 그 정도만으로도 이런 식으로 느끼는 사람들이 있다는 건 알 수 있었다. 그는 그렇게 생각하지 않았지만 말이다. 그는 결코 은혜를 갚을 리 없는 짐승을 살찌울 음식을 사려고 힘들게 번 치트를 써버리는 사람들을 보고 언제나 고개를 저었다. 잭슨이 테이블 아래로 건너와서 무릎에 코를 비비며 쓰다듬어달라고 낑낑거리자, 녹스는 그 소리를 무시하고 청사진 위에 두 손을 펼쳤다.

"우리가 올라가려면 주의를 다른 데로 돌려야 해." 매클레인이 말했다. "중층의 사람 수를 줄일 만한 일이 필요해. 그들을 꼭대기 층으로 올라가게 할 수 있다면 좋을 텐데. 여기 있는 우리가 다 계단을 올라가자면 꽤 요란할 테니까 말이지."

"우리? 잠깐, 설마 직접 가겠다는……."

"내 사람들이 가면 당연히 나도 가지." 매클레인은 고개를 기울였다. "난 50년이 넘게 창고 사다리를 오르내렸네. 계단 몇 층 정도로 울 것 같나?"

녹스는 어떤 일로라도 매클레인을 울릴 수 있으리라 생각하지 않았다. 잭슨이 개라는 종이 으레 보이는 멍청한 웃는 미소로 녹스를 올려다보며 꼬리로 테이블 다리를 탁탁 쳤다.

"올라가는 길에 문을 용접해 붙이면 어떻겠소?" 녹스가 물었다. "일이 다 끝날 때까지 가둬두는 거지."

"그 후는 어쩌게? 그냥 사과하게? 몇 주씩 걸리면 어쩌고?"

"몇 주?"

"설마 그렇게 쉽게 생각하는 건 아니겠지? 그냥 행진해 올라가서 고삐를 잡을 수 있다고 보나?"

"뒷일에 대해 착각 같은 건 하지 않소." 녹스는 덜컹거리는 기계가 가득한 작업장들로 이어지는 사무실 문을 가리켰다. "우리 쪽 사람들이 전쟁 도구를 만들고 있고, 난 필요하면 그 무기들을 쓸 작정이오. 평화로운 승계가 가능하다면야 기쁘게 받아들이고, 버나드와 다른 몇 놈만 청소하러 내보내는 데 만족하겠지만, 내 평생 손을 더럽히기 싫다고 피한 적은 한 번도 없어."

매클레인은 고개를 끄덕였다. "그 점에 대해서는 우리 둘 다 입장이……."

"유리처럼 투명하지."

녹스는 한 가지 생각을 떠올리고 손뼉을 쳤다. 갑작스러운 소리에 잭슨이 몸을 피했다.

"생각났소. 주의를 돌릴 만한 방법." 녹스는 청사진에 보이는 기계부 아래층을 가리켰다. "젱킨스를 시켜서 정전을 일으키면 어떻겠소? 여기보다 몇 층 위에서부터 정전시킬 수도 있고, 아니면 농장과 식당까지 포함시킬 수도 있지. 최근에 수리한 발전기 문제라고 하고."

"그러면 중층부가 빌까?" 매클레인은 눈을 가늘게 떴다.

"따뜻한 식사를 원한다면 그러겠지. 돌아다니는 대신 어둠 속에 쭈그리고 앉아 있을 테고."

"오히려 무슨 일이냐고 계단으로 몰려나올 수도 있어. 그럼 우리에겐 더 방해가 될 거야."

"그러면 문제를 해결하러 올라간다고 하면 되잖소!" 녹스는 좌절감을 느꼈다. 망할 놈의 개는 다시 그의 부츠 위에 앉았다.

"문제를 해결하러 '위'로 올라간다고?" 매클레인은 소리 내어 웃었다. "그게 말이 됐던 적이 있긴 한가?"

녹스는 턱수염을 잡아당겼다. 뭐가 그렇게 복잡한지 알 수가 없었다. 사람은 많았다. 그들은 종일 공구를 들고 일했다. 그들은 기술 책임자들, 버나드처럼 앉아서 비서같이 키보드나 달칵거리는 보잘것없는 남자들을 때려눕힐 작정이었다. 그냥 올라가서 하기만 하면 될 일이었다.

"더 좋은 생각이라도 있소?"

"나중 일도 염두에 둬야 해." 매클레인은 말했다. "몇 사람을 두들겨 패서 죽이고 피가 격자판을 타고 떨어지면, 그다음에는 뭐지? 사람들이 그런 일이 또 일어날까 두려워하면서 살았으면 좋겠나? 아니면 자네가 그곳에 가느라 그들에게 겪게 한 일들을 또 겪을까 무서워하면서?"

"난 거짓말한 놈들을 해치우고 싶을 뿐이오. 다들 그것밖에 원하지 않아. 우리 모두가 두려움 속에서 살았소. 바깥을 두려워하고, 청소를 두려워하고, 심지어 더 나은 세상에 대해 말하기를 두려워했지. 그런데 그게 다 사실이 아니었어. 시스템은 조작됐고, 우리가 고개를 숙이고 받아들이게 했지."

잭슨이 녹스를 올려다보고 짖더니, 분사구가 막힌 채로 통제 불능이 되어 떨어져 나온 공기 호스처럼 바닥에 꼬리를 휘두르면서 낑낑거리기 시작했다.

"우리가 이 일을 끝내면, 이제까지 그저 내다보기만 했던 세상을 탐험하는 문제에 대해 이야기하기 시작하면, 분명 영감을 얻는 사람들이 있을 거라 생각해요. 젠장, 난 희망을 느낀단 말이오. 댁은 아무것도 못 느끼나?"

녹스는 손을 뻗어 잭슨의 머리를 문질렀고, 그러자 그 짐승이 내던 시끄러운 소리가 멈췄다. 매클레인은 그를 물끄러미 바라보다가 마침내 고개를 끄덕여 동의했다.

"정전 작전으로 가지." 매클레인은 단호하게 말했다. "오늘 밤, 청소한 풍경을 보러 간 사람들이 실망해서 돌아오기 전에. 공급부가 이끄는 친선 사절단처럼 보이도록 내가 양초와 손전등으로 무장한 분대를 이끌고 앞장을 서겠네. 자네는 몇 시간 후에 나머지와 함께 따라와. 수리하러 올라간다는 이야기로 말썽에 휘말리기 전에 얼마나 올라갈 수 있을지 보자고. 운이 좋으면 꽤 많은 수가 꼭대기에 남아 있거나, 식사 한 끼 해결하자고 계단을 오르내리다가 지쳐서 침대에 들어가 있겠지."

"그렇게 이른 시간이라면 통행이 더 적을 테니까 생각보다 곤란한 일은 없을지도 모르고." 녹스가 동의했다.

"목표는 IT부를 쳐서 점령하는 거야. 버나드는 아직 시장 대행 자격이니까 IT부에 없을지도 모르지만, 일단 30층대를 확보하면 그놈이 우리에게 오든지, 우리가 쫓아 올라가게 되겠지. 일단 30층대가 우리 것이 되고 나면 버나드도 그렇게 투지를 불태우지는 않을 거야."

"같은 생각이오." 녹스는 말했다. 작전이 있으니 기분이 좋았다. 동맹이 있어서도 좋았다. "그리고 참, 고맙수다."

매클레인은 미소를 지었다. "자넨 기름쟁이치고는 훌륭한 연설을 하거든. 게다가." 그녀는 고갯짓으로 개를 가리켰다. "잭슨이 자네를 좋아해. 저 녀석은 틀린 적이 없지. 사람에 대해서라면."

녹스는 아래를 내려다보고서야 자신이 아직 개를 긁어주고 있음을 깨달았다. 그는 손을 치우고, 개가 자신을 올려다보며 헥헥거리는 모습을 보았다. 옆방에서 누군가가 농담을 듣고 웃음을 터뜨렸고, 공급부 직원들의 목소리와 뒤섞인 기계공들의 목소리가 벽과 문을 통과하면서 부드럽게 하나로 뭉개져 들렸다. 그 웃음소리에, 강철봉을 구부려 모양을 만들고, 평평한 조각을 날카롭게 두드리고, 대갈못 기계로 총탄을 만드는 소리들이 더해졌다. 그리고 녹스는 매클레인이 충성심에 대해 한 말이 무슨 뜻인지 알았다. 멍청한 개의 눈동자에서, 요구하기만 하면 그를 위해 무엇이든 하겠다는 충성심을 보았다. 그리고 그에게나 매클레인에게 똑같이 다가오는 수많은 사람들의 무게가 그의 가슴을 내리눌렀다. 녹스는 그것이 가장 무거운 부담이라고 생각했다.

44

죽음의 흐릿한 깃발이 그곳까지 진격하지 않았으니.

아래에 있는 흙 농장에서 흘러나온 강렬한 썩은 내가 계단을 채웠다. 한 층을 더 내려가서 그 냄새를 알아차렸을 때 줄리엣은 아직 잠이 덜 깬 상태였다. 얼마나 오래 잤는지 알 수가 없었다. 며칠처럼 느껴졌지만 몇 시간이었을 수도 있었다. 그녀는 격자판에 얼굴을 대고 자다가 뺨에 빨갛게 자국이 남은 채로 깨어났고, 깨자마자 바로 움직였다. 속이 괴로웠고, 농장에서 흘러나오는 냄새에 발이 빨라졌다. 28층에 이르자 공기 중에 톡 쏘는 냄새가 어찌나 짙은지, 냄새 속을 뚫고 헤엄치는 기분이 들 정도였다. 죽음의 냄새라는 생각이 들었다. 양질의 흙을 뒤집어엎어서 그 냄새 분자를 허공에 풀어놓는, 장례식의 냄새.

줄리엣은 수경재배 농장이 있는 30층에 멈춰 서서 문을 열어보았다. 안은 어두웠다. 복도 저편에서 팬인지 모터인지가 돌아가는 소리가 들렸다. 하루가 넘도록 자신이 내는 소리 말고는 아무 소리도 듣지 못하다가 이 작은 소리를 마주치니 이상했다. 비상등의 초록색 불빛은 아무 위안이 되지 않았다. 그건 죽어가는 몸뚱이에서 나오는 열기, 광자가 새어 나와 수명이 다해가는 배터리의 열기와 같았다. 하지만 이건 움직이는 소리였고, 그녀의 숨소리와 발소리가 아닌 다른 소리였으며, 수경재배 농장의 어두운 복도 깊은 곳에 도사리고 있었다.

다시 한번 그녀는 유일한 도구이자 방어 무기를 문 버팀쇠로 두어 빛이 조금이라도 흘러들게 해놓고 살며시 안으로 들어갔다. 식물 냄새가 계단에서처럼 강하게 풍기지 않았다. 한 손을 벽에 대고 복도를 조용히 걸었다. 사무실과 접대 공간은 캄캄하게 죽어 있고, 공기는 건조했다. 보안문에는 불빛이 깜박거리지 않았고, 어차피 집어넣을 신분증도 치트도 없었다. 그녀는 보안문 지지대에 손을 얹고 훌쩍 뛰어넘었다. 이 작은 반항의 몸짓에는 어쩐지 강력한 힘이 있었다. 마치 그녀가 이 죽은 사일로에 법이 없다는 사실, 문명도 규칙도 없다는 사실을 받아들였다는 뜻 같았다.

계단에서 흘러드는 빛은 첫 번째 재배실까지는 거의 닿지 않았다. 그녀는 눈이 적응할 때까지 기다리면서, 기계부 깊은 곳과 고장난 기계의 캄캄한 내부에서 연마한 이 능력에 감사했다. 겨우 눈이 익어 보게 된 광경은 격려가 되지는 않았다. 수경재배 정원은 썩어 버렸다. 그물망 같은 지지관들 여기저기에서 두꺼운 줄기가 밧줄처럼 늘어져 있었다. 덕분에 사일로 자체는 몰라도 이 농장들이 쓰러진 지는 얼마나 됐는지 짐작할 수 있었다. 수백 년이 지나지는 않았어도 며칠 전의 일은 아니었다. 그 정도라도 이 수수께끼 같은 장소의 답을 얻기 위한 첫 번째 단서였으니, 엄청난 정보처럼 느껴졌다.

손가락 마디로 파이프를 두드려보니 속이 꽉 찬 소리가 울렸다.

작물은 없었지만, 물은 있었다! 생각만으로도 입이 바싹 마르는 것 같았다. 줄리엣은 난간을 타 넘어서 재배실로 들어갔다. 원래 작물 줄기가 자라야 할 파이프 위 구멍에 입을 댔다. 새지 않게 단단히 입을 붙이고 물을 빨아들였다. 혀에 닿는 액체에서는 짭짤하고 불쾌한 맛이 느껴졌지만, 그래도 물이었다. 그리고 그 맛은 화학이나 독과는 상관없는, 퀴퀴한 유기물의 맛이었다. 흙 맛이었다. 20년 동안 절어 살았던 기름 냄새보다 그리 불쾌하지도 않았다.

그래서 그녀는 배가 찰 때까지 물을 마셨다. 그리고 이제 물이 있으니, 찾아낼 만한 단서가 더 있다면 그 단서를 다 모을 때까지 살 수 있을지도 모른다는 사실을 깨달았다.

재배실을 떠나기 전에 줄리엣은 이어지는 파이프 끄트머리에서, 끝에 뚜껑이 붙은 한 마디를 뜯어냈다. 지름이 3센티미터쯤에 길이는 60센티미터가 안 되었지만 그 정도면 물통 노릇은 할 터였다. 그녀는 부러뜨리고 남은 파이프를 부드럽게 아래로 구부려서, 수도 속을 순환하던 물이 흘러내리게 만들었다. 그리고 뜯어낸 파이프에 물을 채우면서 손과 팔에 물을 끼얹었다. 아직도 바깥에서 오염되었을지 모른다는 두려움이 남아 있었다.

파이프가 가득 차자, 줄리엣은 다시 불빛이 흘러드는 복도 끝으로 돌아갔다. 수경재배 농장은 세 개 있었고, 모두 길고 구불구불한 복도를 따라 도는 폐쇄 수도를 갖추었다. 머릿속으로 대충 계산을 해보려고 했지만, 아주 오랫동안 마실 만한 물이 있다는 결론밖에 낼 수 없었다. 뒷맛은 지독했고, 그 물 때문에 배 속이 뒤틀린다 해도 놀랍지 않았다. 그래도 불을 피울 수 있고 태울 만한 천이나 종이를 찾아낼 수 있다면 제대로 끓여서 먹을 수 있을 터였다.

계단으로 돌아가니 잠시 사라졌던 짙은 냄새가 돌아왔다. 그녀는 식칼을 다시 챙겨 들고 서둘러 사일로의 두꺼운 한 조각을, 다음 층 계참까지 계단 둘레의 두 배는 되는 거리를 더 내려가서 문을 확인했다.

냄새는 확실히 흙 농장에서 흘러나왔다. 그리고 줄리엣은 여기에서도 돌아가는 모터 소리를 들을 수 있었다. 소리가 더 컸다. 문을 버텨 세우고, 물통은 난간에 기대어놓은 채 내부를 확인했다.

식물 냄새가 압도적이었다. 희미한 녹색 불빛 속에서, 앞쪽에 난간을 넘어서 통로까지 뻗은 무성한 식물 줄기를 볼 수 있었다. 그녀는 보안문을 뛰어넘고, 눈이 다시 적응할 때까지 벽에 한 손을 대고 가장자리를 탐색했다. 어디선가 펌프가 돌아가고 있었다. 새는 구멍인지, 아니면 제대로 움직이는 수도꼭지인지에서 물이 떨어지는 소리도 들을 수 있었다. 줄리엣은 팔을 스치는 잎사귀에 한기를 느꼈다. 이제는 썩은 냄새를 뚜렷하게 구분할 수 있었다. 흙 속에 떨어져서 썩어가고 덩굴에 매달린 채 시들어가는 과일과 채소의 냄새였다. 윙윙거리는 파리 소리가 들렸다. 생명의 소리였다.

빽빽한 초록색 사이로 손을 넣어 이리저리 더듬다 보니 뭔가 매끈한 것이 닿았다. 줄리엣은 힘주어 당겨서 통통한 토마토를 불빛에 들어 올렸다. 이곳이 언제 죽어버렸는지 짐작하던 숫자가 확 줄어들었다. 흙 농장은 얼마나 오랫동안 저절로 유지가 될까? 토마토가 씨를 뿌려야 하는 작물이었나, 잡초처럼 해마다 다시 생기는 식물이었나? 기억할 수가 없었다. 그녀는 아직 완전히 익지 않은 토마토를 한 입 베어 물다가 뒤편에서 나는 소리를 들었다. 또 다른 펌프가 움직이는 걸까?

고개를 돌린 순간, 계단으로 통하는 문이 쾅 닫히면서 흙 농장이 캄캄한 어둠 속에 갇혔다.

줄리엣은 얼어붙었다. 그녀는 식칼이 계단으로 떨어지는 소리를 기다렸다. 식칼이 격자판 틈으로 저절로 미끄러져 빠졌을 수도 있다고 생각하려고 했다. 불빛이 사라지자 귀가 뇌의 상당 부분을 점령한 것 같았다. 숨소리는 물론 맥박 뛰는 소리까지 들을 수 있었고, 펌프 돌아가는 소리는 더 크게 들렸다. 그녀는 토마토를 손에 쥔 채 몸을 낮추고, 팔을 뻗어 손으로 길을 확인하며 반대쪽 벽을 향해 움직였다. 식물들을 피해서 낮은 자세를 유지하고, 스스로를 진정시키려고 애쓰면서 출구 쪽으로 다가갔다. 여기에 유령은 없다. 무서워할 건 없다. 그녀는 천천히 앞으로 기어가면서 스스로에게 그 말을 되풀이했다.

그러다가 누군가의 팔이 그녀의 어깨에 닿았다. 줄리엣은 소리를 지르며 토마토를 떨어뜨렸다. 그 팔은 그녀를 꽉 누르고, 쭈그린 자세에서 일어서지 못하게 만들었다. 그녀는 침입자를 때리며 빠져나오려고 발버둥 쳤다. 머리에 쓴 식탁보 모자가 벗겨지고…… 마침내 보안문의 단단한 가로봉이 느껴졌다. 허리 높이에 오는 강철봉이 복도 쪽으로 뻗어 나와 있었다. 바보가 된 기분이었다.

"너 때문에 심장마비 올 뻔했잖아." 그녀는 보안문에 대고 말했다. 그리고 보안문 양옆을 잡고 뛰어넘었다. 일단 불빛을 확보하면 먹을 것을 더 찾으러 돌아올 생각이었다. 한 손은 벽에 대고 한 손은 앞을 더듬으며 출구로 향하면서 줄리엣은 이제 물건에게 말을 걸기 시작한 걸까 생각했다. 미쳐가는 걸까. 어둠 속에 빠져들면서,

줄리엣은 사고방식이 시시각각 변하고 있음을 깨달았다. 하루 전만 해도 죽음을 받아들였는데, 이제는 겨우 미칠까 봐 겁을 먹다니.

일종의 진전이기는 했다.

마침내 손이 문에 닿았고, 줄리엣은 문을 밀어 열었다. 식칼을 잃어버리다니 욕이 나왔다. 확실히 격자판에는 없었다. 얼마나 멀리 떨어졌을까, 다시 찾을 수는 있을까, 아니면 대신할 물건을 찾을 수 있을까 생각했다. 그리고 물통을 집으려고 몸을 돌렸는데…….

물통도 없어졌다.

시야가 좁아지고, 심장이 빨리 뛰었다. 줄리엣은 문이 닫히면서 물통이 넘어진 걸까 생각했다. 식칼은 칼자루보다 더 좁은 격자판 사이로 어떻게 떨어졌을까 생각했다. 그리고 관자놀이의 지끈거림이 약해지자, 다른 소리가 들렸다.

발소리.

아래쪽 계단에 울려 퍼지는.

달려가는 발소리.

45

이런 격렬한 기쁨은 끝도 격렬하기 마련.

공급부의 작업대는 전쟁 도구들로 덜그럭거렸다. 철저히 금지된 물건인 갓 만든 총이 강철 막대들처럼 줄지어 놓였다. 녹스는 막 구멍을 내고 선을 새긴 총신의 열기를 느낄 수 있는 총을 한 자루 집어 들고 개머리판을 젖혀서 점화 약실을 드러냈다. 가느다란 파이프를 잘라내어 화약을 채운 반짝이는 총탄 양동이에 손을 넣고, 총탄 하나를 새로 만든 총에 밀어 넣었다. 이 기계의 조작법은 간단해 보였다. 겨누고, 레버를 당기면 그만이었다.

"겨눌 때 조심하세요." 공급부 남자 하나가 몸을 내밀고 말했다.

녹스는 총신을 천장 쪽으로 들어 올리고 이 물건이 무슨 일을 할 수 있는지 그려보려고 했다. 예전에 본 총이라고는 하나뿐이었다. 늙은 부보안관이 허리에 차고 다니던 작은 총, 언제나 과시용이라고 생각했던 그 총. 녹스는 치명적인 탄환 한 줌을 주머니에 넣으면서 이 총알 하나하나가 어떻게 한 사람의 생명을 끝장낼 수 있는지 생각하고, 왜 이런 물건이 금지된 건지 이해했다. 사람을 죽이는 일은 파이프를 하나 휘두르는 것보다는 힘든 일이어야 했다. 양심이 끼어들 만한 시간은 걸려야 했다.

공급부 직원 한 명이 양손으로 양동이를 하나 들고 나타났다. 굽은 등과 처진 어깨를 보니 그 무게를 짐작할 수 있었다. "이건 아직 스무 개 정도밖에 안 나왔어요." 남자는 양동이를 작업대에 올려놓으면서 말했다.

녹스는 양동이에 손을 넣어 묵직한 짧은 원통을 하나 꺼냈다. 기계공들은 물론이고 노란 작업복을 입은 사람들도 불안한 눈으로 그 원통을 주시했다.

"단단한 걸로 끝을 때려요." 작업대 뒤에 선 남자가, 고객에게 전기 제품을 나눠 주면서 설치에 대해 마지막으로 충고할 때처럼 차분하게 말했다. "벽이나 바닥, 총의 개머리판 같은 걸로요. 그다음에 던져요."

"가지고 다니기엔 안전해요?" 녹스가 원통 하나를 바지 뒷주머니에 밀어 넣는 동안 셜리가 물었다.

"그럼요. 힘을 꽤 줘야 터져요."

몇 사람이 양동이에 손을 넣고 덜그럭거리며 하나씩 집어 들었다. 녹스는 하나를 집어서 가슴 앞주머니에 넣는 매클레인의 눈길을 보았다. 그녀의 얼굴에 냉담한 반항의 표정이 떠올라 있었다. 그녀가 함께 간다는 사실에 녹스가 얼마나 실망했는지 알아본 게 분명했다. 그녀를 설득해봐야 소용없다는 사실을 한눈에 알 수 있었다.

매클레인의 회청색 눈동자가 작업대 주위에 모여 선 사람들에게 향했다. "좋아. 잘 들어. 이제부터 시작이다. 총을 들고 있다면 탄약을 챙기도록 해. 저쪽에 캔버스 천이 있다. 무기를 최대한 눈에 띄지 않게 싸. 우리는 5분 안에 출발한다, 알아들었나? 후발대는 보이지 않게 뒤쪽에서 기다린다."

녹스는 고개를 끄덕였다. 그는 마크와 셜리 쪽을 보았다. 두 사람 다 녹스와 함께 후발대에 들어갈 터였다. 올라가는 속도가 느린 사람들이 먼저 출발해 가볍게 행동하고, 다리가 튼튼한 사람들이 뒤따라 출발해 강하게 밀어붙이는 작전으로, 같은 시간에 34층에 모이는 것이 희망 사항이었다. 각각의 무리만으로도 충분히 눈에 띌 텐데, 하물며 한꺼번에 움직인다면 가면서 의도를 큰 소리로 노래하는 꼴이나 마찬가지였다.

"괜찮아요, 대장?" 셜리가 소총을 어깨에 걸치고 얼굴을 찌푸렸다. 녹스는 턱수염을 문지르면서 자신이 느끼는 스트레스와 두려움이 어느 정도나 드러날까 생각했다.

그는 우렁우렁한 목소리로 말했다. "괜찮지. 암."

마크가 폭탄을 하나 집어서 챙기고는 아내의 어깨에 한 손을 올렸다. 녹스는 문득 회의에 사로잡혔다. 그는 여자들을 끌어들이고 싶지 않았다. 최소한 결혼한 여자들이라도. 그는 그들이 준비하는 폭력이 필요하지 않을 수도 있다는 희망을 버리지 않았지만, 열성적인 손들이 무기를 챙기는 모습을 보면 점점 더 그렇게 생각하기가 힘들어졌다. 이제는 모두에게 다른 사람의 생명을 빼앗을 능력이 있었고, 그런 만큼 화가 나기도 했다.

매클레인이 작업대 사이로 빠져나와서 녹스를 아래위로 훑어보더니 손을 내밀었다. "이제 시작이로군."

녹스는 그 손을 잡았다. 그리고 이 작은 여성의 힘에 감탄했다.

"35층에서 만나서 마지막 한 층은 같이 갑시다. 우리를 빼놓고 재미 보지 마쇼."

매클레인은 미소 지었다. "안 그럴 거야."

"잘 올라가요." 녹스는 매클레인 뒤에 모여드는 사람들을 보았다. "모두 잘 올라가게. 행운을 빌어. 곧 만나자고."

근엄하게 고개를 끄덕이고 턱을 단단히 다무는 모습들이 보였다. 노란 작업복을 입은 작은 군대는 문 쪽으로 향했지만, 녹스는 매클레인을 붙잡았다.

"이봐요, 우리가 따라잡기 전에 말썽 일으키지 말아요. 알았소?"

매클레인은 그의 어깨를 두드리고 미소 지었다.

"그리고 사태가 나빠지면, 당신은 맨 뒤에 있었으면 좋겠소. 저 뒤쪽……."

매클레인은 녹스의 소매를 움켜쥐고 가까이 다가섰다. 주름진 얼굴이 갑자기 엄해졌다.

"말해보게, 기계부의 녹스. 폭탄이 날아갈 때 자넨 어디 있을 건가? 우리를 우러러보는 이 사람들이 제일 심각한 상황에 처할 때, 자네는 어디 있을 거야?"

녹스는 갑작스러운 공격에 놀랐다. 매클레인의 조용한 쉿소리에는 고함 못지않은 힘이 있었다.

"내가 어디 있을지야 잘 알잖소……."

"바로 그거야." 매클레인은 그의 팔을 놓고 말했다. "나도 당연히 거기 있어야 한다는 정도는 알아야지."

46

내 아내가 와서 죽은 나를 발견하는 꿈을 꾸었는데.

줄리엣은 꼼짝도 하지 않고 서서 계단 아래로 멀어져가는 발소리에 귀를 기울였다. 난간의 진동을 느낄 수 있었다. 소름이 다리를 타고 올라와서 팔을 따라 내려갔다. 소리를 지르고 싶었다. 그 사람에게 멈추라고 외치고 싶었다. 그러나 갑작스럽게 솟구친 아드레날린으로 가슴이 싸늘하게 비어버린 것 같았다. 폐 속 깊숙이 찬바람이 내려앉아 목소리를 누르는 느낌이었다. 사람들이 살아 있었고, 그녀와 함께 사일로 안에 있었다. 그리고 도망치고 있었다.

그녀는 난간에서 몸을 떼어내 황급히 층계참을 지났다. 전력으로 나선 계단에 내려서서 다리가 허락하는 한 가장 빠른 속도로 뛰었다. 한 층을 내려가고 아드레날린이 줄어들자 겨우 "멈춰!"라고 외칠 수 있었지만, 맨발이 금속 계단을 디디는 소리에 묻혀 목소리가 들리지 않았다. 이제는 사람이 달아나는 소리도 들을 수 없었고, 너무 멀리 가버릴까 봐 멈춰 서서 귀를 기울일 수도 없었지만, 31층 문간을 지나치다 보니 어느 층 안으로 숨어 들어갔을 가능성도 있다는 걱정이 들었다. 그리고 이 거대한 사일로 안에 겨우 몇 명만 숨어 있다면 영영 찾을 수 없을지도 몰랐다. 그 사람들 쪽에서 발견되기를 원치 않는다면 말이다.

어쩐지 그 가능성이 더 무서웠다. 그녀가 허물어져가는 사일로에서 먹을 것을 찾아 돌아다니고, 무생물에게 말을 걸면서 남은 평생을 보내는 동안 다른 사람들도 숨어서 똑같이 지낸다고 생각하면. 너무나 끔찍한 생각이다 보니 그 반대일 가능성을 떠올리기까지 시간이 꽤 걸렸다. 오히려 그 사람들이 그녀를 찾아내려고 할 수도 있고, 좋지 않은 의도를 갖고 있을 수도 있었다.

좋지 않은 의도를 갖고 있을지도 모르는데, 그들이 그녀의 식칼을 가지고 있었다.

그녀는 32층에 멈춰서 난간을 붙잡고 귀를 기울였다. 숨을 참고 조용히 있기는 거의 불가능했다. 폐에서 공기를 깊이 들이마시라고 울부짖고 있었다. 그래도 그녀는 가만히 서서, 서늘한 난간을 잡은 손바닥에서 뛰는 맥박을 느꼈다. 아직 아래에서 또렷한 발소리가 들렸고, 아까보다 더 컸다. 따라잡고 있었다! 그녀는 다시 출발했고, 대담해져서 몸을 기울이고 한 번에 세 계단씩 춤추듯 뛰어내렸다. 어렸을 때처럼 한 손을 난간에 얹고, 반대쪽 손을 앞으로 뻗어서 균형을 잡고, 미끄러지지 않도록 집중하면서 발바닥이 디딤판을 딛기가 무섭게 다음 디딤판으로 날아 내려갔다. 이런 속도에서 미끄러지면 치명타가 될 수 있었다. 팔과 다리에 깁스를 한 모습이며 운 나쁘게 엉덩이가 부러진 노인들의 이야기가 마음속에 떠올랐다. 그래도 그녀는 한계를 시험하며 거의 날듯이 움직였다. 33층은 흐릿하게 스쳐 지나갔다. 그리고 나선 계단을 반 바퀴쯤 더 내려 갔을 때, 발소리 너머로 쾅 하고 문이 닫히는 소리가 들렸다. 그녀는 멈춰 서서 시선을 들었다. 난간 너머로 몸을 기울이고 아래를 내려다보았다. 발소리가 사라졌다. 자신의 헐떡이는 숨소리밖에 들리지 않았다.

줄리엣은 서둘러 계단을 한 바퀴 더 돌아서 34층 문을 잡았다. 열리지 않았다. 그러나 잠겨 있지도 않았다. 손잡이가 철컥 소리를 내고 문이 움직이기는 하는데, 뭔가에 걸렸다. 줄리엣이 힘껏 당겨보았지만 소용이 없었다. 다시 한번 잡아당기자 무엇인가가 갈라지는 소리가 났다. 그녀는 반대쪽 문에 발을 대고, 세 번째로 세게 잡아당겼다. 고개를 한껏 뒤로 하고 두 팔을 가슴 쪽으로 끌어당기면서 발을 걸어찼다.

무엇인가가 부러졌다. 문이 확 열리면서 그녀는 손잡이를 놓쳤다. 안에서 빛이 폭발했다. 문이 다시 요란한 소리를 내면서 닫히기 전까지 눈부신 불빛이 터져 나왔다.

줄리엣은 황급히 손잡이를 다시 잡았다. 문을 당겨 열면서 겨우 몸을 일으켰다. 부러진 빗자루 반쪽이 복도에 놓였고, 나머지 반쪽은 옆문 손잡이에 걸려 있었다. 사방에 쏟아지는 눈이 멀 듯한 빛속에서 부러진 조각들이 선명하게 보였다. 머리 위 조명등이 완전히 켜져 있었다. 천장에서 빛나는 사각형들이 복도를 따라 행진해 가다가 시야 밖으로 사라졌다. 줄리엣은 발소리를 들으려고 귀를 기울였지만, 전구가 지직거리는 소리밖에 들리지 않았다. 앞에 보이는 보안문은 비밀을 알고 있지만 말해주지는 않겠다는 듯이 붉은 눈을 깜박거렸다.

그녀는 일어서서 보안문으로 다가가며, 오른쪽으로 회의실이 들여다보이는 유리 벽을 보았다. 회의실 안도 완전히 불이 켜진 상태였다. 그녀는 이미 습관이 되어버린 대로 보안문을 뛰어넘어서 다시 한번 누구 없느냐고 외쳤다. 자신의 목소리가 메아리쳐 돌아왔다. 하지만 불이 밝혀진 공간에서는 메아리도 다르게 들렸다. 그게 가능한지는 모르겠으나, 생명이 있고, 전기가 있고, 그녀의 목소리를 들을 귀가 있으니 메아리 소리도 약해지는 느낌이었다.

걸어가면서 생명의 흔적을 찾아 사무실을 하나씩 들여다보았다. 안은 엉망이었다. 서랍이 바닥에 떨어지고, 금속 서류함이 넘어지고, 귀중한 종이가 사방에 흩어졌다. 책상 하나는 줄리엣에게 정면으로 보였는데, 컴퓨터가 켜져 있고 화면에 초록색 문서가 가득했다. 마치 꿈의 세계에 들어선 듯한 느낌이었다. 꽤 길게 잤다고 치고, 이틀 동안 그녀의 두뇌는 비상등의 흐릿한 녹색 불빛에 서서히 적응하고, 전력이 없는 버려진 땅의 삶에 익숙해졌다. 아직도 혀에 불쾌한 물맛이 감도는데, 지금 그녀는 흐트러지기는 했지만 다른 면에서는 멀쩡한 사무실 안을 걷고 있었다. 계단에서 다음 근무조가(사무실에도 교대근무조가 있나?) 웃으며 돌아와서 종이를 모으고 가구를 바로잡고는 하던 일로 돌아가는 광경이 떠올랐다.

일을 생각하니 여기에서는 무슨 일을 하는지 궁금해졌다. 이런 구조는 한 번도 본 적이 없었다. 뒤지고 다니다 보니 계단을 날아내려온 이유를 잊을 지경이었다. 여기까지 오게 만든 발소리만큼이나 IT부의 사무실과 전력에 대해서도 궁금했다. 모퉁이를 돌자 다른 문과 달리 열리지 않는 널찍한 금속 문에 맞닥뜨렸다. 힘껏 밀고 당겨보니 살짝 움직이는 느낌이 났다. 금속 문에 어깨를 대고 조금씩 조금씩 밀어서 생긴 틈으로 몸을 밀어 넣었다. 무거운 문 앞에 넘어져 있는 높은 금속 서류함을 타 넘어야 했다.

거대한 방이었다. 거의 발전실만 한 크기였고 식당보다는 한참 더 컸다. 방 안에는 서류함보다 더 크지만 서랍은 하나도 달리지 않은 키 높은 가구들이 가득했다. 이 금속 탑 앞면에는 빨강, 초록, 호박색으로 깜박거리는 불빛이 덮여 있었다.

줄리엣은 서류함에서 떨어진 종이를 주워 모았다. 그러면서 이 방에 그녀 혼자일 리가 없다는 사실을 깨달았다. 누군가가 서류함을 끌어다가 문을 막았다. 그러려면 안에서 해야 했다.

"계세요?"

그녀는 키 큰 기계들 사이를 통과했다. 가구인 줄 알았는데 기계였다. 전기가 통하는 진동 소리가 났고, 가끔은 내부가 바쁘게 돌아가는 것처럼 윙 소리를 내거나 철컥거리기도 했다. 조명 불빛을 만드는 특이한 발전 장치일까? 아니면 안에 배터리가 쌓여 있는 걸까? 기계 뒷면에 연결된 온갖 코드와 케이블을 보니 배터리 가설에 마음이 쏠렸다. 이 층의 불빛이 요란한 것도 당연했다. 이건 기계부 배터리실의 스무 배쯤 되는 규모였다.

"누구 있어요?" 그녀는 소리쳐 불렀다. "해칠 마음은 없어요."

그녀는 작은 움직임에도 귀를 기울이면서 방 끝까지 갔다가, 문이 열린 기계와 마주쳤다. 안을 들여다보니 배터리가 아니라 워커가 언제나 납땜질하던 것 같은 전자기판들이 보였다. 사실 이 기계 내부는 무서울 정도로 파견실에 있는 컴퓨터와 비슷했다.

줄리엣은 이 기계가 무엇인지 깨닫고 물러섰다. "서버구나." 그녀는 이 사일로의 IT부에 있었다. 34층. 당연한 일이었다.

방 안쪽 벽 근처에서 긁히는 소리가 났다. 금속과 금속이 스치는 소리였다. 줄리엣은 키 큰 기계들 사이로 쏜살같이 뛰어가면서 도대체 도망치는 사람은 누구이며, 어디에 숨을 작정일까 생각했다.

마지막 서버 옆을 돌자 바닥 한 부분이 움직이고 있었다. 금속 바닥 한 구획이 미끄러져서 구멍을 덮고 있었다. 줄리엣은 바닥에 몸을 던졌고, 식탁보로 만든 옷을 다리에 휘감은 채 두 손으로 마저 닫히지 않은 뚜껑 가장자리를 붙잡았다. 코앞에 금속 바닥 가장자리를 움켜쥔 남자의 손가락과 손마디가 보였다. 놀란 비명 소리와 애를 쓰며 끙끙거리는 소리가 났다. 줄리엣은 바닥을 다시 잡아당기려고 했지만 지렛대로 쓸 만한 것이 없었다. 남자의 손 하나가 안으로 들어가더니, 식칼이 그 자리를 대신해서 바닥을 때리며 그녀의 손가락을 베어내려 했다.

줄리엣은 발을 받쳐서 지렛대 효과를 얻으려고 일어나 앉아 바닥을 잡아당기다가, 손가락을 파고드는 식칼을 느꼈다.

그녀는 비명을 질렀다. 아래에 있는 남자도 비명을 질렀다. 남자가 튀어나오더니, 벌벌 떨리는 손으로 두 사람 사이에 식칼을 들어올렸다. 칼날이 머리 위 불빛을 받아 반짝였다. 줄리엣은 금속 뚜껑 문을 옆으로 던지고, 피가 떨어지는 손을 붙잡았다.

"진정해요!" 그녀는 황급히 거리를 벌리면서 말했다.

남자는 고개를 숙였다가 다시 들어 올렸다. 마치 뒤에서 누가 오고 있다는 듯이 줄리엣 너머를 보았다. 줄리엣은 확인해보고 싶은 충동에 사로잡혔지만, 그 남자의 속임수일지도 모른다는 생각에 뒤쪽이 조용하다는 사실을 믿기로 했다.

"당신 누구예요?" 그녀는 묻고, 붕대 대신 옷자락을 손에 감았다. 숱이 많고 헝클어진 수염을 기른 남자는 회색 작업복을 입고 있었다. 약간 차이가 있을 뿐 그녀의 사일로에서 만드는 것과 똑같았다. 남자는 마구잡이로 자란 검은 머리를 얼굴 위로 늘어뜨린 채 그녀를 응시했다. 끙끙거리는 소리를 내고, 손에 대고 기침을 하더니, 바닥 아래로 내려가서 사라질 준비를 하는 것 같았다.

"여기 있어요. 난 당신을 해치지 않아요." 줄리엣이 말했다.

남자는 그녀의 다친 손을 보고 식칼을 보았다. 줄리엣은 손가락에서 팔꿈치까지 흘러내리는 가느다란 핏줄기를 보았다. 상처가 아프기는 했지만, 기계공으로 지내던 시절에 그보다 더한 부상도 입어봤다.

"미, 미, 미안해요." 남자가 중얼거렸다. 남자는 입술을 핥고 침을 삼켰다. 식칼이 주체하지 못하고 떨렸다.

"내 이름은 줄스예요." 줄리엣은 그 남자가 그녀를 훨씬 더 무서워한다는 걸 깨닫고 말했다. "당신은요?"

남자는 마치 거울이라도 확인하듯, 비스듬히 들고 있던 칼날을 흘긋 보았다. 그리고 고개를 저었다.

"이름 없어요." 남자는 메마르고 쉰 목소리로 속삭였다. "필요 없어요."

"당신 혼자예요?"

남자는 어깨를 으쓱였다. "솔로." 그가 말했다. "몇 년이나." 남자는 그녀를 쳐다보았다. "당신……." 그는 다시 입술을 핥고, 헛기침을 했다. 눈물이 고인 눈동자가 빛을 받아 반짝였다. "어디에서 왔어요? 몇 층?"

"몇 년 동안이나 혼자 지냈다고요?" 줄리엣은 놀라서 말했다. 상상이 가지 않았다. "난 어느 층에서도 오지 않았어요." 그리고 이어서 말했다. "다른 사일로에서 왔죠." 그녀는 이 소식이 이렇게 위태위태해 보이는 남자에게 어떤 영향을 미칠지 걱정하면서 마지막 문장을 조용히, 느릿느릿 말했다.

하지만 솔로는 이해가 간다는 듯이 고개를 끄덕였다. 줄리엣이 기대한 반응은 아니었다.

"바깥은……." 솔로는 식칼을 다시 보더니 바닥판 위에 칼을 내려놓고, 두 사람 모두에게서 멀리 밀어냈다. "안전해요?"

줄리엣은 고개를 저었다. "아뇨. 난 보호복이 있었어요. 멀지 않았고요. 그래도, 나는 죽었어야 할 사람이에요."

솔로는 고개를 끄덕거렸다. 줄리엣을 쳐다보는 그의 눈가에서 젖은 자국이 흘러내리다가 턱수염 안으로 사라졌다. "우리 다 그랬어요. 다요."

47

잠시 자리 좀 비켜주게,
은밀히 이야기를 나눠야겠으니.

"여긴 뭘 하는 곳이죠?" 루카스는 버나드에게 물었다. 두 사람은 벽걸이처럼 걸린 커다란 도표 앞에 서 있었다. 도표는 정밀하게 그려졌고, 쓰인 글씨는 화려했다. 똑같은 거리를 둔 원과 원 사이를 선으로 연결하여 만든 망이었는데, 각각의 원 내부는 복잡했다. 그리고 원 몇 개는 두꺼운 붉은 잉크로 선을 그어 지워놓았다. 언젠가 성도를 가지고 만들고 싶은 멋진 도표였다.

"이게 우리의 '유산'이지." 버나드가 간단히 말했다.

루카스는 버나드가 위층 중앙 컴퓨터에 대해 비슷하게 말하는 것을 자주 들었었다.

"이건 서버 컴퓨터인가요?" 그는 작은 침대보만 한 종이를 대담하게 손으로 문질러보면서 물었다. "꼭 서버처럼 배치되어 있네요."

버나드는 루카스 옆에 다가서서 턱을 문질렀다. "흐음. 재미있군. 정말 그렇네. 전에는 알아차리지 못했는데."

"이게 뭐죠?" 가까이 들여다보니 원마다 숫자가 매겨져 있었다. 또한 종이 한쪽 구석에는 간격을 두고 나란히 선을 그어 따로 구분해놓은 직사각형과 정사각형들이 모여 있었다. 이 사각형들 안에는 아무런 내용이 없었지만, 아래에는 커다란 글자로 '애틀랜타'라고 적혀 있었다.

"그 이야기도 나중에 하게 될 거야. 자, 자네에게 보여줄 게 있네."

방 끝에 문이 하나 있었다. 버나드는 앞장서서 그 문을 통과하고, 전등을 더 켰다.

"또 누가 여기에 내려오나요?" 루카스가 따라가면서 물었다.

버나드는 어깨 너머로 돌아보고 대답했다. "아무도 안 와."

루카스는 그 대답이 마음에 들지 않았다. 어쩐지 사람들이 돌아오지 못하는 어딘가로 내려가는 기분이 들어서 어깨 너머를 흘긋 돌아보기도 했다.

"갑작스러운 줄은 알아." 버나드가 말했다. 그는 루카스가 따라잡기를 기다려서 짧은 팔을 그의 어깨에 둘렀다. "하지만 오늘 아침에 상황이 변했어. 세상이 변하고 있네. 그리고 기분 좋은 변화란별로 없지."

"이건…… 청소 때문인가요?" 청소가 아니라 '줄리엣'이라고 말할 뻔했다. 가슴뼈에 닿은 그녀의 사진이 뜨겁게 느껴졌다.

버나드의 얼굴이 심각해졌다. "청소는 없었어." 그가 툭 내뱉었다. "이제 엄청난 혼란이 일어나고, 사람들이 죽을 거야. 그리고 사일로들은, 보다시피, 근본적으로 이런 일을 막기 위해 설계되었네."

"설계되었다고요?" 루카스는 그 말을 되풀이했다. 심장이 한 번,

두 번 뛰었다. 두뇌 회로가 윙 돌아가다가 마침내 방금 버나드가 말이 안 되는 소리를 했다는 사실을 계산해냈다.

"죄송하지만, 사일로 '들'이라고 하셨나요?"

"자넨 이걸 샅샅이 알고 싶어질 거야." 버나드는 부서지기 쉬워 보이는 나무 의자를 밀어 넣어둔 작은 책상 쪽을 손짓했다. 그 책상 위에는 루카스가 본 적도 없고 들은 적도 없는 모양의 책이 놓여 있었다. 그 두께가 책의 가로 길이만큼 두꺼웠다. 버나드는 책 표지를 두드리고는 손바닥에 먼지가 묻었나 살폈다. "여벌 열쇠를 줄 테니 절대 목에서 풀지 말게. 시간 날 때마다 내려와서 읽어. 우리의 역사가 이 안에 있으니까. 비상사태에 취해야 할 모든 지침도 있고."

루카스는 평생 번 치트만큼 비싸 보이는 종이책에 다가가서 표지를 열었다. 내용물은 기계로 인쇄했고, 잉크는 까만색이었다. 그는 목차를 몇 장 넘겨서 본문이 나오는 첫 장을 찾아냈다. 이상하게도 첫 줄을 바로 알아볼 수 있었다.

"이건 〈협정〉이잖아요." 그는 버나드를 쳐다보았다. "협정이라면 이미 잘……."

"이게 〈협정〉이지." 버나드는 두꺼운 책 중에서 처음 1센티미터 정도만 집어 보이며 말했다. "나머지는 〈규칙〉이야."

버나드는 한 발 뒤로 물러섰다.

루카스는 머뭇거리며 그 말을 소화한 다음, 손을 뻗어서 책 중간쯤을 펼쳤다.

· 지진이 일어났을 경우:

  – 바깥 창에 금이 가서 공기가 샌다면, '에어록 파괴' 항목을 보

라.(2180쪽)

– 한 층 이상이 붕괴한다면, '파괴 행위' 아래 '지지 기둥' 항목을 보
라.(751쪽)

– 화재 발생 시에는……

"파괴 행위?" 루카스는 몇 장을 넘겨서 공기 처리와 질식에 대한
내용을 읽었다. "누가 이런 내용을 다 생각해냈죠?"

"나쁜 일을 여러 번 경험해본 사람들이."

"이를테면……?" 이 말을 해도 될지 확실히 알 수 없었지만 이
방에서는 터부를 깨도 될 것 같았다. "폭동 이전 사람들요?"

"그 사람들 이전에 살던 사람들. 하나뿐인 사람들."

루카스는 책을 덮었다. 그는 이게 다 장난이고, 일종의 입문 의식
이 아닐까 생각하며 고개를 내저었다. 사제들도 이것보다는 더 말
이 되는 소리를 했다. 어린이책도 그렇고.

"제가 정말로 이걸 다 익혀야 하는 건 아니죠?"

버나드는 소리 내어 웃었다. 표정이 아까와는 완전히 달라져 있
었다. "필요할 때 찾을 수 있게 어디에 뭐가 있는지만 알면 돼."

"이 책에서 오늘 아침에 대해서는 뭐라고 하나요?" 그는 버나드
를 돌아보았고, 문득 자신이 줄리엣에게 푹 빠졌다는 사실을 아는
사람은 아무도 없다는 걸 깨달았다. 뺨에 흐르던 눈물도 증발하고,
그녀의 금지된 물건들을 가지고 있다는 죄책감이 잘 알지도 못하는
사람에게 그렇게 열렬히 빠졌다는 부끄러움을 덮은 지 오래였다.
그리고 이제 그 비밀은 보이지 않는 곳으로 가버렸다. 그의 질문을
생각하며 찬찬히 바라보는 버나드의 시선 때문에 달아오른 볼의 홍

조만이 그 비밀을 드러낼 수 있는 유일한 증거였다.

"72쪽." 버나드의 얼굴에서 즐거워하는 표정이 사라지고 아까 떠올라 있던 좌절감이 돌아왔다.

루카스는 책으로 몸을 돌렸다. 이건 시험이었다. 그림자 입문식이었다. 그림자 담당이 노려보는 가운데 시험을 치러본 지가 오래되었다. 그는 책장을 넘기면서 찾고 있는 부분이 〈협정〉 바로 뒤, 그러니까 〈규칙〉 맨 앞에 나온다는 사실을 알았다.

72쪽을 찾았다. 맨 위에 굵은 글씨로 적혀 있었다.

· 청소가 실패했을 경우:

그 밑에는 무시무시한 의미가 담긴 끔찍한 말이 적혀 있었다. 루카스는 그 지시문을 몇 번이나 읽으면서 확인했다. 그리고 버나드를 쳐다보자, 그는 서글프게 고개를 끄덕였다. 루카스는 인쇄문을 다시 돌아보았다.

· 청소가 실패했을 경우:
– 전쟁에 대비하라.

48

가엾게도 산송장이 되어, 죽은 자의 무덤에 갇혔으니!

줄리엣은 솔로를 따라 서버실 바닥에 있는 구멍으로 들어갔다. 긴 사다리를 내려가니 35층으로 이어지는 통로가 나왔다. 아마도 계단으로는 접근할 수 없을 듯한 구역이었다. 솔로는 허리를 숙이고 좁은 통로를 통과해서 환하게 불이 밝혀진 구불구불한 복도를 따라가며 그녀의 짐작을 확인해주었다. 솔로의 목구멍을 막고 있던 장애물이 빠져나오고, 외로움에 막혀 있던 급류가 쏟아져 나오는 것 같았다. 그는 머리 위 서버들에 대해 말하며 줄리엣에게는 이해가 가지 않는 이야기들을 쏟아냈다. 그러다가 통로가 끝나고 어수선한 방이 나왔다.

"내 집이에요." 솔로가 두 팔을 펼치며 말했다. 한쪽 구석에는 매트리스가 놓였는데, 헝클어진 이불과 베개 더미가 흘러내렸다. 선반 두 개로 만든 임시 부엌이 보였다. 물 주전자, 깡통에 든 식료품, 빈 병과 상자가 있었다. 엉망진창이었고 지독한 냄새가 났지만, 줄리엣은 솔로가 그 사실을 보지도 냄새 맡지도 못할 거라고 생각했다. 방 반대쪽 벽을 차지한 선반들에는 큰 톱니바퀴만 한 금속 통이 쌓였고, 그중 몇 개는 살짝 열려 있었다.

"여기 혼자 살아요? 다른 사람은 아무도 없나요?" 줄리엣은 자기 목소리에 가냘픈 희망이 깃들어 있음을 인정했다.

솔로는 고개를 저었다.

"더 아래쪽은 어때요?" 줄리엣은 상처를 살펴보았다. 피는 거의 멎은 상태였다.

"없다고 생각해요. 있다고 생각할 때도 있어요. 토마토가 하나 없어지기도 하니까요. 하지만 쥐일 거예요." 솔로는 방구석을 멍하니 바라보며 말을 이었다. "다 잡을 수가 없어요. 점점 더 늘어나는데."

"그래도 가끔은 더 있다는 생각이 드는 거죠? 생존자가 더 있다는?" 줄리엣은 솔로가 집중했으면 했다.

"네." 솔로는 턱수염을 문지르더니 그녀에게 해줘야 할 일이 있다는 듯이, 손님에게 대접해야 할 것이 있다는 듯이 방 안을 둘러보았다. "가끔은 물건이 옮겨져 있어요. 물건이 없어지기도 하고. 작물재배용 조명이 켜져 있기도 하고. 그러다가 내가 한 일이라는 게 기억이 나죠."

그는 혼자 웃었다. 처음 보는 자연스러운 행동이었고, 줄리엣은 그가 지난 세월 동안 많이 그랬을 거라고 생각했다. 제정신을 유지하려 해도, 아니면 제정신을 포기하려고 해도 웃음이 나오기 마련이다. 어느 쪽이든, 사람은 웃는다.

"문가에 세워놓은 칼도 내가 한 짓인 줄 알았어요. 그러다가 파이프를 봤죠. 진짜 진짜 큰 쥐가 두고 갔나 했어요."

줄리엣은 미소 지었다. "난 쥐가 아니에요." 그녀는 식탁보를 바로잡고 머리를 만져보며 머리에 썼던 천 조각은 어떻게 된 걸까 생각했다.

솔로는 생각에 잠긴 얼굴이었다.

"그래서 몇 년이나 됐어요?" 그녀는 물었다.

"34." 솔로는 주저 없이 대답했다.

"34년? 혼자 지낸 지 34년이라고요?"

그는 고개를 끄덕였고, 그녀는 바닥이 푹 꺼지는 느낌을 받았다. 그렇게 오랜 시간을 다른 사람 없이 지낸다고 생각하니 머리가 빙빙 돌았다.

"몇 살이에요?" 그녀보다 그렇게 나이가 많아 보이진 않았다.

"50. 다음 달이면. 확실해요." 그는 미소 지었다. "이거 재미있네요. 말하는 거." 그는 방 안을 가리켰다. "난 가끔 물건에게 말을 걸고, 휘파람도 불어요." 그는 그녀를 똑바로 보고 말했다. "난 휘파람을 잘 불어요."

줄리엣은 여기에 무슨 일이 일어났는지는 몰라도, 그때 그녀는 갓 태어난 아기였다는 걸 깨달았다. "대체 어떻게 그렇게 긴 세월을 살아남았어요?"

"몰라요. 몇 년씩 살아남을 생각은 안 했어요. 몇 시간 버티려고 한 게, 그게 쌓였어요. 먹고. 자고. 그리고……." 그는 시선을 돌리고 선반 쪽으로 걸어가서 빈 깡통 사이를 뒤졌다. 그러고는 뚜껑이 열려 있는 상표 없는 깡통을 하나 찾아내어 그녀에게 내밀었다. "콩?"

거절하고 싶다는 충동이 먼저 일었지만, 솔로의 불쌍한 얼굴에 떠오른 간절한 표정을 보니 그럴 수가 없었다. "좋죠." 그녀는 대답하고 나서야 얼마나 배가 고픈지 깨달았다. 아직도 아까 마신 불쾌한 물맛, 톡 쏘는 위산의 맛, 덜 익은 토마토의 맛을 느낄 수 있었다. 솔로가 다가섰고, 그녀는 깡통에 든 국물 속에 손가락을 넣어서 깍지콩을 건져냈다. 콩을 입안에 던져 넣고 씹었다.

"그리고 똥을 싸죠." 그는 줄리엣이 콩을 삼키자 수줍게 말을 이었다. "아름답진 않아요." 그는 고개를 젓고 콩을 건졌다. "난 혼자고, 그래서 그냥 아파트 화장실에 들어가요. 냄새를 참을 수 없을 때까지요."

"아파트 안에요?" 줄리엣이 되물었다.

솔로는 콩 통조림을 내려놓을 곳을 찾았다. 그리고 마침내 다른 쓰레기와 혼자 사는 남자다운 잔해가 쌓여 작은 무더기를 이룬 곳에 깡통을 내려놓았다.

"안 내려가거든요. 물이 없어서. 난 혼자고요." 민망해하는 얼굴이었다.

"열여섯 살 때부터군요." 줄리엣은 계산을 해보고 말했다. "34년 전에 무슨 일이 일어났어요?"

그는 두 팔을 들어 올렸다. "늘 일어나는 일요. 사람들이 미치는 일. 한 번이면 되거든요." 그는 미소 지었다. "미치지 않는다는 보장 같은 건 없어요, 그렇죠? 나도 보장 못 해요. 나한테요. 마음을 모으고 또 모아서 하루를 더 지내고, 1년을 더 지내도 보상은 없어요. 정상으로 지낸다고 좋을 것도 없어요. 미치지 않는다고 좋을 게 없어요." 그는 얼굴을 찌푸렸다. "그러다가 하루만 나쁜 날이 오면, 스스로를 걱정하게 되죠. 알아요? 한 번이면 돼요."

그는 갑자기 바닥에 주저앉아서 책상다리를 하고, 무릎까지 접어 올린 작업복 천을 쥐어뜯었다. "우리 사일로에는 그 하루의 나쁜 날이 있었어요. 그걸로 충분했죠." 그는 줄리엣을 올려다보았다. "그 전에 보낸 세월은 하나도 소용이 없어요. 전혀요. 앉을래요?"

그는 바닥을 가리켰다. 이번에도 줄리엣은 싫다고 말할 수 없었다. 그녀는 냄새 나는 침대에서 멀리 떨어져서 벽에 등을 대고 앉았다. 소화시킬 내용이 너무 많았다.

"어떻게 살아남았어요? 그 나쁜 날에요. 그 후로도 그렇고."

그녀는 묻자마자 후회했다. 중요한 문제도 아니었다. 하지만 알고 싶었다. 어쩌면 앞에 무엇이 기다리는지 엿보기 위해서일지도 몰랐고, 여기에서 살아남는 일이 바깥에서 죽기보다 더 나쁠 수 있다는 두려움 때문인지도 몰랐다.

"계속 겁먹고 숨어 있었어요. 우리 아빠의 상사는 IT부 책임자였어요. 여기요." 그는 고개를 끄덕였다. "아빠는 큰 그림자였어요. 이 방에 대해 알고 있었죠. 아는 사람이 둘이나 셋쯤 됐을 거예요. 싸움이 시작되고 몇 분 안 지났을 때 아빠가 나한테 여길 보여주고 열쇠를 줬어요. 아빠는 사람들을 다른 데로 끌고 갔고, 갑자기 내가 여기에 대해 아는 유일한 사람이 됐어요." 그는 잠시 자기 무릎을 내려다보더니, 고개를 들었다. 줄리엣은 왜 솔로가 나이보다 훨씬 젊어 보이는지 깨달았다. 두려움과 수줍음 때문에만 그렇게 보이는 게 아니었다. 그 눈동자 속에 이유가 있었다. 그는 10대 시절 겪은 무서운 경험 속에 갇혀 있었다. 겁에 질려 얼어붙은 소년의 껍데기 주위로 몸뚱이만 나이를 먹었다.

그는 입술을 핥았다. "아무도 못 살아났죠? 밖으로 나간 사람들요." 솔로는 그녀의 얼굴에서 답을 찾았다. 그녀는 그 눈빛에서 새어 나오는 절박한 희망을 느낄 수 있었다.

"그래요." 그녀는 그 시체들 속을 걷는 느낌, 그 시체들 위를 기는 느낌이 어땠는지 떠올리고 서글프게 대답했다. 며칠이 아니라 몇 주는 지난 일 같았다.

"그럼 바깥에서 봤어요? 죽은 사람들?"

그녀는 고개를 끄덕였다.

그는 고개를 떨구었다. "풍경은 오래 보이지 않았어요. 초반에 딱 한 번 몰래 올라가봤거든요. 아직 싸움이 벌어지고 있었어요. 시간이 지날수록 더 자주 더 멀리 나갔죠. 사람들이 남겨둔 난장판을 많이 봤어요. 하지만 시체를 새로 발견한 지는……." 그는 주의 깊게 생각해보고 말을 이었다. "한 20년은 됐나?"

"그러면 한동안은 여기에도 다른 사람들이 있었군요?"

그는 천장을 가리켰다. "가끔 여기로 들어오기도 했어요. 서버실에요. 그리고 싸웠어요. 사방에서 싸웠어요. 그거 알아요? 갈수록 나빠졌어요. 식료품을 두고 싸우고, 여자를 두고 싸우고, 싸움을 두고 싸웠죠." 그는 허리를 비틀어 뒤에 있는 다른 문을 가리켰다. "이 방들은 사일로 안의 사일로 같아요. 10년은 가게 만들어놨죠. 하지만 솔로라면 더 오래가요." 그는 미소 지었다.

"무슨 뜻이에요? 사일로 안의 사일로라니?"

그는 고개를 끄덕였다. "그렇지. 미안해요. 내가 아는 건 다 아는 사람하고만 얘기하는 데 익숙해서요." 그는 눈을 찡긋했고, 줄리엣은 그게 혼잣말을 뜻한다는 걸 알았다. "당신은 사일로가 뭔지 모르죠?"

"당연히 알죠. 난 여기와 똑같은 곳에서 태어나고 자랐는걸요. 다만 우리는 아직 좋은 나날을 보내고 있고, 그게 스스로의 공이라고는 여기지 않은 상태라고 말할 수 있겠네요."

"그러면 사일로가 뭐죠?" 솔로는 미소를 짓더니 10대의 반항기를 표면으로 드러내며 물었다.

"그건……." 줄리엣은 말을 골랐다. "우리의 터전이죠. 언덕 위에 있는 건물들과 비슷하지만 지하에 있는 건물. 사일로는 사람이 살 수 있는 세상이에요. 안에 살 수 있는……."

그녀는 생각보다 정의를 내리기가 어렵다는 걸 깨달았다.

솔로가 웃음을 터뜨렸다.

"그건 당신한테만 해당하는 사일로잖아요. 하지만 우린 언제나 제대로 이해하지도 못하는 말을 써요." 그는 금속 통이 늘어선 선반 쪽을 가리켰다. "진짜 지식은 다 저 안에 있어요. 일어났던 모든 일이요." 그는 그녀를 흘긋 보았다. "'성난 황소'라는 말 들어봤죠? 아니면 누군가가 '황소고집'이라는 말은요?"

그녀는 고개를 끄덕였다. "물론이죠."

"하지만 황소가 뭐죠?"

"부주의한 사람을 말하죠. 아니면, 깡패처럼 못된 사람이나."

솔로는 웃었다. "그렇게 잘 모른다니까요." 그는 자기 손톱을 들여다보며 말했다. "사일로는 세상이 아니에요. 아무것도 아니죠. 그 말은, 그 단어는 오래전에, 바깥에서 눈으로 다 볼 수도 없을 만큼 멀리까지 작물이 자라던 시절에서 왔어요." 그는 드넓은 땅을 가리키듯이 바닥에 손을 흔들었다. "셀 수도 없을 만큼 많은 사람이 살고, 모두가 아이들을 잔뜩 낳던 시절요." 그는 그녀를 보더니, 여자 앞에서 아이를 만든다는 이야기를 꺼내서 부끄럽다는 듯이 두 손을 모아서 비틀었다.

"그 사람들은 식량을 정말 많이 길렀어요. 그렇게 사람이 많아도 한꺼번에 다 먹을 수가 없을 정도로요. 그래서 그 사람들은 나쁜 때에 대비해서 식량을 저장했죠. 셀 수도 없을 만큼 많은 씨앗을 거둬서 땅 위에 선 거대한 사일로들 안에 쏟아부었어요."

"땅 위에, 사일로라고요?" 줄리엣에게는 이 이야기가 지어낸 소리 같았고, 고독한 몇십 년 동안 만들어낸 환상 같았다.

"사진을 보여줄 수 있어요." 그녀의 의심에 당황한 듯 그가 언짢아하며 말했다. 그는 일어서서 서둘러 금속 통이 놓인 선반에 다가섰다. 손가락으로 선반 아래를 훑으면서 작은 하얀색 표시를 읽었다.

"아하!" 그는 무거워 보이는 통을 하나 집어 들고 그녀에게 가져왔다. 옆에 붙은 걸쇠를 풀자 뚜껑이 열리고 안에 든 두꺼운 물체가 드러났다.

"내가 할게요." 그는 줄리엣이 돕겠다고 손가락 하나 움직이지 않았는데도 그렇게 말했다. 그는 금속 상자를 기울여서 무거운 물체를 손바닥 위에 떨어뜨렸고, 그 물체는 기가 막히게 균형을 잡고 섰다. 어린이책만 한 크기였지만 두께는 열 배 아니면 스무 배는 두꺼웠다. 그렇다 해도 책은 책이었다. 그녀는 믿기지 않을 정도로 섬세하게 잘라낸 종이 가장자리를 볼 수 있었다.

"내가 찾을게요." 그는 종이를 뭉텅이로 넘겼다. 한 재산은 되게 잘 다듬어진 종이 한 뭉텅이가 다른 뭉텅이 위에 묵직하게 덮였다.

그는 조사 범위를 줄여서 한 번에 한 자밤씩 넘기다가 잠시 후에는 한 장씩 넘겼다.

"여기요." 그가 가리켰다.

줄리엣은 가까이 다가앉아서 들여다보았다. 그림과 비슷한데, 너무나 정확해서 거의 진짜 같았다. 식당에서 바깥 풍경을 볼 때나 신분증에 찍힌 누군가의 얼굴 사진을 볼 때와 비슷했지만, 색깔이 있었다. 그녀는 이 책에도 배터리가 달렸을까 생각했다.

"정말 진짜 같네요." 그녀는 손가락으로 문질러보면서 속삭였다.

"진짜 맞아요. 그림이 아니라 사진이에요."

줄리엣은 그 색채에, 바이저가 가짜 영상으로 보여주던 거짓말이 생각나는 초록색 들판과 파란 하늘에 감탄했다. 이것도 가짜일까. 이제까지 보았던 거칠고 지저분한 사진과는 전혀 달랐다.

"이 건물들." 솔로는 땅 위에 놓인 커다란 하얀 깡통 같은 물건을 가리켰다. "이게 사일로예요. 나쁠 때에 대비한 씨앗을 담아두죠. 다시 좋은 때가 올 때까지요."

그는 그녀를 쳐다보았다. 줄리엣과 솔로는 1미터 정도밖에 떨어져 있지 않았다. 줄리엣은 그의 눈가에 잡힌 주름을 보고, 턱수염이 그의 나이를 얼마나 감춰주었는지 볼 수 있었다.

"무슨 말을 하려는 건지 잘 모르겠어요."

그러자 그는 그녀를 가리켰다. 자기 가슴을 가리켰다. "우리는 씨앗이에요. 이건 사일로예요. 그 사람들은 나쁜 때에 대비해서 우릴 여기에 넣었어요."

"누가요? 누가 우릴 여기에 넣어요? 그리고 무슨 나쁜 때요?"

그는 어깨를 으쓱였다. "하지만 안 될 거예요." 그는 고개를 내젓더니, 다시 바닥에 앉아서 묵직한 책에 담긴 사진을 들여다보았다.

"씨앗을 이렇게 오래 내버려두면 안 돼요. 이렇게 어두운 곳에는요. 안 되죠."

그는 책에서 눈을 들고 입술을 깨물었다. 눈에 눈물이 차올랐다.

"씨앗은 미치지 않아요. 안 미쳐요. 나쁜 날도 있고 좋은 날도 많이 있지만, 상관없어요. 아무리 많이 묻어도, 내버려두고 계속 내버려두면, 너무 오래 내버려둔 씨앗처럼 돼요."

그는 말을 멈췄다. 책을 덮고 가슴에 끌어안았다. 줄리엣은 솔로가 몸을 앞뒤로 흔드는 모습을 지켜보았다. 너무나도 가볍게.

"너무 오래 내버려두면 씨앗이 어떻게 되는데요?" 줄리엣이 물었다.

그는 얼굴을 찌푸렸다.

"우린 썩어요. 전부 다요. 여기 아래에서 상태가 나빠지다가, 더는 자랄 수 없게 깊이깊이 썩어버려요." 그는 눈을 깜박이고 그녀를 쳐다보았다. "우린 절대로 다시 자라지 못할 거예요."

49

댁이 사내 스무 명의 힘을 지녔다 해도,
바로 뻗어버릴 거요.

공급부에 쌓인 물건 뒤에서 기다리는 시간이 최악이었다. 잘 수 있는 사람들은 낮잠을 잤다. 대부분은 초조하게 농담을 나눴다. 녹스는 계속 벽에 걸린 시계를 확인하고, 사일로 곳곳에서 움직이고 있을 모든 조각들을 그려보았다. 이제 부하들을 무장시킨 이상, 매끄럽고 피가 흐르지 않는 권력 이양을 희망할 수밖에 없었다. 그는 답을 얻고 싶었고, 그 비밀스러운 IT부 놈들이 무슨 일을 했는지 알아내고 싶었으며, 가능하다면 줄스의 정당성까지 입증하고 싶었다. 하지만 나쁜 일이 일어날 수 있다는 것도 알았다.

마크의 얼굴에서, 마크가 셜리를 계속 바라보는 모습에서도 알 수 있었다. 마크가 얼굴을 찌푸리는 모양, 미간을 모으는 모습, 콧잔등에 주름을 잡는 모습에서 걱정이 뚜렷이 드러났다. 녹스 밑에서 일하는 조장은 아내에 대한 걱정을 감추지 않았고, 아마 스스로에 대해서도 마찬가지일 터였다.

녹스는 다용도 칼을 꺼내어 칼날을 확인했다. 뽑아낸 칼날에 이를 비춰보고 마지막으로 먹은 식사가 끼었나 확인했다. 녹스가 칼날을 접는데, 공급부의 그림자 한 명이 나타나서 방문자가 있음을 알렸다.

"어떤 색깔?" 다들 총을 모으고 비틀거리며 일어서는 가운데 셜리가 물었다.

어린 여자 그림자는 녹스를 가리켰다. "파란색이요. 그쪽이랑 같아요."

녹스는 그 여자애의 머리를 쓰다듬고 선반 사이로 빠져나갔다. 이건 좋은 신호였다. 기계부에 남아 있던 사람들이 예정보다 빨리 올라왔다는 뜻이었다. 마크가 다른 사람들을 소집하고, 자고 있던 몇 명을 깨우고, 여분의 소총을 덜그럭거리며 모으는 동안 녹스는 작업대로 향했다.

작업대 주위를 돌자, 층계참을 지키던 공급부 일꾼 두 명이 정문으로 피테를 통과시키는 모습이 보였다.

피테는 녹스와 손을 잡으며 미소 지었다. 피테의 정유실 직원들이 줄줄이 뒤따라 들어왔는데, 평소에 입던 검은색 작업복보다 눈에 덜 띄는 파란색 작업복을 입고 있었다.

"상황이 어떤가?" 녹스가 물었다.

"올라오는 사람들로 계단이 노래를 해요." 피테가 말했다. 그는 가슴을 부풀리면서 깊이 숨을 들이마셨다가 내쉬었다. 그렇게 도착 시간을 앞당기기 위해 어떤 속도를 유지했을지 상상이 갔다.

"다들 움직이고 있나?" 두 무리가 한데 섞이고, 공급부 사람들이 자기를 소개하거나 이미 알던 사람들과 인사를 나누는 동안 녹스와 피테는 옆으로 비켜섰다.

피테는 고개를 끄덕였다. "오고 있어요. 30분만 있으면 마지막까지 올 겁니다. 운반인들의 속삭임이 우리보다 더 빠를까 두렵긴 하지만요." 피테는 천장을 올려다보았다. "지금도 우리 머리 위에서 계속 퍼지고 있을걸요."

"그럴 것 같나?" 녹스가 물었다.

"아래쪽 시장에서 언쟁이 있었어요. 사람들이 이게 무슨 소동인지 알고 싶어 했거든요. 조지가 건방진 소리를 했고, 그게 주먹다짐이 됐지 싶습니다."

"이런, 아직 중층부에는 가지도 않았는데 말이지."

"그러게요. 좀 더 작은 규모로 급습하는 편이 성공 확률이 높지 않았을까 하는 생각이 어쩔 수 없이 드네요."

녹스는 얼굴을 찌푸렸지만, 피테가 그렇게 생각하는 이유는 이해했다. 피테는 튼튼한 일꾼 몇 명만 데리고 큰일을 해치우는 데 익숙한 사람이었다. 하지만 이미 시작한 계획을 두고 언쟁하기에는 너무 늦었다. "흠, 정전은 시작된 것 같군. 우리로서는 따라가는 수밖에 없지."

녹스의 말에 피테는 음울하게 고개를 끄덕였다. 그는 방 안에서 무장을 갖추고, 다시 한번 재빨리 계단을 오르기 위해 짐을 다시 싸는 사람들을 둘러보았다. "그리고 싸우면서 올라가게 되겠죠."

"우리 계획이 사람들 귀에 들어갈 거야. 그러면 좀 시끄러워지겠지."

피테는 대장의 팔을 두드렸다. "그렇다면야, 우리가 이미 이기고 있는 거예요."

피테는 총을 고르고 물통을 채우러 갔다. 녹스는 문가에 있던 마크와 셜리에게 합류했다. 총이 없는 사람들은 강철을 납작하게 눌러서 만든 무시무시한 창으로 무장하고 있었다. 연마기의 작업 덕분에 날카로운 가장자리가 은색으로 빛났다. 녹스는 다들 고통을 초래할 도구를 본능적으로 만들 줄 안다는 사실이 놀라웠다. 어린 그림자들마저도 방법을 알았다. 다른 사람에게 해를 입히는 능력은 사람들이 상상력의 잔혹한 심연에서 길어 올리는 지식 같았다.

"다른 사람들은 뒤처지나요?" 마크가 녹스에게 물었다.

"그렇게 나쁘진 않아. 생각보다 많은 수가 빨리 왔어. 나머지도 따라잡을 거야. 준비됐나?"

셜리가 고개를 끄덕였다. "움직이자고요."

"좋아, 그러면. 진보를 향해 앞으로, 그리고 위로." 녹스는 방 안을 훑어보며 기계공들이 공급부 사람들과 섞여 드는 모습을 지켜보았다. 적지 않은 얼굴이 녹스 쪽을 보며 모종의 신호를, 어쩌면 또 한 번의 연설을 기다렸다. 하지만 녹스의 내면에 그런 열변은 담겨 있지 않았다. 그에게는 선량한 사람들을 도살장으로 끌고 가는지도 모른다는 두려움, 모든 터부가 제어할 수 없는 폭포가 되어 쏟아지고 있으며, 모든 일이 너무 빨리 일어나고 있다는 두려움밖에 없었다. 일단 만들어낸 총을 누가 되돌릴 수 있을까? 사람들의 어깨에 얹혀 군중 위로 솟아오른 총신들이 마치 바늘방석 같았다. 입 밖에 내어버린 생각처럼, 다시는 돌이킬 수 없는 것들이 존재했다. 그리고 녹스는 그의 기계공들이 돌이킬 수 없는 일을 저지르기 직전이라고 생각했다.

"주목." 녹스가 으르렁거리자 떠드는 소리가 잦아들었다. 사람들이 주머니를 위험하게 덜그럭거리며 부대꼈다. "자, 이제 간다." 녹스가 조용해지는 방 안에 대고 다시 말하자, 병사들이 줄을 지어 서기 시작했다. 녹스는 확실히 이 일은 그의 책임이라고 생각하면서 문으로 돌아섰다. 소총을 제대로 가렸는지 확인하고 팔 아래 낀 다음, 문을 당겨 열고 기다리는 셜리의 어깨를 힘주어 잡고 지나갔다.

바깥으로 나가자, 공급부 일꾼 두 명이 난간 옆에 서 있었다. 그들은 꾸며낸 정전을 핑계 대며 드물게 찾아오는 사람들을 돌려보내는 일을 맡았다. 문을 활짝 열자 눈부신 불빛과 공급부의 기계들이 돌아가는 소리가 계단으로 새어 나갔고, 녹스는 속삭임이 발보다 빠르다는 피테의 말이 무슨 뜻인지 이해했다. 그는 전쟁을 하러 가는 게 아니라 도우러 가는 척하려고 챙긴 공구, 양초, 손전등 등이 든 가방을 고쳐 멨다. 이런 속임수용 물품들 아래에는 여분의 총탄과 폭탄, 만약에 대비한 붕대와 연고가 숨겨져 있었다. 소총은 천으로 둘둘 싸서 팔 아래 끼고 있었다. 소총이라는 사실을 알고 보면 우스꽝스러운 은폐 방식이었다. 같이 행군할 사람들을 보니 용접용 작업복을 입은 사람도 있고, 건설용 헬멧을 쓴 사람도 있어서 의도가 뻔히 드러났다.

그들은 층계참과 공급부에서 새어 나오는 불빛을 뒤로하고 올라가기 시작했다. 기계부 사람들 몇 명은 중층부에 더 잘 섞여 들기 위해 노란색 작업복으로 바꿔 입었다. 그들은 어두워진 야간등 불빛 속에서 시끄럽게 계단을 올랐고, 녹스는 아래쪽에 통행인이 드물다는 사실을 확인하고 나머지 사람들이 곧 따라잡으리라는 희망을 품었다. 지친 다리로 바로 올라올 생각을 하니 미안하기도 했지만, 녹스는 그들이 가벼운 짐으로 움직이고 있다는 사실을 돌이켰다.

그는 다가오는 아침을 최대한 낙관적으로 그리려고 죽을힘을 다했다. 어쩌면 기계부 사람들이 더 도착하기 전에 충돌이 끝날지도 몰랐다. 지원 부대는 축하연을 함께하기 위해 도착한 셈이 될지도 몰랐다. 녹스와 매클레인은 이미 IT부의 금지된 층 안으로 들어가고, 그 안에 있는 뜻 모를 기계의 덮개를 벗겨내어, 윙윙거리고 돌아가는 사악한 톱니의 정체를 완전히 드러낸 후가 될지도 몰랐다.

녹스가 그렇게 매끄러운 전복을 꿈꾸는 동안 무리는 상당히 앞으로 나아갔다. 그들은 여자들이 금속 난간에 빨래를 널고 있는 층계참을 지났다. 여자들은 파란 작업복을 입은 녹스와 그 부하들을 보더니 정전 사태에 대해 불평했다. 기계공들은 멈춰 서서 보급품을 나눠 주고 거짓말을 퍼뜨렸다. 그 층계참을 떠나서 다음 층까지 꽤 올라간 후에야 녹스는 마크의 총신을 감싼 천이 풀려 있음을 알았다. 다음 층에 도착하기 전에 천은 다시 제대로 덮었다.

오르막길은 고요하고 힘든 시련으로 변했다. 녹스는 다른 사람들을 앞으로 보내고 뒤쪽에 남아 사람들의 상태를 확인했다. 그는 공급부 사람들도 자기 책임이라고 여겼다. 그들의 목숨은 녹스가 내리는 결정에 달려 있었다. 그 미친 바보, 워커 노인장 말대로였다. 이거였다. 이게 어린 시절 이야기로만 듣던 폭동이었다. 그리고 녹스는 문득 그 오래된 유령들, 전설과 신화 속에 살던 그 조상들에게 엄청난 연대감을 느꼈다. 이전에도 사람들이 이런 일을 했다. 이유는 달랐을지도 모르고, 그들만큼 고결한 분노로 목이 메지는 않았을지도 모르지만, 언젠가, 어느 층에선가 꼭 지금 같은 행군이 있었다. 비슷한 부츠가 똑같은 디딤판을 디뎠다. 어쩌면 굽만 갈았지 같은 부츠일 수도 있었다. 모두가 손에 든 위험한 기계를 절그럭거렸고, 그 기계를 쓰는 상황도 두려워하지 않았다.

느닷없이 신비스러운 과거와 연결된 느낌에 녹스는 화들짝 놀랐다. 그렇게까지 오래전도 아니었다. 그렇지 않은가? 200년도 지나지 않았으니. 그는 만약 누군가가 잔스만큼, 아니면 매클레인만큼 오래 산다면, 그리고 그런 인생이 세 번이면, 그 세월을 가로지를 수 있다는 생각을 했다. 옛 폭동에서 지금까지 세 번만 악수를 하면 된다. 그렇다면 그 사이의 세월은 무엇일까? 두 번의 전쟁 사이에 낀 그 긴 평화의 시간은?

녹스는 이런 생각을 하면서 계단 위로 부츠를 들어 올렸다. 그가 어렸을 때 배운 나쁜 놈들이 되어버린 걸까? 아니면 그것 역시 거짓말이었을까? 그런 생각을 하자니 머리가 아팠지만, 어쨌든 그는 지금 혁명을 이끌고 있었다. 그래도 정말 옳다고 느꼈다. 필요하다고 느꼈다. 하지만 이전의 충돌도 똑같은 느낌이었다면? 그때 폭동을 벌인 사람들의 가슴에도 똑같은 느낌이 있었다면?

50

분명히 당신을 보고 있는데, 아래에 있는 모습이
무덤 바닥에 죽어 누운 사람 같아요.

"이걸 다 읽으려면 열 번을 살아도 모자랄걸요."

줄리엣은 흩어진 금속 통 무더기와 두꺼운 책 더미에서 고개를 들었다. 글자가 꽉 찬 페이지 하나하나에 어렸을 때 읽은 어떤 어린이책보다 많은 경이로움이 담겨 있었다.

솔로가 수프를 데우고 물을 끓이던 스토브에서 몸을 돌렸다. 그는 수프가 뚝뚝 떨어지는 금속 숟가락을 줄리엣이 엉망으로 흩어놓은 무더기 쪽으로 흔들었다. "읽으라고 만들어둔 게 아닐 거예요. 다른 건 몰라도 나처럼 처음부터 끝까지 읽으라고 만든 책은 아니에요." 그는 숟가락에 혀를 댔다가 그 숟가락을 다시 냄비에 집어넣고 휘저었다. "순서가 다 엉망이거든요. 그보다는 백업에 대한 백업일 거예요."

"무슨 뜻인지 모르겠어요." 줄리엣은 인정했다. 그녀는 '나비'라는 이름의 동물 사진이 가득 찬 페이지를 내려다보았다. 나비의 날

개는 우스울 정도로 색이 밝았다. 나비가 손바닥만 한 크기인지, 사람 크기인지 궁금했다. 그녀는 아직 동물들의 크기 비율을 파악하지 못했다.

"서버요. 내 말이 무슨 뜻이라고 생각했어요? 백업 말이에요."

솔로는 당황한 목소리였다. 줄리엣은 스토브 주위에서 바쁘게 움직이는 솔로의 거칠고 정신없는 동작을 지켜보며, 갇혀 살아서 무지한 사람은 그가 아니라 자신임을 깨달았다. 솔로에게는 여기 이책들이 있었고, 역사를 읽은 수십 년 세월과, 그녀는 상상밖에 할수 없는 조상들이 함께했다. 그녀가 경험으로 아는 게 뭐란 말인가? 똑같이 무지한 동료 야만인들 수천 명과 어두운 구멍 속에서산 삶이 뭐란 말인가?

그녀는 귓구멍을 파고 손톱을 살피는 솔로를 지켜보면서 이 점을 기억하려고 했다.

"정확히 무엇의 백업이죠?" 줄리엣은 마침내, 암호 같은 답을 들을까 봐 무섭기까지 한 심정으로 물었다.

솔로는 그릇을 두 개 찾아냈다. 그리고 작업복 배에 붙은 천으로 그릇을 닦기 시작했다. "모든 것의 백업이에요. 우리가 아는 모든 것이요. 이전에 있었던 모든 것." 그는 그릇들을 내려놓고 스토브에 달린 손잡이를 조절하더니 팔을 휘두르며 말했다. "따라와요. 보여줄게요."

줄리엣은 책을 덮어서 원래 통에 밀어 넣고, 일어서서 솔로를 따라 옆방으로 들어갔다.

"난장판은 신경 쓰지 마요." 솔로는 몸짓으로 한쪽 벽에 쌓인 쓰레기와 잔해들의 언덕을 가리켰다. 빈 음식 깡통이 천 개는 쌓인 것 같았고, 냄새는 깡통이 만 개는 버려진 듯 심했다. 줄리엣은 코에 주름을 잡고 반사적으로 나오는 구역질을 눌렀다. 솔로는 아무렇지도 않은 모양이었다. 그는 작은 나무 책상 옆에 서서 벽에 걸린 거대한 종이 도표들을 획획 넘겼다.

"내가 찾는 게 어디 있더라?" 그는 큰 소리로 생각을 말했다.

"이것들이 다 뭔데요?" 줄리엣은 도표들에 넋을 잃고 물었다. 사일로의 약도처럼 보이는 종이도 있었는데, 기계부에서 보던 것과는 달랐다.

솔로가 고개를 돌렸다. 한쪽 어깨 너머로 종이를 몇 장이나 넘겨서, 말 그대로 종이 사이에 몸이 파묻힌 모습이었다. "지도요. 바깥에 얼마나 많은 게 있는지 보여주려고요. 보면 오줌을 지릴걸요."

그는 고개를 내젓더니 혼잣말로 뭐라고 중얼거렸다. "미안해요. 그런 말을 하려던 게 아닌데."

줄리엣은 괜찮다고 말하고, 참을 수 없는 썩은 음식의 악취를 막으려고 손등을 코에 갖다 댔다.

"여기 있네요. 여기 끝을 잡아요." 솔로는 여섯 장이 묶인 종이 뭉치의 한 귀퉁이를 내밀었다. 그리고 자기가 반대쪽을 잡고, 둘이 함께 벽에서 종이를 들어 올렸다. 줄리엣은 지도 아랫부분마다 붙은 고리를 가리키고 아마 그걸 들어서 걸 만한 막대기나 갈고리가 있을 거라고 말하고 싶었지만 침묵을 지켰다. 입을 열었다간 썩은 깡통 냄새만 더해질 것 같았다.

"이게 우리예요." 솔로가 종이에서 어느 지점을 가리켰다. 검고 구불구불한 선이 사방에 보였다. 줄리엣이 이제까지 본 어떤 지도나 약도와도 다르게 생겼다. 어린아이가 그린 그림 같았다. 어디에도 직선이 존재하지 않았다.

"이게 뭘 보여주는 거죠?"

"경계선. 땅이요!" 솔로는 그림의 3분의 1을 차지하는, 선이 하나도 없는 곳을 손으로 쓸고 말했다. "이게 다 물이에요."

"어디요?" 줄리엣은 종이를 들고 있느라 팔이 아팠다. 악취와 수수께끼가 그녀를 괴롭혔다. 집에서 멀리 떨어진 기분이었다. 살아남았다는 흥분은 앞으로 몇 년이고 몇 년이고 이어질 길고 비참한 생활에 대한 우울함에 자리를 내어줄 판이었다.

"저기 바깥에! 땅을 덮고 있잖아요." 솔로는 애매하게 벽을 가리켰다. 그리고 줄리엣이 혼란스러워하자 눈을 가늘게 떴다. "사일로는, 이 사일로는 머리카락 한 올 크기밖에 안 돼요." 그는 지도를 두드렸다. "바로 여기요. 전부 다요. 남은 우리들 전부 다일지도요. 내 엄지손가락보다 크지 않아요." 그는 이리저리 얽힌 선 안에 손가락을 올렸다. 줄리엣은 솔로가 정말 진지해 보인다고 생각했다. 더 잘 보려고 몸을 가까이 기울였지만, 그는 줄리엣을 다시 밀어냈다.

"봐요." 그는 종이 귀퉁이를 잡은 그녀의 손을 가볍게 때리고, 지도를 벽에 다시 늘어뜨렸다. "이게 우리예요." 그는 맨 위 종이에 그려진 원 하나를 가리켰다. 줄리엣은 눈을 동그랗게 뜨고 열과 행을 보았다. 원이 마흔여덟 개쯤 있었다. "17번 사일로." 그는 손을 쓸어 올렸다. "12번. 이건 8번. 그리고 1번 사일로는 이 위에 있어요."

"아니에요."

줄리엣은 고개를 젓고 후들거리는 다리로 책상을 찾아 손을 짚었다.

"맞아요. 1번 사일로. 당신은 16번 아니면 18번에서 왔을 거예요. 얼마나 걸었는지 기억해요?"

그녀는 작은 의자를 끌어내어 털썩 주저앉았다.

"언덕을 몇 개나 넘었어요?"

줄리엣은 대답하지 않았다. 그녀는 다른 지도를 생각하고 크기를 비교했다. 솔로의 말이 옳다면? 정말로 사일로가 50개쯤 있는데 모두가 엄지손가락 하나에 가려진다면? 별들이 얼마나 멀리 떨어져 있는지에 대해 루카스가 한 말이 옳았다면? 기어 들어갈 곳이 필요했다. 덮을 것이 필요했다. 잠이 필요했다.

"1번 사일로에서는 한 번 말을 들었어요. 오래전에요. 다른 사일로는 어떻게 하고 있는지 잘 모르겠지만……." 솔로가 말했다.

"잠깐." 줄리엣은 허리를 폈다. "무슨 뜻이죠, 말을 듣다니?"

솔로는 지도에서 고개를 돌리지 않았다. 어린아이 같은 표정으로 이 원에서 저 원으로 손을 옮겼다. "그 사람들이 호출했어요. 확인하려고." 그는 지도와 그녀에게서 고개를 돌리고 방 저편 구석을 보았다. "오래 이야기하진 않았어요. 난 절차를 다 모르거든요. 그 사람들은 좋아하지 않았어요."

"좋아요, 하지만 그걸 어떻게 했죠? 우리도 지금 누굴 호출할 수 있어요? 무전기였나요? 작은 안테나가 달린, 뾰족하고 작은 검은색 물건요." 줄리엣은 방을 가로질러 가 솔로의 어깨를 잡고 몸을 돌렸다. 이 남자가 아는데 끌어낼 수 없는, 도움이 될 만한 정보가 얼마나 많을까? "솔로, 어떻게 그 사람들과 이야기를 했냐고요?"

"선으로요." 그는 두 손을 오므려서 귀를 덮었다. "그냥 그걸로 이야기하면 돼요."

"나한테 그걸 보여줘요."

솔로는 어깨를 으쓱였다. 그는 다시 지도 몇 장을 넘기다가, 원하던 지도를 찾아내어 나머지 종이를 벽에 눌렀다. 그녀가 보았던 사일로의 약도였다. 옆에서 본 사일로를 삼등분해서 나란히 그려둔 것이었다. 그녀는 솔로를 도와서 나머지 종이를 잡았다.

"이게 다 선이에요. 사방으로 이어져요." 그는 사일로 외벽에서 종이 가장자리까지 뻗어나가는 굵은 선들을 따라갔다. 아주 작은 글자가 붙어 있었다. 줄리엣은 글자를 읽으려고 몸을 가까이 기울였다. 그리고 수많은 기술 부호를 알아보았다.

"이건 전력선인데." 그녀는 삐죽삐죽한 상징 부호가 달린 선들을 가리켰다.

"그래요." 솔로는 고개를 끄덕였다. "이제는 직접 전력을 구할 수가 없어서요. 다른 데서 빌려 오나 봐요. 다 자동으로요."

"다른 곳에서 전력을 얻는다고요?" 줄리엣의 좌절감이 커졌다. 이 남자가 사소하다고 여기는 중대한 지식이 대체 얼마나 많은 걸까? "또 알려줄 건 없나요? 내 사일로로 단번에 날아갈 수 있는 비행복 같은 건 없어요? 아니면 편하게 걸어갈 수 있는 지하의 비밀 통로라든가?"

솔로는 소리 내어 웃더니 미친 사람 보듯 그녀를 보았다. "아뇨. 그러면 씨앗이 하나가 되잖아요. 여러 개가 아니고. 나쁜 날 하루면 우리 모두 엉망이 되겠죠. 게다가 굴착기는 다 죽었어요. 묻어버렸죠." 그는 한쪽 구석으로, 기계부 가장자리에 튀어나온 네모난 방을 가리켰다. 줄리엣은 자세히 들여다보았다. 한눈에 심층부의 모든 층을 알아보았지만, 이 방은 존재하지 않는 공간이었다.

"굴착기라는 건 무슨 뜻이죠?"

"흙을 파내는 기계예요. 여기를 만든 기계죠." 그는 손으로 사일로를 길게 훑었다. "아마 움직이기엔 너무 무거웠나 봐요. 그래서 그 위에 벽을 쏟아부었어요."

"그게 작동해요?" 줄리엣은 물었다. 한 가지 생각이 떠올랐다. 그녀는 광산을 생각하고, 어떻게 손으로 바위를 파냈는지 생각했다. 사일로 전체를 파낼 수 있는 기계라면, 혹시 사일로 사이 땅을 파내는 데에도 쓸 수 있지 않을까.

솔로가 혀를 찼다. "어림없어요. 그 밑에는 아무것도 안 돌아가요. 다 끝장났어요. 게다가." 그는 심층부 중간쯤을 손으로 잘랐다. "물이 차올라서……." 그러다가 줄리엣을 돌아보았다. "잠깐. 당신 나가고 싶어요? 어디로 가게요?" 그는 믿을 수 없다는 듯이 고개를 내저었다.

"난 집으로 가고 싶어요." 줄리엣이 말했다.

그는 눈을 동그랗게 떴다. "왜 돌아가요? 그 사람들이 당신을 내쫓았잖아요? 여기서 지내요. 우린 떠나고 싶지 않아요." 그는 턱수염을 긁고 고개를 획획 내저었다.

"누군가는 이 모든 걸 알아야 해요. 바깥에 있는 다른 사람들에 대해서요. 그 너머에 있는 공간도 마찬가지고요. 우리 사일로 사람들도 알아야 해요."

"당신네 사일로 사람들은 이미 알아요."

그는 의아한 눈으로 그녀를 뜯어보았고, 줄리엣은 그 말이 맞는다는 걸 깨달았다. 그녀는 현재 그들이 사일로 안 어디에 있는지 떠올렸다. 그들은 IT부의 심장부에 있었다. 신화 속에 나올 법한 서버들의 요새 안 깊숙이, 서버 아래에 숨겨진 통로로 들어가야 하는, 아마도 수수께끼 같은 사일로의 가장 깊은 핵심에 접근할 수 있는 사람들에게마저도 감춰진 방에 있었다.

그녀의 사일로에도 아는 사람이 있었다. 몇 세대에 걸쳐 이런 비밀을 지킬 수 있게 도운 사람이 있었다. 그 사람이 누구의 조언도 받지 않고 혼자서 사람들이 무엇을 알아야 하고 무엇을 몰라야 하는지 결정했다. 그 사람이 줄리엣을 죽음으로 내몰았고, 또 얼마나 더 죽였을지 알 수 없었다.

"이 선들에 대해 말해봐요." 줄리엣이 물었다. "다른 사일로와 어떻게 이야기를 했죠? 자세히 말해줘요."

"왜요?" 솔로는 줄리엣 앞에서 움츠러드는 것 같았다. 두려움에 젖은 눈이었다.

"왜냐하면, 꼭 호출하고 싶은 사람이 있거든요."

51

이날의 검은 운명에 더 많은 날이 달렸으니,
이 일은 재난의 시작일 뿐, 끝은 다른 이들이 내야 하리라.

기다림은 끝날 줄 몰랐다. 기다림은 두피가 근질거리고 땀이 흘러
내리는 긴 정적, 팔꿈치에 실리는 무게와 구부린 등과 회의 테이블
에 평평하게 기댄 배의 불편함이었다. 루카스는 무시무시한 소총
을 내려다보고 회의실의 박살 난 유리창 밖을 내다보았다. 작은 유
리 조각들이 문설주 옆에 투명한 이빨처럼 남아 있었다. 루카스는
아직도 심스의 총이 유리창을 박살 냈을 때 난 믿을 수 없이 큰 소리
를, 귓속에 울리는 이명을 들을 수 있었다. 아직도 허공에 떠다니는
코를 찌르는 화약 냄새를 맡고, 다른 기술자들의 얼굴에 떠오른 걱
정스러운 표정을 볼 수 있었다. 정말이지 불필요한 파괴 행위 같았
다. 이 모든 준비 과정이, 창고에서 무거운 검은색 총을 꺼내어 나
르고, 버나드와 나누던 대화를 중단하고 심층부에서 올라오는 사람
들 소식을 전해 들은 일 모두가 말이 되지 않았다.
　루카스는 소총 옆에 달린 '슬라이드'를 확인하고, 몇 시간 전에

받은 5분짜리 교육을 기억하려고 애썼다. '약실'에 '한 방'이 들어 있었다. '총'은 '공이치기'가 당겨진 상태였다. 더 많은 '총탄'이 '탄창' 안에서 끈기 있게 기다리고 있었다.

그리고 보안 직원들은 기술 용어로 그를 힘들게 만들었다. 루카스에게 새로운 어휘들이 들이닥쳤다. 그는 서버실 아래에 있는 방들, 〈규칙〉이라는 제목의 두꺼운 페이지들, 잠깐밖에 보지 못한 책들을 생각했다. 그 모든 것들의 무게 때문에 마음이 내려앉았다.

그는 '조준' 연습을 하면서 시간을 보냈다. '총신'을 내려다보며 작은 원 안에 든 작은 십자가에 맞추어 정렬했다. 장애물로 쓰기 위해 문가에 굴려 쌓아둔 회의용 의자들을 겨누었다. 그러면서 이런 상태로 며칠을 기다려도 아무 일도 일어나지 않으리라 생각했다. 운반인이 아래층에서 무슨 일이 일어나는지 정보를 갱신해준 지도 꽤 지났다.

그는 연습 삼아서 손가락을 덮개 안으로 밀어 넣어 '방아쇠'에 걸었다. 그 쇳조각을 당긴다는 생각에도, 심스가 미리 알려준 반동에 대해서도 편안하게 받아들이려고 노력했다.

열여섯 살이 넘지 않았을 그림자 보비 밀너가 옆에서 농담을 던졌고, 심스는 두 사람 모두에게 닥치라고 말했다. 루카스는 같이 꾸지람을 들은 데 대해 항의하지 않았다. 그는 지지 기둥 사이며 금속 보안대 위로 검은색 총신이 가시처럼 솟아올라 있는 보안문 쪽을 보았다. 새로운 사일로 보안관인 피터 빌링스가 작은 총을 만지작거리고 있었다. 버나드는 보안관 뒤에 서서 부하들에게 지시 사항을 전달하고 있었다. 루카스 옆에서 보비 밀너가 무게중심을 바꾸면서 조금이라도 편안한 자세를 취하려고 낑낑거렸다.

기다리고. 또 기다리고. 모두가 기다렸다.

물론, 루카스가 앞으로 닥칠 일을 알았다면 기다림을 싫어하지 않았을 것이다.

오히려 영원히 기다리게 해달라고 빌었으리라.

녹스는 사람들을 이끌고 60층대를 통과하면서 물을 채우러 몇 번 멈추고, 짐을 잡아매고 신발 끈을 묶기 위해 한 번 지체했다. 야간 배달 중인 호기심 많은 운반인 몇 명이 지나가다가 어디로들 가고 있는지, 정전은 어떻게 된 일인지 캐물었다. 모든 운반인이 불만스러워하며 떠났다. 부디 그들의 머릿속에도 아무 생각이 없기를 빌었다.

피테 말대로였다. 계단이 노래를 하고 있었다. 너무 많은 이들의 행진으로 계단이 흔들렸다. 위쪽에 사는 사람들은 대체로 정전을 피해서, 전력과 따뜻한 음식과 뜨거운 목욕물이 있을 위쪽으로 이동하고 있었다. 녹스와 그의 부하들은 그 사람들 뒤에서 다른 종류의 '전력'을 진압하기 위해 움직였다.

56층에서 처음으로 말썽이 일어났다. 농부들 한 무리가 수경재배 농장 바깥에 서서 난간 너머로 전력선 뭉치를 내리고 있었다. 아마도 아래쪽 층계참에서 보았던 소규모 무리에게 보내는 것 같았다. 농부들은 기계부의 파란색 작업복을 알아보았고, 한 명이 외쳤다. "어이, 우리가 댁들을 먹여 살리는데 왜 댁들은 전기를 유지해주지 못하는 거요?"

"IT부에 얘기해요. 퓨즈를 날려버린 건 그놈들이니까. 우린 할 수 있는 일을 하고 있습니다." 줄 앞쪽에 있던 마크가 대답했다.

"그럼 좀 빨리 하쇼. 바로 이런 터무니없는 일을 피하려고 그 쥐 새끼가 저주할 단전을 시행한 줄 알았는데 말이지."

"점심시간까지는 해결할 거예요." 셜리가 말했다.

녹스와 나머지 사람들이 선두 무리를 따라잡으면서 층계참이 꽉 막혔다.

"우리가 빨리 올라갈수록 댁들도 전기를 빨리 돌려받을 거요." 녹스가 설명했다. 그는 천으로 감춘 총을 평범한 도구처럼 보이도록 아무렇지도 않게 잡으려고 노력했다.

"흠, 그럼 여기 수도 문제나 도와주지 그래요? 57층에서는 거의 오전 내내 전력이 돌았거든. 우리 펌프가 움직일 정도만 빌렸으면 좋겠는데." 농부는 난간 너머에 똬리를 튼 전선을 가리켰다.

녹스는 생각해보았다. 그 남자의 요청은 기술적으로 불법이었다. 문제를 제기했다가는 움직임이 지연될 테지만, 얼마든지 그렇게 하라고 말하면 의심스러워 보일 수도 있었다. 그는 몇 층 위에서 기다리고 있을 매클레인의 무리를 의식했다. 속도와 타이밍이 제일 중요했다.

"우리 기술자 두 명이 남아서 도와줄 거요. 어디까지나 호의로. 기계부가 이런 일에 얽혔다고 나한테 책임이 돌아오지 않는 한에서."

"상관없어요. 난 물이 흐르기만 바랄 뿐이오."

"셜리, 자네와 코트니가 도와줘. 가능할 때 따라잡고."

셜리가 입을 떡 벌렸다. 그녀는 눈으로 다시 생각해달라고 빌었다.

"얼른 시작해." 녹스가 말했다.

마크가 옆으로 다가가서 아내의 가방을 들고, 자기 다용도 칼을 내밀었다. 셜리는 떨떠름하게 받아 들고, 녹스를 꽤 오래 노려본 다음, 녹스에게나 남편에게나 한 마디도 하지 않고 몸을 돌렸다.

농부는 전선을 놓고 녹스 쪽으로 한 걸음 다가섰다. "이봐요, 도와준다는 두 사람이……."

녹스는 그 남자가 움찔할 만큼 냉엄한 눈빛을 던졌다. "가장 뛰어난 기술자를 얻고 싶소? 이 두 사람이 최고요."

농부는 두 손을 들어 올리고 물러섰다. 코트니와 셜리는 이미 아래쪽 층계참에 있는 사람들과 협력하기 위해 쿵쿵거리며 내려가고 있었다.

"가지." 녹스가 가방을 추어올리며 말했다.

기계부와 공급부 사람들은 다시 한번 전진했다. 그들은 56층 층계참에서 위로 올라가는 긴 행렬을 지켜보는 농부들을 뒤로하고 떠났다.

전력선은 내려가고 속삭임은 올라갔다. 이 농부들의 머리 위에서 강력한 군세가 하나가 되고, 나쁜 의도들이 합쳐져서 정말 끔찍한 운명으로 향했다.

그리고 눈과 귀가 있는 사람이라면 누구나 알 수 있었다. 일종의 응보가 다가오고 있었다.

루카스에게는 어떤 경고도, 어떤 카운트다운도 주어지지 않았다. 몇 시간이나 조용히 기다리고, 참을 수 없이 공허한 시간을 보낸 끝에, 그냥 폭력 사태가 터졌다. 최악을 예상하라는 말을 들었음에도, 루카스는 너무 오랫동안 무슨 일이 일어나기를 기다렸기 때문에 정작 일이 터졌을 때 더 격하게 놀란 게 아닐까 느꼈다.

34층 양여닫이문이 확 열렸다. 단단한 강철이 화장실 휴지처럼 떨어져 나갔다. 날카롭게 울리는 소리에 루카스는 펄쩍 뛰면서 소총 개머리판을 잡은 손을 놓쳤다. 뒤에서 총성이 울렸다. 보비 밀너가 공포에 질려 허공을 쏘면서 비명을 지르고 있었다. 공포가 아니라 흥분일 수도 있었다. 심스가 굉음 속에서도 들릴 만큼 엄청난 소리로 고함을 질렀다. 굉음이 잦아들자 무엇인가가, 금속 통 같은 것이 연기를 뚫고 날아와서 보안문 쪽으로 굴렀다.

잠시 끔찍한 정적이 흐르고, 귀가 떨어질 듯한 폭발이 뒤따랐다. 루카스는 총을 떨어뜨릴 뻔했다. 보안문을 덮은 연기로도 학살 현장을 완전히 가리지는 못했다. 루카스가 아는 사람들의 잔해가 IT부 현관 로비에 흩어져 있었다. 학살을 일으킨 사람들은 루카스가 개머리판을 쥐기도 전에, 바로 앞에서 일어나는 또 한 번의 폭발을 두려워할 겨를도 없이 밀려들기 시작했다.

옆에서 소총이 다시 불을 뿜었고, 이번에는 심스도 고함을 지르지 않았다. 이번에는 다른 총신 몇 개가 합세했다. 의자들을 뚫고 밀고 들어오려던 사람들이 의자 사이로 굴러떨어지고, 보이지 않는 줄이 잡아당기기라도 하는 듯 몸을 떨면서, 쏟아지는 페인트처럼 붉은 물줄기를 뿜어냈다.

사람들이 더 왔다. 으르렁거리면서 덩치 큰 남자가 달려왔다. 모든 것이 너무나 느리게 움직였다. 루카스는 그 남자의 입이 벌어지고, 무성한 턱수염 한가운데에서 고함이 터져 나오는 모습, 남자 둘을 합친 만큼이나 넓은 가슴을 볼 수 있었다. 그 남자는 허리춤에서 소총을 꺼내 들고 망가진 보안대에 총을 쏘았다. 루카스는 피터 빌링스가 어깨를 움켜쥐고 바닥에서 뒹구는 모습을 보았다. 회의실 테이블 너머에서 총신이 연이어 불을 뿜으면서, 루카스 앞의 창

틀에 붙은 유리 조각이 부르르 떨렸다. 이제는 창문을 박살 낸 일쯤은 대수롭지 않아 보였다. 오히려 신중한 움직임 같았다.

우수수 쏟아진 총탄이 불시에 남자를 때렸다. 회의실은 매복이었고, 측면 공격대였다. 마구잡이 총격에 맞았는지 덩치 큰 남자의 몸이 흔들렸다. 입이 벌어지면서 턱수염이 아래로 늘어졌다. 소총이 반으로 꺾이며 손가락 사이에 반짝이는 총탄이 나타났다. 재장전을 하려 하고 있었다.

IT부의 총들은 엄청나게 빠른 속도로 총탄을 쏘아댔다. 방아쇠를 당기면 스프링과 화약이 나머지 일을 했다. 거인은 자기 소총을 더듬거렸지만, 결코 재장전을 하지 못했다. 거인은 의자들 사이로 굴러떨어지면서 바리케이드를 바닥에 흩어놓았다. 그 문으로 다른 사람이 나타났다. 자그마한 여성이었다. 루카스는 총신 너머로 그 여자를 지켜보았다. 여자가 몸을 돌려 그를 똑바로 보았다. 폭발의 연기가 그 여자 쪽으로 흘러갔고, 하얀 머리카락이 어깨 위로 흘러내리자 마치 연기가 그 몸의 일부인 것처럼 보였다.

루카스는 그 여자의 눈을 볼 수 있었다. 그는 아직도 총을 쏘지 않고, 입을 벌린 채로 싸움을 지켜보기만 했다.

여자가 팔을 뒤로 뺐다가 무엇인가를 루카스 쪽으로 던지려 했다.

루카스는 방아쇠를 당겼다. 소총이 번쩍하더니 기울어졌다. 총탄이 방을 가로지르는 그 길고 끔찍한 시간 동안, 그는 상대가 늙은 여인에 불과했음을 깨달았다. 무엇인가를 잡고 있었고.

폭탄이었다.

늙은 여인의 상반신이 휙 돌아가고 가슴팍에서 붉은 꽃이 피었다. 그 물건은 떨어졌다. 또다시 끔찍한 정적의 시간이 지나고, 공격자들이 분노의 소리를 지르며 더 나타나고 나서야 폭발이 의자 바리케이드와 그 사이에 있던 사람들을 산산조각 냈다.

　루카스는 두 번째 헛된 공격을 시도하면서 울었다. 탄창이 빌 때까지 울었고, 고정대를 더듬어 여분의 탄창을 개머리판에 밀어 넣으면서 울었다. 노리쇠를 뒤로 젖히고 또 한 번 위협적인 금속 조각을 쏟아내는 동안 입술 위로 짜고 쓴 물이 흘러내렸다. 총탄은 맞부딪칠 살에 비하면 너무나 튼튼하고 빨랐다.

52

내게도 가면을 쓰고 이야기를 속삭일 줄 알던
그런 시절이 있었지요.

버나드는 고함 소리를 듣고 정신을 차렸다. 연기에 눈이 타는 듯 아
팠고, 귀에는 오래전에 터진 폭발 소리가 여전히 울렸다.

피터 빌링스가 그의 어깨를 흔들면서 소리를 지르고 있었다. 크
게 뜬 눈과 검댕이 묻은 이마에는 겁에 질린 표정이 떠올라 있었고,
작업복에는 넓게 녹이 슨 듯한 핏자국이 묻어 있었다.

"흐음?"

"시장님! 제 말 들리십니까?"

버나드는 피터의 손을 밀어내고 일어나 앉으려고 했다. 그는 손
으로 몸을 더듬으며 피가 나거나 부러진 곳이 있는지 찾았다. 머리
가 욱신거렸다. 코에 닿았던 손에 피가 묻어났다.

"어떻게 됐나?" 버나드는 신음하며 물었다.

피터가 옆에 웅크리고 앉았다. 버나드는 보안관 바로 뒤에서 소
총을 어깨에 걸치고 계단 쪽을 바라보고 있는 루카스의 모습을 보

았다. 멀리서 고함 소리가 들리고, 요란한 총성이 울렸다.

"세 명이 죽었습니다. 몇 명이 부상을 입었고요. 심스가 여섯 명을 이끌고 계단으로 향했습니다. 놈들은 우리보다 훨씬 피해가 심합니다. 훨씬 심해요." 피터가 말했다.

버나드는 고개를 끄덕였다. 그는 귀를 확인해보고, 피가 나지 않는다는 사실에 놀랐다. 코에서 흐른 피를 소매로 닦고 피터의 팔을 두드렸다. 그리고 피터의 어깨 너머로 고갯짓을 했다. "루카스를 데려오게."

피터는 얼굴을 찌푸렸지만 고개를 끄덕였다. 피터가 루카스와 이야기를 나누고, 이어서 젊은 루카스가 버나드 옆에 무릎을 꿇었다.

"괜찮으세요?" 루카스가 물었다.

버나드는 고개를 끄덕였다. "멍청했어. 놈들에게 총이 있을 줄이야. 폭탄에 대해서는 짐작했어야 했는데."

"진정하세요."

버나드는 고개를 저었다. "자넬 여기 두면 안 되는 거였어. 멍청했지. 우리 둘 다 당할 수도 있었는데."

"둘 다 멀쩡하잖아요. 그자들은 계단 아래로 도망쳤어요. 끝난 것 같아요."

버나드는 루카스의 팔을 두드렸다. "날 서버로 데려다주게. 이 일을 보고해야 해."

루카스는 고개를 끄덕였다. 버나드가 말하는 서버가 무엇인지 알았다. 그는 버나드를 부축해 일으키고, 한 팔을 등에 둘렀다. 피터 빌링스는 두 사람이 비틀거리면서 연기 가득한 복도를 걸어가자 얼굴을 찌푸렸다.

"좋지 않아." 버나드는 다른 사람들에게서 멀어지자 루카스에게 말했다.

"하지만 우리가 이겼어요, 아닌가요?"

"아직은 아니야. 여기에서 그치지 않을 거야. 오늘 끝날 일이 아니야. 자네는 한동안 아래에 있어야겠어." 버나드는 얼굴을 찡그리며 혼자 걸으려고 해보았다. "우리 둘 다에게 무슨 일이 생길 위험을 감수할 순 없지."

루카스는 내키지 않아 보였다. 그는 거대한 문에 암호를 입력하고 신분증을 꺼내더니, 신분증과 손에 묻은 누군가의 피를 닦아내고 판독기에 통과시켰다.

"이해합니다." 마침내 그는 말했다.

버나드는 사람을 제대로 골랐다고 생각했다. 그는 루카스가 무거운 문을 닫게 놓아두고 제일 뒤에 있는 서버를 향해 걸어갔다. 그는 한 번 휘청거렸고, 8번 서버에 몸을 기대고 서서 현기증이 사라질 때까지 쉬었다. 그사이에 루카스가 따라잡아서 버나드보다 먼저 작업복에서 마스터키 사본을 꺼냈다.

버나드는 루카스가 서버를 여는 동안 벽에 기대어 쉬었다. 아직도 동요한 상태라서 서버 앞판에 깜박이는 부호는 알아차리지 못했다. 귀울음이 가득 울리다 보니 진짜 벨 소리를 듣지 못했다.

"저게 뭐죠?" 루카스가 물었다. "저 소리요?"

버나드는 의아한 눈으로 그를 보았다.

"화재 경보인가요?" 루카스가 천장을 가리켰다. 마침내 버나드도 그 소리를 들었다. 그는 루카스가 마지막 잠금쇠를 여는 동안 비틀거리면서 서버 뒤쪽으로 걸어가서, 젊은이를 밀어냈다.

이럴 확률이 얼마나 될까? 그 사람들이 벌써 아는 걸까? 버나드의 삶은 겨우 이틀만에 혼란에 빠졌다. 그는 천 주머니 안에 손을 넣어 헤드셋을 잡고 따가운 귀 위에 썼다. '1'이라고 표시된 구멍에 잭을 꽂았다가 삐 소리가 들리자 깜짝 놀랐다. 신호가 울린 것이다. 그가 호출을 걸고 있었다.

그는 서둘러 잭을 빼내고 호출을 취소했다. '1' 위의 불빛은 깜박거리고 있지 않았다. '17' 위의 불빛이 깜박거렸다.

버나드는 방 안이 빙빙 도는 느낌이었다. 죽은 사일로에서 호출이 걸려 오고 있었다. 생존자? 이렇게 오랜 세월이 지나서? 서버실에 접근할 수 있는 사람이 있다고? 잭을 17번 구멍에 꽂는 손이 덜덜 떨렸다. 뒤에서 루카스가 무엇인가를 묻고 있었지만, 버나드는 헤드폰 때문에 아무것도 들을 수 없었다.

"여보세요?" 그는 쉰 목소리로 말했다. "여보세요? 거기 누구 있습니까?"

"여보세요." 누군가의 목소리가 대답했다.

버나드는 헤드폰을 바로잡았다. 그는 루카스에게 손짓으로 제발 좀 닥치라는 뜻을 전했다. 귀가 아직 울리고 있었고, 코에서 흐르는 피가 입안으로 들어갔다.

"누굽니까? 내 말 들려요?"

"잘 들리는데, 내가 생각하는 그 사람 맞나?" 그 목소리가 말했다.

"너 대체 누구야?" 버나드는 더듬거리며 말했다. "어떻게 접속을……?"

"네가 날 내보냈잖아. 네가 날 죽을 길로 보냈어."

버나드는 다리가 마비되어 주저앉았다. 선이 팽팽해지면서 헤드폰이 머리에서 벗겨질 지경이 되었다. 그는 헤드폰을 꽉 잡고 그 목소리를 가려내려고 애썼다. 루카스가 그의 겨드랑이를 잡고 뒤로 쓰러지지 않게 부축하고 있었다.

"거기 있나?" 그 목소리가 물었다. "내가 누군지 알겠어?"

"아니야." 그렇게 말했지만, 버나드는 알았다. 불가능한 일이었지만, 그는 알았다.

"네가 날 죽을 길로 보냈지, 개자식."

"너도 규칙을 알았잖아!" 버나드는 소리를 질렀다. 유령에게 고함을 질렀다. "알았잖아!"

"닥치고 잘 들어, 버나드. 입 닥치고 내 말 아주 잘 들으라고."

버나드는 기다렸다. 입안에 흘러든 피에서 구리 맛이 났다.

"내가 널 잡으러 간다. 내가 집으로 간다고. 내가 청소를 하러 갈 거야."

세상은 그대의 친구가 아니고, 세상의 법도 그대의 친구가 아니지.

악당과는 한참 떨어진 사람.

그리고 이 모든 비극도

앞으로 올 우리의 시간에는 달콤한 이야깃거리가 될 뿐이야.

갑자기 눈이 먼 자는 잊을 수가 없지,

그 눈이 잃어버린 소중한 보물을.

불 하나가 또 다른 불을 태워 없애듯

고통도 또 다른 고통으로 줄어드는 법이라네.

— 로메우스와 줄리엣의 비극적인 이야기*

*《로미오와 줄리엣》에 나오는 다양한 대사를 짜깁기하여 새로운 시처럼 만든 것이다.

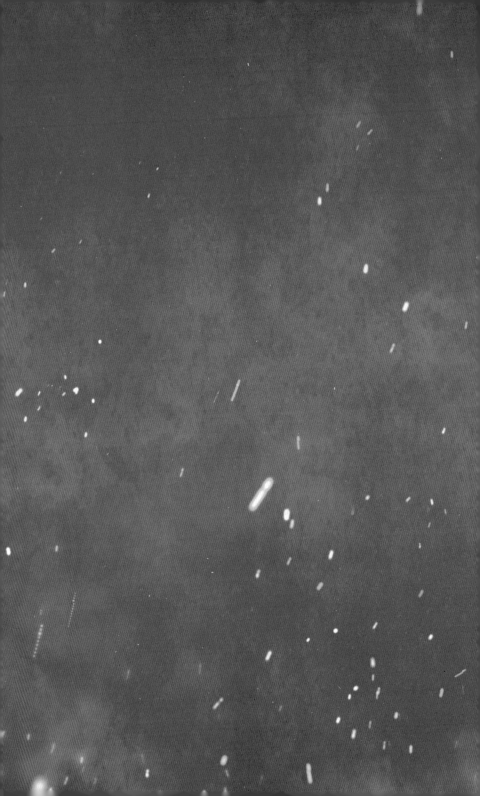

5부

묶이다

53

18번 사일로

마크는 소총을 옆구리에 끼고 서늘한 난간에 의지한 채 중앙 계단을 비틀비틀 내려갔다. 부츠는 피가 묻어 미끄러웠다. 그는 사방에서 울리는 소리들을 거의 들을 수 없었다. 반쯤 끌려 내려오는 부상자들의 울부짖음, 층계참에서 그들의 모습을 목격한 호기심 많은 군중의 겁에 질린 비명 소리, 아니면 마크와 나머지 기계공들을 한 층 한 층 추격해오는 남자들의 폭력을 예고하는 고함 소리도.

대부분의 소리가 귀울림에 잠겨 들리지 않았다. 폭발, 그 지독한 폭발 때문이었다. IT부의 문을 벗겨낸 폭발은 아니었다. 그때는 마크도 다른 사람들과 같이 몸을 굽히고 대비했다. 두 번째 폭탄, 녹스가 적의 심장부 깊숙이 던진 그것도 아니었다. 마지막 폭탄이었다. 터질 줄 몰랐던, 머리가 하얗게 센 자그마한 공급부 여인의 손에서 떨어진 것.

매클레인의 폭탄. 그것은 마크 바로 앞에서 터졌고, 마크의 청력을 빼앗으면서 매클레인의 목숨을 앗아 갔다.

그리고 녹스도, 그 튼튼한 부동의 기계부 책임자인, 그의 상관이자 좋은 친구도 죽었다.

마크는 부상을 입고 두려움에 빠져 서둘러 계단을 내려갔다. 안전한 심층부는 멀기만 했다. 그리고 아내를 찾고 싶은 마음이 절실했다. 그는 지나간 일보다는 지금에 집중했다. 친구들을 빼앗아 가고 그들의 계획을 망가뜨리고 정의를 구현할 기회를 집어삼킨 폭발에 대해서는 생각하지 않으려고 애썼다.

위에서 둔탁한 총성이 울리고, 총탄이 금속을 때리는 날카로운 소리가 뒤따랐다. 금속뿐이라니, 다행이었다. 마크는 매끄럽게 발사되는 소총을 들고 머리 위 층계참에서 그들을 괴롭히는 적들의 시야를 벗어나기 위해 바깥쪽 난간에서 멀찍이 떨어졌다. 우리 편인 기계부와 공급부 사람들은 벌써 대여섯 층 넘게 도망치면서 싸웠다. 마크는 위에서 추격하는 놈들이 멈추기를, 잠시만 쉴 기회를 주기를 소리 없이 빌었지만 부츠와 총탄은 계속 따라왔다.

마크는 반 층을 더 내려가 공급부 세 명을 따라잡았다. 부상당한 동료를 가운데 부축하고 가느라 양옆 사람들의 노란 작업복 등에는 피가 묻어 있었다. 마크는 그들에게 계속 움직이라고 외쳤지만, 정작 자신의 소리는 듣지 못하고 가슴의 진동으로만 느꼈다. 미끄러지는 바닥의 핏물에 마크 자신의 피도 섞여 들었다.

다친 팔은 소총을 낀 채 가슴팍에 단단히 대고, 가파른 계단에서 굴러떨어지지 않도록 반대쪽 손으로 난간을 잡고 움직였다. 그의 뒤에는 협력자가 없었다. 산 사람은 남아 있지 않았다. 마지막 총격전 이후 그는 다른 사람들을 먼저 내려보내고 자신도 가까스로 도망쳤다. 그러나 놈들은 지치지도 않고 계속 쫓아왔다. 마크는 이따금 멈춰 서서, 신뢰할 수 없는 탄약을 더듬더듬 약실에 밀어 넣고 계단 위를 향해 아무렇게나 쏘곤 했다. 그저 뭐라도 하기 위해서. 놈들의 속도를 늦추기 위해서.

그는 잠시 걸음을 멈추고 난간 너머로 몸을 내밀어 하늘을 향해 소총을 휘둘렀다. 이번에는 불발탄이었다. 그를 향해 날아온 총탄은 그렇지 않았다.

그는 계단 중앙 기둥을 붙잡고 천천히 재장전을 했다. 그의 소총은 놈들의 것과 달랐다. 한 번에 한 발밖에 쏘지 못했고 조준하기도 어려웠다. 놈들은 들어본 적도 없는 신식 소총을 가지고 있었다. 총탄이 겁에 질린 맥박보다 더 빨리 날아왔다. 그는 난간 쪽으로 이동해서 아래 층계참을 확인했다. 빠끔히 열린 문간으로 엿보는 호기심 어린 얼굴들, 강철 문설주 가장자리를 붙잡은 손가락들을 볼 수 있었다. 여기였다. 56층이었다. 아내를 마지막으로 본 장소.

"셜리!"

그는 아내의 이름을 부르며 비틀비틀 계단을 더 내려가서 56층 층계참과 같은 높이에 섰다. 추적자들의 시야에 들지 않게 계단 안쪽에 붙어서 그늘진 얼굴들을 살폈다.

"내 아내는!" 마크는 손을 오므려서 입에 갖다 대고 층계참 저편으로 크게 외쳤다. 웅웅대는 귀울림은 그에게만 해당된다는 걸 이미 잊었다. "내 아내는 어디 있지?"

어둠 속에 모인 사람들 중 한 명이 입을 움직였다. 목소리는 멀리서 둔하게 웅웅거리는 소리로밖에 들리지 않았다.

다른 누군가가 아래를 가리켰다. 드러난 얼굴들이 움츠러들었다. 총탄이 새된 소리를 내며 날아오자 열려 있던 문이 확 닫혔다. 계단은 아래쪽에서 겁에 질려 움직이는 부츠들과 위에서 쫓아오는 부츠들로 진동했다. 마크는 난간 너머로 늘어진 불법 전력선을 보고 아래층에서 전력을 훔쳐 오려고 하던 농부들을 기억했다. 그는 굵은 전력선을 따라 아래층으로 황급히 내려갔다. 셜리를 찾고 싶은 마음뿐이었다.

여기 아래층에 아내가 있을지 몰랐다. 마크는 탁 트인 층계참을 전력으로 가로지르는 모험을 감행했다. 그는 문에 몸을 던졌다. 총성이 울렸다. 마크는 귀가 터져라 셜리의 이름을 부르면서 손잡이를 잡아당겼다. 문이 움직였다가, 보이지 않는 근육질의 팔들에 저지되어 멈췄다. 그는 유리창을 때렸다. 분홍색 손바닥 자국을 남기면서 열어달라고, 들여보내달라고 외쳤다. 맹렬히 날아온 총탄들이 그의 발치에 부딪쳤다. 하나는 문에 흉터를 남기기도 했다. 미그는 웅크린 자세로 머리를 가리고 후다닥 계단으로 돌아갔다.

마크는 하는 수 없이 아래로 내려갔다. 셜리가 그 문 뒤에 있다면, 차라리 그편이 나을지도 몰랐다. 셜리는 이 사태에 연루된 것처럼 보일 만한 장비를 버리고, 사태가 진정될 때까지 사람들 사이에 섞여 들 수 있을 것이다. 그렇지 않고 더 아래에 있다면…… 서둘러 따라가야 했다. 어느 쪽이든, 아래가 유일한 방향이었다.

다음 층계참에서 그는 아까 지나쳤던 공급부 세 명과 다시 마주쳤다. 부상자는 눈을 크게 뜨고 바닥에 앉아 있었다. 다른 두 명은 부축하느라 옆구리가 피투성이가 되어 그 남자를 돌보고 있었다. 공급부 직원 한 명은 마크가 행진해 올라갈 때 언뜻 본 기억이 있는 여자였다. 마크가 도움이 필요한가 보려고 멈춰 서자 올려다보는 여자의 눈에서 차가운 불길이 일었다.

"내가 업을 수 있어요." 마크는 부상자 옆에 무릎을 꿇고 외쳤다.

여자가 뭐라고 말을 했다. 마크는 고개를 저으며 자신의 귀를 가리켰다.

여자는 입술을 과장해서 움직이며 같은 말을 되풀이했지만, 마크는 뜻을 짜 맞출 수 없었다. 여자는 포기하고 그의 팔을 잡아 밀어냈다. 부상자는 배를 움켜잡고 있었고, 복부에서 사타구니까지 붉은 얼룩이 번져 있었다. 배에 튀어나온 무엇인가를 꽉 잡고 있는 두 손 사이로 강철 막대 끝에서 회전하는 작은 바퀴가 보였다. 의자 다리였다.

여자는 가방에서 폭탄을 하나 꺼냈다. 엄청난 폭발을 예고하는 파이프 폭탄을 엄숙하게 부상자에게 건넸다. 부상자는 손마디가 하얗게 되어 덜덜 떨리는 손으로 그것을 받아 들었다.

공급부 두 명은 마크를 끌고 움직였다. 그들은 큼직한 가구 조각이 박혀 피를 흘리는 남자에게서 멀어졌다. 고함 소리가 멀게 들렸지만, 마크는 그 소리가 가까이에서 난다는 사실을 알았다. 실제로는 귓가에서 울렸다. 그는 부상을 입고 운이 다한 남자의 텅 빈 시선에 얼어붙은 채 뒤로 끌려갔다. 그 남자는 마크에게서 눈을 떼지 않았다. 남자는 무시무시한 원통형 폭탄을 손에 말아 쥐고, 멀찍이 들어 올렸다. 단호하게 다문 턱선이 두드러졌다.

마크는 계단 위를 올려다보았다. 마침내 그들을 따라잡은 부츠가, 핏자국도 없이 새까만 부츠가 나타났다. 이 지칠 줄 모르는 우월한 적들은 마크와 다른 사람들이 남긴 핏자국을 따라 내려오며, 결코 불발되지 않는 탄약으로 그들을 뒤쫓았다.

마크는 뒤돌아선 자세로 비틀거리며 반쯤은 다른 사람들에게 끌려서 계단을 내려갔다. 한 손은 난간을 잡고, 눈으로는 그들이 두고 온 남자 뒤에서 열리는 문을 보았다.

어린 얼굴이 나타났다. 호기심이 강한 사내아이 하나가 바깥을 보려고 뛰어나오고 있었다. 이리저리 얽힌 어른들의 손이 재빨리 아이를 잡아당겼다.

마크는 계단 아래로 끌려갔다. 나선 계단을 한참 내려간 탓에 다음에 일어난 일을 보지 못했다. 하지만 거의 들리지 않는 귀로도 윙윙거리는 총성이 들렸고, 이어서 폭발이, 거대한 계단을 뒤흔드는 맹렬한 폭발이 마크와 다른 사람들을 넘어뜨렸다. 마크는 난간에 부딪쳤고, 소총은 덜그럭거리며 계단 가장자리로 미끄러졌다. 마크는 재빨리 몸을 던져 총이 허공으로 떨어지기 전에 붙잡았다.

망연자실해진 그는 고개를 내저으며 손과 무릎을 짚고 천천히 몸을 일으켰다. 혼미한 상태로 비틀비틀 흔들리는 계단을 내려갔다. 발아래 디딤판이 징징거리며 울리는 가운데, 사일로 전체가 어두운 광기 속으로 소용돌이치며 잠겨 들고 있었다.

54

18번 사일로

처음으로 제대로 쉰다고 할 수 있는 순간은 몇 시간 후, 심층부 위쪽에 있는 공급부에서 찾아왔다. 그곳에 방어벽을 설치하고 공격을 막자는 이야기가 있었지만, 계단 난간과 콘크리트 원통 벽 사이 빈 공간까지를 막을 방법이 불확실했다. 이 빈 공간이야말로 노래하는 총탄이 사는 곳이며, 투신자들이 죽음을 만나는 곳이자, 그들의 적이 아래로 내려올 방법을 찾아낼 수 있는 곳이었다.

마크의 청력은 마지막 도주 중에 나아졌다. 자신의 규칙적인 부츠 소리, 고통스러운 신음 소리, 공기를 들이마시려고 헐떡이는 지친 소리를 지겨워할 만큼은 회복했다. 누군가가 마지막 폭발로 계단이 망가져서 추적자들의 발이 묶였다고 말했다. 하지만 그게 얼마나 오래갈까? 피해는 어느 정도일까? 아무도 몰랐다.

층계참은 긴장감이 높았다. 매클레인이 죽었다는 소식이 공급부 사람들을 동요시켰다. 노란 작업복을 입은 부상자들은 안으로 실려 갔지만, 기계부 부상자들은 원래 속한 곳으로 내려가 치료를 받는 편이 좋겠다는 말이 나왔다. 곱게 나온 제안도 아니었다.

마크는 이런 언쟁들, 아직도 어딘가에 막힌 듯이 멀게 들리는 목소리들 사이를 헤치고 움직였다. 그는 닥치는 대로 셜리에 대해 물었다. 노란 작업복을 입은 몇 명은 셜리가 누구인지 모른다는 듯 어깨를 으쓱였다. 어떤 남자는 셜리가 이미 다른 부상자들과 같이 내려갔다고 했다. 그는 한 번 더, 더 큰 소리로 말함으로써 마크에게 확신을 주었다.

좋은 소식이었다. 마크도 그렇게 생각하고 막 자리를 뜨려는 순간, 불안한 군중 사이에서 불쑥 아내가 튀어나와 그를 놀라게 했다.

마크를 알아본 셜리의 눈이 동그랗게 커졌다. 그리고 곧 그의 다친 팔을 알아보았다.

"이런, 세상에!"

셜리는 그를 와락 끌어안고 그의 목덜미에 얼굴을 묻었다. 마크는 한 팔로 그녀를 안았다. 소총이 두 사람 사이에 꼈고, 떨리는 뺨에 닿은 총신이 차가웠다.

"당신 괜찮아?" 그가 물었다.

셜리는 그의 어깨에 얼굴을 묻은 채 뭐라고 말을 했다. 귀로는 들을 수 없었지만 피부로 느낄 수 있었다. 그녀는 얼굴을 들고 그의 팔을 살폈다.

"귀가 안 들려." 그는 아내에게 말했다.

"난 괜찮다고." 그녀는 더 큰 소리로 말했다. 그리고 젖은 눈을 크게 뜨고 고개를 내저었다. "난 거기 없었어. 하나도 보지 못했어. 녹스에 대한 얘기가 정말이야? 어떻게 된 거야? 얼마나 나빴어?"

셜리는 그의 상처에 집중했다. 강하고 자신감 있는 셜리의 손이 팔에 닿으니 좋았다. 기계부 사람들이 더 아래로 후퇴하면서 군중이 줄어들었다. 공급부의 노란 옷 몇 명이 마크를 차갑게 노려보고, 곧 자기들의 골칫거리가 될까 걱정하는 눈으로 그의 상처를 쳐다보았다.

"녹스는 죽었어. 매클레인도. 다른 사람도 몇 명. 폭탄이 터졌을 때 나도 바로 그 자리에 있었어."

그는 셜리가 찢기고 얼룩진 자신의 내의를 뜯어내자 드러난 자기 팔을 물끄러미 내려다보았다.

"총에 맞았어?" 그녀가 물었다.

그는 고개를 저었다. "모르겠어. 워낙 순식간에 일어나서." 그는 어깨 너머를 돌아보았다. "다들 어디로 가는 거야? 왜 여기에 숨지 않고?"

셜리는 앙다문 턱으로 문 쪽을 고갯짓했다. 문에는 노란색 작업복이 두 줄로 막고 서 있었다. "우리를 반기지 않아." 그녀는 마크가 들을 수 있게 목소리를 높였다. "이 상처를 닦아야겠어. 아무래도 파편이 박혔나 봐."

"난 괜찮아. 그냥 당신을 찾고 있었어. 걱정돼서 죽는 줄 알았어."

그는 아내가 우는 모습을 보았다. 멈추지 않는 눈물이 송골송골 맺힌 땀방울 사이로 두드러졌다.

"당신이 죽은 줄 알았어." 그녀가 말했다. 입술을 읽어서 이해해야 했다. "그놈들이…… 당신이 꼭……."

그녀는 입술을 깨물고, 그녀답지 않은 두려움이 깃든 눈으로 그를 보았다. 마크는 아내가 동요하는 모습을 본 적이 없었다. 어긋난

여닫이창으로 물이 샐 때도, 광산이 무너져서 친한 친구 몇 명이 갇혔을 때도, 심지어는 줄리엣이 청소형을 받았을 때도 침착했다. 하지만 지금 그녀의 표정에는 두려움이 가득했다. 그리고 그 사실이 야말로 그에게 폭탄과 총탄으로는 느끼지 못한 두려움을 안겼다.

"빨리 다른 사람들을 따라가자." 그는 아내의 손을 잡고 말했다. 층계참에 드러난 불안을, 떠나달라고 애원하는 눈빛들을 느낄 수 있었다.

다시 한번 위쪽에서 고함 소리가 울려 퍼지고 공급부 사람들이 안전한 문 안으로 퇴각하자, 마크는 짧은 유예 시간도 끝났음을 알았다. 그래도 괜찮았다. 아내를 찾았다. 아내는 다치지 않았다. 이제 그에게 할 수 있는 짓은 별로 없었다.

함께 139층에 도착했을 때, 마크는 해냈음을 알았다. 어찌어찌 두 다리가 버텨주었고, 멈추지 않는 피도 그를 주저앉히지 못했다. 그는 아내의 부축을 받으며 기계부로 가는 마지막 층계참을 통과했다. 그에게는 위에서 총질을 해대는 망할 놈들에 대항하여 전선을 지킬 생각밖에 없었다. 기계부 안으로 들어가면, 그들은 좀 더 막강했고 수적으로도 더 안전했으며 본거지라는 이점도 있었다. 그보다 더 중요한 것은, 모두들 상처에 붕대를 감고 쉴 수 있다는 점이었다. 마크에게 절실히 필요한 것도 휴식이었다.

그는 계단을 거의 다 내려와서 넘어질 뻔했다. 다리가 평평한 바닥보다는 내려가는 디딤판에 더 익숙해진 탓이었다. 무릎이 풀리자 셜리가 그를 잡았다. 마침내 마크는 기계부로 들어가는 보안 검색대에 몰려 있는 사람들을 알아보았다.

다들 싸우러 위로 올라간 사이에 뒤에 남아 있던 사람들은 바쁘게 지낸 모양이었다. 넓은 보안 입구에 강철판이 단단히 용접돼 가로질려 있었다. 바닥에서 천장까지, 이쪽 벽에서 저쪽 벽까지 마름모무늬가 박힌 강철판이 버티고 있었다. 안에서 누군가가 작업을 마무리하는지 한쪽 가장자리를 따라 불꽃이 튀었다. 갑작스럽게 불어난 피난민과 부상자가 한데 몰려들어 필사적으로 들어가려 했다. 기계공들이 장벽을 밀었다. 그들은 두려움에 미쳐서 비명을 지르고 강철판을 두들겼다.

"이게 다 뭐야?" 마크는 군중 뒤편으로 밀고 들어가는 셜리를 따라가며 말했다. 앞에서는 누군가가 바닥을 기어, 좁은 틈 사이로 배를 밀어 넣고 있었다. 안에서 방어하기 좋게 보안문 아래로 딱 한 사람만 미끄러져 들어갈 수 있는 크기의 직사각형 공간이 열려 있었다.

"진정하고 차례를 기다려요!" 앞쪽에서 누군가가 외쳤다.

노란 작업복도 섞여 있었다. 몇 명은 공급부로 가장한 기계공이었고, 몇 명은 부상자를 돕다가 엉뚱한 무리에 섞였거나, 자기네 층이 안전하다고 믿지 못하고 내려온 공급부 사람 같았다.

마크가 셜리를 앞쪽으로 보내려고 하는 중에 총성이 울리고, 뜨거운 납덩어리가 가까운 곳을 때리는 소리가 났다. 그는 방향을 바꾸어 아내를 계단 쪽으로 끌어당겼다. 말도 안 되게 좁은 입구 주위에 몰려든 사람들은 제정신이 아니었다. 구멍 이쪽저쪽으로 고함 소리가 잔뜩 오갔다. 이쪽에 있는 사람들은 총격을 받고 있다고 외치고, 저쪽에 있는 사람들은 "한 번에 한 사람씩!"이라고 외쳤다.

몇 사람은 배를 깔고 엎드려서 앞다퉈 작은 구멍으로 움직이고 있었다. 한 명이 안으로 팔을 넣더니 반대편에서 당기는 힘에 이끌려 어둠 속으로 사라졌다. 두 명이 다음으로 들어가려고 서로를 밀쳤다. 모두가 위쪽 계단에 노출된 상태였다. 총성이 또 한 번 울리고, 누군가가 어깨를 잡고 "맞았어!"라고 비명을 지르며 쓰러졌다. 군중이 흩어졌다. 몇 명은 충격을 피하기 위해 계단 디딤판 아래로 다시 뛰었다. 나머지는 한 번에 한 명만 통과시키려고 만든 공간에 한꺼번에 몰려들면서 혼란에 빠졌다.

근처에 있던 또 한 명이 총에 맞자 셜리가 비명을 지르며 마크의 팔을 꽉 잡았다. 기계공 한 명이 바닥에 쓰러져서 고통으로 몸을 웅크렸다. 셜리는 남편에게 큰 소리로 어떻게 해야 하냐고 물었다.

마크는 배낭을 내려놓고 아내의 뺨에 입을 맞춘 다음, 소총을 들고 다시 계단을 달려 올라갔다. 한 번에 두 개씩 올라가려고 했지만 다리가 너무 아팠다. 총성이 한 발 더 울리고, 빗맞은 소리가 났다. 몸이 믿을 수 없을 만큼 무거워지면서 악몽 속에 있는 것처럼 느려졌다. 그는 총을 바로 들고 139층 층계참에 접근했지만, 총을 쏘는 사람들은 더 위에, 한참 위에서 사람들에게 총탄을 퍼붓고 있었다.

그는 탄창을 새로 끼웠는지 총을 확인하고 위로 젖혀서 층계참 바깥으로 내밀었다. 보안 직원용 회색 작업복을 입은 남자 몇 명이 난간 너머로 몸을 내밀고, 기계부 1층을 향해 총신을 겨누고 있었다. 그중 한 명이 옆 사람을 툭툭 치더니 마크 쪽을 가리켰다. 마크는 이 모든 상황을 총신을 통해 보았다.

그는 총을 쏘았고, 검은색 소총 하나가 위에서 떨어져 내리더니,

그 총을 잡고 있던 난간 너머의 팔이 축 늘어졌다가 사라졌다.

일제히 총성이 일었지만, 그는 이미 계단 쪽으로 몸을 던진 후였다. 위아래에서 성난 함성들이 커졌다. 마크는 조금 전에 모습을 보인 곳과 거리를 두고 계단 반대쪽으로 가서 아래를 내려다보았다. 보안 장벽 앞의 군중은 줄어들고 있었다. 점점 더 많은 사람이 안으로 이끌려 들어갔다. 그는 셜리가 손으로 계단 불빛을 가리고 올려다보는 모습을 볼 수 있었다.

뒤에서 부츠 소리가 울렸다. 마크는 다시 장전하고 몸을 돌려, 그의 시야에 들어오는 나선 계단의 가장 높은 층계를 겨눴다. 그리고 내려오는 상대를 기다렸다.

첫 번째 부츠가 나타나자 그는 몸의 균형을 잡고, 그 남자가 좀더 총신 앞으로 내려오기를 기다렸다가 방아쇠를 당겼다.

검은색 소총이 또 한 자루 계단에 부딪치며 난간을 넘어 떨어졌다. 또 한 명이 무릎을 꿇었다.

마크는 몸을 돌리고 뛰었다. 총을 놓치면서 소총이 정강이를 때리고 떨어지는 것을 느꼈지만 굳이 주우려 하지 않았다. 그는 계단을 미끄러져 내려가다가 발을 헛디뎌 엉덩방아를 찧었다. 한 번에 두 계단씩 내려가려고 했지만, 꿈속에서 도망치는 것처럼 속도가 나지 않았고, 다리가 녹슨 철 같았다.

쾅 하고 뒤에서 먹먹한 굉음이 울리더니, 누군가가 어떻게 따라잡았는지 그의 등을 후려쳤다.

마크는 앞으로 넘어지면서 계단에 몸을 튕기고 턱으로 철 디딤판을 찍으며 떨어졌다. 입안에 피가 고였다. 기어보려고 몸을 일으켰다가 앞으로 다시 넘어졌다.

또 한 번 굉음이 울리고, 또 한 번 등을 강타당했다. 동시에 물어 뜯기고 걷어차이는 느낌이었다.

'총에 맞으면 이런 기분일 거야.' 그는 멍하니 생각했고, 다리에 감각을 잃고 마지막 몇 계단을 굴러떨어져서 강철판에 부딪쳤다.

맨 아래층은 거의 텅 비었다. 작은 직사각형 입구 옆에 한 사람이 서 있었고, 다른 한 사람은 반쯤 들어간 채로 발버둥을 치고 있었다.

마크는 바닥에 엎드린 셜리가 자신을 돌아보는 모습을 알아보았다. 둘 다 바닥에 누운 셈이었다. 바닥에 있으니 정말 편했다. 뺨에 닿는 강철이 서늘했다. 이제는 뛰어내릴 계단도, 장전할 총탄도, 쏘아야 할 대상도 없었다.

셜리가 비명을 지르고 있었다. 마크만큼 엎드린 상태가 행복하지 않은 모양이었다.

셜리가 컴컴한 작은 사각형 입구 밖으로 팔을 다시 빼냈다. 강철판에 난 거친 구멍 밖으로 그에게 손을 뻗었다. 그 와중에도 그녀의 몸은 안으로 미끄러져 들어갔다. 예전에 마크의 집으로 가는 입구였던 이상한 강철판 너머에 있는 누군가가 그녀를 당기고, 강철 벽 옆에 선 노란 옷의 착한 사람이 밀어서였다.

"가." 마크는 셜리가 비명을 지르지 않기를 빌며 말했다. 바닥을 물들이는 피가 그의 말을 장식했다. "사랑해……."

그 말이 마치 명령이라도 된 것처럼, 셜리의 발이 어둠 속으로 미끄러져 들어가고, 비명 소리도 그 네모난 검은 입속에 삼켜졌다.

그리고 노란 옷을 입은 사람이 몸을 돌렸다. 그 착한 사람의 눈이 커지고 입이 딱 벌어지는 순간, 그 몸이 난폭한 총격에 튀어 올랐다.

그것이, 그 남자의 죽음의 춤이 마크가 본 마지막 풍경이었다.

그리고 다음에 찾아온 그의 죽음은 아득하게, 한순간의 떨림으로만 느껴졌다.

55

워커는 간이침대에 누운 채로 멀리서 벌어지는 폭력의 소리에 귀를 기울였다. 기계부 입구에서 나는 고함 소리가 복도를 따라 울려 퍼졌다. 익숙한 총성이 따라왔다. 우리 편의 탕, 탕, 탕 소리에 이어지는 나쁜 놈들의 타타탓 소리.

화약이 강철에 부딪쳐 으르렁거리는 엄청난 굉음이 들리고, 오가던 탕탕 소리가 잠시 멈췄다. 고함 소리가 더 들렸다. 부츠들이 쿵쿵거리며 워커의 문 앞을 지나갔다. 부츠 소리는 이 신세계의 음악에 끊임없이 울리는 박자였다. 그는 침대에서도 그 음악 소리를 들을 수 있었다. 담요를 머리 끝까지 뒤집어쓰고 그 위에 베개를 올려도, 큰 소리로 제발 좀 멈춰달라고 빌고 또 빌어도 들렸다.

복도에 울리는 부츠 소리는 고함 소리를 동반했다. 워커는 몸을 공처럼 단단히 말고 무릎을 가슴팍에 댄 채로 지금이 몇 시일까 생각했다. 벌써 아침이 와서 일어나야 할까 봐 두려웠다.

잠시 정적이, 부상자들을 조용히 돌보는 휴식 시간이 내려앉았다. 희미한 신음 소리는 굳게 닫은 워커의 수리점 문을 뚫지 못했다.

워커는 음악 소리가 다시 돌아오기 전에 잠을 청하려 했다. 하지만 언제나 그렇듯이 정적이 더 나빴다. 주위가 조용해지면, 그는 다음 총성이 울리기를 기다리며 불안해했다. 자야 한다는 초조함이 잠 자체를 쫓아버릴 때가 많았다. 그리고 마침내 저항이 끝나고, 나쁜 놈들이 이겨서 그를 잡으러 온다는 두려움에 빠지기로 했다.

누군가가 그의 문을 두드렸다. 그의 숙련된 귀로 잘못 알아들을 리 없는 작고 성난 주먹 소리였다. 네 번을 세게 두드리고, 가버렸다.

셜리였다. 늘 두던 곳에 워커의 아침 배급을 남겨두고, 어젯밤에 조금 깨작거리다 만 그의 저녁 식사를 가져갔을 것이다. 워커는 끙 소리를 내며 늙은 뼈를 움직였다. 쿵쿵거리는 부츠 소리. 언제나 서두르고, 언제나 불안하고, 언제까지나 전쟁을 했다. 그리고 한때는 정말로 보살펴야 할 기계와 펌프들로부터 멀리 떨어져 있어서 조용하기만 했던 워커의 복도가 바쁜 통로가 되었다. 이제 중요한 곳은 현관 로비였다. 그곳이 모든 증오가 쏟아지는 깔때기였다. 사일로 따위, 위에 사는 놈들이나 아래에 있는 기계 따위 알 게 뭔가, 그저 이 쓸모없는 땅을 두고 싸우고, 한쪽이 물러날 때까지 양쪽에 시체를 쌓자. 어제의 복수를 해야 하니까, 어제보다 더 먼 과거는 아무도 기억하고 싶어 하지 않으니까.

그러나 워커는 기억했다. 그는 기억했다.

수리점 문이 벌컥 열렸다. 워커는 지저분한 고치에 난 틈으로 젱킨스를 볼 수 있었다. 20대밖에 안 됐지만 턱수염을 길러서 더 나이가 들어 보이는, 녹스가 죽은 그 순간에 이 난장판을 물려받은 녀석. 그 아이는 워커의 침대를 똑바로 겨냥하고 요란하게 작업대의 미로를 통과하면서 부품들을 흩어놓았다.

"일어났네." 워커는 젱킨스가 가버리기를 바라며 신음했다.

"아니, 안 일어났죠." 젱킨스가 침대에 와서 총신으로 워커의 갈빗대를 찔렀다. "얼른요, 노인장, 일어나요!"

워커는 긴장해서 몸을 피했다. 꼼지락꼼지락 한 팔만 풀어서 가라고 손을 내저었다.

젱킨스는 턱수염 속에 찡그린 얼굴을 묻고, 걱정으로 젊은 눈가에 주름을 잡은 채 음울한 얼굴로 워커를 내려다보았다. "그 무전기를 고쳐야 해요, 워커. 난타를 당하고 있다고요. 무전을 엿듣지 못하고는 여길 방어할 재간이 없어요."

워커는 몸을 일으키려고 애썼다. 젱킨스가 워커의 작업복 끈을 잡고 거칠게 도움을 더했다.

"밤새 붙잡고 있었어." 워커는 젱킨스에게 말하고 얼굴을 문질렀다. 입 냄새가 지독했다.

"고쳤어요? 우린 그 무전기가 필요해요, 워커. 행크가 그걸 가져다주려고 목숨을 걸었다는 건 알죠?"

"흠, 위험을 조금 더 감수해서 설명서도 보냈어야지." 워커는 불평했다. 그는 두 손을 무릎에 대고 관절의 불평을 있는 대로 받으며 일어나, 담요를 바닥에 떨어뜨리고 비틀비틀 작업대 쪽으로 걸어갔다. 다리는 아직 반쯤 잠들어 있었고, 손은 얼얼하니 감각이 약해서 제대로 주먹을 쥘 수가 없었다.

"배터리는 해결했어. 알고 보니 그게 문제가 아니었더구먼." 워커가 말하며 열린 문 쪽을 흘긋 보니, 군인이 된 정유 기술자 하퍼가 복도에 서 있었다. 하퍼는 피테가 죽으면서 젱킨스의 2인자가 되었다. 지금 하퍼는 워커의 아침 식사를 내려다보며, 말 그대로 침을 흘리고 있었다.

"먹어도 돼." 워커는 큰 소리로 말하고 김이 오르는 그릇 쪽으로 손사래를 쳤다.

하퍼가 눈을 동그랗게 뜨고 시선을 올렸지만, 망설인 시간은 그 정도뿐이었다. 하퍼는 소총을 벽에 기대어놓고 수리점 문간에 앉아서 입안에 먹을 것을 밀어 넣었다.

젱킨스는 못마땅한 소리를 냈지만 별말은 하지 않았다.

"그래서, 여기 보이지?" 워커는 작은 무전기의 다양한 부품을 분리했다가, 모든 부품을 이용하기 쉽도록 다시 연결해놓은 작업대를 보여주고 말했다. "전력은 일정하게 유지가 돼." 워커는 배터리를 우회하기 위해 만든 변압기를 두드렸다. "스피커도 작동하고." 송신 버튼을 누르자, 작업대 스피커에서 펑 소리가 나더니 지지직거리는 잡음이 흘러나왔다. "그런데 아무것도 안 나와. 아무 이야기도 안 하는 거라고." 그는 젱킨스를 돌아보았다. "밤새 켜놨고, 난 깊이 잠드는 사람이 아니지."

젱킨스는 그를 찬찬히 뜯어보았다.

"소리가 났으면 내가 들었을 거라니까." 워커는 주장을 굽히지 않았다. "그놈들이 아무 얘기도 안 하는 거야."

젱킨스는 얼굴을 문지르고, 주먹을 쥐었다. 그는 눈을 감은 채로 한쪽 손바닥에 이마를 대고 지친 목소리로 말했다. "해체하다가 뭔가를 망가뜨린 건 아니고요?"

"분해지." 워커는 한숨을 내쉬었다. "해체한 게 아냐."

젱킨스는 천장을 올려다보고 주먹을 풀었다. "그럼 놈들이 이제 무전기를 안 쓴다는 거예요? 우리가 무전기를 갖고 있다는 걸 놈들이 아는 건가요? 맹세하는데, 놈들이 보낸 그 빌어먹을 사제가 첩자인 게 분명해요. 그 작자가 들어와서 종부성사를 보게 해준 후부터 일이 엉망이 됐다고요."

"놈들이 뭘 하고 있는지는 몰라." 워커는 사실을 인정했다. "아직 무전기를 쓰기는 하는데, 어떤 식인지는 몰라도 이 무전기를 제외시킨 것 같아. 이것 봐, 안테나도 더 강력한 걸로 만들었다고."

워커는 작업대에서 구불구불 뻗어 나와 머리 위의 강철 서까래에 감긴 선을 가리켜 보였다.

젱킨스는 워커의 손가락을 따라가다가 갑자기 문 쪽으로 고개를 홱 돌렸다. 복도 저편에서 고함 소리가 들렸다. 하퍼가 잠시 먹기를 멈추고 귀를 기울였다. 그러나 잠시뿐이었다. 하퍼는 다시 옥수수 죽에 숟가락을 찔러 넣었다.

"언제쯤 우리가 다시 엿들을 수 있는지라도 알려줘요." 젱킨스는 손가락으로 작업대를 톡톡 두드리다가 소총을 집어 들었다. "벌써 일주일째 되는대로 쏘아대고 있어요. 난 결과가 필요하다고요. 이 모든……." 젱킨스는 워커의 작업을 손짓했다. "마법에 대한 수업이 아니라고요."

워커는 제일 좋아하는 걸상에 주저앉아서 한때는 무전기 내부를 꽉 채웠던 다양한 회로를 노려보았다. "이건 마법이 아니야. 전자공학이지." 워커는 모든 부품을 더 자세히 분석할 수 있도록 전선을 늘여서 다시 납땜한 전자기판 두 개를 가리켰다. "이것들 대부분이 뭘 하는지는 나도 알아. 하지만 이 장치에 대해서는 알려진 게 없다는 걸 잊지 말게. IT부 바깥으로는 알려진 게 전혀 없어. 난 이걸 고치면서 이론화해야 해."

젱킨스는 콧잔등을 비볐다. "그냥 뭔가 나오면 알려주기나 해요. 다른 작업 주문은 다 미뤄도 돼요. 중요한 건 이것뿐이에요. 알았죠?"

워커는 고개를 끄덕였다. 젱킨스는 몸을 돌리고 하퍼에게 당장 바닥에서 일어나라고 으르렁댔다.

그들은 워커를 걸상에 내버려두고, 부츠로 다시 음악 같은 박자를 울리며 떠났다.

혼자 남은 워커는 작업대에 펼쳐진 기계를 내려다보았다. 이해하기 힘든 전자기판에 켜진 작은 녹색 불이 그를 비웃었다. 워커가 정말로 원하는 바는 침대에 다시 기어 들어가서 고치를 두르고 사라지는 것뿐이었지만, 수십 년의 습관 때문일까, 손은 저절로 확대경 쪽으로 향했다.

그는 도움이 필요하다고 생각했다. 해야 할 일들을 둘러보니, 언제나처럼 그의 생각은 스코티에게, IT부로 옮겨 가는 바람에 보호해줄 수 없었던 그의 어린 그림자에게 돌아갔다. 아주 잠깐이었지만, 이제는 손가락 사이로 빠져나가 과거 속으로 스러져가는 짧은 시간이었지만, 워커도 행복한 사람이던 때가 있었다. 그때 그의 삶이 끝났더라면 이후에 일어난 고통은 견디지 않아도 되었으리라. 하지만 그는 짧은 축복의 시간을 지나서 계속 살았고, 이제는 그 시간을 거의 기억할 수 없었다. 아침에 기대감을 안고 일어나고, 하루가 끝났을 때 만족스럽게 잠든다는 것이 어떤 느낌인지 떠올릴 수 없었다.

이제는 공포와 두려움뿐이었다. 그리고 후회.

이 모든 소음과 폭력이 전부 다 워커가 시작한 일이었다. 워커는 그렇게 믿었다. 잃어버린 생명 모두가 그의 주름진 손 때문이었다. 이제까지 흐른 눈물 모두가 그의 행동 때문이었다. 아무도 말은 하지 않았지만, 그렇게 생각한다는 걸 느낄 수 있었다. 공급부에 보낸 가벼운 전언, 줄리엣에게 베푼 호의……. 그저 존엄성을 유지할 기회, 줄리엣의 무모하고 끔찍한 이론을 시험해볼 기회, 줄리엣을 보이지 않는 곳에 묻어줄 기회라고만 생각했다. 그리고 지금 쏟아진 사건들, 폭발한 분노, 무의미한 폭력을 보면…….

그럴 가치는 없었다. 계산해보면 언제나 그런 결론이 나왔다. 그럴 가치가 없었다. 이제는 아무것도 가치가 있어 보이지 않았다.

그는 작업대 위로 등을 굽히고 늙은 손으로 수리를 시작했다. 이것이 그가 하는 일, 언제나 한 일이었다. 이제 벗어날 길이 없었다. 종잇장처럼 얇아진 살가죽의 손가락을 멈출 길이 없었다. 그의 손바닥에는 깊은 손금이 끝없이, 끊어져야 할 때도 멈추지 않고 이어지는 것 같았다. 그는 앙상한 손목까지 손금을 따라갔다. 파란색으로 절연 처리를 해서 묻어둔 전선 같은 연약한 혈관이 달리는 곳이었다.

여기를 한 번만 자르면, 그는 스코티를 만나러, 줄리엣을 만나러 갈 수 있을 것이다.

유혹적이었다.

특히나, 그들이 어디에 있든, 사제들 말이 옳았든 그냥 쥐똥 같은 미친 소리였든 간에, 두 사람 다 자신보다는 훨씬 나은 곳에 있을 테니 더더욱…….

56

아주 작은 구리선 한 가닥이 나머지와 직각을 이루어 섰다. 사일로의 층계참 하나가 중앙 계단에서 빠져나온 모양과 비슷했다. 빙빙 도는 나선 사이에 놓인 평지 한 조각. 줄리엣이 손가락을 전선에 대고 이어 붙이는 동안, 이 삐져나온 구리선이 손가락에 파고들어서 성난 벌레에게 쏘인 듯한 따끔함을 선사했다.

줄리엣은 욕을 하며 손을 털었다. 덕분에 전선 반대쪽 끝을 거의 떨어뜨릴 뻔했는데, 그랬다면 몇 층 아래로 떨어졌을 것이다.

그녀는 솟는 피를 회색 작업복에 닦고 전선을 마저 이은 다음, 난간 너머로 넘어가지 않게 고정시켰다. 아직 전선이 어쩌다가 벗겨졌는지는 알 수 없었지만, 이 저주받아 황폐해진 사일로 안에서는 모든 것이 부서져가는 것 같았다. 그녀의 정신도 조금은 그랬다.

줄리엣은 난간 너머로 멀리 몸을 내밀고 계단의 콘크리트 벽에 뒤범벅으로 고정된 파이프와 배관에 손을 올렸다. 심층부의 싸늘한 공기에 차가워진 손으로 물이 파이프를 통과하면서 일으키는 진동을 가려내려고 애썼다.

"뭔가 움직여요?" 그녀는 아래에 있는 솔로에게 외쳤다. 플라스틱 배관이 희미하게 떨리는 것 같았지만, 그녀의 맥박 탓일 수도 있었다.

"그런 것 같은데요!"

솔로의 가느다란 목소리가 한참 아래에서 울렸다.

줄리엣은 얼굴을 찌푸리고 희미한 수직 통로 아래를, 강철 계단과 두꺼운 콘크리트 사이에 존재하는 틈을 내려다보았다. 직접 가서 보아야 했다.

어차피 누가 걸려 넘어질 위험도 없으니, 작은 공구 가방은 계단에 두고 한 번에 두 계단씩 밟으면서 사일로 안으로 더 깊숙이 나선을 그렸다. 한 바퀴를 돌 때마다 길게 뻗은 전선과 파이프가 보였다. 그녀가 힘들게 손으로 자르고 붙인 연결 부위마다 자주색 접착제가 떨어진 자국이 남아 있었다.

줄리엣이 깔아놓은 배선 옆으로, 한참 위에 있는 IT부에서 아래층 농장의 작물재배용 조명에 전력을 끌어가는 전선이 이어졌다. 줄리엣은 누가 이 전선을 만들었는지 궁금했다. 솔로는 아니었다. 이 배선은 17번 사일로의 몰락 초기에 만들어졌다. 솔로는 누군가가 필사적으로 힘겹게 해놓은 작업의 운 좋은 수혜자가 되었을 뿐이다. 작물재배용 조명은 지금도 타이머대로 움직였고, 식물은 꽃을 피우려는 충동대로 움직였으며, 마구잡이로 자란 식물의 숙성된 냄새는 석유 원유와 휘발유의 악취 속에서도, 차오른 물과 움직이지 않는 공기 속에서도 몇 층 너머까지 퍼질 만큼 강해졌다.

줄리엣은 136층에 멈춰 섰다. 물이 아직 차오르지 않은 마른 층계참이었다. 솔로는 그녀에게 경고하려고 했었다. 그녀가 벽을 다 채울 만한 도표에 그려진 거대한 굴착기에 욕심을 보이는 동안에도 말하려고 했었다. 맙소사, 그녀는 굳이 듣지 않고도 침수에 대해 알았어야 했다. 그녀의 사일로에서도 지하수는 끊임없이 새어 들어왔다. 지하수면 아래에 살자면 안고 살 수밖에 없는 위험 요소였다. 펌프에 전력이 공급되지 않으면 물이 점점 차오르는 게 당연했다.

그녀는 층계참에서 철제 난간에 몸을 기대고 숨을 골랐다. 몇 계단 아래에는, 두 사람의 노력으로 드러난 유일한 마른 디딤판 위에 솔로가 서 있었다. 배선과 배관을 깔고, 하부 수경재배 농장의 멀쩡한 부분을 뜯어내고, 펌프를 찾아서 넘치는 물이 정수 처리장에 있는 탱크로 이어지게 만드는 데 3주 가까운 시간을 들였건만, 겨우 계단 하나밖에 내려가지 못했다.

솔로는 몸을 돌리고 그녀를 올려다보며 미소 지었다. "돌아가는 거, 맞죠?" 그는 머리를 긁었다. 머리카락은 아무렇게나 삐쳤고, 턱수염에는 그의 어린아이 같은 즐거움과는 어울리지 않는 새치가 섞였다. 그 희망에 찬 질문은 심층부의 추위 덕분에 눈으로도 볼 수 있는 구름이 되어 허공에 떠 있었다.

"충분하지는 않아요." 줄리엣은 진척 상황에 짜증이 나서 말했다. 그녀는 난간 너머로, 빌려 신은 부츠의 발끝을 지나 여러 가지 색깔로 번들거리는 아래쪽의 물을 보았다. 원유와 휘발유가 떠올라서 거울처럼 반들거리는 수면은 고요히 정지해 있었다. 끈적거리는 수면 아래에서 계단의 비상등 불빛이 으스스한 녹색 빛을 비추어, 그 심연에 텅 빈 사일로의 나머지 공간과 어울리는 풍경을 선

사했다.

정적 속에서, 줄리엣은 옆에 있는 파이프에 흐르는 희미한 물소리를 들었다. 원유와 휘발유가 덮인 수면에서 몇 미터 아래에 잠긴 펌프가 움직이는 윙윙 소리도 들을 수 있을 것 같았다. 그녀는 그 물이 관을 따라 100여 개의 연결 부위를 지나고 20층을 올라가서 비어 있는 정수 탱크로 올라가게 하려고 했다.

솔로가 주먹으로 가리고 기침을 했다. "혹시 하나 더 하면……?"

줄리엣은 손을 들어 솔로의 입을 막았다. 그녀는 계산을 하고 있었다.

기계부가 차지하는 여덟 층의 부피는 계산하기 어려웠고, 물이 찼을 수도 있고 아닐 수도 있는 복도와 방이 너무 많았지만, 솔로의 발치부터 보안 검색대까지 이어지는 원통형 수직 통로의 높이는 추측할 수 있었다. 펌프 하나로 2주 동안 30센티미터에 조금 못 미치는 물을 빼냈다. 아직 25미터 이상을 더 빼야 했다. 펌프가 하나 더 있으면, 기계부 입구까지 1년은 걸릴 터였다. 그사이 물이 어느 정도나 들어오는지에 따라서 더 걸릴 수도 있었다. 기계부 자체를 청소하는 데에는 세 배에서 네 배의 시간이 걸릴 터였다.

"펌프를 하나 더 설치하면?" 솔로가 우겼다.

줄리엣은 초조함을 느꼈다. 수경재배 농장에 있는 작은 펌프를 세 개 더 가져오고, 배관과 배선을 세 배로 놓는다 해도 사일로가 완전히 마를 때까지 1년, 어쩌면 2년은 있어야 했다. 그녀에게 1년이라는 시간이 있을지 알 수 없었다. 이 버려진 장소에서, 반쯤 미친 남자와 둘이서만 몇 주를 보냈을 뿐인데 벌써 속삭임이 들리고, 어디에 물건을 두었는지 잊어버리고, 분명히 끈 불이 켜져 있는 일이 일어나기 시작했다. 그녀가 미쳐가고 있거나, 솔로가 그렇게 만들고 재미있어하거나였다. 이런 생활을 2년이나 한다면, 고향을 지척에 두고도 도저히 갈 수 없는 상태로 2년을 지낸다면…….

그녀는 속이 울렁거리는 느낌에 난간 너머로 몸을 내밀었다. 그리고 아래에 있는 물과, 수면을 덮은 기름 층에 비친 자신의 모습을 내려다보다가 문득 고독에 가까운 2년의 세월보다 더 무모한 모험을 생각했다.

"2년." 그녀는 솔로에게 말했다. 사형 선고라도 내리는 기분이었다. "2년이에요. 펌프를 세 개 더 설치하면 그 정도 시간이 걸릴 거예요. 계단에 찬 물을 빼내는 데에만 6개월, 하지만 나머지는 더 천천히 빠지겠죠."

"2년!" 솔로는 노래하듯이 말했다. "2년, 2년!" 그는 물 아래 잠긴 계단을 부츠로 두 번 두드려서, 수면에 비친 자기 모습을 소름끼치게 일그러뜨렸다. 그는 몸을 빙글 돌리고 그녀를 올려다보았다. "그 정도는 금방이에요!"

줄리엣은 좌절감을 막으려고 발버둥 쳤다. 2년이라는 시간이 영원처럼 느껴졌다. 그렇게 한들, 아래에서 무엇을 찾게 될까? 주 발전기는 어떤 상태일까? 굴착기는? 민물에 잠긴 기계는 공기가 닿지 않는 한 멀쩡할 수도 있지만, 펌프가 물을 빼내어 공기에 노출되자마자 부식하기 시작할 것이다. 산소가 젖은 금속에 닿아 일으키는 끔찍한 화학 작용이 아래쪽의 쓸 만한 물건을 모조리 망가뜨릴 것이다. 기계와 공구 모두를 바로 말려서 기름을 쳐야 했다. 그리고 두 사람만으로는…….

줄리엣은 솔로가 허리를 굽히고 발치에 뜬 기름막을 휘저어 걸어낸 다음, 그 밑에 있는 지저분한 물을 두 손으로 퍼 올리는 모습을 경악한 눈으로 바라보았다. 솔로는 후루룩 소리를 내면서 행복하게 그 물을 마셨다.

좋다, 기계를 구하려고 열심히 일할 사람은 하나뿐이었고, 그래서는 부족했다.

어쩌면 비상용 발전기는 구할 수 있을지도 모른다. 힘은 덜 들 테고, 여전히 상당한 전력을 제공할 것이다.

"2년 동안 뭘 하죠?" 솔로는 손등으로 턱수염을 닦고 줄리엣을 올려다보며 물었다.

줄리엣은 고개를 저었다. "우린 2년을 기다리지 않을 거예요." 이곳에서 보낸 지난 3주만으로도 벅찼다는 말은 하지 않았다.

"좋아요." 솔로는 어깨를 으쓱이며 말했다. 그는 너무 큰 부츠로 쿵쿵거리며 계단을 밟고 올라왔다. 회색 작업복도 너무 헐렁해서, 마치 아직도 아버지에게 맞춘 옷을 입으려고 드는 어린 소년 같았다. 그는 층계참에 있는 줄리엣에게 합류해, 반짝이는 턱수염 안으로 미소를 지었다. "프로젝트가 더 있나 보네요." 솔로는 기분 좋게 말했다.

줄리엣은 말없이 고개를 끄덕였다. 두 사람이 무슨 일을 하든, 그게 오래전에 죽어버린 엉성한 배선을 고치는 일이든, 농장을 개선하는 일이든, 조명 장치의 안정기를 고치는 일이든 솔로는 모두 '프로젝트'라고 불렀다. 그리고 그는 프로젝트를 사랑한다고 공언했다. 줄리엣은 그게 솔로의 어린 시절에서 왔다고 생각했다. 오랜 시간 공포나 외로움에 매달리는 대신 미소를 지으며 해야 할 일과 씨름할 수 있게 스스로 만들어낸 생존 기제라고 생각했다.

"그럼요, 꽤 큰 프로젝트죠." 줄리엣은 벌써부터 앞으로 할 일이 두려웠다. 머릿속으로 다시 올라가서 찾아내야 할 온갖 도구와 예비 부품들의 목록을 만들기 시작했다.

솔로는 소리 내어 웃으며 손뼉을 쳤다. "잘됐네요. 작업장으로 돌아가요!" 그는 머리 위로 손가락을 빙빙 돌리면서 긴 오르막길을 가리켰다.

"아직은 아니에요. 우선 농장에서 점심을 먹어요. 그런 다음에 공급부에 들러서 몇 가지 물건을 더 챙겨야 해요. 그다음에는 나 혼자 서버실에서 시간을 좀 보내야겠어요." 줄리엣은 난간과 난간 아래에 보이는 깊은 은녹색 물에서 몸을 돌렸다. "작업장에서 일을 시작하기 전에, 호출을 하고 싶어요."

"호출!" 솔로는 입을 삐죽거렸다. "호출은 그만해요. 그 바보 같은 일에 시간을 다 쓰잖아요."

줄리엣은 솔로의 말을 무시하고 계단을 밟았다. IT부로 올라가는 긴 여행의 시작이었다. 3주 동안 다섯 번째였다. 그리고 솔로의 말이 옳았다. 호출에 너무 많은 시간을 썼다. 헤드폰을 쓰고 삐 소리를 듣는 데 너무 많은 시간을 보냈다. 미친 짓인 줄은 알았다. 그녀는 이 사일로 안에서 서서히 미쳐가고 있었다. 하지만 마이크를 입술 가까이에 대고 헤드폰으로 귀를 막아 세상을 조용하게 만들고서 빈 서버에 등을 대고 앉으면, 죽은 세상에서 생명이 있는 세상으로 이어지는 선을 갖고 있다는 사실만으로도, 그나마 17번 사일로에서 스스로가 제정신이라고 느낄 수 있었다.

57

18번 사일로

······남북 전쟁이 34개 주를 집어삼킨 해였다. 이 내전에서 이후에 일어난 전쟁을 다 합친 것보다 더 많은 미국인이 생명을 잃었는데, 어느 죽음이나 친족 간의 죽음이었기 때문이다. 4년 동안 국토는 황폐해지고, 폐허가 된 전쟁터 위에 피어오른 연기가 걷히면 형제 위에 쌓인 형제들의 모습이 드러났다. 50만 명 이상이 목숨을 잃었다. 어떤 학자는 그 두 배로 추정하기도 한다. 질병, 허기, 그리고 비통함이 사람들의 삶을 지배했고······.

루카스가 전쟁터에 대한 묘사로 넘어가는데 페이지 위에 새빨간 빛이 번득였다. 그는 읽기를 멈추고 머리 위 조명을 올려다보았다. 그 한결같은 하얀빛이 맥박 치는 붉은빛으로 변했다는 것은 머리 위 서버실에 누군가가 들어왔다는 뜻이었다. 그는 작업복 무릎에 늘어져 있던 느슨한 은색 끈을 읽고 있던 페이지 사이에 조심스럽게 끼웠다. 그 오래된 두꺼운 책을 덮어 조심조심 금속 통에 집어넣은 다음, 책장의 빈 자리에 꽂아 넣음으로써 은색 책등으로 이루어진 넓은 벽을 완성했다. 그는 소리 나지 않게 방 안을 가로질러서 컴퓨터 앞에 허리를 굽히고 마우스를 움직여서 화면을 깨웠다.

창이 하나 뜨면서 서버실이 보였다. 와이드 앵글이라 왜곡되어 보였지만 생중계로 서버실을 비추고 있었다. 비밀이 넘치는 이 방의 또 다른 비밀이었다. 멀리 떨어진 곳을 볼 수 있다는 것. 루카스는 새미나 다른 기술자가 수리를 하러 온 걸까 생각하며 카메라 영상을 훑어보았다. 그사이에도 꼬르륵거리는 배 속은 점심 식사를 가져온 누군가이기를 바랐다.

4번 카메라에서 마침내 방문자를 찾아낼 수 있었다. 콧수염에 안경을 쓴, 회색 작업복의 키 작은 남자였다. 몸을 살짝 굽힌 채 양손으로 쟁반을 든 그는 식기와 출렁거리는 물잔, 뚜껑 덮인 접시가 춤추는 쟁반을 자신의 툭 튀어나온 배로 일부 떠받치고 있었다. 버나드는 걸으면서 카메라를 올려다보았다. 한 층 떨어진 곳에서 루카스를 꿰뚫어 보면서 콧수염 아래로 딱딱한 미소를 지었다.

루카스는 천장 문을 열기 위해 서둘러 복도를 달려갔다. 맨발이 차가운 철제 바닥에 부드럽게 닿는 소리를 냈다. 그는 능숙하게 사다리를 기어올라서 낡은 빨간색 잠금 손잡이를 옆으로 돌렸다. 루카스가 마루를 들어 올리는 순간, 버나드의 그림자가 사다리 위에 그늘을 드리웠다. 루카스가 바닥 일부를 들어 옮기는 사이에 쟁반이 달그락 소리를 내며 바닥에 놓였다.

"오늘은 자네 버릇을 좀 망치려고." 버나드가 말했다. 루카스는 쿵쿵거리면서 접시 뚜껑을 벗겼다. 금속 뚜껑에 갇혀 있던 김이 훅 피어오르며 돼지갈비 두 무더기가 드러났다.

"우와." 고기를 보자 배 속이 요동을 쳤다. 루카스는 천장 문 밖으로 몸을 밀어 올리고, 바닥에 앉아서 사다리에 발을 늘어뜨렸다. 쟁반을 무릎 위에 올리고는 포크를 집어 들었다. "사일로에 엄격한 배급 제한을 건 줄 알았는데요. 저항이 끝날 때까지는요."

그는 부드러운 고기를 한 조각 잘라서 입에 넣었다. "물론 불평하는 건 아니에요." 그는 고기를 씹고 몰려드는 단백질의 맛을 음미하며, 짐승의 희생에 감사해야 한다는 사실을 돌이켰다.

"배급을 푼 건 아니야. 시장에서 약간의 저항이 있었는데, 포화 공격 사이에 이 불쌍한 돼지가 꼈지 뭔가. 이런 고기를 버릴 수야 없지. 물론 고기는 대부분 우리 쪽 전사자들의 가족에게 돌아갔네."

"으음?" 루카스는 고기를 삼켰다. "전사자가 얼마나 되는데요?"

"다섯 명, 거기다 첫 번째 공격에서 세 명."

루카스는 고개를 내저었다.

"상황을 감안하면, 나쁘지 않아." 버나드는 손으로 콧수염을 쓸고 루카스가 먹는 모습을 지켜보았다. 루카스는 씹으면서 포크로 좀 들라는 시늉을 했지만 버나드는 사양했다. 그리고 그 나이 든 남자는 빈 서버에 등을 기댔다. 교신기와, 사다리로 가는 문을 여는 손잡이가 들어 있는 곳이었다. 루카스는 반응을 보이지 않으려고 애썼다.

"그래서 전 여기에 얼마나 오래 있어야 하나요?" 루카스는 어떤 답이 나와도 괜찮다는 듯 침착하게 말하려고 노력했다. "3주가 지났죠, 아마?" 그는 채소를 무시하고 고기를 한 입 더 잘랐다. "며칠만 있으면 끝나겠죠?"

버나드는 빰을 문지르고 손가락으로 숱이 줄어가는 머리를 넘겼다. "그랬으면 좋겠지만, 모르겠네. 나머지는 심스에게 맡겼는데, 그 친구는 위협이 끝나지 않았다고 믿고 있어서 말이야. 기계부가 아래에 방어벽을 꽤 잘 쳐놨더군. 전력을 끊겠다고 위협하기도 했지만, 그럴 것 같지는 않고. 이제는 우리 층으로 올라오는 전력을 자기네가 통제하지 않는다는 사실을 이해했겠지. 어쩌면 급습해 오기 전에 끊으려고 했는데, 우리 층에 불빛이 멀쩡하게 들어온 걸 보고 놀랐을지도 몰라."

"농장으로 가는 전력을 끊지는 않겠죠, 설마?" 루카스는 배급에 대해 생각하고, 사일로가 굶주릴지 모른다는 두려움을 느꼈다.

버나드는 얼굴을 찌푸렸다. "결국에는 그럴지도 모르지. 정말 절박해지면. 하지만 그랬다간 위쪽에 남은 기름쟁이들의 지지 세력만 약해질 거야. 걱정 말게나, 놈들도 충분히 배가 고파지면 포기할 테니까. 다 책에 나온 대로야."

루카스는 고개를 끄덕이고 물을 한 모금 마셨다. 그 돼지고기는 평생 먹어본 음식 중 최고였다.

"책 얘기가 나왔으니 말인데." 버나드가 물었다. "공부는 잘되어 가나?"

"네." 루카스는 거짓말을 하고 고개를 끄덕였다. 사실 〈규칙〉 편은 거의 건드리지도 않았다. 다른 책에 더 흥미로운 내용이 많았다.

"잘됐군. 이 성가신 상황이 끝나면, 자네가 서버실에서 추가 근무를 하도록 일정을 짜지. 그 시간에 그림자 노릇을 할 수 있을 거야. 일단 선거 일정을 재조정하고 나면—다른 사람이 출마할 거라고는 생각지 않네, 특히나 이런 일을 겪은 다음에는—그 후에는 내가 꼭대기에 더 많이 있게 될 거야. IT부는 자네가 운영해야 해."

루카스는 물잔을 내려놓고 천 냅킨을 집어 들었다. 그는 입을 닦으면서 생각했다. "음, 겨우 몇 주 후에 대한 말씀은 아니었으면 좋겠네요. 전 몇 년은 있다고 생각……."

진동 소리가 그의 말을 잘랐다. 루카스는 얼어붙었다. 손에서 떨어뜨린 냅킨이 쟁반에 내려앉았다.

버나드는 물리적인 충격이라도 받은 사람처럼, 아니면 검은색 금속 껍데기가 갑자기 뜨거워지기라도 했다는 듯이 화들짝 놀라며 서버에서 물러났다.

"빌어먹을!" 버나드는 주먹으로 서버를 쾅 쳤다. 그러고는 마스터키를 찾아 작업복 안을 뒤졌다.

루카스는 억지로 한 입을 더 베어 물고 평소처럼 행동하려고 했다. 버나드는 서버에서 계속 울리는 호출음에 점점 더 불안해하더니 급기야 이성을 잃은 것 같았다. 마치 다시 아버지와 같이 사는 기분이었다. 통에서 발효시킨 알코올 때문에 결국 건강을 망치고 감자밭 아래 구멍에 묻히기 전의 아버지 말이다.

"빌어먹을, 맹세코 내가……." 버나드는 일련의 잠금쇠를 풀면서 투덜거렸다. 그는 루카스를 슬쩍 보았고, 루카스는 갑자기 맛을 느낄 수가 없어진 고기 조각을 천천히 씹었다.

"자네에게 프로젝트를 하나 맡기겠어." 버나드는 마지막 잠금쇠를 풀려고 씨름하면서 말했다. 루카스는 그 마지막 잠금쇠가 약간 빡빡하다는 사실을 알고 있었다. "여기 뒷면에 판을 하나 덧대게. 단순한 LED 판으로 말이야. 누가 호출하는지 볼 수 있게 할 만한 프로그램을 생각해봐. 중요한 호출인지, 무시해도 안전한 호출인지 알 수 있게."

그는 서버 뒤판을 떼어내어 뒤에 있는 40번 서버 앞에 요란하게 내려놓았다. 루카스는 버나드가 서버 안의 컴컴한 빈 공간을 들여다보고 작은 통신 잭 위에서 깜박이는 불빛을 살피는 동안 물을 한 모금 더 마셨다. 서버 탑의 검은 내부와 미친 듯한 진동음이 버나드가 속삭이는 욕설을 묻어버렸다.

버나드는 분노로 얼굴이 시뻘개져서 머리를 꺼내더니, 쟁반에 물잔을 내려놓는 루카스를 돌아보았다. "여기 불이 두 개만 있으면 되겠어." 버나드는 서버 탑 옆면을 가리켰다. "17번 사일로에서 호출하면 빨간 불, 다른 곳이면 전부 다 녹색 불로 말이야. 알아듣겠나?"

루카스는 고개를 끄덕였다. 그는 쟁반을 내려다보고, 갑자기 아버지 생각을 다시 하면서 감자를 반으로 잘랐다. 버나드는 몸을 돌리고 서버 뒤판을 잡았다.

"그건 제가 다시 끼울게요." 루카스는 뜨거운 감자를 한 입 가득 물고 우물거렸다. 그는 혀가 데지 않게 뜨거운 김을 몇 번 내뿜고 감자를 삼킨 다음 물을 마셨다.

버나드는 뒤판을 그대로 두고 몸을 돌리더니, 계속 진동음이 울리는 기계 안을 성난 얼굴로 노려보았다. 머리 위 불빛이 경고 표시로 깜박거렸다. "좋은 생각이야. 이 프로젝트부터 해결할 수도 있겠지."

마침내 서버가 미친 듯한 호출 신호를 멈췄고, 방 안은 루카스의 포크가 접시에 부딪치는 소리를 빼고는 조용해졌다. 어린 시절에 겪던 호밀 냄새 풍기는 정적과 비슷했다. 곧 아버지가 부엌 바닥이

나 욕실에서 뻗었을 때처럼, 버나드도 사라져주리라.

신호라도 받은 것처럼 루카스의 그림자 주인이자 상사가 일어섰다. IT부 책임자는 다시 한번 머리 위 불빛을 가려서 루카스를 어둠 속에 밀어 넣었다.

"저녁 식사 맛있게 하게. 나중에 피터를 보내서 접시를 회수하도록 하지."

루카스는 포크로 콩줄기를 찍었다. "저녁이요? 전 이게 점심인 줄 알았는데." 그는 콩을 입안에 넣었다.

"8시가 넘었어." 버나드는 작업복을 바로잡았다. "아, 그리고 오늘 자네 어머니와 이야기를 나눴네."

루카스는 포크를 내려놓았다. "그래요?"

"자네가 사일로를 위해 중요한 일을 하고 있다고 거듭 말씀드렸는데도 직접 자네를 보고 싶어 하시더군. 여기 들여보낼 수 있을까 심스와 의논했는데……."

"서버실 안에요?"

"IT부 안까지는. 그러면 어머니도 자네가 괜찮은 걸 알겠지. 난 처음에 다른 곳을 생각했는데 심스가 반대하더군. 기술자들의 충성도가 얼마나 강한지 확신할 수가 없다나. 심스는 아직도 정보가 새는 곳을 찾아내려 하고 있어."

루카스는 그 말을 비웃었다. "심스는 편집증이에요. 우리 기술자들 중에 기름쟁이들과 한편이 될 사람이 누가 있다고. 사일로를 배신하지도 않을 테고, 하물며 대장을 배신할 일은 없어요." 루카스는 뼈를 하나 집어 들고 붙어 있는 고기를 뜯었다.

"그렇다 해도 심스 덕분에 자네를 최대한 안전하게 둬야 한다는 걸 알게 됐으니까. 어머니를 만나는 자리가 마련되면 알려주겠네."
버나드는 몸을 앞으로 숙이고 루카스의 어깨를 꽉 잡았다. "인내심
을 발휘해줘서 고맙군. 이 일이 얼마나 중요한지 이해하는 사람을
두게 되어서 다행이야."

"아, 이해하고말고요. 사일로를 위해서라면 뭐든지요."

"좋아." 버나드는 루카스의 손을 한 번 꽉 잡은 후 일어섰다.
"〈규칙〉편을 계속 읽어. 특히 '반란'과 '폭동'에 대한 항목을 자세
히 봐두도록. 또 일어나선 안 되겠지만, 자네가 책임을 맡았을 때에
대비해 이번 사태에서 배워뒀으면 좋겠네."

"그럴게요." 루카스는 대답하고, 깨끗한 뼈를 내려놓은 다음 냅
킨으로 손가락을 닦았다. 버나드는 나가려고 몸을 돌렸다.

"아." 버나드는 걸음을 멈추고 다시 몸을 돌렸다. "굳이 말해줄
필요까진 없겠지만, 어떤 상황에서도 이 서버의 호출에 답하지 말
게." 그는 기계 앞면을 손가락으로 찔렀다. "아직 다른 IT부 책임자
들에게 자네에 대한 승인을 구하지 않았으니까. 혹시라도 소개하
기 전에 누군가와 대화를 나눴다가는 자네 위치가…… 음, 심각한
위험에 처할 수 있어."

"농담하세요?" 루카스는 고개를 저었다. "제가 대장을 불안하게
만드는 사람과 이야기를 하고 싶겠어요? 절대로 사양하죠."

버나드는 미소를 짓고 이마를 닦았다. "자넨 좋은 친구야, 루카
스. 자네를 데려와서 기쁘네."

"저도 기여하게 되어 기쁩니다." 루카스는 하나 남은 갈비에 손
을 뻗으며, 환하게 웃는 버나드를 올려다보고 미소 지었다. 마침내
버나드는 몸을 돌리고, 마루 위에 부츠 소리를 울리며 걷기 시작했

다. 잠시 후 그는 기계와 모든 비밀 사이에 루카스를 죄수로 잡아두고 있는 육중한 문 쪽으로 사라졌다.

루카스는 고기를 씹으며 버나드가 새로운 암호를 누르는 소리에 귀를 기울였다. 익숙하지만 알지 못하는 삐삐 소리가 울렸다. 루카스는 모르는 암호였다.

'자네를 위해서야.' 버나드는 암호를 바꾸면서 그렇게 말했었다. 루카스는 육중한 문이 쾅 소리를 내며 닫히고, 발아래 사다리 쪽에서 깜박거리던 빨간 불이 꺼질 때까지 고기에 붙은 지방을 씹었다.

루카스는 뼈를 접시에 떨어뜨리고, 보기만 해도 아버지가 묻힌 곳이 떠올라서 구역질이 나는 감자를 옆으로 밀어냈다. 쟁반을 마루 위에 내려놓고 사다리에서 발을 빼낸 다음, 뒤판이 열린 조용한 서버 쪽으로 다가갔다.

헤드셋은 천 주머니에서 수월하게 빠져나왔다. 그는 헤드셋을 귀에 대고, 손바닥으로 3주 동안 자란 턱수염을 문질렀다. 코드를 잡고, '17'이라는 숫자가 붙은 잭에 밀어 넣었다.

삐삐삐 소리가 나고 호출이 이루어졌다. 그는 반대편에서 울릴 진동음과 번쩍이는 불빛을 상상했다.

루카스는 숨도 쉬지 못하고 기다렸다.

"여보세요?"

귓가에서 목소리가 노래를 했다. 루카스는 미소 지었다.

"안녕."

그는 주저앉아서 40번 서버에 등을 기대고 좀 더 편안한 자세를 취했다.

"그쪽은 어떻게 되어가요?"

58

18번 사일로

워커는 무전기가 어떻게 작동하는지에 대한 새로운 이론을 설명하려 하면서 머리 위로 두 팔을 휘저었다. "그러니까 소리라는 건, 이 전파라는 건 공기 속에 퍼지는 물결 같은 거란 말이야. 알겠어?" 그는 손가락으로 보이지 않는 목소리를 따라갔다. 머리 위로는 이틀 동안 만든 세 번째 대형 안테나가 대들보에 매달려 있었다. "이 물결은 선을 따라 위아래로 움직이지. 위아래로." 그는 몸짓으로 안테나의 길이를 보여주려고 했다. "그래서 길면 길수록 좋은 거야. 허공에서 전파를 더 많이 잡아내니까."

'하지만 그 물결이 사방에 있다면, 왜 우린 하나도 잡지 못하는 거죠?'

워커는 고개를 빠르게 주억거리고 인정한다는 듯 손가락을 흔들었다. 좋은 질문이었다. 짜증 나게 좋은 질문이었다. "이번에는 잡을 거다. 가까워지고 있어." 그는 직접 만든 증폭기를 조정했다. 행크의 오래된 휴대용 무전기에 달려 있던 작은 증폭기보다 훨씬 강력한 물건이었다. "들어봐."

누군가가 양손 가득 비닐 시트를 비틀어대는 것처럼 따닥거리는 소리가 방 안을 가득 채웠다.

'안 들리는데요.'

"그야 조용히 있질 않으니까 그렇지. 잘 들어봐."

들렸다. 희미하지만, 잡음 속에서 드득득 하는 전송음이 튀어나왔다.

'들었어요!'

워커는 뿌듯해하며 고개를 끄덕였다. 직접 만든 물건 때문보다는 똑똑한 대역 배우에 대한 뿌듯함이 더 컸다. 그는 문 쪽을 흘긋 보고 아직 닫혀 있음을 확인했다. 그는 문이 닫혀 있을 때만 스코티와 대화를 나눴다.

"내가 이해할 수 없는 부분은 왜 소리를 더 또렷하게 만들지 못하느냐야." 그는 턱을 긁적였다. "우리가 너무 깊은 땅속에 있어서인지도 모르지만."

'우린 언제나 이 깊이에 있었잖아요. 보안관들은 무전기로 잘만 이야기하던데요.' 스코티가 지적했다.

워커는 뺨에 자란 수염을 긁었다. 그의 어린 그림자는 늘 그렇듯 좋은 지적을 했다.

"흠, 여기 내가 알아낼 수가 없는 작은 회로판이 하나 있는데 말이다. 이게 신호를 깨끗하게 만들어주지 않을까 싶다. 모든 게 여길 통과하는 것 같단 말이야." 워커는 걸상에서 몸을 빙글 돌려 작업대를 마주했다. 작업대는 온통 초록색 전자기판과 지금 이 가장 중요한 프로젝트에 필요한 온갖 색깔의 전선 뭉치가 점령하고 있었다. 그는 확대경을 내리고 문제의 회로판을 들여다보며, 스코티가 더 자세히 살펴보려고 몸을 기대는 모습을 상상했다.

'이 스티커는 뭐죠?' 스코티가 '18'이라는 숫자가 찍힌 작은 하얀색 스티커를 가리켰다. 워커는 스코티에게 모르는 건 모른다고 인정해도 괜찮다고 가르친 사람이었다. 그러지 못한다면 아무것도 제대로 알지 못한다고 가르치기도 했다.

그래서 워커는 인정했다. "잘 모르겠구나. 하지만 이 작은 판을 리본 케이블로 무전기에 끼워 넣은 방식이 보이지?"

스코티는 고개를 끄덕였다.

"교환할 수 있게 만든 것 같구나. 잘 타버리는지도 모르지. 내가 보기엔 이게 우리를 방해하는 부품인 것 같아. 끊어진 퓨즈처럼 말이야."

'우회할 수 있을까요?'

"우회?" 워커는 그게 뭘 의미하는지 이해하지 못했다.

'넘어가서 연결해요. 타버린 경우라고 치고요. 생략해요.'

"그랬다간 다른 걸 날려버릴지도 몰라. 내 말은, 이게 정말 필요한 부품이 아니라면 이 안에 있지 않을 거란 말이지." 워커는 잠시 생각했다. 스코티에 대해서도, 스코티의 차분한 목소리에 대해서도 같은 말을 할 수 있었으면 좋겠다고 덧붙이고 싶었다. 하지만 그는 그의 그림자가 어떤 기분인지 알지 못했다. 그림자가 무엇을 아는지만 알았다.

'흠, 저라면 시도해보겠……'

그때 문을 두드리는 소리가 들리더니 일부러 뻑뻑하게 해놓은 경첩 소리가 크게 났다. 스코티는 작업대 아래 그림자 속으로 녹아 없어졌고, 목소리는 스피커에서 나는 잡음 속으로 사라졌다.

"워커 아저씨, 대체 어떻게 된 거예요?"

그는 걸상 위에서 몸을 빙글 돌렸다. 그 사랑스러운 목소리와 엄한 말투의 결합은 셜리에게서만 가능했다. 셜리는 뚜껑을 덮은 쟁반을 들고, 얇은 입술에 찌푸린 얼굴로 실망을 표현하며 수리점 안으로 들어왔다.

워커는 잡음의 볼륨을 낮췄다. "난 이걸 고치려고……."

"아니, 그게 아니라 아저씨가 밥을 안 드신다는 헛소리는 뭐냐고요?" 셜리는 쟁반을 워커 앞에 내려놓고 뚜껑을 벗겨내어 김이 오르는 옥수수 접시를 꺼냈다. "오늘 아침 드셨어요, 아니면 다른 사람 줘버렸어요?"

"양이 너무 많은데." 그는 배급량의 서너 배는 되는 음식을 내려다보고 말했다.

"아저씨 몫을 줘버리면 많지가 않죠." 셜리는 그의 손에 포크를 쥐여주고 말했다. "드세요. 작업복이 다 흘러내리게 말랐어요."

워커는 옥수수를 물끄러미 보았다. 포크로 뒤적거려보았지만, 배 속이 굶주림도 느껴지지 않을 만큼 꽉 조였다. 너무 오래 음식을 먹지 않고 지내서 다시는 배가 고프지 않을 것 같았다. 배 속이 점점 조여들어 작은 주먹만 한 크기가 되면 영원히 괜찮을…….

"드세요, 젠장."

먹고 싶은 생각은 전혀 없었지만, 셜리를 위해 후후 불어서 한 입을 밀어 넣었다.

"그리고 제 부하 중 누군가가 감언이설로 음식을 얻어내려고 이

문 밖에 얼쩡거린다는 말은 듣고 싶지 않아요. 아셨죠? 아저씨 배급량을 다른 사람에게 주지 말란 말예요. 알아들었어요? 한 입 더 드세요."

워커는 옥수수를 삼켰다. 뜨거운 음식이 목을 타고 내려가는 느낌이 좋다는 사실은 인정해야 했다. 그는 옥수수 요리를 모아서 한 입 더 먹었다. "이걸 다 먹었다가는 탈이 날 게다."

"다 안 드시면 제가 아저씨를 죽일 거예요."

워커는 웃는 얼굴을 기대하고 셜리를 올려다보았다. 그러나 셜리는 이제 더는 웃지 않았다. 이제는 아무도 웃지 않았다.

"저 시끄러운 소리는 대체 뭐예요?" 셜리가 몸을 돌리더니, 잡음이 흘러나오는 곳을 찾아 방 안을 둘러보았다.

워커는 포크를 내려놓고 볼륨을 조정했다. 손잡이는 일련의 저항기 위에 납땜해 붙여놓았는데, 그 손잡이 자체는 전위차계라고 불렸다. 그는 갑자기 이 모든 것들을 설명하고 싶은 충동을 느꼈다. 계속 먹지 않을 만한 핑계라면 뭐든 좋았다. 그는 다 설명할 수 있었다. 어떻게 증폭기를 알아냈는지, 어떻게 전위차계가 사실은 조절 가능한 저항기인지, 어떻게 다이얼을 조금씩만 돌리면 소리를 원하는 크기로 낼 수 있는지.

워커는 동작을 멈췄다. 그는 포크를 집어 들고 옥수수를 휘저었다. 그림자 속에서 스코티가 속삭이는 소리를 들을 수 있었다.

"좀 낫네요." 셜리는 작아진 소음을 두고 말했다. "예전에 발전기에서 나던 소리보다 더 지독한데요. 젠장, 이렇게 줄일 수 있으면서 왜 그렇게 크게 틀어놓는 거예요?"

워커는 옥수수를 한 입 더 먹었다. 그리고 씹으면서 포크를 내려놓고 납땜인두를 잡았다. 그는 전위차계를 하나 더 찾으려고 작은 부품 통 안을 뒤졌다.

"들고 있어봐." 그는 입안에 음식을 문 채 셜리에게 말했다. 셜리에게 전위차계에 달린 전선들을 보여주고, 그 전선들을 멀티미터*에 연결된 날카로운 은색 측정기 끝과 나란히 맞췄다.

"이렇게 해서 계속 드신다면요." 셜리는 엄지손가락과 나머지 손가락으로 전선과 측정기 끝을 꼭 집었다.

워커는 옥수수를 한 입 더 퍼 올리고, 불어서 식히는 과정을 깜박하고 밀어 넣었다. 혀를 데고 말았다. 씹지도 않고 삼켰더니 불덩이가 가슴 속으로 내려가는 느낌이었다. 셜리는 진정하고 천천히 먹으라고 말했다. 그는 셜리의 말을 무시하고 전위차계 손잡이를 돌렸다. 멀티미터의 바늘이 춤을 추며, 부품이 멀쩡하다는 사실을 알렸다.

"제가 지켜볼 테니까, 이 물건은 잠시 내려놓고 천천히 드시는 게 어때요?" 셜리가 작업대에서 걸상을 하나 끌어내어 주저앉았다.

"너무 뜨거워서 그래." 워커는 손으로 입을 부채질하며 말했다. 그는 땜납이 감긴 패를 집어 들고 뜨거운 납땜인두 끝에 가져다 대어 끄트머리에 눈부신 은색 금속을 씌웠다. "그 검은 선을 여기에 대고 있어야 해." 그는 '18'이라는 숫자가 붙은 회로판의 저항기에 달린 작은 다리에 납땜기를 살짝 댔다. 셜리는 작업대 위로 몸을 굽히고 가늘게 뜬 눈으로 워커가 가리키는 부분을 보았다.

"그러면 저녁을 다 드실 거예요?"

* 전압, 전류, 저항 등의 전기량을 재는 계기.

"맹세하마."

셜리는 자기는 이 약속을 진지하게 받아들인다고 말하고 싶은 듯이 눈매를 좁히더니, 워커가 해달라는 대로 했다.

셜리의 손은 스코티만큼 안정적이지 않았지만, 워커는 확대경을 내리고 재빨리 선을 연결했다. 그는 셜리에게 빨간 전선이 어디로 가는지 보여주고 그 선 역시 연결했다. 이렇게 해서 작동하지 않는다 해도, 언제든 떼어내고 다시 고칠 수 있었다.

"이제 식기 전에 드세요. 식으면 안 드실 거잖아요. 저도 그걸 데우겠다고 식당까지 돌아가진 않을 거고요." 셜리가 말했다.

워커는 '18'이라는 숫자가 들어간 스티커가 붙은 작은 회로판을 응시했다. 그리고 마지못해 포크를 들고 꽤 많은 양을 퍼 올렸다.

"바깥은 어떻게 돌아가니?" 그는 옥수수를 후후 불면서 물었다.

"엉망이에요. 젱킨스와 하퍼는 사일로 전체 전력을 끊어야 하느냐 마느냐를 두고 싸우고 있어요. 하지만 그때 거기 있었던 사람들은, 그러니까 녹스와……."

셜리는 더 말하지 못하고 눈을 돌렸다.

워커는 고개를 끄덕이고 옥수수를 씹었다.

"그때 거기 있었던 사람들 말로는, 그날 아침 IT부에는 전력이 최대로 들어와 있었대요. 여기 밑에서 차단했는데도요."

"경로를 재설정했는지도 모르지. 아니면 예비 배터리였을 수도 있어. 거기엔 그게 있잖니." 그는 또 한 입을 먹었지만, 전위차계를 돌리고 싶어 죽을 지경이었다. 그는 두 번째 선을 연결하고 나서 잡음이 달라졌다고 믿었다.

"전 두 사람에게 계속 그런 식으로 사일로를 망치면 우리에게 피해만 더 온다고 말하고 있어요. 나머지 사람들도 우리의 적이 될 테니까요."

"그렇지. 셜리야, 이것 좀 조정할 수 있겠니? 그러니까, 내가 먹는 동안 말이다."

그는 잡음의 볼륨을 올렸다. 반짝이는 전선에 매달린 느슨한 손잡이를 돌리려면 손이 두 개 필요했다. 셜리는 워커가 직접 만든 스피커에서 나는 요란한 소리에 움츠러드는 것 같았다. 그녀는 소리를 낮추려는 듯이 볼륨 손잡이에 손을 뻗었다.

"아니, 우리가 방금 설치한 손잡이 말이다."

"대체 뭐예요, 아저씨? 그 망할 식사나 얼른 드세요."

워커는 또 한 입을 물었다. 셜리는 욕을 하고 불평하면서도 손잡이를 돌리기 시작했다.

"천천히." 워커는 옥수수를 가득 문 채로 말했다.

그리고 확실히 스피커에서 나는 잡음이 달라졌다. 마치 부서지는 플라스틱이 방 안을 이리저리 튀어다니는 것 같은 소리였다.

"······대체 내가 뭘 하고 있는 거람?"

"늙은이를 도와주고 있······."

"······그래, 여기로 올라와줘야······."

워커는 포크를 떨어뜨리고 손을 내밀어 셜리를 막으려고 했다. 그러나 셜리는 이미 그 부분을 지나서 다시 잡음을 내고 있었다. 셜리도 직감으로 안 모양이었다. 그녀는 입술을 깨물고 손잡이를 반대 방향으로 살살 돌렸다. 목소리들이 다시 나올 때까지.

"······그게 좋겠습니다. 어차피 여기 아래쪽은 조용합니다. 장비를 가져갈까요?"

"아저씨가 해냈어요." 셜리는 워커에게 속삭였다. 큰 소리로 말했다가는 그 사람들이 들을 수도 있다는 듯이. "고쳤어요."

워커는 한 손을 들어 말을 막았다. 잡담이 이어졌다.

"⋯⋯그럴 필요는 없겠어. 장비는 두고 와도 돼. 로버츠 보안관이 벌써 자기 장비를 가지고 와 있어. 내가 말하는 동안에도 단서를 찾고 있⋯⋯."

"난 댁이 아무것도 하지 않는 동안에 일하고 있거든!"

배경에서 희미하게 다른 목소리가 외쳤다.

한 사람 이상이 그 농담에 즐거워하는 듯, 무전기에서 웃음소리가 쏟아져 나오자 워커는 셜리를 돌아보았다. 오랜만에 듣는 웃음소리였다. 하지만 그는 웃고 있지 않았다. 워커는 혼란에 빠져서 이마를 찌푸렸다.

"뭐가 문제예요? 우리가 해냈어요! 고쳤다고요!" 셜리는 걸상을 박차고 일어나더니, 달려가서 젱킨스에게 말하려는 듯 몸을 돌렸다.

"기다려봐!" 워커는 손바닥으로 턱수염을 훔치고 포크로 여기저기 흩어진 무전기 부품들 쪽을 찔렀다. 셜리는 한 걸음 떨어진 곳에 서서, 웃는 얼굴로 그를 돌아보았다.

워커가 말했다. "로버츠 보안관이라니? 그게 대체 누구야?"

59

17번 사일로

줄리엣은 공급부에서 가져온 짐을 끌고 들어가며 보호복 연구실의 조명을 켰다. 솔로와 달리 그녀는 지속적인 동력원을 당연하게 받아들이지 않았다. 전력이 어디에서 오는지 모르니 언제 끊어질지 모른다는 불안감이 있었다. 그래서 모든 조명을 다 켜놓고 다니는 습관, 아니 어쩌면 강박을 지닌 솔로와 달리 그녀는 그 정체 모를 전력을 최대한 아끼려고 했다.

찾아낸 물건들을 침대에 내려놓으면서 줄리엣은 워커를 생각했다. 워커도 이런 식으로 작업장에서 살게 된 것일까? 끝이 나지 않는 문젯거리를 계속 치워야 한다는 강박, 또는 필요성 때문에 결국에는 일거리에서 멀리 떨어져서는 잘 수가 없게 된 걸까?

그 마음을 이해하면 할수록 워커와 멀리 떨어진 현실이 실감 나고 더 외로워졌다. 줄리엣은 자리에 앉아, 이번에 올라오면서 뭉친 허벅지와 종아리를 문질렀다. 지난 몇 주 동안 운반인 같은 다리를 만들었을지는 몰라도 아직은 내내 쑤셨다. 그 무지근한 아픔은 새로운 감각이었다. 근육을 누르면 무지근한 아픔이 익숙한 통증으로 변했는데, 어째서인지 그녀는 그런 아픔이 더 좋았다. 날카롭고 정의할 수 있는 감각이 둔하고 이름 모를 감각보다 나았다. 그녀는 이해할 수 있는 느낌을 좋아했다.

줄리엣은 자기 부츠를 걷어차 벗어버리고—그러고 보면 이렇게 긁어모은 물건들을 자기 물건으로 여기게 된 것도 이상하지만—자리에서 일어났다. 휴식은 그만하면 됐다. 그녀가 스스로에게 허락할 수 있는 휴식은 그 정도였다. 줄리엣은 캔버스 자루를 멋진 작업대로 들고 갔다. 보호복 연구실은 모든 면에서 기계부보다 좋았다. 심지어 고장 나게 만들어놓은 부품마저도, 그 사악한 의도를 이해하고 난 지금에 와서는 감탄할 수밖에 없는 정교한 화학과 공학 기술로 만들어졌다. 그녀는 와셔와 밀봉 테이프를 무더기로 쌓아놓고, 공급부에서 가져온 멀쩡한 물건과 연구실에 남아 있던 나쁜 물건을 나란히 두고 시스템이 어떻게 작동하는지 알아보려고 했다. 주 작업대 뒤에 놓인 그 물건들은 그녀가 얼마나 극악무도한 살해 의도와 함께 쫓겨났는지 돌이켜보게 해주었다.

줄리엣은 공급부에서 가져온 부품들을 쏟아놓고 이렇게 '다른' 사일로의 금지된 심장부에 들어올 수 있고, 그곳에서 '살다니' 얼마나 이상한가 생각했다. 이 작업대들, 이 티 하나 없이 깔끔한 공구들의 진가를 알아보는 기분은 더 이상했다. 모두 그녀와 같은 사람들을 죽을 곳으로 보내기 위해 마련된 물건이었으니 말이다.

벽을 둘러보면, 다양한 수리 상태로 걸려 있는 열댓 벌의 보호복 때문에 유령이 가득한 방에서 살고 일하는 기분이 들었다. 보호복 하나가 벽에서 뛰어내려서 움직이기 시작한다 해도 놀랍지 않았다. 보호복의 팔다리는 안이 꽉 찬 것처럼 부풀어 있었고, 거울 같은 바이저는 호기심 어린 얼굴을 쉽게 감출 수 있었다. 이렇게 벽에 걸린 보호복들 덕분에 누군가 함께 있는 기분이 들었다. 그들은 찾아낸 부품들을 두 무더기로 분류하는 그녀를 냉담하게 지켜보았다. 한 무더기는 다음번 대형 프로젝트에 필요한 부품이었고, 다른 무더기는 쓸모가 있기는 하지만 어디에 쓸지 명확하게 생각하지 않고 모아 온 조각들이었다.

재충전이 가능한 귀한 배터리는 두 번째 무더기에 들어갔다. 군데군데 피가 묻어 있었지만 닦아낼 수가 없었다. 물건을 긁어모으다가 보게 된 장면들이 머릿속을 스쳤다. 공급부 책임자 사무실에 자살한 두 남자가 있었다. 서로 손을 잡고, 서로 반대쪽 손목을 그어서 사방에 녹물 같은 얼룩이 번진 상태였다. 최악의 장면 중 하나였고, 그 기억을 떨쳐버릴 수가 없었다. 사일로 여기저기에 폭력의 흔적이 널려 있었다. 사일로 전체가 흉흉하게 손상되었다. 그녀는 왜 솔로가 정원과 농장에만 가는지 전적으로 이해했다. 또한 몇 년이나 혼자였으면서도 매일 밤 서류함으로 서버실 문을 막는 습관에도 공감했다. 줄리엣은 솔로를 탓하지 않았다. 그녀도 매일 밤 자기 전에 보호복 연구실 문에 걸쇠를 걸었다. 유령을 믿지는 않았지만, 계속 감시당하는 느낌 때문에 유령이 없다는 확신에도 회의가 들었다. 실제 사람이 아니라면 사일로 자체가 지켜보는 느낌이었다.

그녀는 공기 압축기 수리를 개시했고, 언제나 그렇듯이 손으로 뭔가를 하자 기분이 좋아졌다. 뭔가를 고치고, 그 일에 정신을 쏟으니 좋았다. 청소형이라는 끔찍한 시련에서 살아남고, 이 시체가 된 사일로 안으로 힘겹게 들어온 후 며칠 동안은 한참 힘을 들여 제대로 잘 수 있는 곳을 찾아다녔다. 서버실 아래, 솔로가 쌓아둔 쓰레기의 악취가 만연한 방에서는 절대 잘 수 없었다. IT부 책임자의 아파트도 시도해보았지만, 버나드가 떠올라서 가만히 앉아 있기도 힘들었다. 다양한 사무실에 놓인 소파들은 길이가 짧았다. 따뜻한 서버실 바닥에 깔개를 이어 붙이는 시도는 좋았지만, 키 큰 서버 컴퓨터들이 철컥대며 돌아가는 소리 때문에 미쳐버릴 뻔했다.

정말 이상한 일이지만, 망령들과 시체 먹는 귀신들이 떠도는 보호복 연구실이 그녀가 하룻밤 푹 잘 수 있는 유일한 장소였다. 어쩌면 사방에 널린 공구, 용접기와 렌치, 상상할 수 있는 모든 콘센트와 드라이버가 가득한 서랍장들로 채워진 벽 때문일지도 몰랐다. 그녀가 무엇인가를 고친다면, 아마 스스로를 고친다 해도 그 방에서 할 것이다. 그곳 외에 17번 사일로에서 집에 온 기분을 느낄 만한 장소라고는 가끔 계단을 오르내리다가 잠을 잤던 두 개의 유치장뿐이었다. 그리고 빈 서버 뒤에 앉아서 루카스와 이야기할 때.

그녀는 다양한 물건을 아우르는 금속 공구 상자에서 크기에 맞는 연결 마개를 찾으려고 방을 가로지르면서 루카스에 대해 생각했다. 그리고 마개를 찾아 주머니에 넣고 완성된 청소용 보호복을 하나 내리면서 그 옷의 무게에 감탄하고, 거의 비슷하게 생긴 보호복을 입었을 때 얼마나 부피가 커진 느낌이었는지 돌이켰다. 그녀는 보호복을 작업대 위에 올려놓고 헬멧을 조이는 깃 부분을 떼어내어, 천공반으로 가져가서 조심스럽게 첫 번째 구멍을 뚫었다. 깃을 바이스에 고정시키고, 연결 마개를 구멍에 넣어서 공기 호스를 연결할 부분을 만들었다. 이 작업을 힘들여 해내면서 루카스와 지난번 나눈 대화를 생각하고 있는데, 갓 구운 빵 냄새와 함께 솔로가 들어왔다.

"안녕!" 솔로가 문간에서 외쳤다. 줄리엣은 고개를 들고 턱을 젖혀서 들어오라는 신호를 보냈다. 연결 마개를 돌려서 끼워 넣으려면 힘이 필요했다. 금속 손잡이가 손바닥을 파고들었고, 이마에는 땀이 맺혔다.

"빵을 더 구웠어요."

"냄새 좋네요." 줄리엣은 끙끙거리면서 말했다.

솔로에게 납작한 둥근 빵을 굽는 방법을 가르쳐줬더니 하루가 멀다 하고 계속 구워댔다. 솔로의 통조림 보관 선반을 차지하고 있던 커다란 밀가루 통은 솔로가 조리법을 실험하는 동안 차례차례 사라졌다. 그녀는 다시 한번 솔로에게 요리를 더 가르쳐야겠다고, 여러 가지 요리를 섞어서 이런 부지런함을 잘 활용하게 해야겠다고 생각했다.

"그리고 오이도 썰어 왔어요." 솔로는 비할 데 없는 만찬이라는 듯이 자랑스럽게 말했다. 정말 여러 가지 면에서 솔로는 10대 소년에 머물러 있었다. 식습관을 포함해서 말이다.

"금방 먹을게요." 줄리엣은 용을 써서 마침내 연결 마개를 시험용 구멍에다 밀어 넣었다. 연결 부위는 공급부에서 만들어낸 것처럼 깔끔했다. 연결 마개는 딱 맞는 볼트처럼 매끄럽게 빠졌다.

솔로는 빵과 채소가 담긴 접시를 작업대에 내려놓고 걸상을 하나 잡았다. "뭘 하고 있는데요? 또 펌프예요?" 그는 호스가 늘어진 커다란 바퀴 달린 공기 압축기를 유심히 보았다.

"아니, 그건 너무 오래 걸려요. 난 물속에서 숨 쉴 방법을 찾는 중이에요."

솔로는 웃음을 터뜨렸다. 그리고 빵 한 조각을 우적우적 씹다가 뒤늦게 그게 농담이 아님을 알았다.

"진심이군요."

"그래요. 우리에게 정말 필요한 펌프는 사일로 바닥에 있는 오수 탱크 안에 있어요. IT부에서 거기까지 전력을 끌어다 대기만 하면 돼요. 그러면 몇 년이 아니라 몇 주나 몇 달 안에 사일로가 마를 거예요."

"물속에서 숨을 쉰다니요?" 솔로는 미쳐가는 사람은 그녀라는 듯이 줄리엣을 쳐다보았다.

"내가 우리 사일로에서 여기까지 온 방법과 다르지 않아요." 그녀는 공기 호스 연결기의 수나사를 실리콘 테이프로 감은 다음, 헬멧 깃 안에 밀어 넣기 시작했다. "이 보호복은 공기 밀폐식이니까 물도 들어오지 않죠. 숨 쉴 수 있게 공기만 공급해주면 아래에서 얼마든지 일할 수 있어요. 어쨌든 펌프를 다시 돌릴 만큼은."

"그 펌프가 아직도 작동할까요?"

"그래야죠." 그녀는 렌치를 집어 들고 연결기를 힘껏 조였다. "그 펌프들은 수중에서 작동하게 만들어졌고 구조도 단순해요. 동력만 있으면 되는데, 이 위에는 전기가 잔뜩 있잖아요."

"난 뭘 하죠?" 솔로는 손을 털면서 그녀의 작업대 위에 빵 부스러기를 뿌렸다. 그리고 새로운 빵에 손을 뻗었다.

"당신은 공기 압축기를 봐줘야죠. 돌리는 방법과 연료 채우는 법을 보여줄게요. 헬멧 속에 휴대용 무전기를 하나 설치할 테니까 서로 이야기도 할 수 있을 거예요. 풀어내야 할 공기 호스와 전선이 엄청나게 많을걸요." 줄리엣은 솔로를 보고 미소 지었다. "걱정 말아요. 바쁘게 해줄 테니까."

"걱정 안 해요." 솔로는 가슴을 펴고 오이를 씹었다. 그의 시선은 공기 압축기 위를 떠돌고 있었다.

그리고 줄리엣은 알아보았다. 연습할 기회는 별로 없었지만 거짓말을 꼭 해야 하는 10대 소년이 대개 그렇듯이, 솔로도 설득력 있게 거짓말하는 기술이 부족했다.

60

18번 사일로

……캠프 반대쪽에 있는 소년들이었다. 이 결과는 캠프 지도원으로 가장한 실험자들이 자세히 관찰했다. 폭력이 과도해지자 실험은 예정된 순서를 다 거치기 전에 중지되었다. 로버 동굴에서 거의 똑같은 배경과 가치관을 갖춘 두 무리의 소년들로 시작된 실험은 심리학 분야에서 내집단과 외집단 시나리오로 알려지게 되었다. 모자를 쓰는 방식이나 말할 때의 억양 같은 작은 차이가 용서할 수 없는 위반으로 변했다. 돌이 날아다니기 시작하고, 서로의 캠프에 대한 습격이 피투성이로 변하자 실험자들은 끝을 낼 수밖에 없었고…….

루카스는 도저히 더 읽을 수가 없었다. 책을 덮고 높은 선반에 등을 기댔다. 어디선가 악취가 나서 오래된 책등을 코에 갖다 대고 킁킁거려보았다. 그리고 결국 원인은 자신이라는 결론을 내렸다. 샤워를 한 지 얼마나 됐더라? 일상이 제대로 돌아가지 않았다. 아침에 잠을 깨우는 아이들의 새된 목소리도 없었고, 별을 찾으러 가는 저녁도 없었고, 다음 날 같은 일상을 반복할 수 있게 침대까지 인도해주는 어두운 계단도 없었다. 그 대신 35층의 숨겨진 침대방에서 변덕스럽게 몸을 뒤척일 뿐이었다. 침대는 열 개가 넘었는데 사람은 그 혼자였다. 방문자가 있음을 알려주는 번쩍이는 붉은빛, 식사를 가져오는 버나드와 피터 빌링스와의 대화, 줄리엣이 호출하고 그가 응답할 수 있을 때마다 나누는 긴 대화. 그런 시간들 사이는 모두 책으로 채워졌다. 정리가 되지 않는, 수십억 명의 사람들과, 심지어 그보다 더 많은 별들의 역사를 다룬 책들. 폭력, 군중의 광기, 충격적인 삶의 연대표, 언젠가는 사그라질 태양 빛, 사람들 모두를 끝장낼 수 있는 무기들, 사람들을 거의 끝장냈던 질병들에 대한 이야기가 이어졌다.

　얼마나 오랫동안 이렇게 버틸 수 있을까? 책을 읽고, 자고, 먹으면서? 몇 주가 벌써 몇 달처럼 느껴졌다. 시간의 흐름을 따라갈 방법이 없었다. 이 작업복을 얼마 동안 입었는지, 그만 벗고 건조기속에 있는 작업복으로 갈아입을 때가 되었는지 여부를 기억할 수가 없었다. 가끔은 하루에 세 번 옷을 갈아입고 빤 것 같기도 했다. 일주일에 두 번이었을 수도 있었다. 냄새로는 그보다 더 오래된 것 같았다.

　그는 금속 통에 든 책들에 머리를 기대고 눈을 감았다. 읽고 있는 내용이 다 사실일 리가 없었다. 그렇게 사람이 많고 이상한 세상이라니, 말이 되지 않았다. 그런 규모를 생각하다 보면, 이렇게 땅속에 묻혀 지내면서 사람들을 청소하러 내보내고, 누가 누구에게 무엇을 훔쳤는지를 두고 흥분하는 생활이란……. 그는 가끔 현기증 비슷한 감각을 느꼈다. 심연 위에 서서, 무섭고 끔찍한 기분으로 까마득히 아래에 놓인 어두운 진실을 내려다보지만, 그 진실을 알아보기 전에 제정신이 돌아오면서 현실이 가장자리에 선 그를 뒤로 잡아당기는 느낌이랄까.

얼마나 그렇게 앉아서 다른 시간과 공간을 꿈꾸었을까, 그는 문득 고동치는 붉은빛이 돌아와 있음을 보았다.

루카스는 책을 통 안에 집어넣고 힘겹게 일어섰다. 컴퓨터 화면으로 서버실 문 앞에 선 피터 빌링스가 보였다. 피터는 그 이상 들어올 수 없었다. 루카스의 저녁 식사 쟁반은 문 안쪽의 작업 기록 서류함 위에 놓여 있었다.

루카스는 컴퓨터에서 몸을 돌리고, 서둘러 복도를 달려가서 사다리를 기어올랐다. 마루를 들어 올리고 나간 다음 조심스럽게 제자리에 다시 돌려놓고, 윙윙거리는 키 큰 서버들 사이로 빙 도는 경로를 택했다.

"아, 우리 어린 제자분 나오셨군." 피터는 미소 지으며 말했지만, 루카스의 모습을 보고 눈을 가늘게 떴다.

루카스는 턱을 내려 고개를 끄덕였다. "보안관." 루카스는 언제나 피터가 말없이 그를 조롱하고 내려다본다는 느낌을 받았다. 두 사람은 거의 같은 나이였는데도 그랬다. 피터가 버나드와 함께 나타날 때마다, 그중에서도 버나드가 루카스를 안전하게 두어야 할 필요성을 설명하던 그날에는 특히 더, 젊은 두 남자 사이에 경쟁심 어린 긴장 같은 것이 감돌았다. 루카스에게는 경쟁할 마음이 없었지만, 그 긴장감은 알아차렸다. 둘만 있을 때 버나드는 비밀이지만 피터를 키워서 결국에는 시장직을 맡길 생각이라고, 언젠가는 피

터와 루카스가 협력해서 일하게 될 거라고 말했다. 루카스는 서류
함에 놓인 쟁반을 집으면서 그 점을 기억하려고 했다. 피터는 생각
에 잠겨서 눈살을 찌푸린 채 그를 지켜보았다.

루카스는 가려고 몸을 돌렸다.

"여기 앉아서 먹지 그래?" 피터는 두꺼운 서버실 문에 기댄 자세
를 바꾸지 않고 물었다.

루카스는 얼어붙었다.

"버나드가 오면 여기 앉아서 먹으면서, 내가 들르면 언제나 허둥
지둥 가버리더군." 피터는 몸을 내밀고 겹겹이 쌓인 서버들 쪽을
들여다보았다. "그런데, 온종일 이 안에서 뭘 하는 거야?"

루카스는 함정에 빠진 기분이었다. 사실은 별로 배가 고프지 않
아서 나중에 먹으려고 놓아둘 생각이었지만, 가져온 음식을 다 먹
어버리는 게 이런 대화에서 빠져나가는 제일 좋은 방법이었다. 그
는 어깨를 으쓱이고 바닥에 앉아서, 작업 기록 서류함에 등을 기대
고 다리를 쭉 뻗었다. 쟁반 뚜껑을 열자 정체를 알 수 없는 수프와
토마토 두 조각, 옥수수빵 한 덩어리가 나왔다.

"주로 서버를 수리하지. 예전과 비슷해." 그는 특별한 맛이 없는
빵부터 한 입 베어 물었다. "차이라면 하루가 끝날 때 집까지 걸어
갈 필요가 없다는 거지." 그는 메마른 빵을 씹으면서 피터에게 미
소를 지었다.

"맞아, 중층부에 살았지?" 피터는 팔짱을 끼고 두꺼운 문에 더
편하게 기댔다. 루카스는 옆으로 몸을 기울이고 피터 뒤에 보이는
복도를 응시했다. 모퉁이 너머의 목소리들이 들렸다. 갑자기 일어
나서 도망치고 싶은 충동이 일었다. 그저 뛰고 싶어서였다.

"그렇지도 않아. 내 아파트는 사실 상층부나 다름없는 데 있어."

그 말에 피터가 웃었다. "중층부는 다 그렇지. 거기 사는 사람들에게는."

루카스는 입을 놀리지 않으려고 옥수수빵을 씹었다. 씹으면서 정체 모를 수프를 조심스럽게 바라보았다.

"버나드가 우리가 계획한 총공격에 대해 얘기했나? 나도 참여하러 내려갈까 생각 중인데."

루카스는 고개를 젓고 수프에 숟가락을 담갔다.

"기계부에서 만든 벽 알지? 그 멍청이들이 스스로를 어떻게 가뒀는지 말이야. 음, 심스와 그 부하들이 그걸 산산조각 내려고 해. 우리 쪽에서 작업할 시간이야 차고 넘쳤으니까, 이 말도 안 되는 반란은 최대로 잡아도 며칠 지나면 끝날 거야."

루카스는 뜨거운 수프를 마시면서 그 강철 벽 뒤에 갇힌 기계부 사람들에 대해서밖에, 그리고 어떻게 자신이 그 사람들이 겪는 일을 정확히 아는지에 대해서밖에 생각할 수 없었다.

"그건 내가 곧 여기에서 나간다는 뜻인가?" 루카스는 칼과 포크를 쓰는 대신 숟가락으로 덜 익은 토마토를 잘랐다. "나간다고 나에게 위협이 될 일은 없지 않아? 내가 누군지 아는 사람도 없는데."

"그건 버나드에게 달렸지. 요즘 이상하게 행동하고 있잖아. 스트레스가 심해서 그렇겠지만." 피터는 문 아래로 미끄러져 내려와서 쭈그리고 앉았다. 루카스도 피터를 올려다보느라 목을 젖히지 않아도 되니 좋았다. "버나드가 자네 어머니를 데려와서 만나게 해주겠다는 말을 하던데. 그렇다면 적어도 일주일은 더 여기에 있어야 한다는 뜻이겠지."

"멋지군." 루카스는 음식을 조금 더 뒤적거렸다. 멀리에서 서버가 진동하기 시작하자, 그의 몸이 끈에라도 묶인 것처럼 홱 움직였다. 머리 위 불빛이 희미하게 깜박거리며, 사정을 아는 사람에게는 의미 있는 신호를 전했다.

"저건 뭐야?" 피터가 발꿈치를 살짝 들면서 서버실 안을 들여다보았다.

"내가 일하러 돌아가야 한다는 뜻." 루카스는 피터에게 쟁반을 건넸다. "갖다줘서 고마워." 그는 몸을 돌렸다.

"어이, 시장님이 꼭 다 먹게 하라고 했단⋯⋯."

루카스는 어깨 너머로 손을 흔들었다. 그리고 첫 번째 서버 뒤로 몸을 감추고, 손으로 입을 닦으면서 방 뒤편으로 달려가기 시작했다. 피터는 안쪽까지 들어갈 수 없었다.

"루카스!"

루카스는 이미 떠난 뒤였다. 그는 옷깃 밖으로 열쇠를 꺼내면서 서둘러 안쪽 벽으로 향했다.

잠금장치를 푸는 동안, 머리 위 불빛이 번쩍임을 멈췄다. 피터가 문을 닫았다는 뜻이었다. 그는 서버 뒤판을 떼어내고 천 주머니에 든 헤드셋을 꺼내어 꽂았다.

"여보세요?" 그는 마이크를 조정해서 너무 가깝지 않게 댔다.

"안녕." 그녀의 목소리가 음식으로는 채워지지 않는 마음을 채웠다. "나 때문에 뛰었어요?"

루카스는 숨을 깊이 들이마셨다. 갇혀 살면서 매일 계단을 오르내리지 않았더니 몸이 망가지고 있었다. "아니에요." 그는 거짓말을 했다. "하지만 호출을 너무 많이는 하지 않는 게 좋겠어요. 낮 동안만이라도. 당신도 아는 그 사람이 걸핏하면 오거든요. 어제 당신이 정말 오랫동안 호출을 울렸을 때는, 계속 진동하는 서버 바로 옆에 둘이 같이 앉아 있었다니까요. 그 사람 정말 열을 내더군요."

"그 작자가 화내거나 말거나 내가 신경 쓸까 봐요?" 줄리엣은 소리 내어 웃었다. "그리고 난 그 작자가 받았으면 좋겠어요. 해주고 싶은 말이 더 있거든요. 게다가, 당신이라면 어떻게 하겠어요? 난 당신과 이야기하고 싶고, 누군가와 대화를 해야 해요. 그리고 당신은 언제나 거기 있죠. 내가 여기서 죽치고 앉아 당신 호출을 기다릴 순 없는 상황이잖아요. 제장, 난 사방을 돌아다니고 있다고요. 내가 지난주에 30층대에서 공급부까지 몇 번을 오갔는지 알아요? 맞혀 볼래요?"

"추측하고 싶진 않네요." 루카스는 눈꺼풀을 비볐다.

"아마 여섯 번은 갔을걸요. 그리고 말이죠, 그 작자가 자주 찾아온다면, 그냥 좋은 일 하는 셈 치고 나 대신 당신이 죽여줘도 좋겠네요. 내가 이런 온갖 고생을 다 할 필요 없이……."

"죽이라고요?" 루카스가 팔을 휘저었다. "어떻게요, 그냥 죽을 때까지 두들겨 패요?"

"정말 내 조언을 듣고 싶어요? 사실 난 여러 방법을 생각……."

"아니, 그런 조언은 듣고 싶지 않아요. 그리고 난 아무도 죽이고 싶지 않아요! 죽여본 적도 없고요."

루카스는 둘째 손가락으로 관자놀이를 누르고 작은 원을 그리며 힘주어 눌렀다. 두통이 가시지 않았다. 그때부터 줄곧.

"잊어버려요." 줄리엣의 목소리에 담긴 혐오감이 빛의 속도로 전선을 타고 진동했다.

"이봐요." 루카스는 마이크를 다시 조정했다. 이런 대화는 싫었다. 그냥 시시껄렁한 대화를 나눌 때가 더 좋았다. "미안해요, 그냥…… 이쪽은 미쳐 돌아가요. 난 누가 뭘 하는지 모르겠어요. 난 이 상자 안에 갇혀 있는데, 무전기에서는 내내 사람들이 싸우는 소리만 울려대고, 이런 온갖 정보를 쥐고 있어도 다른 사람들에 비하면 난 쥐똥만큼도 모르는 것 같아요."

"하지만 날 믿을 수 있다는 건 알죠, 그렇죠? 내가 좋은 사람이라는 것 말이에요. 난 추방당할 만한 잘못을 저지르지 않았어요, 루카스. 당신이 그걸 알아줘야 해요."

줄리엣이 숨을 깊이 들이마셨다가 한숨과 함께 내뱉는 소리가 귀에 전해졌다. 그는 그곳에 앉은 줄리엣의 모습을 상상했다. 미친 남자와 둘만 있는 사일로에서, 루카스 자신에 대한 온갖 기대에 가득 찬 마음으로 마이크를 입술 가까이 대고 격분해서 가슴을 들썩이는 모습을.

"루카스, 내가 옳은 편이라는 건 아는 거죠? 그리고 당신이 미친 남자 밑에서 일하고 있다는 것도?"

"전부 다 미쳤는걸요. 모두 다 미쳤어요. 난 우리가 여기 IT부에 앉아서 나쁜 일이 일어나지 않기만 빌고 있었는데, 생각할 수 있는 최악의 일이 일어났다는 것만 알아요."

줄리엣은 다시 한번 한숨을 내쉬었고, 루카스는 폭동에 대해 그녀에게 말한 내용과 말하지 않은 내용들을 생각했다.

"우리 쪽 사람들이 무슨 짓을 했는지 알아요. 하지만 그 사람들이 왜 거기까지 갔는지 이해해요? 이해하냐고요? 뭔가 행동을 취해야 했어요, 루카스. 그건 지금도 마찬가지예요."

루카스는 줄리엣이 볼 수 없다는 사실을 잊고 어깨를 으쓱였다. 그렇게 자주 대화를 나누면서도 그는 여전히 이런 식으로 대화하는 데 익숙해지지 않았다.

"당신은 날 도울 수 있는 자리에 있어요." 줄리엣이 말했다.

"난 여기 있게 해달라고 하지 않았어요." 루카스는 커져가는 좌절감을 느꼈다. 왜 자꾸 그들의 대화가 나쁜 곳으로 흘러가는 걸까? 이제까지 먹어본 제일 맛있는 음식, 어렸을 때 제일 좋아한 책, 좋아하는 것들과 싫어하는 것들의 공통된 관심사로 돌아갈 순 없는 걸까?

"아무도 지금 있는 곳에 있게 해달라고 하지 않았어요." 줄리엣은 싸늘하게 상기시켰다.

이 말에 루카스는 줄리엣이 지금 어디에 있으며, 거기까지 가기 위해 어떤 일을 겪었는지 생각하고 멈칫했다.

줄리엣이 말했다. "우리가 통제할 수 있는 건, 일단 주어진 운명 속에서 어떤 행동을 하느냐예요."

"이만 끊어야겠어요." 루카스는 얕게 숨을 쉬었다. 그는 행동과 운명에 대해 생각하고 싶지 않았다. 이런 대화를 나누고 싶지 않았다. "피터가 곧 저녁 식사를 가져올 거예요." 그는 거짓말을 했다.

침묵이 돌아왔다. 그녀의 숨소리를 들을 수 있었다. 거의 생각하는 소리를 듣는 듯한 기분이었다.

"알았어요. 이해해요. 어차피 난 보호복을 시험하러 가야 해요. 그리고 있죠, 이 보호복이 성공하면 한동안 오지 못할 수도 있어요. 그러니까 하루쯤 내 목소리를 듣지 못해도······."

"조심하기나 해요."

"그럴게요. 그리고 내가 한 말 기억해요, 루카스. 우리가 무슨 행동을 하느냐가 우리가 어떤 사람이냐를 정의해요. 당신은 그놈들과 달라요. 당신은 거기 속한 사람이 아니에요. 제발 잊지 말아요."

루카스는 동의하는 말을 우물거렸고, 줄리엣은 작별 인사를 했다. 손을 넣어 잭을 뽑는 동안에도 그녀의 목소리가 귓가에 맴돌았다.

그는 헤드셋을 주머니에 집어넣는 대신 뒤에 있는 서버에 털썩 기대앉아서 두 손으로 이어패드를 비틀며 자신이 한 짓을 생각하고, 자신이 어떤 사람인지 생각했다.

공처럼 몸을 말고 울고 싶었다. 그저 눈을 감고 세상을 밀어내고 싶었다. 하지만 눈을 감으면, 어둠 속에 빠져들면 그 사람밖에 보이지 않을 게 뻔했다. 머리가 하얗게 센 자그마한 여성, 총탄의 충격에 튀어오르던 몸. 그건 루카스의 총탄이었다. 눈을 감으면 방아쇠를 당기는 자신의 손가락과, 짠물에 젖은 뺨과, 화약 타는 냄새와, 속이 빈 구리가 테이블에 부딪치는 소리와, 그와 같은 편에 선 사람들이 기뻐하며 내지르는 승리의 고함 소리를 느낄 수 있었다.

61

18번 사일로

"······목요일에 이틀 후면 갖다주겠다고 했잖아."

"이런, 젠장, 이틀 지났어, 칼. 청소가 내일 아침이라는 건 알고 있겠지?"

"오늘이 아직 오늘이라는 것도 알고 있겠지?"

"재수 없게 굴지 마. 그 파일 가지고 여기로 올라와, 당장. 맹세하는데, 자네 때문에 이 일이 실패하면······."

"가져갈게. 진정해, 친구. 자넬 단련시키려는 거야. 긴장 풀어."

"긴장 풀라니. 헛소리하지 마. 나도 내일이면 긴장 풀 거야. 이만 끊어야겠어. 이제 시간 낭비하지 말고 와."

"지금 간다니까······."

셜리는 손가락을 머리카락 사이에 묻고 머리 양쪽을 받친 채로 팔꿈치를 워커의 작업대에 파묻었다. "도대체 무슨 일이 벌어지는 거죠? 이게 뭐예요? 이 사람들은 다 누구고?"

워커는 확대경을 들여다보았다. 그는 청소용 솔에서 뽑은 털 한 가닥을 축축하게 젖은 하얀 페인트 위에 떨어뜨렸다. 반대쪽 손으로 손목을 고정시키고, 극도로 조심해서 그 털을 전위차계 바깥 면으로 끌고 갔다. 손잡이 위에 이미 칠해놓은 고정 표시 반대편이었다. 그는 만족해서 지금까지 표시해둔 자국을 헤아렸다. 신호가 강력하게 나오는 지점마다 표시하고 있었다.

"열하나로군." 그는 셜리를 돌아보았다. 셜리가 뭔가 말을 하고 있었던 것 같기는 한데 내용은 잘 알 수 없었다. "그리고 우리 신호는 아직 찾지도 못했어."

"우리 신호요? 아저씨, 저 진짜 돌겠거든요. 이 목소리들이 다 어디에서 나오는 거예요?"

워커는 어깨를 으쓱였다. "도시? 언덕 너머? 내가 어떻게 알겠니?" 그는 다른 대화 소리를 찾아 귀를 기울이며 손잡이를 천천히 돌리기 시작했다. "우리 말고도 열하나야. 그리고 더 있다면? 분명히 더 있겠지. 안 그러냐? 벌써 다 찾았을 리가 없잖아?"

"마지막으로 들은 건 청소에 대한 얘기였어요. 그게 정말 그런 뜻이었을까요? 꼭……?"

워커는 확대경을 젖히면서 고개를 끄덕였다. 그러고는 확대경을 다시 조정한 다음 계속 다이얼을 돌렸다.

"그러니까 그 사람들은 사일로 안에 있군요. 우리처럼."

그는 셜리가 전위차계에 연결하게 도와준 작은 녹색 기판을 가리켰다. "이게 하는 일이 그걸 거야. 주파수를 바꾸는 거지." 셜리는 목소리들을 듣고 겁을 먹었지만, 워커는 오히려 이런 다른 수수께끼가 있다는 데 매력을 느꼈다. 치직거리는 잡음이 들렸다. 그는 손잡이를 멈추고 앞뒤로 살살 돌려보았지만, 아무 소리도 나지 않자 작업을 계속했다.

"'18'이라는 숫자가 적힌 판 말이죠?"

워커는 말없이 셜리를 쳐다보았다. 손가락이 주파수 찾는 걸 멈췄다. 그는 고개를 끄덕였다.

"그러면 못해도 열여덟 개는 있는 거네요." 셜리는 워커보다 더 빨리 단서를 짜 맞추고 말했다. "젠킨스를 찾아야겠어요. 이걸 말해줘야 해요." 셜리는 걸상에서 일어서서 문으로 향했다. 워커는 고개를 주억거렸다. 이 사실이 암시하는 바에 머리가 어지러웠고, 작업대와 벽이 옆으로 기울어지는 느낌이었다. 이 벽 너머에 '사람들'이 산다고 생각하면…….

순간, 이가 덜그럭거리는 맹렬한 굉음이 그 생각을 날려버렸다. 바닥이 흔들리면서 발이 미끄러졌고, 머리 위에 이리저리 얽힌 파이프와 전선들에서 수십 년 쌓인 먼지가 쏟아져 내렸다.

워커는 허공에 떠다니는 사향 냄새 나는 흰곰팡이를 들이마시고, 기침을 하며 옆으로 몸을 돌렸다. 폭발 때문에 귀가 울렸다. 머리를 더듬거리며 확대경을 찾았지만, 확대경 틀은 강철 바닥에 떨어져 있었고, 렌즈는 자갈 조각처럼 박살이 났다.

"아, 안 돼. 이게 없으면……." 워커는 손을 짚고 몸을 일으키려다가 엉덩이에 찌르르한 통증을 느꼈다. 뼈가 강철에 부딪쳤을 때 느낄 법한 강렬한 아픔이었다. 생각을 할 수가 없었다. 그는 손을 흔들며, 스코티에게 그림자 속에서 나와 도와달라고 부탁했다.

묵직한 부츠가 확대경의 잔해마저 짓밟았다. 젊고 강한 손이 그의 작업복을 잡고, 당겨 일으켰다. 사방에서 고함 소리가 들렸다.

탕탕, 탓탓탓, 총성이 울렸다.

"워커! 괜찮아요?"

젱킨스가 그의 작업복을 잡고 있었다. 그 손을 놓으면 워커는 다시 쓰러질 게 분명했다.

"내 확대……."

"대장! 가야 해요! 놈들이 들어왔어!"

문 쪽으로 고개를 돌리니 하퍼가 셜리를 일으키고 있었다. 셜리는 충격으로 눈이 휘둥그레진 채 어깨와 검은 머리에 회색 먼지를 뒤집어쓰고 있었다. 워커를 바라보는 모습이, 몰골 못지않게 정신도 멍한 상태로 보였다.

"물건 챙겨요. 후퇴합니다." 젱킨스는 말하고서 방 안을 훑어보았다. 그의 시선이 작업대에 떨어졌다.

"내가 고쳤어." 워커는 주먹을 대고 기침을 하면서 말했다. "작동해."

"너무 늦었어요."

젱킨스는 작업복을 놓았고, 워커는 바닥에 다시 쓰러지지 않으려고 걸상을 잡고 몸을 바로잡아야 했다. 바깥에서 들리는 총성이 가까워졌다. 부츠 소리가 요란하게 지나가고, 고함 소리가 더 들리고, 또 한 번의 커다란 폭발이 바닥의 진동으로 느껴졌다. 젱킨스와 하퍼는 문간에서 목이 터져라 지시를 내리고, 뛰어가는 사람들에게 팔을 흔들었다. 셜리는 워커의 작업대에 합류했다. 그녀의 시선이 무전기에 꽂혔다.

"우리에겐 이게 필요해요." 셜리는 거친 숨을 몰아쉬며 말했다.

워커는 바닥에 반짝이는 유리 조각을 내려다보았다. 그 확대경을 구하는 데 두 달 치 급료가 들었는데.

"워커! 뭘 챙기면 돼요? 도와줘요."

워커가 고개를 돌려보니 셜리는 무전기 부품을 모으고, 회로판 사이에 이리저리 엉킨 전선들을 걷어내고 있었다. 문 바로 밖에서 우리 편이 내뿜는 커다란 총소리가 났고, 워커는 정신이 다른 데 팔려서 몸을 웅크렸다.

"워커!"

"안테나." 그는 아직도 먼지가 떨어지고 있는 서까래를 가리키며 속삭였다. 셜리는 고개를 끄덕이고 작업대 위에 뛰어올랐다. 워커는 방 안을, 절대로 다시는 떠나지 않으리라 다짐했던 방 안을 둘러보았다. 이번에는 정말로 그 약속을 지킬 생각이었는데. 뭘 챙겨야 하지? 바보 같은 기념품들. 쓰레기. 지저분한 옷. 약도 무더기. 그는 부품 통을 잡고 내용물을 바닥에 쏟았다. 무전기 부품을 그 통에 쓸어 담고, 변압기도 뽑아서 집어넣었다. 셜리는 안테나를 잡아당기고, 전선과 금속 막대 묶음을 품에 끌어안았다. 워커는 납땜인두와 다른 공구 몇 개를 낚아챘다. 하퍼가 지금이 아니면 절대 못 간다고 외쳤다.

셜리가 워커의 팔을 잡고 문 쪽으로 끌고 갔다.

그리고 워커는 '절대'란 없다는 사실을 깨달았다.

62

17번 사일로

보호복을 입자마자 공황 상태에 빠질 줄은 몰랐다.

줄리엣은 물속에 들어가면 어느 정도 공포를 느끼리라 예상했다. 하지만 청소용 보호복을 입는 단순한 행동만으로도 공허한 두려움이 차올랐고, 배 속에 차갑고 텅 빈 아픔이 몰려왔다. 그녀는 솔로가 등의 지퍼를 올리고 벨크로를 붙이는 동안 호흡을 가다듬으려고 안간힘을 썼다.

"내 칼 어디 있지?" 줄리엣은 앞주머니를 이리저리 두드리고 공구들 사이를 뒤지며 중얼거렸다.

"여기요." 솔로는 줄리엣의 장비 가방에 손을 넣어 수건과 갈아입을 옷 아래에 있던 칼을 꺼냈다. 그는 손잡이부터 건넸고, 줄리엣은 그 칼을 받아서 보호복 배에 덧붙인 두꺼운 주머니에 끼워 넣었다. 칼을 손이 닿는 거리에 두고 나니 숨 쉬기가 한결 편했다. 위층 식당에서 가져온 이 칼은 일종의 안전장치와 비슷했다. 그녀는 오래된 손목시계를 찾아 손목을 만져볼 때와 비슷하게 계속 칼이 제자리에 있는지 확인했다.

"헬멧은 조금 기다려요." 솔로가 바닥에 놓여 있던 투명한 돔을 들어 올리자 줄리엣이 말했다. "밧줄 먼저 잡아요." 그녀는 두툼한 장갑으로 밧줄을 가리켰다. 두꺼운 보호복과 그 안에 입은 두 겹의 내피복 덕분에 몸이 따뜻했다. 깊은 물속에서 얼어 죽을 일이 없다는 징조이기를 빌었다.

솔로가 길게 이어 붙인 밧줄 사리를 들어 올렸고, 끝에는 솔로의 팔뚝 길이만 한 커다란 조정식 렌치가 달려 있었다.

"어느 쪽으로요?" 솔로가 물었다.

줄리엣은 우아한 원형 계단이 녹색으로 빛나는 물속으로 가파르게 내려가는 지점을 가리켰다. "흔들리지 않게 넘겨요. 아래 계단에 걸리지 않게 쭉 내밀어서."

솔로는 고개를 끄덕였다. 솔로가 렌치를 물속으로 내리고 그 금속 덩어리의 무게가 밧줄을 중앙 계단 밑바닥으로 똑바로 끌어 내리게 하는 동안, 줄리엣은 공구들을 점검했다. 주머니 하나에는 다양한 드라이버를 넣어두었다. 모두 1미터쯤 되는 끈으로 주머니에 묶어두었다. 또 다른 주머니에는 스패너가 있었고, 4번이라는 숫자가 붙은 주머니에는 커터칼이 들었다. 자신의 모습을 내려다보니, 바깥을 걸어다니던 기억이 쏟아져 들어왔다. 헬멧을 때리던 고운 모래 소리, 희박해져가는 공기, 무거운 부츠로 시체가 꽉 찬 땅을 밟는 감촉······.

그녀는 머리 위 난간을 잡고 다른 생각을 하려고 애썼다. 그것만 아니면 뭐든 좋았다. 전력을 끌어갈 전선과 공기를 공급할 호스. 집중하자. 둘 다 많이 필요할 것이다. 그녀는 심호흡을 하고 둘둘 말려서 높이 쌓인 배관과 바닥에 펼쳐진 전선을 점검했다. 선이 엉키지 않도록 전선과 배관을 8자형으로 갈라놓았다. 좋아. 공기 압축기는 준비됐다. 솔로가 해야 할 일은 이 모든 것들이 그녀와 함께 무사히 내려가고, 도중에 걸리지 않게 확인하는 것뿐이었다.

"바닥에 내려갔어요." 솔로가 말했다. 줄리엣은 솔로가 밧줄을 계단 난간에 잡아매는 모습을 지켜보았다. 오늘 솔로는 상태가 좋았다. 정신이 또렷하고 원기가 넘쳤다. 지금이 이 일을 해치우기 좋은 때였다. 물을 정수 처리장으로 끌어 올리는 것은 우아하지도 않고, 일시적인 해결책이었다. 이제 아래에 있는 큰 펌프들을 손에 넣고, 그 물을 제대로 휘저어서 콘크리트 벽 밖에 있는 흙 속으로 빼낼 시간이었다.

줄리엣은 발을 끌며 층계참 가장자리까지 걸어가서 지저분한 물 위로 반짝이는 수면을 내려다보았다. 이건 미친 계획일까? 두려워야 하는 게 아닐까? 아니면 몇 년을 기다리면서 안전하게 물을 빼낸다는 생각이 더 무서웠을까? 조금씩 조금씩 미쳐가는 전망 쪽이 더 위험해 보였다. 그녀는 이건 밖으로 나가는 일과 똑같다고, 이미 밖에 나가서 살아남지 않았느냐고 스스로에게 다시 말했다. 다만 이쪽이 더 안전했다. 공기도 무제한으로 공급될 테고, 아래에는 그녀를 갉아먹을 독소가 없으니.

그녀는 잔잔한 물에 비치는 자신의 모습을 응시했다. 부피가 큰 보호복 때문에 거대해 보였다. 루카스가 이 자리에 있다면, 그녀가 지금 하려는 일을 볼 수 있다면, 그만두라고 설득하려 할까? 그럴지도 모르지. 그런데 두 사람은 서로를 과연 얼마나 잘 알까? 직접 만난 적이 두 번, 세 번이었던가?

하지만 그 후에 수차례나 대화를 나누었다. 목소리로 나눈 대화만으로 그를 안다고 할 수 있을까? 그의 어린 시절에 대한 이야기들로? 다른 모든 것이 울고 싶기만 할 때 듣는 그의 중독성 있는 웃음소리로? 이래서 전신과 이메일이 비싼 걸까 생각했다. 이런 삶, 이런 관계를 막으려고. 어떻게 이 위험한 순간에 지금부터 감행할 정신 나간 일이 아닌, 잘 알지도 못하는 남자에 대해 생각할 수가 있단 말인가?

어쩌면 루카스는 그녀의 생명줄이 되고, 그녀를 고향과 연결시켜주는 가느다란 희망의 선이 되는지도 몰랐다. 아니면 어둠 속에서 한 번씩 깜박거리는, 돌아가는 길을 알려주는 작은 빛에 더 가까울지도.

"헬멧?" 솔로가 옆에 서서 그녀를 지켜보고 있었다. 그의 손에 들린 투명한 플라스틱 돔 위에는 손전등이 하나 붙어 있었다.

줄리엣은 손을 뻗었다. 손전등이 단단히 붙어 있는지 확인하고, 무의미한 생각을 털어내려 했다.

"먼저 공기부터 연결하고 그다음에 무전기를 켜요."

솔로는 고개를 끄덕였다. 그녀가 헬멧을 들고 있는 동안 솔로가 공기 호스를 깃 부분에 연결해둔 어댑터에 끼웠다. 호스가 철컥 고정되면서 쉭 하고 남아 있던 공기가 빠져나왔다. 이어서 무전기를 켜려고 뻗은 솔로의 손이 줄리엣의 뒷목을 쓸었다. 줄리엣은 고개를 끄덕이고 내피복에 바느질해 붙인 수제 스위치를 꽉 잡았다. "여보세요, 여보세요." 솔로의 엉덩이에 매달린 무전기에서 끼익거리는 소리가 나는가 싶다가 그녀의 목소리가 우렁차게 울렸다.

"조금 크네." 솔로는 볼륨을 조절하며 말했다.

줄리엣은 헬멧을 들어 머리에 올렸다. 화면과 플라스틱 안감은 모두 벗겨낸 후였다. 겉에 칠한 페인트를 벗겨내고 나자 거의 투명한 플라스틱 반구만 남았다. 그 속에서 무엇을 보든 간에 진짜라는 사실을 알면서 헬멧을 쓰니 기분이 좋았다.

"괜찮아요?"

단단히 밀폐된 헬멧과 보호복 때문에 솔로의 목소리가 작게 들렸다. 줄리엣은 장갑 낀 엄지손가락을 들어 보였다. 그리고 공기 압축기를 가리켰다.

솔로는 고개를 끄덕이고 보호복 옆에 무릎을 꿇더니, 턱수염을 긁적였다. 줄리엣은 솔로가 휴대용 공기 압축기의 주 동력을 켜고, 동그란 뇌관을 다섯 번 밀고, 시동 끈을 잡아당기는 모습을 지켜보았다. 고무 타이어가 달렸는데도 압축기는 춤을 추며 층계참을 흔들고, 부츠 너머까지 진동을 전했다. 줄리엣은 헬멧을 통해서도 그 지독한 음향을 들을 수 있었다. 버려진 사일로 안에 메아리치는 엄청난 소음을 상상할 수 있었다.

솔로는 줄리엣이 가르친 대로 1초 정도 더 공기 조절 장치를 잡고 있다가 끝까지 밀어 넣었다. 압축기가 두두두, 칙칙 소리를 내는 동안 솔로는 그녀를 올려다보고 턱수염 안으로 미소를 지었다. 공급부에서 키우는 개가 믿음직한 주인을 올려다보는 모습과 비슷했다.

줄리엣은 추가 연료가 담긴 빨간 깡통을 가리키고 다시 한번 엄지손가락을 올렸다. 솔로도 같은 동작으로 답했다. 줄리엣은 균형을 잡기 위해 장갑 낀 손으로 난간을 잡고, 계단을 향해 어기적어기적 걸어갔다. 솔로가 줄리엣의 보호복 때문에 비좁아진 공간을 빠져나와 난간과 난간에 묶어놓은 밧줄 옆에 섰다. 그는 한 손을 내밀어 보호복의 투박한 부츠로 미끄러운 디딤판을 천천히 밟는 줄리엣을 받쳐주었다.

일단 물속에 들어가면 움직이기가 더 쉬울 거라는 희망은 있었지만 확신할 순 없었다. 그저 곰곰이 생각해서 기계의 목적을 가늠할 수 있듯, 관련된 물리학에 대한 직관이 있을 뿐이었다. 물에 잠기지 않은 계단을 다 밟고 내려가자 줄리엣은 부츠로 기름 낀 수면을 가르고 그 아래에 있는 계단을 찾았다. 한기가 스며들 줄 알았는데 차가운 느낌은 없었다. 보호복과 내피복 덕분에 몸이 훈훈했다. 사실은 덥기까지 했다. 헬멧 안에 김이 서렸다. 그녀는 턱을 내려서 무전기 스위치를 켜고 솔로에게 밸브를 열어서 공기를 넣으라고 말했다.

솔로는 줄리엣의 헬멧 깃 부분에 있는 레버를 비틀어서 공기를 들여보냈다. 귓가에 꽤 시끄러운 소리가 울리면서 보호복이 빵빵하게 부풀어 오르는 느낌을 받았다. 깃 반대편에 고정해둔 포화용 밸브가 끼익 소리를 내면서 열리고 넘치는 압력을 빼내어 보호복과 그녀의 머리가 터지지 않게 막았다.

"추." 그녀는 무전기를 누르고 말했다.

솔로는 다시 층계참으로 달려가서 둥그런 운동용 추를 가지고 돌아왔다. 그는 물 위에 드러난 마지막 계단에 무릎을 꿇고, 벨크로를 잔뜩 써서 줄리엣의 무릎 아래에 무게추를 비끄러맨 다음, 다음에할 일을 알아보려고 고개를 들었다.

줄리엣은 낑낑거리며 한 발을 들어보고 반대쪽 발도 들어보면서 추가 고정되었는지 확인했다.

"전선." 줄리엣은 무전기를 계속 작동시키며 말했다.

여기가 제일 중요한 부분이었다. IT부에서 끌어온 전력으로 물 아래 죽어 있는 펌프들을 돌려야 했으니까. 24볼트 전기였다. 스위치는 그녀가 아래에 내려가 있는 동안 솔로가 켤 수 있게 층계참에 설치해두었다. 전기가 흐르는 선을 들고 내려가고 싶지는 않았다.

솔로가 연결기가 둘 달린 전선을 몇 미터 풀어서 줄리엣의 손목에 감았다. 밧줄도 그렇고 전선도 그렇고, 솔로의 매듭은 단단했다. 줄리엣의 자신감이 점점 커지면서 보호복 안에서 느끼는 불편함은 줄어들었다.

솔로는 두 계단 위에서 줄리엣의 투명한 플라스틱 헬멧을 들여다보며 미소를 지었다. 듬성듬성 자란 턱수염 안으로 누런 이가 번득였다. 줄리엣도 마주 미소를 지었다. 솔로가 줄리엣의 헬멧에 붙은 손전등을 더듬어 켜는 동안 그녀는 움직이지 않았다. 배터리를 막 충전했으니 하루 종일 쓸 수 있었다. 그녀에게 필요한 시간은 그보다 훨씬 짧을 것이다.

"좋아요. 내가 넘어가게 도와줘요."

그녀는 턱으로 누르고 있던 무전기 스위치를 풀고, 몸을 돌려 난간에 기대선 다음, 배를 대고 머리를 내밀었다. 난간 너머로 몸을 던지다니 믿기지 않았다. 자살하는 기분이었다. 여기는 중앙 계단이었고, 그녀의 사일로였으며, 그녀는 기계부에서 네 층 위에 있었다. 아래에는 미친 사람만이 뛰어들 만한 긴 추락이 이어질 텐데, 그녀는 자진해서 뛰어내릴 참이었다.

솔로가 추를 매단 다리를 들어 올리게 도왔다. 그는 수면 아래 첫 번째 계단까지 들어와서 줄리엣을 보조했다. 줄리엣은 솔로가 들어 올리는 대로 난간에 다리를 넘겼다. 그 좁고 미끄러운 강철봉 위에 걸터앉자 갑자기, 물이 정말로 몸을 받쳐줄지, 물이 정말로 추락을 늦춰줄지 의구심이 솟았다. 그리고 노골적인 공황 상태가 찾아왔다. 입에서 금속 맛이 나고, 배 속이 철렁 내려앉고, 오줌을 싸고 싶어졌다. 그러는 동안에도 솔로는 그녀의 반대쪽 발을 난간 너머로 들어 올렸다. 그녀의 장갑 낀 손이 미친 듯이 솔로가 묶어둔 밧줄을 잡았다. 부츠가 은빛으로 반짝이는 수면을 시끄럽게 첨벙거렸다.

"젠장!"

줄리엣은 헬멧 속으로 숨을 크게 내쉬고, 너무 빨리 물에 닿은 충격으로 숨을 헐떡이며 손과 무릎으로 굵은 밧줄을 감았다. 커다란 보호복 안에서 몸을 움직이려니 큰 껍질이 하나 붙어 있는 느낌이었다.

"괜찮아요?" 솔로가 턱수염 앞에 두 손을 모으고 외쳤다.

줄리엣은 헬멧을 움직이지 않고 고개를 끄덕였다. 정강이에 달린 추가 몸을 아래로 끌어당기는 느낌이 났다. 솔로에게 하고 싶은 말이 열 가지도 더 있었다. 한 번 더 당부할 말도 있고, 조언도 있고, 행운을 비는 말도 있었다. 하지만 머릿속이 너무 빨리 움직여서 무전기를 쓰자는 생각도 하지 못했다. 그녀는 장갑과 무릎에서 힘을 빼고 밧줄 위로 몸을 미끄러뜨려, 아스라한 끼익 소리와 함께 긴 추락에 나섰다.

63

18번 사일로

루카스는 당혹스럽게도 나무를 가지고 만든 작은 책상 앞에 앉아서, 한 재산이 들 법한 빳빳한 종이가 꽉 찬 책을 내려다보았다. 지금 깔고 앉은 의자만 해도 평생 벌어도 살 수 없을 만한 가치가 있었다. 몸을 움직이면 우아한 의자의 연결 부위가 비틀리고 삐걱거려서 언제든 부서질 수 있겠다는 기분이 들었다.

그는 만약에 대비해서 부츠로 의자 양쪽을 단단히 딛고 발가락에 무게를 실었다.

루카스는 읽는 척하며 책장을 넘겼다. 읽는 게 싫은 건 아니었다. 그저 이 책을 읽기 싫을 뿐이었다. 선반 가득한 더 흥미로운 책들이 금속 통 속에서 그를 비웃는 것 같았다. 그 책들은 자기들을 읽어달라고, 딱딱한 글과 줄줄이 이어지는 목록, 중앙 계단보다 더 많은 나선형의 원들이 안내하는 미궁 같은 참조 페이지들로 이루어진 〈규칙〉 편 따위는 치워버리라고 노래했다.

〈규칙〉의 모든 항목은 다른 페이지로 이어졌고, 모든 페이지에 다른 항목이 담겼다. 루카스는 몇 장을 넘기고 버나드가 계속 그를 확인하고 있을까 생각했다. IT부 책임자는 서버들 아래에 잘 숨겨진 수많은 방들 중 하나에 불과한 그 작은 서재에서 맞은편에 앉아 있었다. 루카스가 새로운 직업의 그림자 수업을 가장하는 동안, 버나드는 다른 책상에 놓인 작은 컴퓨터를 만지작거리기도 하고 벽에 고정된 무전기로 심층부에 내려간 보안 병력에게 지시를 내리기도 했다.

루카스는 〈규칙〉 편의 페이지들을 두껍게 집어서 넘겼다. 사일로의 재난을 피하는 온갖 지침을 휙휙 넘기고 뒤쪽에 있는 좀 더 학구적인 참고 자료를 확인했다. 이 부분은 심지어 더 무시무시했다. 집단 설득, 정신 지배, 양육 과정에서 공포가 미치는 효과, 인구 성장을 다루는 그래프와 표……

견딜 수가 없었다. 루카스는 의자를 돌리고 버나드를 바라보았다. IT부 책임자이자 시장 대행인 남자는 문자가 가득한 모니터를 쭉쭉 넘기고 그 내용을 훑어보면서 고개를 앞뒤로 움직였다.

루카스는 잠시 후 과감히 침묵을 깨뜨렸다. "저, 버나드?"

"흠?"

"저기, 왜 여기에는 이 모든 일이 어떻게 이루어졌는지에 대한 내용이 전혀 없죠?"

버나드의 사무용 의자가 끼익 소리를 내며 빙글 돌아 루카스를 마주했다. "미안한데, 뭐라고?"

"이걸 다 만든 사람들, 이 책을 쓴 사람들 말이에요. 왜 〈규칙〉에는 그 사람들에 대한 언급이 하나도 없죠? 애초에 이 모든 것을 어떻게 지었는지라든가."

"그게 왜 그 안에 있겠나?" 버나드는 컴퓨터 쪽으로 반쯤 몸을 돌렸다.

"우리가 알도록요. 모르겠어요, 다른 데 실린 내용처럼……."

"그 다른 부분은 읽지 않았으면 좋겠군. 아직은." 버나드는 나무 책상을 가리켰다. "〈규칙〉을 먼저 익혀. 사일로를 멀쩡하게 유지하지 못한다면, 〈유산〉 편은 재생 펄프와 다를 게 없어. 읽을 사람이 아무도 없다면 가공 처리한 목재나 다름없지."

"이 밑에 숨겨두면 어차피 우리 둘 말고는 아무도 읽을 수가……."

"살아 있는 사람 중에는 그렇지. 지금은 아니야. 하지만 언젠가는 수많은 사람들이 그 책을 읽을 거야. 자네가 공부를 한다면 말이야." 버나드는 두껍고 무시무시한 〈규칙〉 편을 고갯짓으로 가리키고, 키보드 쪽으로 몸을 돌려 마우스에 손을 뻗었다.

루카스는 잠시 버나드의 등을 보고 앉아서, 속셔츠 위로 빠져나온 마스터키 목걸이의 매듭을 응시했다.

"분명히 일이 터질 줄 알았을 거예요." 루카스는 멈추지 못하고 계속해서 말했다. 그는 언제나 이런 문제를 궁금해했고, 그 궁금증을 억누른 채, 멀리 떨어져 있어 언덕의 터부에 구애받지 않는 머나먼 별들을 짜 맞추는 데 열광했다. 그리고 지금 그는 사일로 안에서 아무도 알지 못하는 이 빈 공간에 살고 있었다. 여기에서는 금지된 주제도 허용되었고, 귀중한 진실을 아는 듯한 사람에게 접근할 수도 있었다.

"공부 안 하나?" 버나드가 말했다. 키보드 위로 숙인 고개를 돌리지는 않았지만 루카스가 바라보고 있다는 건 아는 것 같았다.

"하지만 분명히 그 사람들은 일이 터질 줄 알았어요. 맞죠?" 루카스는 의자를 움직여 방향을 조금 더 돌렸다. "그러니까, 바깥이 저렇게 나빠지기 전에 이 모든 사일로들을 지으려면요."

버나드는 고개를 옆으로 돌리고, 턱을 앙다물었다가 풀었다. 그의 손이 마우스에서 떨어져서 콧수염을 쓸었다. "그게 자네가 알고 싶은 내용인가? 어떻게 일어났는지가?"

"네." 루카스는 고개를 끄덕였다. 그리고 무릎 위에 팔꿈치를 대고 몸을 앞으로 내밀었다. "전 알고 싶어요."

"그게 중요하다고 생각하나? 바깥에 무슨 일이 일어났는지가?" 버나드는 고개를 돌리고 벽에 붙은 도표를 올려다보더니, 다시 루카스를 보았다. "그게 왜 중요하지?"

"그 일이 일어났으니까요. 그건 한 가지 방법으로만 일어났고, 전 그걸 알고 싶어 죽겠어요. 그러니까, 그 사람들은 사태를 예견한 거죠? 이걸 다 지으려면 몇 년은……."

"몇십 년."

"그리고 온갖 것들을 옮기고, 사람들까지……."

"그건 얼마 안 걸렸어."

"그러니까 아시는 거군요?"

버나드는 고개를 끄덕였다. "그 정보도 이곳에 있지만, 책 속에는 없지. 그리고 자네 생각은 틀렸어. 그건 중요하지 않아. 그건 과거고, 과거는 우리의 '유산'과 같은 것이 아니야. 자넨 그 차이를 배워야 해."

루카스는 그 차이에 대해 생각했다. 무슨 이유에선지, 줄리엣과 나눈 대화가 퍼뜩 떠올랐다. 줄리엣이 끊임없이 하던 말이.

"알 것 같은데요."

"그래?" 버나드는 코끝에 걸친 안경을 밀어 올리고 그를 빤히 보았다. "어떻게 생각하는지 말해보게."

"우리의 모든 희망, 이전 세대들의 성취, 세상이 어떻게 될 수 있는가. 그게 우리의 '유산'이죠."

버나드의 입술이 말려 올라가며 미소가 드러났다. 그는 루카스에게 계속하라고 손짓했다.

"그리고 막을 수 없는 나쁜 일들, 우리를 여기에 데려다 놓은 실수들, 그게 과거예요."

"그 차이가 뭘 의미하지? 자네는 뭘 의미한다고 생각하나?"

"그건, 우리가 이미 일어난 일은 바꿀 수 없지만, 다음에 일어날 일에는 영향을 미칠 수 있다는 뜻이죠."

버나드는 작은 두 손으로 박수를 쳤다. "아주 좋아."

"그리고 이건." 루카스는 몸을 돌리고 두꺼운 책에 한 손을 올렸다. 그리고 묻지도 않은 말을 계속했다. "이 〈규칙〉은 우리의 과거와 미래의 희망 사이에 쌓인 온갖 나쁜 일들을 어떻게 헤쳐나갈지 알려주는 지도예요. 이건 우리가 막을 수 있는 문제, 우리가 고칠 수 있는 일들이죠."

버나드는 루카스의 마지막 말을 듣더니, 오래된 진실을 새롭게 보는 방법이라도 들었다는 듯이 눈썹을 치켜떴다. 그리고 마침내 미소를 지었다. 콧수염 끄트머리가 올라가고, 주름 잡힌 콧잔등에 얹은 안경도 밀려 올라갔다.

"자넨 거의 다 준비가 됐군. 곧 끝나겠어." 버나드는 컴퓨터로 다시 몸을 돌리고, 마우스에 손을 가져갔다. "이제 곧."

64

17번 사일로

기계부를 향한 하강길은 이상하게 평온했다. 홀린 듯한 기분마저 들었다. 줄리엣은 초록색 물속을 미끄러져 내려가다가, 나선 계단이 발아래로 휘감기듯 다가올 때마다 휘어진 난간에서 몸을 밀어냈다. 들리는 소리라고는 헬멧에 공기가 들어오는 소리와 반대쪽으로 빠져나가는 소리뿐이었다. 끊이지 않고 흘러나온 공기 방울이 바이저 앞에 납땜 방울처럼 맺혔다가 중력에 반항하며 위로 날아올라갔다.

줄리엣은 이런 은빛 구체들이 금속 계단을 뛰노는 아이들처럼 서로를 쫓아다니는 모습을 지켜보았다. 난간에 닿은 공기 방울들은 터지면서 난간 표면에 아주 작은 기체 흔적을 남겼다. 나머지 공기 방울은 계단 안을 물결 모양으로 행진했다. 빈 계단 아래에 모여든 공기 방울들이 공기 주머니가 되어 흔들리다가 그녀의 헬멧이 비추는 불빛에 사로잡히기도 했다.

그녀가 어디에 있는지, 무슨 일을 하고 있는지를 잊기가 쉬웠다. 익숙한 풍경이 일그러져갔다. 플라스틱 돔 바이저 때문에 모든 것이 확대되어 보였고, 그녀가 가라앉고 있는 게 아니라 중앙 계단이 솟아오르고 있다고, 깊은 땅속을 뚫고 구름을 향해 올라가고 있다고 상상하기도 쉬웠다. 장갑 낀 손과 보호복 패드를 댄 배에 밧줄이 미끄러지는 감각도, 그 줄을 잡고 내려간다기보다는 위에서 가차 없이 당기고 있다는 느낌으로 다가왔다.

등을 뒤로 젖히고 위를 올려다보고서야 줄리엣은 머리 위에 얼마나 많은 물이 있는지 기억했다. 비상등의 초록색 불빛은 층계참 한두 개 정도 공간을 지나면서 으스스한 어둠에 먹혀 희미해졌다. 헬멧에 달린 불빛만이 그 어둠을 찌그러뜨렸다. 줄리엣은 날카롭게 숨을 들이마시고, 사일로 안의 공기란 공기는 다 마실 수 있음을 되새겼다. 어깨 위에 그토록 많은 액체가 얹혀 있다는 느낌, 산 채로 묻히는 느낌을 무시하려고 했다. 어쩔 수 없어지면, 공황 상태가 찾아오면 그냥 무게추를 풀어버릴 수 있었다. 식칼만 한 번 움직이면 바로 수면으로 떠오를 것이다. 그녀는 계속 가라앉으면서 스스로에게 되뇌었다. 한 손을 밧줄에서 놓고, 식칼이 든 주머니를 두드리며 제자리에 있는지 확인하기도 했다.

"천천히!" 무전기가 쩌렁쩌렁 울렸다.

줄리엣은 양손으로 밧줄을 잡고 힘을 주어 하강을 멈췄다. 그녀는 솔로가 위에서 둘둘 말린 공기 호스와 전선이 풀리는 상황을 지켜보고 있음을 되새겼다. 솔로가 선에 발이 엉켜서 팔짝팔짝 뛰는 모습이 그려지기도 했다. 포화용 밸브에서 쏟아져 나온 공기 방울이 연녹색 물속을 뚫고 수면으로 올라갔다. 그녀는 고개를 뒤로 젖히고 공기 방울이 팽팽한 밧줄 주위로 소용돌이치는 모습을 지켜보며, 왜 이렇게 오래 걸릴까 생각했다. 나선 계단 아래에 모인 공기 주머니들이 수은 같은 은빛으로 춤을 추고, 그녀가 지나가면서 남긴 난류 속에 흔들거렸다.

목뒤에서 무전기 스피커가 지직거렸다. "좋아요. 됐어요."

줄리엣은 솔로의 커다란 목소리에 움찔하고 헬멧을 고정시키기 전에 볼륨을 확인할 걸 그랬다고 생각했다. 이제는 고칠 방법이 없었다.

그녀는 평온한 하강의 고요함과 위엄을 깨뜨리는 귀울림과 함께 한 층을 더 미끄러져 내려갔고, 늘어진 전선과 공기 호스에 팽팽하게 당겨지는 느낌이 있는지 주시하면서 속도를 느리고 일정하게 유지했다. 139층 층계참을 지나치면서 보니 문 한쪽이 없었고, 남은 한쪽도 경첩에서 난폭하게 비틀려 있었다. 이 층 전체가 물에 잠겼을 테고, 따라서 펌프가 퍼낼 물이 더 많다는 뜻이었다. 층계참이 시야 밖으로 멀어지기 직전에 복도 저편에 시커먼 형상이 보였다. 물속에 떠다니는 그림자들. 헬멧 전등이 퉁퉁 부은 희멀건 얼굴을 언뜻 비추었고, 그녀는 오래전에 죽은 시체를 시야 저편으로 올려보내고 그 층을 통과했다.

시체를 더 발견할 수도 있다는 생각은 하지 못했다. 물론 물은 서서히 차올랐을 테니 익사했을 리야 없었고, 다만 심층부에서 벌어진 폭력 사태가 지금 그 얼음 같은 물속에 그대로 보존되어 있는 것이리라. 마침내 차가운 물의 한기가 보호복을 뚫고 스며드는 것 같았다. 그저 상상일 수도 있었지만.

계속 느슨하게 따라오는 전선과 공기 호스를 지켜보느라 위를 올려다보는 사이에 부츠가 계단 맨 아래층에 내려앉았다. 갑작스럽게 하강이 멈춘 충격으로 무릎이 삐걱거렸다. 마른 계단을 걸어 내려왔다면 훨씬 긴 시간이 걸렸을 것이다.

줄리엣은 균형을 잡기 위해 한 손으로 밧줄을 쥐고, 한 손만 풀어서 짙은 녹색 지하수를 휘저었다. 무전기 스위치에 턱을 내리고 솔로에게 말했다. "내려왔어요."

그녀는 느릿느릿 머뭇머뭇 몇 걸음을 딛고, 팔을 휘저으며 반쯤은 헤엄쳐서 기계부 입구로 향했다. 계단 불빛은 보안문을 거의 통과하지 못했다. 보안문 너머에는 낯설면서도 친숙한 고향의 번들거리는 심연이 기다리고 있었다.

"들었어요." 솔로가 잠시 사이를 두고 대답했다.

솔로의 목소리가 헬멧 안에 울려 퍼지자 근육이 긴장했다. 볼륨을 조절할 수 없다는 점 때문에 미칠 지경이었다.

멈칫거리면서 열 걸음 정도 걸은 후, 그녀는 마침내 서투르게나마 물을 헤치고 걷는 동작과 추가 달린 부츠를 강철 바닥에 끄는 방법을 익혔다. 움직일 때마다 뚱뚱한 보호복 내부를 스치는 팔다리로 걸으려니, 몸을 던져서 풍선을 움직이는 느낌이었다. 그녀는 한번 멈춰 서서 공기 호스를 돌아보고 계단에 걸리지 않았음을 확인한 다음, 타고 내려온 밧줄에 마지막으로 눈길을 주었다. 이 거리에서 보아도 어처구니없이 가늘어 보이는 실이었다. 물에 잠긴 거대한 빨대에 꽂힌 실. 그녀가 움직이면서 남긴 항적 속에서 가볍게 흔들리는 밧줄 모양이, 마치 작별 인사라도 하는 것 같았다.

줄리엣은 그런 느낌에 의미를 부여하지 않으려고 애쓰면서 기계부 입구로 몸을 돌렸다. '꼭 이러지 않아도 됐는데.' 스스로에게 상기시켰다. 작은 펌프 두 개, 아니면 세 개에 수경재배용 배관을 몇 줄 더 붙일 수도 있었다. 그 작업에만 몇 달이 걸릴 테고, 수면이 내려가는 데에는 몇 년이 걸리겠지만, 결국에는 물이 다 마르고 솔로가 이야기했던 묻혀 있는 굴착기를 찾아 나설 수 있었을 것이다. 위험 부담도 거의 없었다. 그녀의 정신 상태만 빼면.

그리고 집에 돌아가고 싶은 이유가 복수뿐이라면, 복수만이 유일한 동기라면 더 안전한 길을 택하고 기다릴 수도 있었을 텐데. 지금이라도 부츠에 매달린 추를 떼어내고 계단을 뚫고 올라가고 싶은 충동이 일었다. 언젠가 꿈꾸었듯이 두 팔을 뻗고, 자유롭게 둥실둥실 몇 층을 날아오를 수 있으리라.

하지만 루카스는 그녀의 친구들이 얼마나 끔찍한 상황에 처했는지 계속 알려줬다. 그녀가 떠나면서 생긴 난장판이었다. 루카스가 지내는 서버실 아래 벽에 붙은 무전기에서는 낮이고 밤이고 폭력의 소리가 흘러나왔다. 솔로의 아파트에도 똑같은 무전기가 있었지만, 그건 17번 사일로의 무전기하고만 교신할 수 있었다. 줄리엣은 그 무전기를 만지작거리다가 포기했다.

한편으로는 들을 수 없어서 다행이기도 했다. 싸우는 소리는 듣고 싶지 않았다. 그저 집에 돌아가서 그 싸움을 멈추고 싶을 뿐이었다. 그녀의 사일로로 돌아가고 싶다는 충동은 점점 절박해졌다. 잠시만 걸으면 된다는 생각을 하면 미칠 지경이었지만, 바깥문은 사람을 죽이기 위해서만 열렸다. 그리고 돌아간다고 한들 무슨 소용이 있을까? 그녀가 청소형에서 살아남아 진실을 얘기한다 해도, 과연 버나드와 IT부의 정체를 밝히기에 충분한지 알 수 없는데.

공교롭게도, 그녀에게는 그보다 더 정신 나간 계획도 있었다. 계획이라기보다는 공상에 가까웠지만, 희망을 주는 공상이었다. 그녀는 이 사일로를 지은 굴착기, 수직으로 파 내려가는 오랜 노역을 마치고 보이지 않는 곳에 묻힌 굴착기 한 대를 고쳐서 땅속을 뚫고 18번 사일로의 심층부로 가는 꿈을 꾸었다. 봉쇄를 깨고 들어간 다음, 그녀의 동료들을 땅굴 너머로 이끌고 와서 이 죽은 사일로를 다시 가동시키는 꿈을 꾸었다. 온갖 거짓말과 사기 없이 사일로를 운영하는 꿈을 꾸었다.

줄리엣은 무거운 물속을 헤치고 보안문으로 걸어가면서 이런 어린아이 같은 꿈을 꾸었고, 그런 꿈이 결의를 단단하게 해주기도 했다. 보안문에 다가간 그녀는 지키는 사람 없이 죽어 있는 이 낮은 문이 처음으로 맞닥뜨린 진짜 장애물이라는 걸 깨달았다. 이 문을 넘어가기는 쉽지 않을 터였다. 그녀는 보안문을 등지고 양손으로 지탱해 몸을 밀어 올린 후 꿈틀꿈틀 무거운 발뒤꿈치로 낮은 벽을 걸어차면서 간신히 제어기 위에 앉았다.

다리가 너무 무거워서 들어 올릴 수가 없었다. 어쨌든 보안문을 훌쩍 넘을 만큼 높이 들어 올릴 수는 없었다. 달아놓은 추는 보호복의 부력을 필요 이상으로 저지하고 있었다. 그녀는 슬금슬금 뒤로 움직여서 엉덩이를 좀 더 확실히 놓고 옆으로 몸을 돌리려 했다. 두꺼운 장갑을 무릎 아래에 넣고, 부츠 한쪽이 벽 가장자리에 닿을 때까지 힘을 주며 상체를 뒤로 젖혔다. 그녀는 잠시 쉬면서 숨을 몰아쉬고 숨죽인 웃음소리로 헬멧 안을 채웠다. 이렇게 터무니없을 정도로 간단한 일, 이렇게 평화로운 일에 이토록 많은 노력을 기울여야 하다니 우스꽝스러웠다. 발 하나를 올려놓고 나니 나머지 한쪽은 한결 쉽게 들 수 있었다. 배와 허벅지의 근육, 몇 주 동안 운반인처럼 돌아다녀서 쑤시던 근육들이 당겨지면서 겨우 그녀가 다리를 들어 올릴 수 있게 거들었다.

줄리엣은 안도감에 고개를 내저었다. 목덜미에 땀이 흘러내렸고, 벌써부터 돌아가는 길에 같은 과정을 반복할 일이 두려웠다. 보안문 반대편에 내려서기는 쉬웠다. 무게만으로도 저절로 되는 일이었다. 그녀는 잠시 숨을 돌리면서 손목에 감아놓은 전선과 목에 붙은 공기 호스가 엉키지 않았는지 확인했다. 헬멧 위에 붙은 전등 불빛만을 유일한 조명으로 삼아서 주 복도를 따라가기 시작했다.

"괜찮아요?" 솔로의 목소리가 다시 한번 그녀를 놀래켰다.

"난 괜찮아요." 그녀는 턱을 가슴팍에 대고 무전을 연 채로 말을 이었다. "필요하면 부를게요. 이 밑에서 듣기에는 소리가 무지 커요. 놀라서 죽을 뻔했어요."

그녀는 스위치를 놓고 생명줄이 어떻게 움직이고 있는지 보려고 고개를 돌렸다. 천장 가득 흘러나간 공기 방울이 그녀의 전등 불빛을 받아서 작은 보석처럼 춤을 추었다.

"응. 알았어요."

그녀는 신발을 바닥에서 거의 떼지 않고 한 번에 하나씩 앞으로 밀면서 천천히 주 교차로를 가로질러 식당을 지났다. 왼쪽으로 복도를 쭉 따라가서 두 번만 방향을 틀면 워커의 수리점에 갈 수 있었다. 그 방은 언제나 수리점이었을까? 알 수 없었다. 이 사일로에서는 창고로 썼을지도 모른다. 아니면 아파트라든가.

그녀의 작은 아파트는 반대 방향에 있었다. 몸을 돌려 그 복도를 바라보니, 원뿔 모양으로 천장을 향해 퍼져나가는 불빛이 어둠을 걷어내면서 배관과 도관 사이에 엉킨 시체를 드러냈다. 그녀는 시선을 돌렸다. 그 시체에 조지나 스코티, 아니면 누구든 그녀가 아꼈으나 잃어버린 사람을 대입하기는 쉬웠다. 스스로를 대입하기도 쉬웠다.

그녀는 걸쭉하지만 수정처럼 맑은 물속에서 몸을 흔들며, 내려가는 계단을 향해 발을 끌었다. 넘어지겠다 싶은 순간에도 부츠에 달린 추와 상반신의 부력 덕분에 몸을 똑바로 유지할 수 있었다. 그러다 기계부 아래로 내려가는 사각형 계단 꼭대기에 멈춰 섰다.

그녀는 턱을 내리고 말했다. "이제 내려갈 거예요. 선이 다 잘 풀리는지 확인해줘요. 그리고 문제가 없으면 대답하지 말아요. 아직도 아까 대답 때문에 귀가 울려요."

줄리엣은 무전기 스위치에서 턱을 올리고 처음 몇 계단을 디디면서 솔로가 귓가에 대고 고함을 지를까 기다렸지만, 그런 순간은 오지 않았다. 그녀는 전선과 공기 호스를 단단히 쥐고 잡아당기면서 네모난 계단의 날카로운 모퉁이를 돌아 어둠 속으로 내려갔다. 사방을 둘러싼 캄캄한 물을 방해하는 것이라고는 그녀가 내뿜는 공기 방울과, 번쩍이며 주위를 둘러보는 흐릿한 빛의 원뿔뿐이었다.

네 층이나 끌고 내려왔더니 계단의 마찰이 심해 공기 호스와 전선을 잡아당기기가 힘들었다. 그녀는 멈춰 서서 최대한 많은 선을 주위에 모아들였다. 중력이 없는 물속에 느슨한 또아리가 떠다녔다. 전선과 배관의 조심스럽게 이어 붙인 마디가 장갑을 쓸고 지나갔다. 그녀는 잠시 접착제와 테이프로 이어 붙인 배관 마디가 어떻게 버티고 있는지 점검했다. 마디 하나에서 아주 작은 공기 방울이 흘러나와서 검은 물속에 미세한 구멍으로 이루어진 구불구불한 점선을 남겼다. 별것 아니었다.

일단 계단 밑 오수 탱크까지 끌고 갈 만한 전선과 호스를 모으자, 새롭게 결의를 다지고 작업에 착수하러 나아갔다. 제일 힘든 부분은 끝났다. 서늘하고 신선한 공기가 쉭쉭거리며 계속 흘러 들어왔다. 넘치는 공기는 반대쪽 밸브로 빠져나갔고, 어느 쪽으로 고개를 돌리든 커튼처럼 부드러운 공기 방울들이 솟구쳐 올라갔다. 전선과 호스도 목적지까지 가기에 넉넉했고, 공구도 모두 제자리에 붙어 있었다. 더 깊이 내려가지 않아도 된다는 사실을 아니 겨우 긴장이 풀리는 기분이었다. 이제는 손쉽게 두 군데에 전력선을 연결하고 나가기만 하면 되었다.

목적지가 이렇게 가까워지니, 그녀는 자유의 몸이 되는 걸 생각하고, 이 사일로의 기계부를 구조해내고 발전기를 소생시킨 다음 보이지 않는 곳에 묻힌 굴착기를 가동시킬 생각까지도 할 수 있었다. 그들은 앞으로 나아가고 있었다. 그녀는 친구들을 구하러 갈 것이다. 몇 주 동안 장애물에 좌절하기만 했는데, 이제는 얼마든지 해낼 수 있는 일 같았고, 사실상 다 달성한 느낌마저 들었다.

줄리엣은 정확히 예상한 자리에서 오수 배출실을 찾아냈다. 그녀는 방 한가운데를 차지한 탱크로 부츠를 끌고 갔다. 몸을 앞으로 내밀자, 헬멧의 불빛이 수면의 높이를 알려주는 숫자를 비추었다. 수십 미터의 물 밑에서 그 숫자를 보니 우스웠다. 우습고도 슬펐다. 이 사일로는 사람들을 저버렸다.

하지만 곧 생각을 바로잡았다. 사람들이 이 사일로를 저버린 것이라고.

"솔로, 펌프에 도착했어요. 전력을 연결할 거예요."

그녀는 펌프 재가동을 방해할 만한 쓰레기가 없는지 확인하려고 탱크 아래를 내려다보았다. 아래쪽 물은 놀랄 만큼 깨끗했다. 그녀의 사일로에서는 엉덩이까지 담그고 일해야 했던 기름과 오물이 도대체 얼마나 많은 양인지 알 수 없는 지하수에 섞여 들면서 흩어지고 퍼졌었는데. 이곳의 물은 마셔도 될 만큼 투명했다.

그러다 그녀는 갑자기 깊은 물의 한기가 몇 겹의 보호복을 뚫고 체열을 빼앗아 가고 있다는 사실을 깨닫고 몸을 떨었다. 스스로에게 이제 반은 끝났다고 말하고 벽에 있는 육중한 펌프 쪽으로 다가갔다. 그녀의 허리만큼 굵은 파이프가 바닥으로 구부러져서, 탱크 가장자리까지 구불구불 이어졌다. 빼낸 물은 비슷하게 굵은 파이프로 벽을 따라 올라가서 머리 위에 뒤죽박죽으로 달리는 기계부의 도관들과 합쳐졌다. 커다란 펌프 옆에 서서 손목에 묶은 전선을 풀고 있으려니, 기계공으로서 처리했던 마지막 일이 떠올랐다. 이것과 똑같이 생긴 펌프의 축을 잡아당겨서 낡고 부러진 날개바퀴를 발견했었지. 주머니에서 드라이버를 하나 골라내어 양극 단자를 풀면서, 그녀는 이 펌프도 전력이 통했을 때 비슷한 상황에 놓여 있지는 않았기를 간절히 빌었다. 다시 내려와서 이 일을 반복하고 싶지는 않았다. 신발을 적시지 않고 할 수 있다면 또 몰라도.

양극 전선은 생각보다 쉽게 풀려 나왔다. 줄리엣은 새로운 전선을 끼워 넣었다. 막힌 헬멧 속을 흔드는 스스로의 숨소리만이 유일한 동반자였다. 그녀는 새로 끼운 전선 주위로 단자를 조이다가 문득 숨소리가 들리는 이유는 쉭쉭거리며 뺨에 닿는 공기 소리가 사라졌기 때문이라는 걸 깨달았다.

줄리엣은 그대로 얼어붙었다. 플라스틱 헬멧의 귀 부근을 두드려 보니 아직도 공기 방울이 빠져나가고 있기는 했지만, 아까보다 속도가 느렸다. 보호복 안의 기압은 여전했다. 다만 안으로 밀려드는 공기가 없었다.

그녀는 턱을 내려 스위치를 누르면서, 옷깃 주변에 맺힌 땀이 턱을 따라 흘러내리는 것을 느낄 수 있었다. 어째서인지 발은 차가워서 얼어가는데, 목 위에서는 땀이 나기 시작했다.

"솔로? 줄리엣이에요. 내 말 들려요? 위에 무슨 일 있어요?"

그녀는 답을 기다리면서 헬멧 불빛을 공기 호스 쪽으로 돌리고, 꼬인 곳이 있는지 찾았다. 아직 공기는 있었다. 보호복 안에 있는 공기였다. 왜 솔로가 대답을 하지 않는 걸까?

"여보세요? 솔로? 제발 무슨 말이든 해요."

헬멧에 붙인 손전등을 조절해야 했지만, 머릿속에서 소리 없이 시곗바늘이 째깍대는 느낌이 들었다. 지금부터 공기가 얼마나 필요할까? 여기까지 내려오는 데 한 시간쯤 들었을까. 공기가 다 떨어지기 전에 솔로가 압축기를 고치겠지. 시간은 많았다. 어쩌면 연료를 더 넣는 중일지도 몰랐다. 시간은 많다고 되뇌이는데, 음극 단자에서 드라이버가 미끄러졌다. 망할 단자가 꼼짝을 하지 않았다.

이럴 시간이 없었다. 녹슨 부품에 쏟을 시간은 없었다. 양극 전선은 이미 연결해서 단단하게 고정시켰다. 그녀는 헬멧의 손전등 방향을 조절하려고 했다. 조준이 너무 높았다. 걷기에는 좋았지만 작업하기에는 끔찍했다. 손전등을 약간 비틀어서 커다란 펌프를 비추었다.

접지선은 메인 하우징*의 어느 부분으로나 연결될 수 있었던 게

---

* 부품과 기계장치를 둘러싼 상자 모양의 덮개.

맞나? 그녀는 기억을 떠올리려고 애썼다. 덮개 전체가 바닥에 있지 않았던가? 아니었나? 왜 기억할 수가 없지? 왜 갑자기 생각하기가 힘들지?

그녀는 검은 전선 끝을 똑바로 펴고, 심하게 뚱뚱한 장갑 손가락으로 풀린 구리선을 꼬아보려고 했다. 이 드러난 구리선을 후방에 있는 뚜껑 덮인 구멍에 찔러 넣었다. 이 구멍은 전도력이 있는 금속으로 펌프의 나머지 내부와 연결되는 듯했다. 그녀는 구리선을 작은 볼트 주위에 돌리고, 풀어지지 않게 묶으면서 이렇게 해도 될 거라고, 이 정도면 이 망할 펌프를 움직일 수 있을 거라고 스스로를 설득하려고 했다. 워커라면 알 텐데. 대체 이렇게 필요한 순간에 워커는 어디 있는 걸까?

목에 달린 무전기가 요란한 소리를 냈다. 폭발하는 듯한 잡음이 들리더니, 아주 먼 곳에서 그녀의 이름을 부르는 소리가 들린 것 같았다. 곧이어 쉭 소리가 나고, 정적이 돌아왔다.

줄리엣은 어둡고 차가운 물속에서 몸을 떨었다. 방금 터져 나온 소리 때문에 귀가 울렸다. 그녀는 솔로에게 무전기를 입에서 떼고 말하라고 하려다가, 투명한 헬멧 바이저 앞에서 부드러운 커튼을 만들던 공기 방울이 사라졌음을 알아차렸다. 보호복을 채우던 공기의 압력이 사라졌다.

곧 다른 종류의 압력이 그 자리를 대신했다.

65

18번 사일로

워커는 좁은 통로에 강철판을 용접해 붙이고 있는 기계공들 옆을 지나서 사각 계단 아래로 떠밀려 갔다. 그는 여분의 부품을 담는 통에 직접 만든 무전기 대부분을 담아서 두 손으로 꽉 끌어안고 있었다. 위층의 공격으로부터 도망치는 기계공들에게 거칠게 떠밀려 가면서도 전자 부품들이 덜그럭거리는 모양을 살폈다. 앞에서는 셜리가 무전기의 나머지 부품을 끌어안고 안테나선을 끌면서 뛰고 있었다. 워커는 선에 발이 걸리지 않게 늙은 다리로 껑충껑충 춤을 추듯 뛰었다.

"가! 가!" 누군가가 소리를 질렀다. 모두가 서로를 밀어댔다. 뒤에서는 타타타 총성이 점점 커지는 가운데, 쏴 소리를 내며 허공을 뚫고 쏟아진 금색 불똥이 워커의 얼굴에까지 튀었다. 눈을 가늘게 뜨고 쏟아지는 불똥 너머를 보니, 줄무늬 작업복을 입은 광부들이 다음 층 계참에서 커다란 강철판을 들고 끙끙거리며 올라오고 있었다.

"이쪽이에요!" 셜리가 워커를 잡아끌며 외쳤다. 다음 층에서 셜리는 그를 옆으로 끌고 갔다. 워커는 형편없는 다리로 속도를 맞추려고 애썼다. 더플백 하나가 떨어졌다. 총을 든 청년 하나가 몸을 돌리더니 서둘러 그 가방을 가지러 돌아갔다.

"발전실로." 셜리가 발전실 쪽을 가리키며 말했다.

이미 사람들이 줄지어 양여닫이문을 통과하고 있었다. 젱킨스가 문 앞에서 교통을 통제했다. 소총을 든 몇 명은 오일 펌프 근처에 자리를 잡았다. 평행추가 달린 펌프 머리 부분은 이미 전투에 굴복한 것처럼 꼼짝도 하지 않고 멈춰 있었다.

"그건 뭐야?" 젱킨스는 두 사람이 문에 다가가자 물었다. 그는 셜리의 품에 안긴 전선 꾸러미를 턱짓으로 가리켰다. "그게……?"

"무전기." 셜리는 고개를 끄덕였다.

"이제 와서 퍽 쓸모도 있겠군." 젱킨스는 다른 두 사람에게 안으로 들어가라고 손짓했다. 셜리와 워커는 문에서 비켜섰다.

"대장."

"안으로 데려가." 젱킨스는 고함을 쳤다. 워커를 두고 하는 말이었다. "노인장한테 방해받을 상황이 아니야."

"하지만 대장, 분명히 이건 듣고 싶을……."

"어서, 가!" 젱킨스는 후방에서 따라오는 낙오자들을 보며 소리지르고, 서두르라며 팔을 휘저었다. 렌치를 총으로 바꿔 든 기계공들만 뒤에 남았다. 그들은 이런 게임에 익숙하다는 듯 대열을 갖추어 난간 위로 팔을 내밀고, 긴 강철 총신을 같은 방향으로 겨누었다.

"들어가든가 나가." 젱킨스는 문을 닫으면서 셜리에게 말했다.

"가요." 셜리는 긴 한숨을 내쉬고 워커에게 말했다. "안으로 들어가요."

워커는 멍하니 그 말에 따르면서 내내 가져왔어야 할 부품과 공구들, 이제는 몇 층 위로 사라진, 어쩌면 영영 잃어버렸을 물건들을 생각했다.

"이봐, 그 사람들 제어실에서 내보내!"

셜리는 안에 들어서자마자 전선을 질질 끌고 단단한 알루미늄 안테나를 바닥에 튀기면서 발전실 안을 달렸다. "나가요!"

기계공 한 무리와 공급부의 노란 옷을 입은 사람 몇 명이 작은 제어실에서 멋쩍은 얼굴로 빠져나왔다. 그들은 이 동굴 같은 방을 지배하며 발전실이라는 이름에 어울리는 거대한 기계 주변의 난간에서 다른 사람들과 합류했다. 그나마 소음은 참을 만한 수준이었다. 셜리는 덜그럭거리는 축과 풀린 엔진 받침대가 만들어내는 소음이 귀가 멀 정도로 컸을 때 이 많은 사람들이 며칠씩 갇혀 지냈다면 어땠을까 상상해보았다.

"다들 내 제어실에서 나가요." 셜리는 마지막 몇 명을 향해 손을 흔들었다. 셜리는 왜 젱킨스가 이 층을 봉쇄했는지 알고 있었다. 그들에게 남은 마지막 전력은 문자 그대로 '전력'이었다. 그녀는 민감한 손잡이, 다이얼, 판독기 등이 빼곡한 작은 방에서 마지막 한 사람까지 내쫓고 즉시 연료부터 확인했다.

연료 탱크는 둘 다 꽉 차 있었다. 적어도 그 부분은 제대로 계획한 셈이었다. 최소한 몇 주 치 전기는 있었다. 그녀는 아직까지 품에 꼭 끌어안고 있던 다른 손잡이와 다이얼과 끈을 보았다.

"이건 어디에……?"

워커가 들고 있던 상자를 내밀었다. 이 방에서 유일한 작업대에는 온갖 스위치와 옮기기 곤란한 물건들이 가득했다. 워커는 그 점을 이해하는 것 같았다.

"바닥에 둬야 할 것 같네요." 셜리는 품에 안은 부품들을 바닥에 내려놓고 문을 닫으러 갔다. 그녀가 서둘러 내쫓은 사람들이 창문 너머로 이 공간을 부러워하며 바라보고 있었다. 셜리는 그 눈빛을 무시했다.

"다 가져왔나요? 여기 다 있어요?"

워커는 상자 안에서 무전기 부품들을 꺼내다가, 뒤엉킨 전선과 뒤죽박죽이 된 부품들에 혀를 찼다. "전기는 있나?" 그는 변압기 플러그를 들어 올리며 물었다.

셜리가 웃음을 터뜨렸다. "아저씨, 지금 어디에 들어와 있는지는 아시는 거죠? 당연히 있죠." 그녀는 플러그를 받아 들고 주 조작반에 꽂았다. "전부 다 챙긴 거예요? 다시 조립해서 돌릴 수 있어요? 젱킨스에게도 우리가 들은 걸 들려줘야 해요."

"알아." 워커는 고개를 끄덕이고, 부품을 분류하면서 느슨해진 전선 몇 개를 다시 꼬았다. "그걸 펼쳐야 해." 그는 셜리의 품에 엉켜 있는 안테나선을 고갯짓으로 가리켰다.

셜리는 위를 올려다보았다. 이 방에는 서까래가 없었다.

"바깥에 있는 난간에 매달아. 선을 똑바로 펴고, 끄트머리가 이 안으로 들어오게."

셜리는 안테나선을 끌고 문 쪽으로 향했다.

"아, 그리고 금속 부분이 난간에 닿으면 안 돼!" 워커는 그 뒤에 대고 외쳤다.

셜리는 자기 근무조에 속한 기계공 몇 명을 뽑아서 도움을 받았다. 일단 무슨 일을 해야 하는지 알려주자 그들이 일을 넘겨받았고, 그들이 한 팀이 되어 엉킨 선을 푸는 사이에 셜리는 워커에게 돌아갔다.

"금방 될 거예요." 셜리는 문을 닫으면서 말했다. 안테나선은 문과 방음장치를 덧댄 문설주 사이로도 쉽게 들어왔다.

"잘된 것 같구먼." 워커는 헝클어진 머리에 처진 눈으로, 하얀 턱수염에 땀방울을 빛내며 셜리를 올려다보다가 갑자기 이마를 후려쳤다. "젠장. 스피커가 없어."

셜리는 워커의 욕설을 듣는 순간 결정적인 물건을 잊고 온 줄 알고 심장이 철렁했다. "기다리세요." 그녀는 뛰쳐나가서 귀마개 보관 선반으로 달려갔다. 선이 달린 헤드셋을 집어 들었다. 제어실과 첫 번째 아니면 두 번째 발전기에서 일하는 사람들이 대화하는 데 쓰는 헤드셋이었다. 그녀는 겁에 질린 얼굴로 호기심을 보이는 군중 사이를 지나서 다시 제어실로 달려갔다. 진짜 전쟁이 다가오고 있었으니, 셜리도 그 사람들처럼 겁에 질리는 게 당연하다는 생각도 들었다. 하지만 그녀는 이 전쟁 때문에 듣지 못하게 된 목소리들밖에 생각나지 않았다. 두려움보다 호기심이 훨씬 강했다. 셜리는 언제나 그랬다.

"이건 어때요?"

셜리는 문을 닫고 헤드폰을 내밀었다.

"완벽해." 워커는 놀라서 커진 눈으로 말했다. 그는 셜리가 불평할 겨를도 없이 다용도 칼로 헤드폰 잭을 뜯어내고 전선을 벗겨내기 시작했다. "이 안은 조용해서 좋군." 그는 웃으면서 말했다.

셜리도 소리 내어 웃었다. 그리고 도대체 무슨 일이 벌어지고 있는 건가 하는 생각이 들었다. 보안관들과 IT부의 보안 직원들이 와서 그들을 끌고 가려 하는데 바닥에 앉아서 전선이나 만지작거리다니, 그들은 뭘 하고 있는 걸까?

워커가 헤드폰 스피커에 전선을 연결하자 희미한 잡음이 새어 나왔다. 셜리는 서둘러 합세했다. 주저앉아서 워커의 손목을 잡고 떨리지 않게 받쳤다. 헤드폰이 진동했다.

"이걸 맡아줘야겠어." 워커는 하얀 페인트로 표시해둔 손잡이를 가리켰다.

셜리는 고개를 끄덕이고, 페인트를 깜박했다는 사실을 깨달았다. 그녀는 다이얼을 들고 여러 개의 표시를 들여다보았다. "어느 표시요?" 셜리가 물었다.

"아니." 워커는 셜리가 이미 찾아낸 목소리들 쪽으로 다이얼을 돌리기 시작하자 막았다. "반대쪽으로. 얼마나 많은지." 그는 입을 막고 기침을 했다. "얼마나 많은지 알아봐야 해."

셜리는 고개를 끄덕이고 다이얼을 페인트 표시가 없는 검은 부분으로 천천히 돌렸다. 두 사람은 숨을 죽였고, 주 발전기의 진동음은 두꺼운 문과 이중창 덕분에 거의 들리지 않았다.

셜리는 다이얼을 돌리면서 워커를 찬찬히 보았다. 모두가 검거되면 워커는 어떻게 될까 궁금했다. 놈들이 모두를 청소형에 처할까? 아니면 워커와 다른 몇 명은 무고한 제3자라고 주장할 수 있을까? 그들의 분노, 그들의 복수에 대한 갈망이 가져온 결과를 생각하니 슬펐다. 그녀는 남편을 잃었다. 빼앗겼다. 무엇을 위해서? 사람들이 죽고 있었다. 무엇을 위해서? 그녀는 상황이 얼마나 달라질 수 있었는지, 어쩌다가 그들이 이런 망상을, 권력을 쉽게 교체하고 해결하기 힘든 문제들을 쉽게 고칠 수 있다는 비현실적인 생각을 하게 되었는지 생각했다. 과거에 그녀는 부당한 대접을 받았지만, 그래도 안전하게 살기는 했다. 불의가 있었지만, 사랑하는 사람이 있었다. 그러면 괜찮은 걸까? 어느 쪽 희생이 더 이치에 닿는 걸까?

"조금 빠르게." 워커가 계속되는 정적에 인내심을 잃고 말했다. 몇 번인가 잡음이 나오기는 했지만 말하는 사람은 없었다. 셜리는 다이얼을 돌리는 속도를 살짝 올렸다.

"혹시 안테나가……?" 셜리가 입을 열었다.

워커가 손을 들어 말을 막았다. 그의 무릎에 놓인 작은 스피커에서 팡 소리가 났다. 그는 엄지손가락을 옆으로 돌려서 뒤로 돌아가라는 신호를 보냈다. 셜리는 그렇게 했다. 그 소리가 난 후로 얼마나 돌렸는지 기억하려고 애쓰면서, 예전 그 방에서 시끄럽던 발전기를 조정하기 위해 배운 기술을 동원하여…….

"……솔로? 줄리엣이에요. 내 말 들려요? 위에 무슨 일 있어요?"

셜리는 다이얼 손잡이를 떨어뜨렸다. 손잡이가 납땜으로 연결한 전선에 매달린 채 흔들리다가 바닥에 부딪쳤다.

손이 마비된 느낌이었다. 손가락 끝이 얼얼했다. 셜리는 고개를 돌리고, 유령의 목소리가 들린 워커의 무릎 위 스피커를 멍청히 바라보았다. 워커도 멍하니 자기 손만 내려다보고 있었다.

두 사람 다 움직이지 않았다. 그 목소리, 그 이름을 잘못 들었을 리가 없었다.

혼란스러운 기쁨의 눈물이 워커의 턱수염을 지나 무릎으로 떨어졌다.

66

17번 사일로

줄리엣은 축 늘어진 공기 호스를 두 손으로 쥐고 눌러 짰다. 그 보상은 바이저 위로 올라오는 약한 공기 방울 몇 개뿐이었다. 호스 안의 기압도 사라진 것이다.

그녀는 욕설을 중얼거리며, 무전기 스위치에 턱을 기울이고 솔로의 이름을 불렀다. 공기 압축기에 문제가 생겼다. 분명히 솔로가 손을 댔고, 어쩌면 연료를 채우고 있을지도 모른다. 연료를 채울 때 압축기를 끄지 말라고 말해뒀는데. 솔로는 어떻게 해야 할지 모를 것이다. 혼자서는 압축기를 다시 가동시킬 수 없을 것이다. 이런 생각들을 미리 명료하게 했어야 했는데. 그녀는 숨 쉴 수 있는 공기에서 까마득히 멀리 떨어져 있었고, 살아남을 희망도 까마득했다.

머뭇거리며 숨을 들이마셔보았다. 그녀에게는 보호복 안에 든 공기와 호스 안에 남은 공기가 있었다. 허파의 힘만으로 호스에 남은 공기를 얼마나 빨아들일 수 있을까? 많이는 힘들 것이다.

그녀는 커다란 오수 펌프와 서둘러 마친 배선 작업을 마지막으로 한 번 둘러보았다. 전선이 물속을 가로지르며 느슨하게 풀려 있었다. 진동과 돌발적인 끌어당김에도 버틸 수 있도록 고정시킬 시간이 있으면 좋으련만. 이제 그런 문제는 그녀에게 중요하지 않았다. 그녀는 펌프를 디딤판 삼아 도약하고 팔로 물속을 휘저으면서, 어떻게 할 도리 없이 전진을 방해하는 끈적거리는 액체 속을 헤쳐나갔다.

다리에 매단 추 때문에 속도가 느렸다. 줄리엣은 추를 풀어버리려고 허리를 굽혔다가 그럴 수가 없음을 깨달았다. 팔의 부력과 보호복의 뻣뻣함 때문에 벨크로 띠에 손이 닿지 않았다. 그 망할 물건을 지척에 두고도 물속을 휘젓는 손가락들만이 헬멧을 통해 확대되어 보일 뿐이었다.

그녀는 심호흡을 했다. 코에서 떨어진 땀이 헬멧 안에 튀었다. 다시 한번 시도해보았고, 처음보다는 가까이 접근해 손가락 끝이 검은 띠를 스쳤다. 두 손을 쭉 뻗고, 망할 종아리에 손을 댄다는 단순한 동작을 해내기 위해 끙끙거리면서 어깨를 굽혔지만…….

닿지가 않았다. 그녀는 포기하고, 머리 위 희미한 하얀 불빛의 원뿔 속으로 보이는 전선과 공기 호스를 따라 복도를 몇 걸음 이동했다. 전선을 건드리지 않으려고 애쓰며 걸었다. 펌프 바닥에 연결한 부위가 얼마나 약한지 알고 있기에, 갑자기 발에 걸려 당겨지기라도 하면 무슨 일이 일어날지 생각했다. 그녀는 힘겹게 심호흡을 하는 와중에도 머릿속으로 기계공 역할에 몰두해 있었다. 더 오래 준비하고 오지 않은 자신이 저주스러웠다.

식칼! 그녀는 칼을 기억해내고 질질 끌던 발을 멈췄다. 배에 바느

질해 붙인 칼집에서 빠져나온 칼날이 손전등 빛을 받아 반짝였다.

줄리엣은 허리를 굽히고 칼의 길이를 더해 마침내 칼끝을 보호복과 벨크로 끈 사이로 미끄러뜨렸다. 주변의 물은 어둡고 걸쭉했다. 헬멧에서 흘러나오는 제한된 불빛에만 의존해 엄청난 양의 물을 머리 위에 이고 기계부 바닥에 있으려니 다른 어느 때보다도 고독하고, 외롭고, 두려웠다.

그녀는 칼을 쥐고, 그 칼을 떨어뜨리면 어떻게 하나 두려워하면서 배 근육을 이용해 아래위로 움직였다. 선 채로 윗몸 일으키기를 하는 기분이었다. 끈을 힘겹게 톱질하듯이 공격하면서, 그 일에 드는 노력과 긴장, 앞으로 몸을 던지고 고개를 숙이느라 배에 느껴지는 통증을 두고 헬멧 안으로 욕설을 뱉었다. 그러다가 마침내 추가 탁 풀렸다. 둥그런 쇳덩이가 소리 없이 철판 마루 위로 떨어지자 갑자기 종아리가 홀가분하니 가벼워진 느낌이었다.

몸이 옆으로 기울어졌다. 한쪽 다리는 바닥에 붙들려 있었고, 한쪽 다리는 위로 올라가려고 했다. 줄리엣은 보호복에 흠집이 나 귀중한 공기 방울이 새어 나가는 모습을 볼까 두려워하며 조심스럽게 두 번째 끈 아래로 식칼을 밀어 넣었다. 조금 전처럼 필사적으로 검은색 고정 끈에 대고 칼날을 밀었다가 당겼다. 확대된 시야에 나일론 실이 튀어올랐다. 헬멧 안에 땀이 튀었다. 끈이 잘리면서 추가 풀렸다.

부츠를 신은 다리가 갑작스럽게 등 뒤로 날아오르자 비명이 터져 나왔다. 하반신이 머리 위로 올라갔다. 상반신을 비틀면서 최대한 팔을 휘저었지만, 헬멧이 복도 천장에 얽힌 배관을 들이받았다.

퍽 소리가 나고, 사방이 깜깜해졌다. 다시 켜려고 손전등이 있는 곳을 더듬었지만 헬멧 위에는 전등이 없었다. 어둠 속에서 무엇인가가 팔을 때렸다. 그녀는 한 손에 칼을 쥔 채 다른 손으로 그 물건을 잡으려고 했지만, 물건은 손가락 사이로 빠져나가서 사라져버렸다. 그녀가 칼을 집어넣으려고 애쓰는 동안, 유일한 빛의 원천은 보이지 않는 바닥으로 떨어져 내렸다.

줄리엣의 귀에는 스스로의 가쁜 숨소리밖에 들리지 않았다. 이렇게 죽겠구나. 천장에 붙어서, 이 복도에 떠다니는 또 하나의 퉁퉁 불은 시신이 되겠구나. 어떤 식으로든 그 보호복 안에서 죽을 운명이었나 싶었다. 그녀는 배관을 걷어차면서 벗어나려고 애썼다. 그런데 어느 방향으로 가고 있었지? 이쪽이 어느 방향이더라? 완벽한 암흑이었다. 눈앞에 있는 팔도 볼 수가 없었다. 눈이 멀쩡한데 아무것도 보이지 않는다는 건, 눈이 멀었다는 느낌보다 더 나빴다. 공황 상태가 심해졌다. 보호복 안의 공기도 점점 오염되는데…….

공기.

그녀는 깃 부분에 손을 뻗어 호스를 찾았다. 장갑 너머로 겨우 호스가 만져졌다. 줄리엣은 깊은 수갱 속에서 채굴 양동이를 끌어 올릴 때처럼 두 손을 번갈아 쓰면서 호스를 잡아당기기 시작했다.

호스를 몇 킬로미터는 끌어당긴 느낌이었다. 축 늘어진 호스가 울퉁불퉁한 국수처럼 주위에 쌓이면서 몸에 부딪치기도 하고 미끄러지기도 했다. 줄리엣의 숨소리는 점점 더 절박해지기 시작했다. 그녀는 전전긍긍하고 있었다. 이 얇고 빠른 호흡 중 어느 정도가 아드레날린과 공포 때문일까? 또 어느 정도가 귀중한 공기를 다 써가기 때문일까? 갑자기 잡아당기고 있는 호스가 잘렸을지도 모른다는 끔찍한 생각이 들었다. 호스가 계단에 걸려서 끊어졌고, 잘려 나간 끝이 금방이라도 그녀의 손가락 사이로 미끄러지고, 생명줄을 조금이라도 더 끌어당기려고 미친 듯이 손을 뻗어보지만 새까만 물만 한 움큼 쥐게 되고…….

하지만 그 순간, 잡아당긴 호스가 팽팽해졌다. 공기는 없을지 몰라도 그 뻣뻣한 선은 여전히 밖으로 나갈 길을 안내하는 생명줄이었다.

줄리엣은 헬멧 안에서 소리를 지르고 다시 한번 손을 내밀어 줄을 당겼다. 몸을 같이 끌어당기자 헬멧이 파이프에 부딪치면서 그녀를 천장에서 밀어냈다. 그녀는 계속 손을 뻗었다. 암흑 속에서 호스가 있어야 할 곳에 손을 던지고, 생명줄을 찾으면 꽉 움켜쥐고 잡아당겨서, 시체들이 잠긴 캄캄한 수프 속을 뚫고 몸을 움직였다. 마지막 숨을 쉬고 그 시체들 사이에 합류하기 전에 어디까지 갈 수 있을지 생각하면서.

67

18번 사일로

루카스는 어머니와 함께 열린 서버실 문의 두꺼운 문설주에 기대앉았다. 그는 자신의 손을 감싸고 있는 어머니의 두 손을 내려다보았다. 어머니는 한 손을 들어 루카스의 어깨에서 보푸라기를 떼어내, 자신의 귀중한 아들에게 붙은 괘씸한 실 조각을 멀리 떨어냈다.

"그리고 이 일로 승진이 될 거라고?" 어머니는 그의 셔츠 어깨를 부드럽게 펴주며 물었다.

루카스는 고개를 끄덕였다. "꽤 높은 승진이에요." 그는 어머니 옆으로 복도 저편에 서서 낮은 목소리로 대화를 나누고 있는 버나드와 빌링스 보안관을 보았다. 버나드는 툭 튀어나온 작업복 배에 손을 찔러 넣었고, 빌링스는 아래를 보면서 총을 점검하고 있었다.

"정말 잘됐구나, 얘야. 그렇다면 네가 따로 떨어져 지내는 것도 한결 참을 만하지."

"떨어져 지내는 것도 곧 끝날 거예요."

"투표는 할 수 있겠니? 내 아들이 그렇게 중요한 일을 한다니 믿을 수가 없구나!"

루카스는 어머니에게 눈을 돌렸다. "투표요? 선거는 연기된 줄 알았는데요."

어머니는 고개를 저었다. 한 달 전보다 얼굴에 주름이 더 늘고, 머리도 희어진 것 같았다. 루카스는 그렇게 짧은 시간에 그럴 수도 있을까 생각했다.

"다시 하게 됐어. 반란군들과의 지저분한 싸움은 곧 끝난다니까 말이야."

루카스는 버나드와 보안관 쪽을 흘긋 보고 어머니에게 말했다. "저 사람들이 분명 내가 투표할 방법을 찾아줄 거예요."

"그거 잘됐구나. 널 제대로 키웠다고 생각하니 기분이 좋아." 어머니는 손으로 입을 가리고 헛기침을 하더니, 다시 그의 손등을 잡았다. "식사는 잘 주니? 배급제잖아."

"다 먹지도 못할 만큼 줘요."

어머니는 눈을 크게 떴다. "그러면 곧 배급량이 오를까……?"

그는 어깨를 으쓱였다. "잘은 모르겠지만, 그러지 싶어요. 그리고 어머니도 돌봐드릴 거예요."

"나?" 어머니는 손으로 가슴을 누르면서 높은 목소리로 말했다. "나는 걱정하지 말아라."

"어떻게 걱정이 안 되겠어요. 아, 시간이 다 됐나 봐요." 그는 복도 쪽을 고갯짓으로 가리켰다. 버나드와 피터가 다가오고 있었다. "전 이만 일하러 돌아가야겠네요."

"아. 그럼, 그래야지." 어머니는 빨간색 작업복 앞을 매만지고 루카스의 부축을 받아 일어섰다. 어머니가 입술을 내밀자 그는 뺨을 갖다 댔다.

"우리 귀여운 아들." 어머니는 쪽 소리 나게 그의 뺨에 입을 맞추고 그의 팔을 힘주어 잡았다. 그리고 물러서서 자랑스러운 얼굴로 그를 올려다보았다. "몸 잘 보살피고."

"그럴게요."

"운동도 많이 해야 해."

"네, 알았어요."

버나드가 옆에 멈춰 서더니 두 사람의 대화에 미소를 지었다. 루카스의 어머니는 고개를 돌리고 사일로의 임시 시장을 위아래로 훑어보았다. 그리고 손을 뻗어서 버나드의 가슴팍을 두드렸다. "고마워요." 어머니는 갈라지는 목소리로 말했다.

"만나서 정말 반가웠습니다, 카일 부인." 버나드는 그녀의 손을 잡고 피터 쪽을 가리켰다. "여기 보안관이 나가는 길을 안내해드릴 겁니다."

"그럼요." 어머니는 마지막으로 한 번 더 고개를 돌리고 루카스에게 손을 흔들었다. 그는 조금 쑥스러웠지만 마주 손을 흔들었다.

"사랑스러운 분이야. 우리 어머니가 생각나는군." 버나드는 루카스의 어머니가 가는 모습을 지켜보면서 말하고는, 루카스에게 몸을 돌렸다. "준비됐나?"

루카스는 싫고 망설여지는 마음을 소리 내어 말하고 싶었다. '아마도요'라고 말하고 싶었지만, 그러는 대신에 등을 곧게 펴고 축축한 손바닥을 마주 문지른 다음 고개를 내렸다. "물론이죠." 그는 없는 자신감을 꾸며내어 겨우 말했다.

"좋아. 자, 공식적인 절차를 밟으러 가지." 버나드는 루카스의 어깨를 한 번 힘주어 잡더니 서버실 안으로 들어갔다. 루카스는 두꺼운 문 가장자리를 빙 돌아서 방 안으로 몸을 기울이고, 두툼한 경첩이 끼익 소리를 내며 천천히 닫히자 방 안에 갇혔다. 전자 잠금장치가 자동으로 작동하고, 문이 쿵 소리를 내며 문설주에 맞물렸다. 보안 패널이 삑 소리를 내고, 감시 장치의 위협적인 붉은 눈이 깜박거리다가 행복한 초록색 불빛으로 바뀌었다.

루카스는 심호흡을 하고 서버 사이를 누비며 들어갔다. 그는 버나드와 같은 길로 가지 않으려고 했다. 똑같은 길을 두 번 택하지 않으려고 했다. 그저 단조로움을 깨기 위해, 감옥 속의 판에 박힌 일상에 조금이라도 변화를 주기 위해 더 먼 경로를 택했다.

루카스는 버나드가 서버 뒤판을 열어놓은 후에 도착했다. 버나드는 눈에 익은 헤드셋을 루카스에게 내밀었다.

루카스는 헤드셋을 받아 들고 거꾸로 썼다. 마이크가 목덜미에 감겼다.

"이렇게 쓰나요?"

버나드는 루카스를 비웃고 손가락을 한 바퀴 돌렸다. "반대쪽으로." 버나드는 루카스가 귀마개 속으로도 들을 수 있게 목소리를 키워서 말했다.

루카스는 헤드셋을 만지작거리다가 코드에 팔이 엉켰다. 버나드는 끈기 있게 기다렸다.

"준비됐나?" 버나드는 루카스가 헤드셋을 제대로 쓰자 물었다. 한 손에는 잭을 느슨하게 쥐고 있었다. 루카스는 고개를 끄덕였다. 그는 버나드가 몸을 돌리고 죽 늘어선 구멍에 잭을 끼우려 하는 모습을 지켜보았다. 그는 버나드가 손을 우측 하단으로 홱 내려서 17번 구멍에 꽂고, 고개를 돌려 루카스가 제일 좋아하는 취미를, 그의 비밀스러운 사랑을 추구하는 모습을 그려보았다.

하지만 상사의 작은 손은 조금도 망설이지 않았다. 찰칵 소리가 나면서 잭이 꽂혔다. 루카스는 그게 어떤 느낌인지 알고 있었다. 소켓이 반기듯이 플러그를 꽉 끌어안는 감촉도, 스프링으로 고정된 플라스틱 리테이너를 눌러 넣을 때 손가락에 오는 반동도.

잭 위에 불빛이 깜박거리기 시작했다. 루카스의 귀에 익숙한 진동음이 울렸다. 그는 그녀의 목소리를, 줄리엣의 대답을 기다렸다.

찰칵.

"이름."

오싹한 공포가 루카스의 등을 타고 올라와 양팔에 소름이 돋았다. 굵게 울리는 그 목소리는 짜증스럽고 냉담하게, 깜박이는 별빛처럼 스쳐 지나갔다. 루카스는 입술을 축였다.

"루카스 카일입니다." 그는 더듬지 않으려고 애쓰며 대답했다.

잠시 정적이 돌아왔다. 그는 누군가가, 어딘가에서 그 정보를 적거나 파일을 넘기거나 아니면 뭔가 끔찍한 짓을 하는 상상을 했다. 서버 뒤편의 온도가 치솟았다. 버나드는 침묵을 알아차리지 못하는지 그에게 미소를 짓고 있었다.

"IT부에서 그림자로 지냈겠지."

질문이라기보다는 진술 같았지만, 루카스는 고개를 끄덕이며 대답했다. "그렇습니다."

루카스는 손바닥으로 이마를 닦은 후에 작업복 엉덩이에 닦았다. 주저앉아서 40번 서버에 등을 기대고 긴장을 풀고 싶은 마음이 간절했다. 그러나 버나드가 콧수염을 들어 올리고 안경 너머로 눈을 크게 뜬 채로 그에게 미소를 짓고 있었다.

"사일로에 대한 자네의 최우선 의무는?"

버나드가 비슷한 질문들을 준비시켜주었다.

"〈규칙〉을 지키는 겁니다."

침묵. 돌아오는 반응도 없었고 그 대답이 옳은지 그른지도 알 수 없었다.

"그 무엇보다 우선으로 지켜야 하는 것은?"

그 목소리는 덤덤하면서도 엄청나게 심각했다. 더없이 심각하면서도 어쩐지 차분했다. 루카스는 입안이 마르는 기분이었다.

"〈생명〉과 〈유산〉입니다." 그는 답을 읊었다. 하지만 이렇게 지식의 허울만 암기하려니 뭔가 잘못하는 기분이었다. 그는 자세히 대답하고 싶었다. 술에 취하지 않은 강인한 아버지 같은 이 목소리의 주인에게 그가 이 일이 중요한 이유를 정말로 안다는 사실을 이해시키고 싶었다. 그는 명청하지 않았다. 암기한 사실 말고도 더 할 말이 있었다.

"우리가 정말로 소중하게 여기는 그 생명과 유산을 보호하려면 무엇이 필요하지?"

그는 잠시 사이를 두었다.

"희생이 필요합니다." 루카스는 속삭였다. 그는 줄리엣을 생각했고, 그러면서 버나드에게 보여주던 차분한 태도를 거의 무너뜨릴 뻔했다. 그가 확신하지 못하는 것들, 그가 이해하지 못하는 것들이 있었다. 이것도 그중 하나였다. 거짓말로 대답한 기분이었다. 그는 그런 희생을 할 가치가 있는지 확신하지 못했다. 과연 사람들을,

선량한 사람들을 죽여야 할 정도로 엄청난 위험일까…….

"보호복 연구실에서는 시간을 얼마나 보냈지?"

목소리가 달라졌다. 약간 긴장을 푼 듯했다. 루카스는 의식이 끝난 걸까 생각했다. 이게 다인가? 통과한 건가? 그는 참고 있던 숨을 내뱉고, 마이크에 그 소리가 잡히지 않기를 빌면서 긴장을 풀어보려고 했다.

"많이 보내지는 못했습니다. 버나…… 어, 제 상사가 나중에 연구실 시간을 배정해줄 겁니다. 아시겠지만…….'"

그는 버나드 쪽을 보았다. 버나드는 안경 한쪽을 잡고 그를 지켜보고 있었다.

"그래. 알고 있다. 아래층 문제는 어떻게 되어가나?"

"저는 전반적인 진행 상황만 듣고 있습니다만, 괜찮은 것 같습니다." 그는 목청을 가다듬고 아래층 방에서 무전기로 듣던 온갖 총성과 폭력의 소리를 생각했다. "그러니까, 진전이 있고 오래지 않아서 끝날 듯합니다."

긴 침묵. 루카스는 애써 심호흡을 하고, 버나드에게 미소를 지었다.

"자네라면 뭔가 다르게 했겠나, 루카스? 처음부터?"

루카스는 무릎이 살짝 풀리고, 몸이 흔들리는 느낌을 받았다. 그는 회의실 테이블로 돌아가서, 뺨에 검은색 강철 총신을 대고 작은 구멍 속의 십자 너머로 시선을 연장시켜서, 손에 폭탄을 든 자그마한 흰머리 여인에게 레이저처럼 시선을 꽂았다. 그 선을 따라 총탄이 날아갔다. 그의 총탄이.

"아닙니다." 그는 마침내 말했다. "모두 '규칙'대로였습니다. 모두 잘 통제되고 있습니다."

그는 기다렸다. 어딘가에서 그에 대한 평가가 이루어지고 있는 게 느껴졌다.

"자네가 18번 사일로의 통제와 운영을 맡을 후임자다." 목소리가 낮게 읊조렸다.

"감사합니다."

루카스는 버나드가 할 말이 있을 경우에 대비하여 헤드셋을 벗어서 건네고, 공식 승인이 이루어졌다는 말을 들으려고 손을 뻗었다.

"내 일에서 가장 고약한 게 뭔지 아나?" 공허하게 울리는 목소리가 물었다.

루카스는 올리던 손을 내렸다.

"그게 뭡니까?"

"여기 앉아서 이 지도에 그려진 사일로를 보고 그 위에 붉은 선으로 X 표를 긋는 거지. 그게 어떤 기분일지 상상할 수 있나?"

루카스는 고개를 저었다. "잘 모르겠습니다."

"자식 수천 명을 한꺼번에 잃는 부모 같은 기분이라네."

잠시 정적.

"그렇게 잃지 않으려면 자식에게 잔인해야 해."

루카스는 아버지를 생각했다.

"알겠습니다."

"작전명 '50개의 세계 질서'에 들어온 것을 환영하네, 루카스 카일. 자, 질문이 한두 개 있다면 대답해줄 수 있겠군. 짧게 묻도록."

루카스는 질문이 없다고 말하고 싶었다. 연결을 끊고 싶었다. 줄리엣을 호출해서 대화를 나누고, 이 미치도록 숨막히는 방 안에 불어 들어오는 한 줄기 온전한 정신을 느끼고 싶었다. 하지만 그는 버나드가 무지를 인정하라고, 그게 지식을 얻는 핵심이라고 가르쳤던 일을 기억했다.

"하나 있습니다. 그건 중요하지 않다는 말을 들었고, 왜 그런지도 이해하지만, 그래도 답을 안다면 여기에서 제가 맡을 일이 수월해지리라 생각합니다."

그는 말을 멈추고 답을 기다렸지만, 반대편 목소리는 질문을 기다리는 모양이었다.

루카스는 헛기침을 했다. "혹시……?" 그는 마이크를 쥐고 입술 가까이 끌어당기면서 버나드를 흘긋 보았다. "이 모든 일이 어떻게 시작된 겁니까?"

확신할 수는 없었지만, 어쩌면 서버 냉각 팬이 살아나는 소리였을지도 모르지만, 그는 굵은 목소리의 남자가 한숨을 내쉬는 소리를 들었다고 생각했다.

"얼마나 간절히 알고 싶은 건가?"

루카스는 이 질문에 솔직하게 대답하기가 겁났다. "꼭 알아야 하는 건 아닙니다만, 우리가 어떤 일을 해냈는지, 어떤 일에서 살아남았는지 알았으면 좋겠습니다. 그게 제게, 우리에게 목적을 부여한다고 느끼기 때문입니다."

"이유가 곧 목적이지." 남자는 아리송하게 말했다. "말해주기 전에, 자네가 어떻게 생각하는지 먼저 듣고 싶군."

루카스는 침을 꿀꺽 삼켰다. "제 생각을 말입니까?"

"누구에게나 견해가 있지. 자네에게는 없다는 건가?"

공허한 목소리에서 농담의 기운을 들을 수 있었다.

"우리가 예상한 일이었다고 생각합니다." 루카스는 그렇게 말하고 버나드를 보았다. 버나드는 얼굴을 찌푸리고 시선을 돌렸다.

"그럴 가능성도 있지."

버나드가 안경을 벗더니, 발만 보면서 속셔츠 소매로 안경을 닦기 시작했다.

"생각해보게." 굵은 목소리가 잠시 사이를 두고 말했다. "온 세상에 오직 50개의 사일로밖에 없고, 여기 우리가 있는 곳은 세상의 아주 작은 구석에 불과하다고 한다면 말이야."

루카스는 그 말을 생각해보았다. 또 다른 시험을 받는 느낌이었다.

"그렇다면 우리뿐이었다는……." 그는 그럴 만한 자원을 가진 사람들이 우리뿐이었다고 말할 뻔했지만, 〈유산〉을 통해서 그렇지 않다는 사실을 충분히 알고 있었다. 세상 많은 곳에서 산 위로 솟아오른 건물을 짓고 살았다. 자원만 문제였다면 더 많은 이들이 준비할 수 있었을 것이다. "아는 사람이 우리뿐이었다는 뜻이겠지요." 루카스는 고쳐 말했다.

"훌륭해. 그렇다면 왜 그랬을까?"

그는 이 상황이 싫었다. 직접 생각해서 답을 맞히지 않고, 그냥 답을 듣고 싶었다.

그리고 그 순간, 전선이 합쳐지고 처음으로 전류가 통할 때처럼 진실이 퍼뜩 떠올랐다.

"그건……." 루카스는 머릿속으로 그 답을 이해하려고 했다. 그 생각이 진실에 가까울 수도 있다고 상상해보려고 했다. "우리가 알았던 게 아니군요." 루카스는 훅 숨을 들이마시며 말했다. "우리가 한 일이었어요."

"그래. 이제 자네도 알았군." 목소리가 대답했다.

그 남자는 거의 들리지 않게 다른 말을 했다. 다른 누군가에게 하는 말 같았다. "시간이 다 됐군, 루카스 카일. 새로운 임무 배정을 축하하네."

헤드폰이 머리에 달라붙었다. 얼굴이 땀으로 축축하게 젖어 있었다.

"고맙습니다." 그는 겨우 대답했다.

"아, 그리고 루카스?"

"네?"

"앞으로는 발아래에 집중하라고 말하고 싶군. 별들을 관찰하는 일은 그만두라고, 알았나? 우린 대부분의 별이 어디에 있는지 알고 있어."

68

18번 사일로

"여보세요? 솔로? 제발 무슨 말이든 해요."

분해한 헤드셋의 작은 스피커를 통해 듣는다 해도 그 목소리를 못 알아들을 수는 없었다. 실체 없는 목소리가, 정말 오랫동안 바로 그 목소리를 품었던 제어실 안에 메아리쳤다. 그 방이라서 셜리는 더 확신할 수 있었다. 도저히 다른 사람일 수 없었다. 셜리는 마법의 무전기에 연결된 작은 스피커를 응시했다.

셜리도 워커도 숨조차 들이마시지 못했다. 두 사람은 영원처럼 느껴지는 시간 동안 기다렸다. 마침내 셜리가 침묵을 깼다.

"줄리엣이었죠." 셜리가 속삭였다. "우리가 어떻게⋯⋯? 줄리엣의 목소리가 이 아래에 갇혀 있는 건가요? 공기 속에? 얼마나 오래전에 말한 거죠?"

셜리는 과학의 원리를 이해하지 못했다. 그런 이해는 그녀의 급료 등급을 넘어서는 것이었다. 워커는 꼼짝도 하지 않았다. 한 마디도 하지 않고, 턱수염에 눈물을 반짝이며 헤드셋을 바라보기만 했다.

"이거요…… 우리가 안테나로 잡는 그 물결이라는 거, 그게 이 아래에 그냥 튀어 다니는 건가요?"

셜리는 그들이 들었던 모든 목소리가 그런 걸까 생각했다. 어쩌면 그들이 그저 과거의 대화를 잡아낸 건 아닐까. 그게 가능할까? 전자 메아리처럼? 어째서인지, 그렇게 생각하는 편이 다른 가능성보다는 덜 충격적이었다.

워커는 이상한 표정으로 셜리를 돌아보았다. 입은 반쯤 벌어져 있었지만, 입술 끝이 살짝 올라가기 시작했다.

"그런 게 아니야." 입 끝이 마저 올라가서 미소를 그렸다. "이건 지금이야. 지금 일어나는 일이라고." 그는 셜리의 팔을 잡았다. "나만 들은 게 아니지, 그렇지? 난 미치지 않은 거야. 정말 줄리엣이었어. 줄리엣이 살아 있어. 도착한 거야."

"아니." 셜리는 고개를 저었다. "아저씨, 대체 무슨 소리예요? 줄리엣이 살아 있다니요? 어딜 도착해요?"

"들었잖니." 워커는 무전기를 가리켰다. "그 전에도, 그 대화들 말이다. 청소 이야기. 저 밖에 사람들이 더 있는 거야. 우리가 더 있다고. 줄리엣은 그 사람들과 같이 있구나, 셜리야. 이건 바로 지금 일어나는 일이야."

"살아 있다고요……."

셜리는 무전기를 응시하면서 그 말을 소화했다. 그녀의 친구가 아직 어딘가에 존재한다. 아직 숨을 쉰다. 그녀는 머릿속으로 언덕만 겨우 넘어간 곳에서 고요한 잠에 빠져 바람만 맞고 있는 줄리엣의 시체를 확고하게 그리고 있었다. 그런데 지금 그녀는 움직이고,

숨을 쉬고, 어딘가에서 무전기에 대고 말을 하는 줄리엣의 모습을 그렸다.

"우리가 말을 걸 수도 있나요?"

셜리는 멍청한 질문이라고 생각했다. 하지만 워커는 화들짝 놀라며 낡은 사지를 움찔했다.

"이런, 세상에. 세상에, 암 되고말고."워커는 뒤죽박죽이 된 부품들을 바닥에 내려놓았다. 손을 덜덜 떨고 있었지만, 지금 셜리는 워커가 흥분했음을 읽을 수 있었다. 두 사람 모두에게 두려움은 간데없었다. 공포는 방 안에서 빠져나갔고, 이 작은 공간 너머에 존재하는 나머지 세상은 무의미해졌다.

워커는 부품 통에 손을 넣었다. 그리고 공구를 몇 개 꺼낸 다음 통 바닥을 긁었다.

"안 돼."그는 고개를 돌리더니 바닥에 놓인 부품들을 살폈다. "안 돼, 안 돼, 안 돼."

"뭔데요?"셜리는 워커가 더 잘 볼 수 있게 바닥에 널린 부품에서 멀리 물러섰다. "뭐가 빠졌어요? 마이크는 거기 있는데."셜리는 부분적으로 해체당한 헤드셋을 가리켰다.

"송신기가 없어. 작은 회로판인데. 내 작업대에 두고 왔나 보다."

"작업대에 놓인 물건은 제가 다 쓸어 담았어요."셜리는 높고 긴장된 목소리로 말하고 플라스틱 통 쪽으로 몸을 움직였다.

"다른 작업대 말이다. 송신기는 필요가 없었어. 젱킨스는 듣기만 원했으니까."워커는 무전기 쪽으로 손을 휘저었다. "난 젱킨스가 원하는 대로 했지. 내가 송신기가 필요해질 줄 어떻게 알았겠냐?"

"아실 수가 없었죠."셜리는 그렇게 말하고 워커의 팔에 손을 얹었다. 워커의 상태가 나빠지고 있음을 알 수 있었다. 그녀는 그런 상태가 된 워커의 모습을 충분히 자주 보았기에, 금방이라도 말이 통하지 않는 상태에 빠질 수 있음을 알았다. "여기에 우리가 쓸 수 있는 물건이 있을까요? 생각해봐요, 워커 아저씨. 집중해요."

워커는 고개를 젓고 헤드셋을 향해 손가락을 흔들었다. "이 마이크는 멍청이야. 그냥 소리를 통과시킬 뿐이지. 작은 막이 진동해서……." 그는 고개를 돌리고 셜리를 보았다. "가만. 쓸 만한 게 있구나."

"여기 밑에요? 어디에요?"

"채굴 창고에 있을 거야. 송신기." 워커는 상자를 잡고 스위치를 돌리는 시늉을 했다. "폭파용 뇌관 때문에. 내가 한 달 전에 하나 고쳐줬어. 작동할 거다."

셜리는 벌떡 일어섰다. "제가 가져올게요. 여기 계세요."

"하지만 계단은……."

"안전할 거예요. 위가 아니라 아래로 가니까요."

그는 빠르게 고개를 끄덕였다.

셜리는 무전기를 가리켰다. "아무것도 바꾸지 마세요. 다른 걸 더 찾는 일도 금지예요. 그냥 거기 그대로 두세요."

"물론이지."

셜리는 허리를 굽히고 워커의 어깨를 꽉 잡았다. "바로 돌아올게요."

밖으로 나가자 수십 명이 크게 뜬 눈과 축 처진 입으로, 겁먹고 궁금해하는 표정을 지으며 셜리 쪽으로 얼굴을 돌렸다. 그녀는 발전기 진동 속에서도 들릴 수 있게 줄리엣이 살아 있다고, 우리는 혼자가 아니라고, 금지된 바깥에 다른 사람들이 살아 숨 쉰다고 외치고 싶었다. 그러고 싶었지만, 시간이 없었다. 그녀는 서둘러 난간 쪽으로 가서 코트니를 찾았다.

"코트니!"

"그쪽은 다 괜찮아?" 코트니가 물었다.

"그럼, 괜찮아. 부탁 하나만 들어줄래? 나 대신 워커 아저씨를 지켜봐줘."

코트니는 고개를 끄덕였다. "넌 어디……?"

셜리는 이미 문 쪽으로 달려가고 있었다. 그녀는 입구에 옹기종기 모인 사람들 사이를 뚫고 지나갔다. 바깥에는 젱킨스가 하퍼와 같이 서 있었는데, 셜리가 서둘러 지나가자 나누던 대화를 멈췄다.

"어이!" 젱킨스가 셜리의 팔을 잡았다. "대체 어딜 가는 거야?"

"채굴 창고." 셜리는 팔을 비틀어 빼냈다. "오래 걸리지 않을……."

"가면 안 돼. 계단을 폭파시킬 거야. 놈들이 바로 우리 손안에 들어오고 있어."

"뭘 한다고?"

"계단 말이야." 하퍼가 젱킨스의 말을 반복했다. "폭파시킬 거야. 일단 놈들이 계단까지 와서 내려오기 시작하면……." 하퍼는 두 손을 마주 잡고 공 모양으로 만들었다가 확 펼치면서 폭발을 흉내 냈다.

셜리는 젱킨스를 정면으로 보았다. "지금은 이해하기 어렵겠지만, 이건 무전기에 필요한 일이야."

그는 얼굴을 찌푸렸다. "워커에게 기회는 이미 줬어."

"우린 여러 대화들을 듣고 있어. 워커는 이 부품이 꼭 필요해. 금방 돌아올게, 맹세해."

젠킨스는 하퍼 쪽을 보았다. "시간이 얼마나 남았지?"

"5분입니다." 하퍼의 턱이 보일락 말락 하게 위아래로 움직였다.

"4분이야." 젠킨스가 셜리에게 말했다. "하지만 확실히……."

셜리는 나머지 말을 듣지 않았다. 그녀의 부츠는 이미 강철판 위를 쿵쾅거리며 계단으로 향하고 있었다. 그녀는 서글프게 고개 숙인 석유 굴착기 옆을 지나고, 당황한 얼굴로 움찔하며 총을 겨누는 남자들 옆을 지나쳤다.

셜리는 계단 꼭대기에 도착해서 모퉁이를 빙글 돌았다. 반 층 위에서 누군가가 경고의 소리를 질렀다. 셜리는 고성능 폭약인 TNT 다발을 쥔 광부 두 명을 언뜻 보고 계단을 뛰어 내려갔다.

한 층 아래로 내려간 셜리는 계단 모퉁이를 돌아서 수직 갱도로 향했다. 복도에는 그녀의 거친 숨소리와 바닥을 때리는 부츠 소리밖에 들리지 않았다.

줄리엣이. 살아 있었다.

청소형을 받아서 나간 사람이, 살아 있었다.

그녀는 다음 복도로 방향을 틀고 심층부 노동자들, 광부와 석유 채굴자들이 사는 아파트들을 지나쳐서 달렸다. 이제 그 사람들은 땅속에 구멍을 뚫는 대신 총을 쥐고, 공구 대신 무기를 휘둘렀다.

그리고 이 새로운 지식, 이 믿기 힘든 소식, 이 비밀을 알고 나니 싸움이 현실감이 없어졌다. 하찮았다. 이 벽 너머에 갈 곳이 있다면 어떻게 싸울 수가 있겠는가? 그녀의 친구가 아직 저 바깥에 있다면? 그렇다면 그들도 밖으로 가야 하지 않겠는가?

셜리는 창고에 도착했다. 아마 2분 정도 걸렸으리라. 심장이 미친 듯이 뛰었다. 젱킨스는 그녀가 돌아가기 전에는 계단에 아무 짓도 하지 않을 것이다. 그녀는 선반 사이를 움직이며 통과 서랍들 안을 들여다보았다. 송신기가 어떻게 생겼는지는 알았다. 분명히 몇 개가 돌아다니고 있어야 했다. 어디 있을까?

사물함 안을 확인하고, 안에 걸린 우중충한 작업복들을 바닥에 집어 던지고, 작업용 헬멧들을 치웠다. 아무것도 보이지 않았다. 시간이 얼마나 있지?

다음으로 감독이 쓰는 작은 사무실을 확인했다. 문을 열어젖히고 책상을 뒤졌다. 서랍에는 아무것도 없었다. 벽에 붙은 선반에도 아무것도 없었다. 큰 바닥 서랍 하나가 움직이지 않았다. 잠겨 있었다.

셜리는 물러섰다가 발로 금속 서랍 앞면을 걷어찼다. 단단한 부츠로 서랍을 한 번, 두 번 두들겼다. 서랍 테두리가 아래로 구부러지면서 윗서랍과 떨어졌다. 손을 넣어 부서지기 쉬운 잠금장치를 잡아당기자 뒤틀린 서랍이 신음 소리를 내며 열렸다.

폭발물. 다이너마이트 막대. 다이너마이트에 집어넣어 점화시킬 때 쓰는 작은 계전기 몇 개. 그런 물건들 밑에 워커가 찾는 송신기가 세 개 있었다.

셜리는 송신기 두 개와 계전기 몇 개를 집어서 주머니에 쑤셔넣었다. 다이너마이트 묶음도 두 개 챙겼다. 그 자리에 있었고, 쓸모가 있을 수도 있으니까. 그리고 사무실을 뛰쳐나가서 창고를 통과해 계단으로 돌아갔다.

시간을 너무 많이 썼다. 힘겹게 숨을 쉬다 보니 가슴은 싸하게 텅 빈 느낌이었고, 숨소리는 거칠었다. 그녀는 발을 앞으로 쭉 뻗고,

조금이라도 더 많은 공간을 건너뛰어 딛는 데 집중하면서 최대한 빨리 달렸다.

복도 끝에서 방향을 틀면서 그녀는 다시 한번 이 싸움이 얼마나 어이없는지 생각했다. 이제는 왜 시작했는지도 기억하기 힘들었다. 녹스도 죽고, 매클레인도 죽었다. 이런 훌륭한 지도자들이 아직 살아 있었다면 사람들이 계속 싸우고 있을까? 오래전에 다른 행동을 취했을까? 좀 더 말이 되는 행동을?

그녀는 그 어리석음을 욕하면서 계단에 도착했다. 5분은 지나간 게 확실했다. 머리 위에서 폭음이 울리고, 귀가 멀 것 같은 흉포한 진동이 밀려오는 순간을 기다렸다. 한 번에 두 계단씩 뛰어올라서 몸을 돌리니 광부들은 사라지고 없었다. 수제 총신 너머로 불안한 눈동자들이 그녀를 응시했다.

"가!" 누군가가 고함을 지르고, 팔을 옆으로 흔들면서 그녀를 재촉했다.

셜리는 하퍼 옆에서 소총을 들고 쭈그려 앉아 있는 젱킨스에게 초점을 맞췄다. 그녀는 그 두 사람 쪽으로 달리다가 계단에서 뻗어 나온 전선에 걸려 넘어질 뻔했다.

"지금이야!" 젱킨스가 외쳤다.

누군가가 스위치를 눌렀다.

발밑에서 바닥이 휘어지고 요동을 치는 바람에 셜리는 대자로 뻗고 말았다. 강철 바닥에 세게 넘어지면서, 바닥에 돋은 촘촘한 마름모무늬에 턱을 긁혔다. 손에 쥐고 있던 다이너마이트도 날아갈 뻔했다.

무릎을 세우고 일어났을 때도 귀는 계속 울렸다. 남자들이 난간 뒤에서 움직이고, 철판에 새로 생긴 비틀리고 들쭉날쭉한 구멍으로 새어 나오는 연기에 대고 총을 쏘았다. 멀리서 반대편 부상자의 비명 소리가 들렸다.

남자들이 싸우는 동안, 셜리는 주머니를 더듬으며 손을 넣어 송신기를 찾았다.

서둘러 발전실 문을 통과하자 다시 한번 전쟁의 소음이 희미해지고, 무의미해지는 느낌이었다. 그녀는 입술에서 피가 흐르는 채로 워커에게 돌아갔다. 머릿속은 더 중요한 일로 꽉 차 있었다.

69

17번 사일로

줄리엣은 무턱대고 천장인지 벽인지 알 수 없는 곳에 몸을 부딪쳐 가며 차갑고 어두운 물속으로 몸을 끌어당겼다. 얼마나 빨리 움직이는지도 알지 못하고 맹목적으로, 필사적으로 달려들어 축 늘어진 공기 호스를 모으다가 마침내 계단을 들이받았다. 헬멧 안쪽에 코가 부딪치고, 순간적으로 번쩍하는 섬광이 어둠을 밀어냈다. 그녀는 공기 호스를 놓치고 멍하니 떠돌았다.

서서히 정신이 돌아오자 소중한 공기 호스를 더듬어 찾았다. 장갑에 무엇인가가 닿기에 잡아서 몸을 당기려다 보니 공기 호스보다 작은 전력선이었다. 전선을 놓고 보이지 않는 암흑 속에서 팔을 휘젓다가 신발이 무엇인가에 닿았다. 어디가 위고 어디가 아래인지 알 수가 없었다. 몸이 빙빙 돌고, 어지럽고 방향을 잃은 것처럼 느껴지기 시작했다.

단단한 표면이 몸을 눌렀다. 호스를 놓치고 위쪽으로 떠오른 게 분명했다.

그녀는 천장이다 싶은 곳을 걷어차고 바닥 쪽이기를 바라는 방향으로 헤엄쳤다. 팔에 무엇인가가 얽히고, 보호복 가슴팍에 걸렸다. 전력선일 줄 알고 두 손으로 더듬어보았더니, 스펀지 같은 빈 공기호스의 감촉이었다. 이제 공기는 주지 못하지만, 그래도 밖으로 나갈 길은 인도해주었다.

한쪽을 당겨보니 느슨하기에, 반대쪽을 당겨보았다. 호스가 팽팽해졌다. 그녀는 다시 계단으로 몸을 당겼고, 끙끙거리고 이리저리 튕기면서 호스를 잡아당겼다. 호스는 위로 가다가 모퉁이를 돌아서 이어졌다. 그녀는 저도 모르게 벽과 천장과 계단의 보이지 않는 공격을 막으려고 한 팔을 옆으로 뻗고 호스를 잡아당겼다. 계단 여섯 층을 헤엄쳐 올라가기란 매 순간이 전투였고, 영원의 시간이 걸릴 것 같은 싸움이었다.

계단 꼭대기에 도착했을 때 그녀는 숨이 차서 헐떡이고 있었다. 그리고 숨이 찬 게 아니라 공기가 모자란다는 사실을 깨달았다. 보호복 안에 남아 있던 공기를 거의 태워버린 것이다. 공기를 다 뱉어낸 빈 공기 호스 수십 미터가 보이지 않는 뒤편에 늘어져 있었다.

그녀는 전보다 부력이 약해진 보호복이 서서히 천장 가까이 떠오르는 가운데, 복도 저편으로 몸을 잡아당기면서 다시 한번 무전을 시도했다.

"솔로! 내 말 들려요?"

아직도 얼마나 많은 물이 머리 위에 남아 있는지, 수십 미터의 단단한 물이 내리누르는 깊이를 생각하면 숨이 막혔다. 보호복 안에 공기가 얼마나 남았을까? 계단 꼭대기까지 헤엄치거나 떠오르려면 시간이 얼마나 걸릴까? 아직 한참 남았다. 캄캄한 복도 어딘가에 산소통이 있을지도 모르지만 그걸 어떻게 찾아내겠는가? 여기는 그녀의 집이 아니었다. 찾아다닐 시간도 없었다. 가진 것이라고는, 계단에 도착해서 수면까지 질주해 올라가려는 정신 나간 충동뿐이었다.

그녀는 호스를 잡아당기고 발을 걷어차서 마지막 모퉁이를 돌았고 주 복도에 진입했다. 새로운 방식으로 움직이면서, 뻣뻣하고 부피 큰 보호복과 끈끈한 액체와 싸우느라 근육이 비명을 지르는데, 어느새 새까만 물이 완벽한 어둠보다는 목탄색에 가까운 어둠으로 밝아졌다. 여전히 앞은 보이지 않았지만, 물속에 녹색 기운이 감돌기 시작했다.

줄리엣은 보안 검색대와 그 너머에 있는 계단을 감지하고, 천장에 부딪쳐가면서 다리를 놀리고 호스를 그러모았다. 이런 복도를 수천 번은 오갔고, 두 번은 주 차단기가 나가는 바람에 완전한 어둠 속에서 이동하기도 했었다. 그녀는 바로 이런 복도를 비틀비틀 걸으면서 동료들에게 괜찮다고, 진정하라고, 해결할 수 있다고 말했던 일을 기억했다.

지금 그녀는 스스로에게 같은 일을 하려고 했다. 스스로에게 거짓말을 하고, 다 괜찮을 테니까 허둥대지 말고 계속 움직이기만 하라고 말하려고 했다.

보안문에 다다를 무렵에는 어지럽기 시작했다. 앞에서 연녹색으로 빛나는 물이 정말 유혹적이었다. 눈먼 싸움은 끝났고, 이제는 볼 수 없는 장애물에 헬멧을 부딪칠 일도 없었다.

잠시 팔이 전력선에 얽혔다. 그녀는 전선을 풀어내고 앞에 보이는 높은 물기둥, 물이 들어찬 빨대, 물에 잠긴 계단으로 몸을 끌어 당겼다.

계단에 도착하기 전에 첫 번째 발작이 찾아왔다. 딸꾹질처럼 격렬하고 반사적인 헐떡임이었다. 호스를 잡은 손을 놓쳤고, 숨을 쉬려고 애쓰다가 심장이 터질 뻔했다. 헬멧을 벗고 물을 깊이 들이마시고 싶다는 유혹이 압도적으로 밀려왔다. 머릿속에서는 어떤 목소리가 물로 숨을 쉴 수 있다고 주장했다. 시도해보라고 우겼다. 한 번만 물을 듬뿍 들이마셔보라고. 스스로가 보호복 안에 내뿜은 독소만 아니면 뭐든 좋았다. 원래는 그런 독소를 밖으로 내보내도록 설계한 보호복이었건만.

다시 발작적으로 목구멍이 닫히고, 그녀는 헬멧 안으로 기침을 하면서 계단으로 몸을 당기기 시작했다. 밧줄이 렌치를 닻 삼아서 버텨 서 있었다. 그녀는 그쪽으로 헤엄쳐 가면서, 너무 늦었음을 알았다. 밧줄을 잡아당기자 축 늘어졌다. 위쪽에서 풀어져버린 밧줄 끝이 나선을 그리면서 바닥으로 내려왔다.

그녀는 천천히 수면을 향해 움직였다. 보호복 안에는 기압이 거의 남아 있지 않았고, 수면 위까지 빨리 움직일 수가 없었다. 또 한 번 목이 메이는 발작이 찾아왔다. 헬멧을 벗어야 했다. 머리가 어지러웠다. 이대로라면 곧 정신을 잃을 것이다.

줄리엣은 금속 깃 부분의 잠금장치를 더듬어 찾았다. 압도적인 기시감이 찾아왔다. 다만 이번에는 그때만큼 또렷하게 사고가 이어지지 않았다. 그녀는 수프, 썩은 냄새, 캄캄한 냉장고에서 기어 나오던 순간을 기억했다. 그리고 식칼을 기억했다.

가슴팍을 두드려보니 식칼 손잡이가 칼집 밖으로 튀어나와 있었다. 다른 도구 몇 개는 주머니에서 빠져나와서, 잃어버리지 않으려고 매어둔 끈에 매달린 채로 이제는 몸을 아래로 끌어 내리기만 하는 성가신 물건들이 되어 있었다.

그녀는 추위로 덜덜 떨리고 공기가 모자라 경련이 이는 몸으로 천천히 계단을 올라갔다. 모든 논리를 잊고, 지금 그녀가 어디에 있는지도 잊고, 오직 헬멧 돔 안에 갇혀서 그녀를 죽이고 있는, 머리 주위를 맴도는 유독한 안개만 의식했다. 그녀는 칼날을 깃 부분의 첫 번째 잠금쇠에 겨누고 세게 밀어 넣었다.

찰칵 소리가 나더니 차가운 물보라가 목에 튀었다. 보호복에서 힘없는 공기 방울이 빠져나가서 바이저 위로 솟구쳤다. 그녀는 반대쪽 잠금쇠를 더듬어 찾아 식칼을 밀어 넣었고, 그러자 헬멧이 확 떨어져 나가면서 물이 얼굴 위까지 차올랐다. 이어서 보호복 안을 채우고, 얼얼한 한기로 사람을 놀래키면서 그녀를 아래로, 겨우 떠나온 계단 바닥으로 끌어당겼다.

얼어붙는 듯한 추위에 퍼뜩 정신이 들었다. 줄리엣은 쓰라린 녹색 물속에서 눈을 깜박였다. 식칼이 손에 잡혔고, 헬멧이 엉뚱한 방향으로 날아가는 거품처럼 빙빙 돌면서 어둠 속으로 가라앉는 게 보였다. 그녀도 천천히 그 뒤를 따라 가라앉고 있었다. 폐에는 공기가 남아 있지 않았고, 수십 미터의 물이 몸을 내리눌렀다.

줄리엣은 식칼을 엉뚱한 주머니에 찔러 넣고, 어둠 속에서 발버둥 치는 자신의 몸에 매달린 드라이버와 스패너들을 보면서, 아직도 네 개 층을 뚫고 수면까지 이어지는 공기 호스 쪽으로 발을 찼다.

깃에서 빠져나온 공기 방울들이 목을 가로지르고 머리카락을 통과해 올라갔다. 줄리엣은 호스를 꽉 붙잡고 떨어지던 몸을 멈춘 다음, 위쪽으로 몸을 당겼다. 목구멍이 공기든 물이든 뭐든 좋으니 마시게 해달라고 비명을 질렀다. 물을 들이마시고 싶다는 충동은 압도적이었다. 그녀는 몸을 위로 당기기 시작하다가, 계단 아랫부분에 어른거리는 희망의 빛을 보았다.

갇힌 공기 주머니. 아마도 하강할 때 남았던 것이리라. 공기 주머니가 나선형 계단 밑에 갇혀서, 녹아내리는 납땜처럼 흔들리고 있었다.

줄리엣은 목구멍 안으로 소리를 냈다. 필사적으로, 안간힘을 쓰면서 나오는 원초적인 비명이었다. 가라앉는 보호복과 싸우면서, 발버둥을 쳐서 물에 잠긴 계단 난간을 붙잡았다. 몸을 위로 끌어당기고 난간을 걷어찬 그녀는 제일 가까이에서 어른거리는 공기 방울까지 가는 데 성공했고, 계단 가장자리를 손으로 잡고 금속 계단 아랫부분에 입을 밀어붙였다.

필사적으로 숨을 헐떡이다가 그 과정에서 물을 잔뜩 마시고 말았다. 고개를 계단 밑으로 숙이고 물속에서 기침을 했다. 코로 들어간 액체 때문에 콧속이 타는 듯했다. 거의 폐 한가득 물을 마신 것 같았다. 미친 듯이 터져 나가려는 심장을 억누르며 얼굴을 다시 녹슨 계단 밑에 가져다 대고, 떨리는 입술을 오므려서 부드럽게 공기를 한 모금 마시는 데 성공했다.

눈앞에 날아다니던 섬광이 가라앉았다. 그녀는 고개를 내리고, 계단 반대편으로 숨을 내뿜어, 빠져나간 공기 방울이 머리 위로 올라가는 모습을 지켜본 후 다시 한번 얼굴을 계단 밑에 눌렀다.

공기를 마시기 위해서.

그녀는 노력과, 좌절과, 안도감에 흐른 눈물을 물속에서 밀어냈다. 나선형으로 말린 금속 계단을 올려다보니, 그녀의 미친 듯한 회전 때문에 생긴 공기 방울들이 많은 계단을 휘어지는 거울처럼 움직이게 만들었다. 그녀는 그 모습에서 둘도 없는 길을 보았다. 발을 차서 한 번에 몇 계단을 이동하고, 계단과 계단 사이 틈을 차례로 잡으면서 몸을 당기고, 계단 디딤판 밑에 있는 빈 공간에 몇 센티미터씩 모인 작은 공기 방울들을 마시고, 수백 년 전에 이어 붙인 철판 계단의 튼튼한 용접 상태를 찬양했다. 그 계단은 신발의 타격을 수백만 번 받아도 멀쩡할 만큼 튼튼하게 마감되어 있었고, 지금은 그녀가 내려가면서 흘린 포화 공기를 잘 붙들고 있었다. 그녀는 하나씩 입술을 대고, 금속과 녹슨 맛을 느끼면서 구원의 길에 키스했다.

사방에 비치는 초록색 비상등 불빛이 일정했기 때문에, 줄리엣은 지나쳐 가는 층계참을 알아차리지 못했다. 그저 숨을 한 번 마시고 다섯 계단을 이동하고, 여섯 계단을 이동하는 데 집중했다. 공기라고는 거의 없는 꽤 긴 구간을 움직이고, 공기 방울들이 너무 얇아서 숨을 쉴 수 없을 때는 물을 마시기도 했다. 그렇게 물이 가득한 보호복과 주머니에 매달린 도구들이 끌어 내리는 힘에 거스르며, 평생이나 다름없는 시간을 위로 올라갔다. 멈춰서 도구를 잘라낼 생각은 하지도 못했다. 그저 발을 차고 손을 하나씩 옮겨서 계단 밑으로 몸을 올리고, 숨을 깊이 들이마셔서 얇은 공기 계단을 말려버리고, 뱉은 숨이 위로 올라가지 않게 했다. 그 과정이 이제는 수월해졌다. 다섯 계단 더. 마치 깡충뛰기 놀이 같았다. 한 번 도약에 다섯 칸을 뛰고, 속이지 말고, 분필 선 조심하고……. 그녀는 이 놀이를 잘했고, 점점 더 능숙해졌다.

그러다가 악취가 입술을 태우고 물맛이 지독해지더니, 어느 계단 아래로 올라간 머리가 휘발유 냄새와 미끄러운 기름막을 뚫고 솟아올랐다.

줄리엣은 마지막으로 들이마셨던 숨을 뱉어내고 기침을 하면서 얼굴을 닦았다. 머리는 아직도 다음 계단 아래에 갇혀 있었다. 그녀는 쌕쌕거리면서 웃음을 터뜨리고 몸을 밀어내다가 계단의 날카로운 철 모서리에 머리를 부딪쳤다. 이제 벗어났다. 난간 주위를 헤엄쳐 도느라 잠시 수면 아래로 고개를 내렸더니, 수면 위에 떠다니는 원유와 휘발유 때문에 눈이 타는 것 같았다. 그녀는 큰 소리로 물을 튀기고, 솔로를 외쳐 부르면서 난간을 넘어갔다. 그리고 마침내 덜덜 떨리는 보호복 무릎으로 계단을 디뎠다.

그녀는 살아남았다. 위로 이어지는 마른 디딤판에 매달려서 목을 구부리고 쌕쌕거리며 숨을 몰아쉬었다. 다리가 마비된 느낌이었고, 해냈다고 외치고 싶었지만 목에서는 흐느끼는 소리만 새어 나왔다. 추웠다. 몸이 얼 지경이었다. 조용한 계단으로 몸을 끌어 올리는 팔이 덜덜 떨렸다. 압축기가 덜덜거리는 소리도 들리지 않고, 그녀를 도우려고 뻗어오는 팔도 없었다.

"솔로……?"

그녀는 여섯 계단을 기어올라 층계참에 도착해 몸을 굴려 누웠다. 도구 몇 개가 아래 계단에 걸리는 바람에, 줄이 묶인 주머니 부분이 당겼다. 보호복에서 빠져나온 물이 목 아래로 후두둑 떨어져 머리 옆에 고이고, 귓속으로 들어갔다. 이 얼음 같은 보호복을 벗어야 했다. 그녀는 고개를 돌리고 솔로를 찾았다.

솔로는 비스듬히 누워 있었다. 눈은 꽉 감겼고, 얼굴에는 피가 흘러내린 모습이었다. 벌써 말라붙은 피도 보였다.

"솔로?"

팔을 뻗어서 솔로를 흔드는 손이 부들부들 떨리는 희미한 형체로만 보였다. 솔로가 무슨 짓을 한 걸까?

"이봐. 당장 일어나요."

이가 딱딱 부딪쳤다. 그녀는 솔로의 어깨를 잡고 거세게 흔들었다. "솔로! 날 도와줘야죠!"

솔로의 한쪽 눈이 살짝 열렸다. 그는 몇 번인가 눈을 깜박이더니, 몸을 반으로 접고 기침을 하면서 얼굴 옆 층계참에 피를 묻혔다.

"도와줘요." 줄리엣은 솔로야말로 도움이 필요한 사람이라는 사실을 깨닫지 못한 채 등에 달린 지퍼를 더듬거렸다.

솔로는 입가에 손을 대고 기침을 하더니, 몸을 돌려서 다시 한번 등을 대고 누웠다. 머리에서 아직도 피가 흘렀다. 말라붙은 핏자국 위로 새로운 피가 흘러내렸다.

"솔로?"

그는 신음 소리를 냈다. 줄리엣은 거의 자기 몸이 느껴지지도 않는 상태로 몸을 가까이 끌어당겼다. 솔로는 침묵의 모서리에 놓인 쇳소리 같은 음성으로 뭐라고 속삭였다.

"이봐요." 줄리엣은 그에게 얼굴을 가까이 갖다 댔다. 입술이 얼얼하게 부어오른 느낌이 났고, 아직도 휘발유 맛이 느껴졌다.

"내 이름이 아니……."

그는 기침을 하며 붉은 안개를 뿜어냈다. 입을 가리고 싶다는 듯이 한쪽 팔을 들어 올렸지만, 입까지 가져가지는 못했다.

"내 이름이 아니에요." 그는 다시 말했다. 솔로의 머리가 좌우로 흔들리자 줄리엣도 마침내 그의 상처가 심하다는 걸 알았다. 머리가 맑아지기 시작하면서 솔로가 어떤 상태에 있는지 한눈에 보였다.

"가만히 있어요. 솔로, 가만히 있어야 해요."

그녀는 몸을 일으키려고, 억지로 움직일 힘을 불러내려고 했다. 솔로는 눈을 깜박이더니 유리알 같은 눈으로 그녀를 올려다보았다. 피 때문에 회색 수염이 시뻘겋게 물들어 있었다.

"솔로가 아니야." 그는 꽉 죄인 목소리로 말했다. "내 이름은 지미……."

그는 눈이 뒤집혀서 기침을 더 토해냈다.

"그리고 아마……."

그는 눈꺼풀을 내렸다가, 애써 눈을 가늘게 떴다.

"아마 지금까지……."

"날 떠나지 말아요." 줄리엣은 얼음장 같은 얼굴에 뜨거운 눈물을 흘리며 말했다.

"아마 지금까지 혼자가 아니었나 봐요." 그는 그렇게 속삭이고, 긴장이 풀린 얼굴로 차가운 강철 층계참에 머리를 축 늘어뜨렸다.

70

18번 사일로

스토브에 올려놓은 주전자가 시끄럽게 끓었다. 수면 위로 수증기가 솟아오르더니, 아주 작은 물방울 몇 개가 밖으로 탈출했다. 루카스는 다시 봉할 수 있는 깡통에서 찻잎을 한 자밤 집어서 작은 여과기 안에 털어넣었다. 그 작은 여과기를 머그잔 안으로 내리는 손이 덜덜 떨렸다. 주전자를 들어 올리자 물이 버너 위로 약간 흘렀다. 떨어진 물방울이 지글거리는 소리를 내며 타는 냄새가 났다. 그는 곁눈질로 버나드를 보면서 찻잎 위로 끓는 물을 부었다.

"전 그냥 이해가 안 가요." 루카스는 손바닥으로 열기가 스며들게 두 손으로 머그잔을 쥐고 말했다. "대체 누가, 대체 어떻게 이런 짓을 일부러 할 수가 있죠?" 그는 고개를 내젓고 머그잔 안을 들여다보았다. 겁 없는 찻잎 몇 조각이 벌써 풀려나와서 여과기 바깥으로 헤엄쳐 나가고 있었다. 그는 버나드를 쳐다보았다. "이 사실을 아셨어요? 어떻게……? 어떻게 이런 걸 아실 수가 있었죠?"

버나드는 얼굴을 찌푸렸다. 그는 한 손으로 콧수염을 문지르고, 반대쪽 손은 작업복 배 위에 올렸다. "나도 몰랐으면 좋겠네. 그리고 이제는 자네도 왜 어떤 사실들, 어떤 지식 쪼가리들은 나타나자마자 심지를 잘라야 하는지 알겠지. 호기심은 다 꺼진 불에 숨을 불어넣어 이 사일로를 바닥까지 태워버릴 수 있어." 버나드는 신발 끝을 내려다보았다. "나도 자네처럼, 이 일을 하기 위해 알아야 할 정보들을 종합하다가 알아냈네. 바로 이래서 자네를 택한 거야. 자네와 다른 몇 명은 여기 있는 서버들에 무엇이 저장되어 있는지 어느 정도 알고 있지. 자네는 이미 더 배울 준비가 되어 있었어. 매일같이 빨간색이나 초록색 옷을 입고 일하러 가는 사람에게 이런 정보를 말해준다고 상상할 수 있겠나?"

루카스는 고개를 저었다.

"그런 일이 있긴 했네. 10번 사일로는 그렇게 해서 무너졌지. 난 저기 앉아서." 버나드는 책과 컴퓨터, 치직거리는 무전기가 있는 작은 서재 쪽을 가리켰다. "그 소리를 들었어. 어느 동료의 그림자가 들을 수 있는 사람 모두에게 자신의 광기를 방송하는 소리를 들었지."

루카스는 우러나오는 찻잎을 가만히 바라보았다. 점점 색이 어두워지는 뜨거운 물에 잎사귀 한 줌이 떠다녔다. 나머지 찻잎은 아직 그들을 가둔 여과기 속에 붙들려 있었다. "그래서 무전기 제어장치가 잠긴 거군요."

"자네가 갇혀 있는 것도 그래서지."

루카스는 고개를 끄덕였다. 이미 그 정도는 의심하고 있었다.

"여기에 얼마나 오래 갇혀 계셨어요?" 버나드를 쳐다보자, 루카스의 머릿속에 어떤 장면이 스쳐 지나갔다. 어머니가 찾아왔을 때, 총을 점검하던 빌링스 보안관의 모습이었다. 두 사람의 이야기에 귀를 기울이고 있었던 걸까? 혹시 루카스가 무슨 말이라도 했다면 총에 맞았을까? 어머니도 같이?

"난 내가 준비되었고, 배운 바를 모두 받아들이고 이해했다는 게 확실해질 때까지 여기에서 두 달이 조금 넘는 시간을 보냈지." 버나드는 배 위로 팔짱을 꼈다. "난 정말로 자네가 그 질문을 하지 않기를, 그렇게 빨리 알아내지 않기를 빌었어. 나이가 더 들고 아는 편이 훨씬 낫거든."

루카스는 입술을 오므리고 고개를 끄덕였다. 연장자와, 훨씬 더 많이 알고 현명한 누군가와 이런 대화를 나누다니 이상했다. 그는 이게 남자가 아버지와 나누는 대화 중 하나일까 생각했다. 다만 미리 계획하고 수행한 전 세계 멸망에 대해 이야기하지는 않겠지.

루카스는 고개를 숙이고 찻잎에서 우러나는 향기를 들이마셨다. 몸이 떨리는 스트레스를 뚫고 연결되는 직통선처럼, 박하 향이 두 뇌 깊은 곳에 있는 차분한 쾌락 중추를 때렸다. 그는 향을 들이마시고 숨을 멈췄다가 한참 만에 내뱉었다. 버나드는 창고 구석에 있는 작은 스토브로 걸어가서 자기가 마실 차를 준비했다.

"어떻게 한 거죠?" 루카스가 물었다. "그렇게 많은 사람을 죽이다니. 그자들이 어떻게 했는지 아세요?"

버나드는 어깨를 으쓱였다. 그는 손가락 하나로 깡통을 톡톡 쳐서 정확한 분량의 찻잎을 다른 여과기 안에 털어넣었다. "어쩌면 지금까지 그러고 있을지도 모르지. 아무도 이런 상태가 얼마나 오래 이어지는지 말하지 않아. 어딘가 지구상 다른 곳에서 한 줌의 생존자가 숨어 있을지도 모른다는 두려움이 존재하지. 또 다른 누군가가 살아 있다면 작전명 50은 무의미해. 동종의 인구만이 존재해야 하고…….”

“저와 이야기한 사람, 그 사람은 우리가 다라고 했어요. 사일로는 50개뿐이라고…….”

“이제는 마흔일곱 개야. 그리고 우리가 아는 한에는 우리뿐이지. 다른 사람들이 이렇게 잘 준비했으리라 상상하기는 힘들어. 하지만 언제나 가능성은 있지. 몇백 년밖에 지나지 않았으니까.”

“몇백 년?” 루카스는 조리대에 몸을 기댔다. 찻잔을 들어 올렸지만, 박하 향은 힘을 잃고 있었다. “그러니까 몇백 년 전에 우리가…….”

“그자들이지.” 버나드는 아직 김이 오르는 물을 머그잔에 부었다. “그자들이 한 짓이야. 자네를 포함시키지는 마. 나도 포함시키지 말고.”

“좋아요, 그자들이 세상을 파괴하기로 결정했어요. 모조리 쓸어버리기로요. 대체 왜죠?”

버나드는 찻잎이 우러나게 머그잔을 스토브 위에 내려놓았다. 그는 안경을 벗어서 김을 닦아내고, 손에 쥔 안경으로 서재 쪽을, 육중한 책들이 선반을 채운 벽을 가리켰다. “왜라니, 우리 〈유산〉의 가장 나쁜 부분 때문이지. 적어도 그자들이 아직 살아 있다면 그렇게 말할 거라고 생각해.” 버나드는 목소리를 낮추고 중얼거렸다. “참 고맙게도 그자들은 살아 있지 않지만.”

루카스는 몸을 부르르 떨었다. 아직도, 어떤 상황이라고 해도, 누군가가 그런 결정을 내리다니 믿지 않았다. 그는 몇백 년 전에 별들 아래에서 살았을 수십 억의 사람들을 생각했다. 아무도 그렇게 많은 사람을 죽일 수는 없었다. 어떻게 그렇게 많은 생명을 아무렇지도 않게 빼앗을 수가 있단 말인가?

"그리고 지금 우린 그자들을 위해 일하는 거군요." 루카스는 침을 뱉듯이 말했다. 그는 싱크대로 걸어가서, 머그잔에서 여과기를 빼내어 스테인리스강 위에 놓았다. 그는 혀가 데지 않도록 후후거리며 조심스럽게 차를 한 모금 마셨다. "우리를 포함시키지 말라고 하셨지만, 이제는 우리도 이 일에 속해 있어요."

"아니야." 버나드는 스토브에서 물러서서 식사 공간 벽에 걸린 작은 세계 지도 앞에 섰다. "우리는 그 미친놈들이 저지른 짓과 아무 상관도 없어. 그놈들, 이런 짓을 한 놈들이 여기 있다면, 나와 같은 방 안에 있다면 마지막 한 놈까지 내가 죽여버릴 거야." 버나드는 손바닥으로 지도를 때렸다. "맨손으로 목을 비틀어버릴 거야."

루카스는 아무 말도 하지 않았다. 움직이지도 않았다.

"놈들은 우리에게 기회를 주지 않았네. 이건 기회가 아니야." 버나드는 방 안을 향해 손짓했다. "이건 감옥이지. 집이 아니라 감옥. 우리를 보호하기 위한 공간이 아니라, 살고 싶으면 자기들의 환상을 실현시키라고 강제하는 수단이라고."

"무슨 환상 말이에요?"

"서로가 너무나 똑같은 세상, 서로에게 너무나 단단히 매여 있어서 싸움에 시간을 낭비하지 않고, 제한된 자원을 지키겠다고 우리 자원을 낭비하지 않을 세상에 대한 환상이지." 버나드는 머그잔을 들어 올리고 소리 내어 한 모금을 마셨다. "적어도 내 이론은 그래. 수십 년 동안 읽은 결론이야. 이런 짓을 한 자들은 무너지기 시작한 어느 강력한 국가를 책임지고 있었어. 그자들은 끝을, 자기들의 끝을 볼 수 있었고, 그 전망에 자살하고 싶을 만큼 겁을 먹었지. 주어진 시간이 다하기 시작하자—수십 년이었다는 점은 명심해야겠지만—놈들은 스스로를 지키고, 자기들이 생각하는 삶의 방식을 지킬 기회를 딱 하나 생각해냈어. 그래서, 유일할지도 모르는 기회마저 잃어버리기 전에 계획을 행동에 옮긴 거야."

"아무도 모르게요? 어떻게 그럴 수가 있죠?"

버나드는 차를 한 모금 더 마셨다. 그는 입술을 두드리고 콧수염을 훔치며 말했다. "누가 알겠나? 어쩌면 아무도 믿지 못했을 수도 있겠지. 어쩌면 비밀을 지키는 대가가 포함되어 있었을지도 모르고. 놈들은 자네가 상상도 하지 못할 만큼 큰 공장에서 몰래 다른 것들도 만들었어. 아마도 이 모든 일에 관련되었을 그런 공장에서 폭탄을 만들었지. 아무도 모르게 말이야. 〈유산〉 중에는 오래전 엄청난 왕들이 있던 땅에 대한 이야기들이 있어. 왕이라는 건 시장과 비슷한데, 훨씬 많은 사람을 통치했지. 이런 사람들이 죽으면, 땅속에 공들여 공간을 만들고 보물을 채웠다네. 수백 명이 해야 하는 일이었지. 이런 지하 공간의 위치를 어떻게 비밀로 지켰는지 아나?"

루카스는 어깨를 으쓱였다. "일꾼들에게 치트를 산더미같이 지불했나요?"

버나드는 소리 내어 웃고는 혀에 붙은 찻잎을 떼어냈다. "그 시절에는 치트가 없었네. 그리고 아니야, 그자들은 일꾼들이 침묵을 지킬 수밖에 없게 만들었지. 다 죽인 거야."

"자기네 사람들을요?" 루카스는 책이 꽂힌 방 쪽을 보면서, 그 이야기가 어느 통 속에 들어 있을까 생각했다.

"비밀을 지키기 위해 사람을 죽이는 건 우리도 마찬가지야." 버나드의 얼굴이 굳었다. "언젠가, 자네가 이어받으면 그것도 자네의 일이 될 거야."

루카스는 그 말에 담긴 진실을 이해하면서 날카로운 아픔을 느꼈다. 그는 처음으로 자신이 어떤 일을 맡았는지 제대로 엿보았다. 그에 비하면 소총으로 사람을 쏘는 일은 정직해 보일 지경이었다.

"우리는 이 세상을 만든 사람들이 아니야, 루카스. 하지만 이 세상에서 살아남는 일은 우리에게 달렸어. 자네는 그 점을 이해해야 해."

"지금 우리가 어디에 있는지는 통제할 수 없다, 앞으로 무슨 행동을 할지 정할 수 있을 뿐이다." 루카스는 중얼거렸다.

"현명한 말이야." 버나드는 차를 한 모금 더 마셨다.

"네. 이제야 그 말을 제대로 이해하기 시작했습니다."

버나드는 잔을 싱크대 안에 내려놓고 둥그렇게 나온 작업복 배 부분에 한 손을 찔러 넣었다. 그는 잠시 동안 루카스를 바라보다가, 다시 작은 세계 지도를 보았다.

"사악한 자들이 이런 짓을 했지만, 그자들은 죽었어. 그놈들에 대해서는 잊어버려. 하지만 이것만은 알아두게. 놈들은 살아남기 위해 어처구니없는 방법을 택해서 자기네 새끼들을 가뒀어. 우리를 이 게임 속에, 규칙을 깨면 모조리 다 죽어버리는 게임 속에 밀어 넣었지. 하지만 그 규칙대로 살고, 복종한다는 건, 누구나 고통받는다는 뜻이야."

버나드는 안경을 바로잡고 루카스 쪽으로 걸어가더니, 그의 어깨를 두드리고 지나갔다. "자네가 자랑스럽네. 자네는 나보다 훨씬 더 잘 받아들이고 있어. 이제 좀 쉬어. 머리와 가슴에 자리를 좀 만들어주라고. 내일은 공부를 더 해야지." 버나드는 서재를 지나고, 복도를 지나서 멀리 보이는 사다리로 올라갔다.

루카스는 고개를 끄덕이고 침묵을 지켰다. 버나드가 사라지고, 멀리서 울리는 둔탁한 쇳소리가 바닥판이 제자리로 돌아갔음을 알려줄 때까지 기다렸다가 서재를 통과해서 커다란 도면을, X 표가 그어진 사일로들의 도면을 올려다보았다. 그는 1번 사일로의 지붕을 노려보면서, 도대체 누가 이 모든 일의 책임자인지, 그자들도 자기들의 행동을 어쩔 수 없이 떠맡은 일이라고 합리화할 수 있을지 생각했다. 그들도 자기들에게는 잘못이 없고 그저 물려받은 일을 계속할 뿐이라고, 쥐똥 같은 규칙과 거의 모든 사람을 무지한 채로 가둬두는 이 비뚤어진 게임은 자기들 작품이 아니라고 할까.

대체 뭐 하는 자들인가? 루카스가 그들과 같은 인간이 된 스스로를 견딜 수 있을까?

버나드는 어떻게 자기도 그자들과 마찬가지라는 사실을 알지 못하는가?

71

18번 사일로

발전실 문이 등 뒤로 쾅 닫히고, 이어지는 총성이 멀리서 들리는 망치 소리처럼 약해졌다. 셜리는 바깥은 어떻게 돌아가느냐고 묻는 친구와 동료들을 무시하고, 아픈 다리로 제어실을 향해 달려갔다. 사람들은 요란한 폭음과 산발적인 총성에 겁을 먹고 벽에 붙거나 난간 뒤에 웅크리고 있었다. 셜리는 제어실에 도착하기 직전에, 두 번째 근무조에 속한 몇 사람이 주 발전기 위에서 우르릉거리는 기계의 거대한 배기 시스템을 만지작거리는 모습을 보았다.

"가져왔어요." 셜리는 등 뒤로 제어실 문을 닫으면서 씩씩거렸다. 코트니와 워커가 바닥에서 고개를 들었다. 코트니의 동그랗게 뜬 눈과 벌어진 입을 보니 무엇인가를 놓쳤구나 싶었다.

"뭐야?" 셜리는 코트니에게 묻고 나서 송신기 두 개를 워커에게 건넸다. "너도 들었어? 워커 아저씨, 코트니도 알아요?"

"어떻게 이런 일이 가능하지?" 코트니가 물었다. "어떻게 줄스가 살아남았대? 그리고 네 얼굴은 어떻게 된 거야?"

셜리는 입술과 아픈 턱을 만져보았다. 손가락에 피가 묻어났다. 셜리는 작업복 안에 입은 셔츠 소매로 입가를 닦았다.

워커가 송신기 하나를 만지작거리면서 중얼거렸다. "이게 작동한다면 줄스에게 직접 물어볼 수 있겠지."

셜리는 몸을 돌리고 제어실의 감시창 밖을 보았다. 그녀는 얼굴을 닦은 소매를 내리고 물었다. "다른 사람들은 배기관으로 뭘 하는 거야?"

"경로를 변경할 계획이래." 코트니가 대답하더니, 워커가 납땜질을 시작하자 바닥에서 일어섰다. 납땜 냄새가 나자 워커의 작업장이 떠올랐다. 코트니가 창가에 선 셜리 옆으로 가는 동안 워커는 눈이 잘 보이지 않는다고 투덜거렸다.

"어디로 변경해?"

"IT부로. 헬린 말로는 그래. 서버실의 냉각 배관이 여기 천장을 통과해서 기계부 수직 통로로 올라간대. 누군가가 약도에서 얼마나 가까운지 알아보고, 그걸로 여기에서 맞서 싸울 방법을 생각해냈어."

"그래서, 여기 매연으로 놈들을 질식시킨다고?" 셜리는 그 계획이 불편했다. 녹스가 아직 살아 있었다면, 아직 지휘하고 있었다면 뭐라고 했을까. 확실히 그 위에서 책상을 차지한 그 모든 사람들은 문제가 아니겠지만. "아저씨, 대화를 하려면 얼마나 걸려요? 줄스에게 말을 걸려면요."

"거의 다 됐어. 망할 놈의 확대경……."

코트니는 셜리의 팔에 손을 올렸다. "넌 괜찮아? 어떻게 견디고 있어?"

"나?" 셜리는 웃음을 터뜨리고 고개를 저었다. 그녀는 소매에 묻은 핏자국을 확인하고, 가슴팍을 따라 흐르는 땀을 느꼈다.

"나야 이렇게 멍한 상태로 돌아다니지. 이젠 뭐가 어떻게 돌아가는 건지 하나도 모르겠어. 아까 계단에서 있었던 폭발 때문에 귀가 아직도 웅웅거려. 아무래도 발목을 접질린 것 같아. 그리고 배고파 죽겠어. 아, 그리고 죽었다고 생각한 친구가 죽지 않았더라는 말은 했던가?"

셜리는 심호흡을 했다.

코트니는 여전히 걱정스러운 얼굴로 그녀를 보고 있었다. 셜리는 이 모든 내용이 친구의 질문과는 아무 상관도 없음을 알았다.

"그리고 맞아, 난 마크가 그리워." 셜리는 조용히 말했다.

코트니는 친구에게 팔을 두르고 가까이 끌어당겼다. "미안해. 그러려던 게 아닌데……."

셜리는 됐다고 손을 내저었다. 두 사람은 말없이 그 자리에 서서 창밖으로 두 번째 교대조의 조원들이 발전기 위에서 작업을 벌이며, 방 하나만 한 크기의 기계에서 뿜어져 나오는 유독한 매연을 한참 위에 있는 30층대의 바닥으로 돌리려 애쓰는 모습을 지켜보았다.

"하지만, 그거 알아? 그이가 여기 없어서 기쁠 때도 있어. 놈들이 여기까지 내려오면 나도 그렇게 오래 살지는 못할 거라는 걸 알 때. 그이가 살아서 그런 상황에 대해 괴로워하고, 놈들이 우리에게, 나에게 무슨 짓을 할지 걱정하지 않아도 된다는 건 기쁘지. 게다가 이 모든 싸움에 참가하고, 배급 식량으로 살고, 이런 미친 짓을 하는 모습을 지켜보지 않아도 된다는 것 역시 기뻐." 셜리는 바깥에서 일하는 조원들을 턱짓으로 가리켰다. 마크가 있었다면 그곳에서 그 끔찍한 작업을 이끌고 있거나, 아니면 바깥에서 뺨에 총을 대고 있었으리라.

"여보세요. 시험 중. 여보세요. 여보세요."

두 여자는 고개를 돌리고, 워커가 턱 아래에 헤드셋 마이크를 잡고, 집중하느라 이마에 주름을 잡은 얼굴로 빨간색 폭파 스위치를 딸깍거리는 모습을 보았다.

"줄리엣? 내 말 들려? 여보세요?"

셜리는 워커 옆으로 가서 쪼그려 앉고, 워커의 어깨에 한 손을 올렸다. 세 사람은 헤드폰을 노려보며 대답을 기다렸다.

"……여보세요?"

작은 스피커에서 조용한 목소리가 새어 나왔다. 셜리는 한 손을 가슴에 대고, 대답이 돌아왔다는 기적에 숨이 멈췄다. 필사적인 희망이 솟구쳐 올랐다가, 1초도 지나지 않아서 상대가 줄리엣이 아니라는 걸 깨달았다. 목소리가 달랐다.

"줄스가 아니잖아." 코트니가 낙담해서 속삭였다. 워커는 조용히 하라고 손을 휘저었다. 워커가 송신을 준비하자 빨간 스위치가 시끄럽게 딸깍거렸다.

"여보세요. 내 이름은 워커요. 친구가 보내는 송신을 받았는데, 거기 누구 다른 사람이 있소?"

"그 사람들에게 어디냐고도 물어봐요." 코트니가 낮게 말했다.

"정확히 거기가 어디요?" 워커는 스위치를 놓기 전에 덧붙여 물었다.

작은 스피커에서 팍 소리가 났다.

"우린 아무 데도 없어. 당신은 절대 우리를 못 찾을 거야. 가까이 오지 마."

잠시 사이를 두고 잡음이 지직거렸다.

"그리고 당신 친구는 죽었어. 그 남자는 우리가 죽였어."

72

17번 사일로

보호복 안에 든 물은 얼음 같았고, 공기도 차가웠다. 둘의 결합은 치명적이었다. 줄리엣이 칼을 움직이는 와중에도 이가 딱딱 부딪쳤다. 그녀는 칼날을 척척한 보호복에 밀어 넣으면서, 이미 이런 상황에 처해봤고, 이 모든 일을 틀림없이 예전에도 해봤다는 느낌을 받았다.

장갑이 먼저 떨어져 나가고, 보호복이 망가지면서 칼로 베어낸 곳마다 물이 쏟아져 나왔다. 줄리엣은 두 손을 마주 비비면서도 감촉을 거의 느낄 수 없었다. 보호복 가슴 부분을 베어내면서는 죽은 듯이 잠잠하게 누운 솔로에게 시선을 떨어뜨렸다. 솔로가 들고 다니던 커다란 렌치가 없었다. 두 사람이 가져온 보급품 가방도 없어졌다. 공기 압축기는 옆으로 쓰러졌고, 호스는 구부러진 채로 깔려 있었으며, 느슨해진 급유 마개에서 연료가 새어 나왔다.

몸이 얼고 있었다. 숨을 제대로 쉴 수가 없었다. 줄리엣은 일단 보호복 가슴팍을 잘라서 열고 그 구멍으로 무릎과 발을 빼낸 다음, 몸을 빙 돌려서 등에 붙은 벨크로를 뜯어내려고 했다.

손가락에 감각이 없어서 벨크로를 뜯기도 힘들었다. 대신 연결 부위를 칼로 그어서 벨크로를 잘라내고 지퍼를 찾아냈다.

마침내, 그녀는 손가락이 하얗게 질릴 때까지 힘을 주어 깃에 붙은 작은 마개를 뜯어내고 보호복을 팽개쳤다. 물이 들어가서 평소보다 두 배는 무거웠다. 그녀는 두 겹의 검은색 내피복을 남겨두고, 떨리는 손으로 칼을 쥔 채 여전히 흠뻑 젖은 몸을 벌벌 떨었다. 옆에는 선량한 남자가, 이 지저분한 세상이 던진 모든 재앙에서 살아남고도 그녀의 등장으로 죽은 남자가 누워 있었다.

줄리엣은 솔로 옆으로 가서 목에 손을 댔다. 손이 얼음장 같아서 맥박조차 느낄 수가 없었다. 언 손가락으로는 솔로의 목도 잘 만져지지 않았다.

그녀는 가까스로 일어서다가 쓰러질 뻔하고 층계참 난간을 붙들었다. 몸을 따뜻하게 해야 한다는 생각에 공기 압축기 쪽으로 비틀비틀 걸어갔다. 자버리고 싶은 유혹이 강렬했지만, 그랬다가는 영영 깨지 못할 터였다.

연료통은 아직 꽉 차 있었다. 뚜껑을 비틀어 열려고 했지만 손이 쓸모가 없었다. 두 손 다 마비된 데다가 추위로 떨리는 상태였다. 내뿜는 입김이 눈앞에 하얗게 서리면서, 그녀가 잃고 있는 열기를 서늘하게 일깨워주었다. 몸에 남은 얼마 안 되는 온기마저 빠져나가고 있었다.

줄리엣은 칼을 쥐었다. 두 손으로 칼을 잡고, 그 끝으로 뚜껑을 눌렀다. 평평한 칼자루가 플라스틱 뚜껑보다 잡기 쉬웠다. 칼날을 돌려서 연료통 뚜껑을 깨뜨렸다. 일단 뚜껑이 열리자 칼날을 빼내고, 식칼을 무릎에 올려놓은 채 손바닥으로 나머지 일을 했다.

그녀는 연료통을 압축기 위로 기울여서 커다란 고무바퀴, 운반기, 모터 전체를 적셨다. 어차피 그 압축기를 다시 쓸 일은 없을 것이다. 다시는 공기 압축기나 다른 물건에 산소를 의지하고 싶지 않았다. 아직 반쯤 남은 연료통을 내려놓고, 발로 압축기에서 멀리 밀어냈다. 강철 격자판 사이로 흘러내린 연료가 아래에 고인 물에 똑똑 떨어지는 규칙적인 소리로 계단 콘크리트 벽에 메아리치고, 아래 고인 물에 유독하고 다채로운 기름기를 더했다.

그녀는 식칼을 칼등 쪽으로 뒤집고, 칼날을 아래로 휘둘러서 열교환기의 금속 지느러미를 때렸다. 금방이라도 훅 하고 불길이 올라올까 봐 한 번 때릴 때마다 팔을 뒤로 뺐다. 하지만 불꽃이 일지 않았다. 귀중한 도구이자 유일한 방어 수단을 함부로 쓰기는 싫었지만, 칼을 더 세게 휘둘렀다. 가까이에서 꼼짝도 하지 않는 솔로를 보면, 일단 이 끔찍한 추위에서 살아남고 나서야 그 칼이 필요할지도 모른다는 생각이 들었다.

칼이 금속 지느러미를 강타했다. 퍽 소리가 나더니 열기가 팔을 타고 올라와서 얼굴까지 쓸었다.

줄리엣은 칼을 떨어뜨리고 손을 흔들었지만, 손에는 불이 붙지 않았다. 압축기는 불타고 있었다. 격자판 일부도 타고 있었다.

불길이 약해지자 줄리엣은 통을 잡고 그 위에 연료를 더 끼얹었다. 보답으로 커다란 오렌지색 불덩이가 쉭 소리를 내며 허공에 솟구쳤다. 바퀴가 따닥 소리를 내며 타들어갔다. 줄리엣은 불가에 주저앉아서, 금속으로 만들어진 기계를 태우며 너울거리는 불길의 열기를 느꼈다. 내 피복을 벗으면서 한 번씩 솔로에게 눈길을 돌리고, 솔로의 몸을 그렇게 내버려두지 않겠다고, 다시 찾으러 오겠다고 스스로에게 다짐했다.

사지에 감각이 돌아왔다. 처음에는 서서히 돌아왔지만, 나중에는 따끔거리는 통증이 느껴졌다. 그녀는 작고 약한 불길 옆에 벌거벗은 몸을 둥글게 말고 두 손을 마주 비비며, 눈에 보이는 따뜻한 입김을 손바닥에 불어넣었다. 굶주리고 인색한 불길에게 두 번 더 먹이를 줘야 했다. 믿음직하게 타는 부품은 바퀴뿐이었는데, 그 덕분에 그나마 불꽃을 다시 일으킬 필요는 없었다. 아름다운 열기가 층계참의 격자판 마루에 퍼져나가면서, 금속 바닥에 닿은 맨살을 데웠다.

이가 딱딱 부딪쳤다. 줄리엣은 금방이라도 부츠가 쿵쾅거리면서 내려오면, 다른 생존자들과 얼음 같은 물 사이에 갇힐 수도 있다는 새로운 두려움에 사로잡혀서 계단을 주시했다. 식칼을 찾아 두 손으로 그러모으고, 너무 심하게 떨지 않으려고 애썼다.

칼날에 언뜻 비친 얼굴을 보니 더 걱정스러웠다. 얼굴이 유령처럼 창백했다. 입술은 자줏빛이었고, 눈 주위가 시커면 데다가 움푹 꺼져 보였다. 입술이 떨리고, 이가 딱딱 부딪치는 자신의 모습에 웃음이 터질 지경이었다. 그녀는 불 가까이 몸을 옮겼다. 칼날 위에서 오렌지색 불빛이 춤을 추고, 타지 않은 연료가 똑똑 떨어지면서 아래에 은색 물방울을 튀겼다.

휘발유가 마지막까지 타버리고 불길이 줄어들자, 줄리엣은 움직이기로 결심했다. 아직 몸이 떨리기는 했지만 그것은 전기가 들어오는 IT부에서 워낙 멀리 떨어진 심층부의 추위 탓이었다. 그녀는 벗어 던진 검은색 내피복을 두드려보았다. 한 벌은 뭉쳐놓은 상태여서 아직 젖어 있었다. 다른 한 벌은 그래도 평평하게 펴놓기는 했다. 머리가 제대로 돌아갔다면 난간에 걸어두었을 텐데. 그 내피복도 축축하기는 했지만, 차가운 공기에 체열을 빼앗기느니 그거라도 입고 몸을 데우는 편이 나았다. 그녀는 두 다리를 집어넣고, 힘겹게 소매에 팔을 밀어 넣은 후 앞에 달린 지퍼를 올렸다.

그녀는 얼얼하고 불안정한 맨발로 솔로에게 돌아갔다. 이번에는 솔로의 목을 제대로 만져볼 수 있었다. 따뜻했다. 시체가 식기까지 얼마나 오래 걸리는지는 생각나지 않았다. 그러다가 솔로의 목에서 약하고 느린 진동이 느껴졌다. 맥박이었다.

"솔로!" 그녀는 솔로의 어깨를 흔들었다. "이봐요." 솔로가 속삭인 이름이 뭐였지? 기억났다. "지미!"

어깨를 흔들자 그의 머리가 이쪽저쪽으로 흔들렸다. 마구잡이로 뻗은 머리카락 아래 두피를 살펴보니 피가 잔뜩이었다. 대부분은 말라붙어 있었다. 그녀는 다시 한번 가방을 찾았지만, 역시 식량과 물과 돌아왔을 때 입을 마른 옷을 챙겨 온 가방은 사라지고 없었다. 대신 그녀는 다른 내피복을 잡았다. 그 옷에 묻은 물이 괜찮을지는 자신할 수 없었지만, 없는 것보다는 나을 터였다. 그녀는 내피복을 꽉 눌러서 짜낼 수 있는 물을 솔로의 입술에 떨어뜨렸다. 그의 머리 위에도 떨어뜨렸다. 머리카락을 빗어 넘겨서 상처를 살펴보고, 그 끔찍한 상처를 손가락으로 만져보았다. 벌어진 상처에 물이 닿자마자, 버튼이라도 누른 듯한 효과가 일어났다. 솔로가 그녀의 손과 내피복에서 떨어지는 물방울을 피해 옆으로 몸을 비틀었다. 솔로는 턱수염 안으로 누런 이를 번득이면서 고통스러운 비명을 내지르고, 층계참에 놓여 있던 두 손을 들어 올려 뻣뻣한 팔로 허공을 휘저었다. 아직 정신이 들지는 않았다.

"솔로. 이봐요, 괜찮아요."

그녀는 정신이 들면서 눈알을 굴리고 눈꺼풀을 깜박이는 솔로를 끌어안았다.

"괜찮아요. 괜찮아질 거예요."

그녀는 돌돌 만 내피복으로 그의 상처를 눌렀다. 솔로는 끙끙거리면서 그녀의 손목을 잡았지만, 몸을 움직이지는 않았다.

"따가워요." 그는 눈을 깜박이며 주위를 둘러보았다. "여기가 어디죠?"

"심층부예요." 그녀는 솔로의 목소리를 듣고 기뻐하며 대답했다. 안도감에 울음이 나올 것 같았다. "당신이 습격을 받은 것 같은데……."

그는 일어나 앉으려다가 잇새로 쇳소리를 내며 그녀의 손목을 세게 죄었다.

"진정해요." 그녀는 솔로를 눕혀두려고 애쓰면서 말했다. "머리가 심하게 찢어졌어요. 많이 부었고요."

솔로는 몸에서 힘을 뺐다.

"그자들은 어디 있어요?" 그가 물었다.

"난 몰라요. 기억나는 게 있나요? 몇 명이나 있었어요?"

그는 눈을 감았다. 그녀는 계속 그의 상처를 살살 두드렸다.

"한 명이었어요. 아마도." 그는 습격받은 기억에 놀란 듯이 눈을 크게 떴다. "내 나이였어요."

"우린 위로 올라가야 해요. 따뜻한 곳으로 가서 당신 상처를 소독하고, 내 몸을 말려야 해요. 움직일 수 있겠어요?"

"난 미치지 않았어요." 솔로가 말했다.

"미치지 않은 줄 알아요."

"옮겨진 물건들. 켜져 있던 불빛. 내가 아니었어요. 난 미치지 않았어요."

"맞아요." 줄리엣은 솔로의 말에 동의했다. 그녀 역시 내내 똑같은 생각을 했었다. 언제나 심층부에서, 주로 공급부를 뒤지다가 그런 일을 겪곤 했다. "당신은 미치지 않았어요." 그녀는 솔로를 안심시켰다. "조금도 미치지 않았어요."

73

18번 사일로

루카스는 도저히 공부할 수 없었다. 해야 할 공부는 할 수가 없었다. 〈규칙〉은 나무 책상 위에 펼쳐져 있었고, 그 위로 작은 등불이 이음매가 천 개는 될 듯한 목을 구부리고 빛의 웅덩이로 책을 데우고 있었다. 그는 책상 대신 도표가 붙은 벽 앞에 서서, 윗방에 놓인 서버와 비슷하게 배치된 사일로들의 그림을 응시하며, 멀리서 벌어지는 전쟁의 소리로 치직거리는 무전기에 귀를 기울였다.

마지막 총공격이 이루어지고 있었다. 심스의 팀은 계단에서―중앙 계단 쪽은 아니었다―일어난 끔찍한 폭발로 몇 사람을 잃었고, 지금 그들은 마지막이 되기를 바라며 전투를 벌이고 있었다. 무전기 옆에 달린 작은 스피커에서 치직거리는 잡음이 울리면서 사람들이 조직을 편성하고, 버나드가 한 층 위에 있는 자기 사무실에서 고래고래 소리 질러 명령을 내리고 있었다. 목소리가 들릴 때마다 그 뒤에서는 총성이 울렸다.

루카스는 그 소리를 들어서는 안 되는 줄 알면서도 그만둘 수가 없었다. 줄리엣이 언제 호출해서 그간의 소식을 물어볼지 몰랐다. 그녀는 무슨 일이 일어났는지, 어떻게 결말이 찾아왔는지 알고 싶어 할 테고 그녀에게 모른다고, 도저히 들을 수가 없었다고 인정하느니 사실대로 말하는 편이 나았다.

그는 손을 뻗어서 17번 사일로의 둥근 지붕 그림을 만졌다. 마치 높은 곳에서 그 건물을 조사하는 신이라도 된 기분이었다. 그는 자기 손이 줄리엣의 머리 위에 있는 검은 구름을 뚫고 몇천 명을 위해 지어진 지붕에 이르는 광경을 그려보았다. 그는 17번 사일로 위에 그려진 붉은 X 표를, 너무나 큰 손실을 인정하는 두 개의 선을 손가락으로 문질렀다. 크레용이나 그 비슷한 것으로 그렸는지, 손가락에 만져지는 감촉이 밀랍 같았다. 그는 언젠가 그런 식으로 사람들이 다 죽었고, 다 없어졌다는 소식을 듣는 날을 상상해보려고 했다. 그러면 그 역시 버나드의 책상, 아니 그의 책상에서 빨간색 크레용을 찾아내고, 〈유산〉의 또 한 번의 기회에, 또 하나의 묻혀버린 희망에 슥슥 선을 긋겠지.

루카스는 머리 위에서 깜박이지 않고 안정적으로 빛나는 조명을 올려다보았다. 줄리엣은 왜 호출을 하지 않을까?

그의 손톱이 붉은 X 표에 걸려서 한 조각을 긁어냈다. 밀랍 같은 빨간 물질이 손톱 아래에 붙었지만, 그 아래에 보이는 종이는 여전히 피처럼 붉었다. 철회할 수도, 닦아낼 수도 없었다. 죽어버린 사일로를 다시 온전하게 만들 방법은 없었다.

무전기에서 총성이 울렸다. 루카스는 그 작은 무전기가 달린 선반으로 가서 지시하느라 질러대는 목소리와, 사람들이 죽어가는 소리에 귀를 기울였다. 이마가 땀으로 축축했다. 그게 어떤 느낌인지, 방아쇠를 당기고 한 생명을 끝내는 게 어떤 느낌인지 알았다. 그는 텅 빈 가슴과 약해진 무릎을 의식했다. 루카스는 젖은 손바닥으로 선반을 짚어 몸을 가누고, 잠긴 우리 안에 든 송신기를 바라보았다. 그 사람들을 호출해서 그러지 말라고, 이 모든 미친 짓을, 이 폭력과 무의미한 살인을 그만두라고 말하고 싶은 마음이 얼마나 간절한지 몰랐다. 그들 모두에게 붉게 X 표가 그려질 수도 있었다. 그들은 서로가 아니라 그 점을 두려워해야 했다.

그는 무전기 제어장치에의 접근을 막는 금속 우리를 건드리고, 방금 한 생각과 더불어 그 사실을 다른 모든 사람에게 방송하는 일이 얼마나 어리석은지 실감했다. 그 사람은 순진했다. 그래봐야 아무것도 바뀌지 않았다. 총질로 채워지는 단기적인 분노를 불러일으키기는 너무나 쉬웠다. 멸종을 피하려면 그보다 더 선견지명이 있고, 믿을 수 없을 만큼 참을성이 있는 다른 계획이 필요했다.

그의 손이 금속 창살을 쓸었다. 그는 우리 안으로 눈금이 '18'을 가리키고 있는 다이얼을 들여다보았다. 현기증이 나는 원 안에 사일로마다 하나씩, 50개의 숫자가 있었다. 루카스는 뭔가 다른 소리를 듣고 싶은 마음에 헛되이 창살을 잡아당겼다. 멀리 떨어진 저 모든 땅에서는 무슨 일이 벌어지고 있을까? 아마 해롭지 않은 일들이겠지. 농담과 잡담. 소문과 뒷말. 그는 그런 대화에 갑자기 끼어들어서 아무것도 모르던 사람들에게 스스로를 소개하는 짜릿한 상상을 펼쳤다. '전 18번 사일로의 루카스입니다.' 그렇게 말할 수도 있으리라. 그러면 다들 왜 사일로에 번호가 있는지 알고 싶어 하겠지. 그리고 루카스는 서로에게 잘 대하라고, 이제 남은 사람은 우리밖에 없다고, 세상에 남은 모든 책과 우주에 있는 모든 별들도 읽을 사람이 없고 갈라진 구름 사이로 올려다볼 사람이 없으면 무의미하다고 말하리라.

그는 무전기를 전쟁 속에 내버려두고, 책상과 끔찍한 〈규칙〉편 위로 열렬히 쏟아지는 빛의 웅덩이 옆을 지나쳤다. 그는 관심을 끌만한 것이 있는지 금속 통들을 확인했다. 가축우리 안을 돌아다니는 돼지처럼 불안한 기분이었다. 서버 사이를 한 바퀴 뛰면 좋겠지만 그러면 샤워를 해야 하는데, 어쩐지 샤워가 참을 수 없이 하기 싫은 일처럼 느껴지기 시작했다.

제일 끝에 있는 선반 앞에 쭈그리고 앉아서, 루카스는 금속 통에 들어가지 않고 묶이지도 않은 종이 더미를 살펴보았다. 여기에는 오랜 세월 동안 모인 손으로 쓴 필기와 〈유산〉에 대한 추가 내용이 쌓여 있었다. 미래의 사일로 지도자들에게 보내는 편지, 지시, 설명서, 기념품 등이었다. 그는 줄리엣이 쓴 발전기 제어실 설명서를 꺼냈다. 몇 주 전에 버나드가 심층부의 말썽이 더 나빠지면 도움이 될지도 모른다고 말하면서 그 선반에 얹어두는 모습을 보았었다.

그리고 무전기에서는 '더 나쁜' 상황이 울리고 있었다.

루카스는 책상으로 돌아가서 손으로 쓴 글씨를 읽기 좋게 조명등 목을 구부렸다. 줄리엣이 호출할까 봐 무서울 때가 있었다. 며칠 동안은 그러다가 걸리거나, 버나드가 대신 대답하거나, 줄리엣이 그에게 못할 짓, 다시는 하지 않을 짓을 시킬까 봐 두려워하기도 했다. 그리고, 머리 위 조명에 변함이 없고 윙윙거림도 없는 지금 그는 오직 호출이 오기만을 바랐다. 가슴이 아플 정도였다. 한편으로는 줄리엣이 위험한 일을 하고 있으며, 나쁜 일이 일어날 수도 있다는 사실을 알고 있었다. 어쨌든 그녀는 모두 다 죽었다는 뜻을 담은 붉은 X 표 아래에 살고 있었으니.

설명서에는 줄리엣이 기계식 연필심으로 적어놓은 내용이 가득했다. 그는 필기 내용을 하나 문지르고 손가락으로 그 연필 자국을 만져보았다. 생각할 수 있는 온갖 순서로 다이얼을 맞추는 방법, 밸브 위치, 전기 배선도 등이었는데, 내용은 이해할 수 없었다. 루카스는 종이를 넘기면서 그 설명서를 그와 다르지 않은 정신이 만들어낸, 그의 성도와 다르지 않은 프로젝트로 보았다. 그렇게 생각하고 나니 두 사람 사이의 거리가 더 아팠다. 왜 돌아갈 수 없는 걸까? 청소 이전으로, 줄지어 사람들이 묻히기 이전으로. 그가 어둠 속을 바라보고 있으면 매일 밤 일을 끝낸 그녀가 와서 옆에 앉고, 둘이 같이 생각하고 지켜보고, 잡담을 나누고 기다리던 그때로.

그는 설명서를 뒤집어서 인쇄된 희곡 대본을 읽어보았다. 설명서 못지않게 이해할 수 없는 내용이었다. 대본 가장자리에 다른 사람이 적어놓은 글씨가 보였다. 줄리엣의 어머니, 아니면 배우 누군가의 글씨일 듯싶었다. 어떤 대목에는 도형이 그려져 있고, 작은 화살표들이 움직임을 표시하기도 했다. 배우의 기록인 모양이었다. 무대 지시 사항이었다. 루카스가 감정을 품은 여인의 이름이 제목에 들어가 있는 이 대본은 그 여인, 즉 줄리엣에게 주어진 선물이었을 것이다.

그는 어두운 기분을 떨칠 만한 시적인 대목을 찾아서 대본을 훑어보았다. 종이를 휙휙 넘기다가, 그의 눈길이 퍼뜩 익숙한 필체를 포착했다. 배우의 글씨가 아니었다. 그는 뒤로 돌아가서 다시 종이를 한 장씩 넘기며 그 글씨를 찾았다.

확실히 그것은 줄리엣의 필체였다. 그는 희미해져가는 글씨를 읽으려고 대본을 불빛 속으로 옮겼다.

조지에게,

참으로 평화롭게 누워 있네요. 이마에 팬 주름도, 눈가에 잡힌 주름도 보이지 않는군요. 다른 이들이 눈길을 돌리고 단서를 찾을 때 함께하기도 했지만, 당신에게 무슨 일이 일어났는지는 나만이 알지요. 날 기다려요. 날 기다려요. 기다려요, 내 사랑. 이 조용한 간청이 당신의 귀를 찾고, 그대로 묻히기를. 아무도 알지 못하는 조용한 사랑으로부터 이 은밀한 입맞춤이 자랄 수 있게.

차가운 막대가 가슴을 꿰뚫는 기분이었다. 루카스는 줄리엣을 향한 갈망이 벌컥 치솟는 분노로 바뀌는 것을 느꼈다. 이 조지라는 사람은 누굴까? 어린 시절의 연애? 줄리엣은 승인받은 관계를 가진 적이 없었다. 처음 만난 다음 날에 공식 기록을 확인해보았다. 서버 컴퓨터에 접속하다 보면 켕기기는 해도 그런 힘을 행사할 수 있었다. 혹시, 짝사랑이었을까? 이미 다른 여자와 사랑에 빠진 기계부 남자라든가? 루카스에게는 더 불리한 가능성이었다. 그녀가 루카스에게서는 결코 느끼지 못할 방식으로 열망하는 남자라니. 그래서 고향에서 그렇게 멀리 떨어진 일자리를 받아들였을까? 가질 수 없는 조지라는 남자가 보이는 곳으로부터, 금지된 사랑을 다룬 연극 대본에 감춰둔 이 감정으로부터 벗어나려고?

그는 몸을 돌리고 버나드의 컴퓨터 앞에 주저앉았다. 마우스를 흔들어서 원격으로 위층 서버 컴퓨터에 접속하면서, 그의 뺨은 이

역겨운 기분, 이 새로운 감정에 붉게 물들었다. 그 감정을 질투라고 부른다는 건 알고 있었지만, 질투심과 함께 쇄도하는 흥분은 낯설었다. 그는 인사 파일로 들어가서 심층부에서 '조지'라는 이름을 검색했다. 네 명이 나왔다. 그는 각각의 신분증 번호를 복사해서 텍스트 파일에 붙인 다음, 그 내용을 신분증명부서에 집어넣었다. 각각의 사진이 뜨자 그는 기록을 훑어보면서 권력 남용에 대한 죄책감을 살짝 느끼고, 이 발견 자체에 대한 걱정도 약간 했다. 하지만 할 일을 찾은 덕분에 고통스러운 지루함은 훨씬 가셨다.

기계부에서 일하는 조지는 한 명뿐이었다. 나이가 많았다. 등 뒤에서 무전기가 지직거리는 가운데, 루카스는 이 남자가 아직 아래에 있다면 어떻게 되었을까 생각했다. 이미 살아 있지 않을 가능성도 있었다. 기계부 봉쇄로 인해 이 기록은 몇 주 뒤떨어진 내용을 담고 있었다.

심층부에서 검색에 걸린 다른 조지 두 명은 너무 어렸다. 한 명은 한 살도 채 되지 않았다. 다른 한 명은 운반인 그림자로 일하고 있었다. 그러면 서른두 살짜리 남자가 한 명 남았다. 그 남자는 시장에서 '기타'로 등록된 일을 했고, 결혼해서 아이가 둘 있었다. 루카스는 신분증명부서에서 나온 흐릿한 사진을 찬찬히 뜯어보았다. 콧수염. 벗어져가는 머리. 삐딱한 미소. 루카스는 그 남자의 눈 사이가 너무 멀고, 눈썹이 너무 짙고 숱이 무성하다고 생각했다.

루카스는 설명서를 들어 올리고 그 시를 다시 읽어보았다.

그리고 이 남자는 죽었다는 판단을 내렸다. '이 간청이 묻히기를.'

그는 다시 검색에 나섰다. 이번에는 입력이 닫힌 기록을 포함해서 광범위하게 검색했다. 사일로 전체에, 대폭동기까지 거슬러 올라가니 수백 개의 이름이 나왔다. 루카스는 단념하지 않았다. 그는 줄리엣이 서른네 살임을 떠올리고, 18년이라는 시간 범위를 입력했다. 줄리엣이 열여섯 살 이전에 이런 연정을 품었다면 루카스도 괴로워하지 않고, 속에서 타오르는 질투심과 부끄러움을 놓아버릴 수 있었다.

줄줄이 뜬 조지 중에서, 지난 18년간 심층부에서 죽은 사람은 세 명이었다. 하나는 50대, 또 하나는 60대에 사망했다. 둘 다 자연사였다. 루카스는 이 두 사람과 줄리엣을 교차 검색해서 일 관계나 가족 관계가 있는지 살펴볼까 생각했다.

그러다가 세 번째 파일이 눈에 들어왔다. 이 사람이 그가 찾는 조지였다. 그녀의 조지. 루카스는 보자마자 알았다. 계산을 해보니, 아직 살아 있다면 서른여덟 살이었다. 겨우 3년 전에 죽었고, 기계부에서 일했고, 결혼한 적이 없었다.

신분증명부서에 검색을 돌려서 나온 사진은 루카스의 두려움을 뒷받침했다. 각진 턱, 넓은 코, 검은 눈의 잘생긴 남자였다. 긴장하지 않고 차분하게 카메라를 보며 미소 짓고 있었다. 그 남자를 미워하기는 힘들었다. 죽은 후에 미워하기는 더욱 힘들었다.

사인을 확인해보니 수사를 받은 후에 산업 재해로 기록되었다. 수사를 받은 후라니. 그는 꼭대기 층에 새로운 보안관이 왔을 때 줄스에 대해 들은 말을 떠올렸다. 심층부 출신의 보안관이란 논란과 긴장, 풍문의 원천이었다. IT부에서는 특히 더 그랬다. 하지만 줄리엣이 오래전에 어떤 사건 수사를 도왔고, 그래서 선택받았다는 이야기가 떠돌았다.

이게 그 사건이었다. 조지가 죽기 전에 사랑했을까? 아니면 죽은 후에 그 사람에 대한 기억에 빠졌을까? 루카스는 분명히 전자라고 판단했다. 그는 책상 서랍에서 목탄을 하나 찾아내어 그 남자의 신분증 번호와 사건 번호를 적었다. 여기에 루카스가 시간을 보내고, 줄리엣에 대해 더 잘 알 방법이 생겼다. 적어도 줄리엣이 다시 호출할 때까지는 주의를 돌릴 수 있을 것이다. 그는 긴장을 풀고, 키보드를 무릎 위로 끌어당기고, 파헤치기 시작했다.

74

17번 사일로

줄리엣은 추위에 떨면서 솔로를 부축해 일으켰다. 그는 비틀거리다가 두 손으로 난간을 잡고 균형을 잡았다.

"걸을 수 있겠어요?" 줄리엣은 두 사람을 향해 나선을 그리며 내려오는 빈 계단을 주시하고, 누군가 다른 사람이, 솔로를 공격하고 그녀를 거의 죽일 뻔한 누군가가 그곳에 있지 않을까 경계했다.

"그럴 거예요." 그는 손바닥으로 이마를 가볍게 누르고, 묻어 나온 핏자국을 살펴보았다. "얼마나 멀리 갈 수 있을지는 모르겠지만."

그녀는 계단 쪽으로 솔로를 이끌었다. 녹아내린 고무와 휘발유 냄새가 코를 찔렀다. 검은색 내피복은 여전히 축축하게 달라붙었다. 내뿜은 입김이 눈앞에 피어올랐다. 그리고 말을 멈출 때마다 제어할 수 없이 이가 부딪쳤다. 그녀는 솔로가 곡선형의 바깥 난간을 붙들고 있는 사이에 허리를 굽혀 식칼을 회수했다. 그러고는 고개를 들고 앞에 놓인 과제를 곰곰이 생각했다. IT부까지 곧바로 올라가기는 불가능했다. 헤엄치느라 폐도 지칠 대로 지쳤고, 오한과 추위 때문에 근육에는 경련이 일었다. 솔로는 더 심해 보였다. 입가는 축 늘어졌고, 눈동자는 이리저리 떠돌았다. 지금 어디에 있는지도 제대로 인식하지 못하는 듯했다.

"보안관 사무실까지는 갈 수 있겠어요?" 줄리엣은 물었다. 공급부에 오가면서 그곳에서 밤을 보낸 경험이 있었다. 유치장은 이상하게 잠자리가 편안했다. 열쇠는 아직 안에 있었다. 열쇠를 가지고 안에서 방을 잠가두면 편하게 쉴 수 있을지도 몰랐다.

"그게 몇 층이나 되는데요?" 솔로가 물었다.

그는 자기 사일로의 심층부에 대해 줄리엣만큼 알지 못했다. 그렇게 멀리까지 모험에 나서지 않았다.

"10여 층 정도일 거예요. 할 수 있겠어요?"

솔로는 부츠를 들어 올리고, 첫 번째 계단에 발을 내렸다. "시도해볼게요."

그들은 식칼 하나만 들고 출발했다. 줄리엣이 그 칼을 가지고 있는 것도 행운이었다. 기계부를 통과하는 캄캄한 여정에서 어떻게 그 칼이 살아남았는지 알 수 없었다. 그녀는 칼을 꽉 쥐었다. 칼자루가 차가웠고, 그녀의 손은 더 차가웠다. 그 단순한 요리 도구는 그녀에게 안전의 상징이 되었고, 언제나 가지고 다녀야 할 필수품으로서 손목시계의 자리를 대신했다. 두 사람이 계단을 올라가는 동안, 줄리엣이 손을 뻗어서 균형을 잡을 때마다 칼자루가 안쪽 난간에 부딪쳐서 쇳소리를 냈다. 반대쪽 팔은 계속 솔로에게 두르고 있었고, 솔로는 매번 괴롭게 신음하며 힘겹게 계단을 올랐다.

"다른 사람이 얼마나 있다고 생각해요?" 그녀는 솔로가 발을 딛는 모습을 지켜보다가 불안하게 계단 위를 올려다보며 물었다.

솔로는 끙 소리를 냈다. "아무도 없어야 하는데 말이죠." 솔로가 살짝 비틀거렸지만, 줄리엣이 부축했다. "다 죽었어요. 모조리."

그들은 다음 층계참에 쉬려고 멈췄다. 줄리엣은 그제야 지적했다. "당신은 해냈죠. 이렇게 오랜 세월을 살아남았잖아요."

그는 얼굴을 찌푸리고, 손등으로 턱수염을 닦았다. 그는 씨근거리면서 말했다. "하지만 난 솔로예요." 그는 서글프게 고개를 흔들었다. "사람들은 다 죽었어요. 전부 다요."

줄리엣은 계단과 콘크리트 벽 사이로 이어지는 수직 통로를 올려다보았다. 어두운 녹색 빨대 같은 계단이 캄캄한 어둠 속으로 이어져 올라갔다. 그녀는 이를 맞부딪치지 않으려고 턱에 힘을 꽉 주고 무슨 소리라도 들리는지 귀를 기울였다. 생명의 징후라도 있는지. 솔로는 비틀거리면서 다음 계단으로 향했다. 줄리엣은 서둘러 그 옆으로 움직였다.

"얼마나 잘 보였어요? 기억나는 건요?"

"기억나는 건…… 나를 꼭 닮았다고 생각한 기억이 나요."

줄리엣은 솔로의 울음소리를 들었다고 생각했지만, 어쩌면 계단 몇 개와 더 씨름하느라 애쓰는 소리일지도 몰랐다. 그녀는 지나쳐 올라온 문을 돌아보았다. IT부에서 끌어온 전력이 없으니 문 안은 캄캄했다. 혹시 솔로를 공격한 사람을 지나치고 있는 건 아닐까? 살아 있는 유령을 뒤에 두고 가는 건 아닐까?

그녀는 제발 그렇기를 빌었다. 집이라고 부를 만한 곳은 고사하고, 심층부 보안관 사무실까지만 해도 갈 길이 멀었다.

그들은 한 층 반을 말없이 터벅터벅 걸어 올라갔다. 줄리엣은 내 내 떨었고 솔로는 움찔거리며 신음했다. 줄리엣은 가끔 팔을 문질렀는데, 그러면 계단을 오르고 솔로를 부축하느라 흘린 땀이 만져졌다. 축축한 내피복만 아니었다면 충분히 몸을 데울 만한 고행이었다. 세 층을 올라갔을 무렵에는 너무 배가 고파서 그대로 쓰러질 지경이었다. 몸에게도 태워서 온기를 유지할 연료가 필요했다.

"한 층만 더 올라가고 잠시 쉬어야겠어요." 그녀는 솔로에게 말했다. 솔로 역시 투덜거리며 찬성했다. 목표 지점에 휴식이라는 보상을 부여하니 좋았다. 수를 세어 한정시킬 수 있으니 계단을 오르기가 한결 쉬웠다. 132층 층계참에서, 솔로는 난간을 잡고 사다리를 내려가듯 손을 조금씩 옮겨서 몸을 바닥으로 내렸다. 엉덩이가 마루에 닿자 솔로는 쭉 뻗어서 얼굴 위에 두 손을 포갰다.

줄리엣은 솔로의 증상이 뇌진탕에 지나지 않기를 빌었다. 머리에 헬멧을 쓰지 않을 만큼은 강하지만, 공구나 철재를 맞아도 될 만큼 강하지는 않은 사내들 주위에서 일하면서 뇌진탕이라면 충분히 보아온 그녀였다. 그렇다면 솔로에게 필요한 것은 휴식뿐이었다.

휴식의 문제점은, 쉬고 있으면 더 추워진다는 점이었다. 줄리엣은 피가 잘 돌도록 발을 굴렀다. 계단을 오르면서 난 땀이 식으니 더 안 좋아졌다. 그녀는 계단을 순환하는 공기 흐름을 느낄 수 있었다. 아래에 고인 얼음 같은 물 위를 지나서 올라오는 찬 공기는 자연적인 냉방 장치나 다름없었다. 어깨가 덜덜 떨리고, 손에 잡힌 식칼이 하도 떨려서 칼날에 비친 얼굴이 흐릿한 은색 얼룩으로 변했다. 움직이기는 힘들고, 한군데 가만히 있으면 죽을 노릇이었다. 그리고 그녀는 아직도 습격자가 어디에 있는지 몰랐다. 그저 아래쪽에 남아 있기를 빌 뿐이었다.

"계속 가야 해요." 그녀는 솔로에게 말했다. 그리고 솔로 너머에 있는 132층 문을, 시커먼 창문을 보았다. 지금 이 순간이라도 누군가가 저 문을 박차고 나와서 그들을 공격한다면 어떻게 할까? 그녀가 어떤 싸움을 꾀할 수 있을까?

솔로가 팔을 들어 올려 그녀 쪽으로 휘저었다. "가요. 난 여기 있을게요."

"안 돼요. 같이 가요." 그녀는 두 손을 마주 비비고, 입김을 불어넣으면서 계속 움직일 힘을 불러일으켰다. 그리고 솔로에게 가서 손을 잡으려고 했지만, 솔로는 잡힌 손을 빼냈다.

"좀 더 쉬고 따라갈게요."

"당신을 혼자 두고 갔다가는." 이가 감당할 수 없이 맞부딪쳤다. 그녀는 몸을 떨면서 이 본의 아닌 발작을, 팔을 털고 손발을 흔들어서 피가 돌게 할 변명으로 삼았다. "난 지옥에 떨어질 거예요."

"목이 너무 말라요." 솔로가 말했다.

평생 치라고 해도 좋을 만큼 많은 물을 보았는데도 줄리엣 역시 목이 말랐다. 그녀는 위쪽을 보고 말했다. "한 층만 더 가면 하부 농장이에요. 자요, 오늘은 거기까지만 가면 충분할 거예요. 먹을 것과 물도 있고, 내가 입을 마른 옷도 찾고요. 자, 솔로, 일어나요. 집까지 가는 데 일주일이 걸린다 해도 상관없어요. 여기에서 포기하진 않아요."

그녀는 솔로의 손목을 잡았다. 이번에는 솔로도 뿌리치지 않았다.

다음 한 층을 올라가는 데는 영원과도 같은 시간이 걸렸다. 솔로는 몇 번이나 발을 멈추고 난간에 기대어 다음 계단을 멍하니 응시했다. 새로 솟은 피가 목을 따라 흘러내렸다. 줄리엣은 얼어붙은 발을 몇 번 더 구르고 스스로를 욕했다. 이건 정말 멍청한 짓이었다. 그녀는 정말 빌어먹게 멍청했다.

다음 층계참까지 몇 계단이 남았을 때, 줄리엣은 솔로를 뒤에 남겨두고 먼저 올라가 농장으로 들어가는 문을 확인했다. IT부에서 내려와서 농장 안으로 이어지는 임시 가설 전력선은 수십 년 전에, 솔로 같은 생존자들이 힘을 합쳐서 종말을 늦추기 위해 가능한 일을 했을 때 남긴 유산이었다. 문 안을 들여다보니 작물재배용 조명은 꺼진 상태였다.

"솔로? 내가 가서 타이머를 켤게요. 여기에서 쉬고 있어요."

솔로는 대답하지 않았다. 줄리엣은 문을 열어두고 발치의 금속 격자판에 식칼을 끼워서 칼자루로 문을 고정시키려고 했다. 팔이 하도 심하게 떨려서, 틈을 겨누는 데만도 엄청난 노력을 기울여야 했다. 그녀는 내피복에서 고무 타는 냄새가 난다는 사실을 알아차렸다. 연기 냄새 같기도 했다.

"여기요." 솔로가 말하더니 문을 잡아 열고 그 앞에 털썩 주저앉아서 난간에 고정시켰다.

줄리엣은 식칼을 가슴께에 꽉 붙잡았다. "고마워요."

솔로는 고개를 끄덕이고 손을 내저었다. 눈꺼풀이 축 늘어져 감겼다. "물." 그는 입술을 핥으면서 말했다.

줄리엣은 그의 어깨를 토닥였다. "바로 돌아올게요."

농장의 현관 로비가 계단에서 흘러드는 비상등 불빛을 집어삼키고, 어두운 녹색 빛은 순식간에 캄캄한 어둠으로 변했다. 멀리서 순환 펌프가 윙 소리를 냈다. 여러 주 전에 상부 농장에서 그녀를 맞이하던 소리와 똑같았다. 하지만 이제 그녀는 그게 무슨 소리인지 알고, 그 소리가 난다면 물을 구할 수 있다는 사실을 알았다. 물과 먹을 것, 어쩌면 갈아입을 옷도. 그저 앞을 볼 수 있게 불을 켜기만 하면 된다. 그녀는 여분의 손전등을 가져오지 않은 스스로를 저주하고, 가방과 장비를 잃어버린 일을 푸념했다.

보안문을 뛰어넘은 줄리엣을 어둠이 맞아들였다. 길은 알고 있었다. 이 농장들은 한심한 수경재배 펌프와 온갖 배관 작업에 매달린 몇 주 동안 그녀와 솔로를 먹여 살렸다. 줄리엣은 전선을 새로 연결한 펌프에 대해 생각했다. 연결이 잘되었을까, 떠나기 전에 층계참에 놓아둔 스위치를 켰다면 그 펌프가 작동했을까 궁금해했다. 미친 생각이지만, 설령 살아서 직접 보지 못한다 해도, 사일로가 마르고 물이 빠지기를 원하는 마음이 있었다. 물속에서 겪은 시련은 이미 이상할 정도로 아득하기만 했고, 꿈속에서 보기는 했어도 실제로 겪지는 않은 일처럼 여겨졌다. 그래도 그 일에 어떤 의미가 있었으면 좋겠다. 솔로가 입은 상처에도 어떤 의미가 있었으면 좋겠다.

걸으면서 다리가 스칠 때마다 내피복이 시끄럽게 바스락거렸고, 젖은 발을 바닥 위로 들어 올릴 때마다 쩍 소리가 났다. 줄리엣은 한 손을 벽에 대고, 다른 손에는 위안을 주는 식칼을 들고 걸었다. 이미 지난번에 켜져 있던 재배등이 남긴 온기를 느낄 수 있었다. 차가운 계단에서 벗어나니 살 것 같았다. 사실은 이미 기분도 나아졌다. 눈이 어둠에 익어갔다. 그녀는 먹을 것과 물을 구하고, 두 사람이 안전하게 잘 곳을 찾을 것이다. 내일은 중층부 보안관 사무실까지 가는 게 목표다. 무장도 하고, 힘을 모을 수 있겠지. 그때쯤이면 솔로의 몸도 더 나아질 것이다. 그래야 했다.

줄리엣은 복도 끝에서 제어실로 들어가는 문을 더듬어 찾았다. 습관대로 손은 안에 붙은 스위치로 향했지만, 그 스위치는 이미 올라가 있었다. 30년 넘게 작동하지 않은 스위치였다.

그녀는 몸이 부딪치기 전에 손이 먼저 닿기를 바라는 마음에서 팔을 앞으로 뻗고, 보이지 않는 방 안을 더듬었다. 칼끝이 제어반 하나를 긁었다. 줄리엣은 손을 위로 뻗어서 천장에 매달린 전선을 찾았다. 오래전에 누군가가 고정시킨 전선이었다. 그녀는 그 전선을 따라가서 연결된 타이머를 찾고, 프로그램 작동이 가능한 손잡이를 더듬어서 찰칵 소리가 날 때까지 천천히 돌렸다.

바깥 재배실에 깔린 계전기들이 켜지면서 커다란 탁, 탁 소리가 이어졌다. 희미하게 빛이 나타났다. 완전히 열이 오르려면 몇 분이 걸릴 터였다.

줄리엣은 제어실을 떠나서 길쭉한 땅뙈기 사이에 깔린, 풀이 마구 자란 통로 하나로 향했다. 제일 가까운 땅은 잡초를 깨끗하게 솎아낸 상태였다. 그녀는 통로 양쪽에서 뻗어 나온 식물들이 가운데에서 악수를 하는 형상으로 엉킨 나뭇잎을 헤치고 순환 펌프를 향해 걸어갔다.

솔로에게는 물, 그녀에게는 온기. 그녀는 이렇게 주문을 외우며, 재배등의 온도가 더 빨리 올라가기를 빌었다. 주위 공기는 무거운 구름 아래 깔린 바깥의 아침 풍경처럼 어둡고 흐릿했다.

그녀는 오랫동안 방치되어 있던 콩나무를 헤치고 걸었다. 통과하는 김에 덩굴에 매달린 콩꼬투리를 몇 개 따서, 배 속에 아파하는 것 말고 할 일을 주기도 했다. 순환 펌프는 물을 낙수관으로 밀어내느라 평소보다 더 큰 소리를 냈다. 줄리엣은 콩을 씹어 삼키고, 난간을 넘어서 펌프 주위에 있는 작은 공터로 들어갔다.

펌프 아래 흙은 검은색이었고, 몇 주 동안 그녀와 솔로가 물을 마시고 물통을 채운 덕분에 평평하게 밟혀 다져진 모양새였다. 바닥에 컵이 몇 개 흩어져 있었다. 줄리엣은 펌프 옆에 무릎을 꿇고 긴 유리컵을 골랐다. 머리 위 재배등이 서서히 밝아지고 있었다. 벌써 재배등의 온기를 느낄 수 있다는 생각마저 들었다.

약간의 노력을 기울여서, 펌프 바닥에 달린 배수 마개를 몇 번 돌려 풀 수 있었다. 물이 내리누르는 압력을 받아서 가느다란 물보라를 뿜었다. 그녀는 손실을 최소화하기 위해 컵을 펌프에 바싹 갖다 댔다. 꼴꼴꼴 소리를 내며 물이 채워졌다.

한 컵을 마시면서 다른 컵을 채웠다. 흙 알갱이가 잇새에서 부서졌다.

일단 두 컵이 다 차자, 그녀는 넘어지지 않게 젖은 흙 속에 컵을 박아놓고 물보라가 멈출 때까지 마개를 조였다. 줄리엣은 식칼을 겨드랑이에 끼고 컵 두 개를 잡았다. 그리고 올 때 지나온 모든 과정을 통과해서 난간으로 돌아간 후, 제일 낮은 가로대 위로 다리를 넘겨서 빠져나갔다.

이제는 온기를 찾아야 했다. 그녀는 컵을 놓아두고 식칼을 잡았다. 모퉁이만 돌면 사무실들과 식당 하나가 있었다. 17번 사일로에 와서 처음으로 찾아낸 옷을 떠올렸다. 가운데에 구멍을 뚫은 식탁보. 그녀는 모퉁이를 돌면서 퇴보하는 느낌에 혼자 웃었다. 사태를 개선하려고 몇 주 동안 일을 한 끝에 처음 시작한 곳으로 돌아간 느낌이랄까.

재배지 사이로 이어지는 긴 복도는 어두웠다. 머리 위 배관에 매달린 한 움큼의 전선은 급하게 붙여둔 자리 사이로 축축 늘어졌다. 전선은 그런 식으로 껑충껑충 뛰어서 멀리 떨어진 재배지의 진동과 불빛을 향해 행진했다.

사무실에서는 따뜻한 물건을 찾을 수가 없었다. 작업복도, 커튼도 없었다. 줄리엣은 식당으로 향했고, 들어가려고 방향을 돌리다가 다음 재배지 너머에서 나는 소리를 들었다. 찰칵. 치직. 재배등 계전이 더 이어지는 걸까? 아니면 잘 켜지지 않고 걸린 걸까?

그녀는 복도 저편으로 보이는 재배지를 응시했다. 그쪽은 불빛이 더 밝게 달아오르고 있었다. 오히려 더 빨리 켜졌을 가능성이 있었다. 그녀는 덜덜 떨면서 불꽃에 끌려가는 파리처럼 슬금슬금 그쪽으로 움직였다. 몸을 말리고 정말로 따뜻해질 수 있다는 생각만 해도 팔에 소름이 돋았다.

그런데 재배지 가장자리에서 또 무슨 소리가 들렸다. 금속과 금속이 맞닿는 듯한 끼익 소리였다. 어쩌면 다른 순환 펌프가 움직이려고 애쓰는 중일까. 그녀와 솔로는 이 층에 놓인 다른 펌프들을 확인해보지 않았다. 첫 번째 재배지만으로도 두 사람이 먹고 마시기에는 남아돌았다.

줄리엣은 갑자기 멈춰 서서 뒤를 돌아보았다.

그녀가 여기에서 살아남으려고 한다면 어디에 진을 칠까? 전력이 있는 IT부? 먹을 것과 물이 있는 여기? 그녀는 솔로처럼 폭력의 틈새를 힘겹게 빠져나와서, 눈에 띄지 않게 몸을 낮추고 오랜 세월 살아남은 남자를 상상했다. 그 남자는 공기 압축기 소리를 듣고 조사하러 내려갔다가, 겁을 먹고 솔로를 때리고 도망쳤을 수도 있었다. 어쩌면 그 남자는 그저 그 자리에 있었기 때문에 두 사람의 장비 가방을 가져갔을지도 몰랐다. 아니면 그 가방은 우연히 난간 너머로 떨어져서 기계부의 심연으로 가라앉았을 수도.

그녀는 식칼을 몸 앞에 들고, 빠르게 자라는 식물들 사이 통로를 미끄러져 내려갔다. 앞을 가로막는 녹색 벽을 밀고 지나가자 바스락거리면서 갈라졌다. 여기는 식물들이 더 무성했다. 사람을 반기지 않았다. 솎아낸 상태도 아니었다. 이 점은 뒤엉킨 감정을 불러일으켰다. 그녀의 생각이 틀렸을 수도 있고, 몇 주 동안 그랬듯이 환청을 듣는지도 몰랐지만, 마음 한구석으로는 스스로의 판단이 옳았으면 했다. 솔로와 비슷하다는 그 남자를 찾아내고 싶었다. 접촉을 하고 싶었다. 그림자 속마다, 모퉁이 너머마다 누군가가 숨어 있다는 두려움에 시달리며 살기보다는 그편이 나았다.

하지만 한 명이 아니라 여러 명이라면? 한 무리가 이렇게 오래 살아남았을 수 있을까? 얼마나 많은 수가 들키지 않고 지낼 수 있을까? 사일로는 거대한 공간이었지만, 그녀와 솔로는 심층부에서 몇 주를 지냈고, 이 농장들에 몇 번씩 들락거렸다. 꽤 나이가 들었다고 치면 두 명, 그 이상은 무리였다. 솔로는 그 남자가 자기 나이였다고 했다. 그래야 계산이 맞으리라.

이런 식의 계산과 생각들이 머릿속에 돌아가면서 두려워할 게 없다는 믿음이 생겼다. 몸은 떨렸지만 아드레날린이 솟구치고 있었다. 무장도 했다. 거칠고 무성하게 자란 식물 잎사귀들이 얼굴에 스쳤다. 줄리엣은 이 울창한 바깥 장벽을 밀고 지나가면서, 반대편에서 무엇인가를 찾게 되리라는 것을 알았다.

실제로 장벽을 통과해서 본 농장은 달랐다. 손질되고, 길들여진 상태였다. 최근에 사람 손을 탄 흔적이 역력했다. 줄리엣은 밀려오는 공포와 안도감을 느꼈다. 두 가지 상반된 감정이 계단과 난간처럼 하나로 꼬였다. 혼자이고 싶지 않았고, 이 사일로가 텅 빈 폐허가 아니었으면 했지만, 그렇다고 습격당하고 싶지도 않았다. 첫 번째 마음은 목소리를 높여서 그곳에 있는 누군가에게 해칠 생각은 없다고 외치고 싶어 했다. 두 번째 마음은 칼자루를 꽉 쥐고, 딱딱 부딪치는 이를 악물면서 몸을 돌려 달아나고 싶어 했다.

정돈된 재배지 끝에서, 통로는 어둠 속으로 방향을 틀었다. 그녀는 모퉁이 너머로 더 이어지는 탐험한 적 없는 영역을 들여다보았다. 길게 이어지는 어둠이 사일로 반대편까지 뻗어나갔고, 멀리 아마도 IT부에서 전력을 끌어오고 있을 또 다른 경작지에서 나오는 불빛이 보였다.

여기에 누군가가 있었다. 알 수 있었다. 몇 주 동안 느꼈던 것과 똑같은 눈길을 느끼고, 피부에 와 닿는 속삭임을 느낄 수 있었다. 다만 이번에는 상상이 아니었다. 이런 감각과 싸우거나, 미쳐가는 구나 생각할 필요가 없었다. 그녀는 식칼을 준비 태세로 들고, 알 수 없는 누군가와 무력한 솔로 사이에 서 있다는 생각을 반기며 천천히, 하지만 용감하게 어두운 복도로 들어갔다. 길을 찾을 겸, 몸을 지탱할 겸 한 손으로 벽을 짚고 복도 양쪽으로 열린 사무실과 시식실을 지났다.

줄리엣은 문득 걸음을 멈췄다. 무엇인가가 이상했다. 무슨 소리가 들렸던가? 사람이 우는 듯한 소리가? 그녀는 조금 전에 지나친 문 앞까지 돌아갔고, 앞에 있는 잘 보이지 않는 문이 닫혀 있음을 깨달았다. 이 복도에서 닫힌 문은 여기 하나뿐이었다.

그녀는 문 앞에서 물러나서 무릎을 꿇었다. 이 문 안에서 소리가 났다. 확실했다. 희미한 울음소리 같았다. 위를 올려다보니 희미한 빛 속에서 머리 위 전선 일부가 직각으로 갈라져서 문 위 벽을 통과해 들어가고 있었다.

줄리엣은 더 가까이 다가가서 몸을 웅크리고, 문에 귀를 댔다. 아무것도 들리지 않았다. 손을 뻗어 손잡이를 돌려보니 문이 잠겨 있었다. 어떻게 문이 잠길 수가……?

순간 문이 확 열리는 바람에 아직 손잡이를 쥐고 있던 줄리엣은 어두운 방 안으로 딸려 들어갔다. 번쩍 빛이 지나가고 남자 하나가 그녀의 머리를 향해 무엇인가를 휘둘렀다.

줄리엣은 엉덩방아를 찧었다. 은색 형체가 얼굴 앞을 지나가는가 싶더니, 묵직한 렌치가 그녀의 어깨를 강타해 때려눕혔다.

방 안쪽에서 난 새된 비명 소리가 줄리엣의 고통스러운 외침을 묻어버렸다. 줄리엣은 앞으로 식칼을 휘둘렀고, 칼날이 남자의 다리를 쳤다. 렌치가 요란한 소리를 내며 바닥에 굴렀다. 더 높아진 비명 소리, 사람들의 외침 소리. 줄리엣은 문을 박차고 떨어져 나와 어깨를 붙잡고 일어섰다. 남자의 공격을 대비해 준비했지만 습격자는 한쪽 발을 절뚝거리며 뒤로 물러서고 있었다. 열네 살, 어쩌면 열다섯 살쯤 되어 보이는 소년이었다.

"움직이지 마!" 줄리엣은 식칼을 소년에게 겨눴다. 소년은 두려움에 젖어 눈을 크게 뜨고 있었다. 안쪽 벽을 따라 흩어진 매트리스와 담요 위에 한 무리의 아이들이 뒤엉켜 있었다. 서로에게 매달려서, 눈을 동그랗게 뜨고 줄리엣을 보고 있었다.

이루 말할 수 없는 혼란이 찾아왔다. 뭔가 잘못되었다는 느낌에 사로잡혔다. 다른 사람들은 어디에 있지? 어른들은? 누군가 나쁜 의도를 품고, 등 뒤의 어두운 복도를 살금살금 걸어올 것 같았다. 여기 있는 아이들은 안전을 위해 가둬둔 자식들이고. 곧 엄마 쥐들이 돌아와서 둥지를 흐트러뜨린 죄로 그녀를 벌할 것이다.

"다른 사람들은?" 그녀는 추위와 혼란, 두려움으로 손을 떨면서 물었다. 방 안을 훑어보니 그녀를 공격했던 소년이 제일 나이가 많았다. 10대 소녀 하나가 뒤엉킨 담요 위에 움직임 없이 앉아 있었고, 더 어린 남자아이 둘과 여자아이 하나가 그 옆에 붙어 있었다.

제일 나이 많은 소년이 자기 다리를 내려다보았다. 녹색 작업복에 핏자국이 번져갔다.

"사람들이 얼마나 되지?" 줄리엣은 한 발 가까이 다가갔다. 분명히 그녀가 느끼는 두려움보다 이 아이들이 그녀에게 느끼는 두려움이 더 컸다.

"우릴 내버려둬!" 그중 나이 많은 소녀가 비명을 질렀다. 소녀는 가슴에 무엇인가를 꼭 안고 있었다. 옆에 있던 어린 소녀는 언니의 무릎에 얼굴을 파묻고 사라지려고 했다. 어린 소년 둘은 구석에 몰린 개처럼 줄리엣을 노려보았지만, 움직이지는 않았다.

"어떻게 여기에 들어왔지?" 줄리엣은 아이들에게 물었다. 식칼은 키 큰 소년에게 겨누고 있었지만, 칼을 휘두르기도 바보 같은 기분이 들었다. 소년은 질문을 이해하지 못하고 당황한 얼굴로 쳐다보았고, 줄리엣은 그제야 알았다. 당연한 결론이었다. 이 사일로 안에서 수십 년을 싸우면서 어떻게 인간의 두 번째 욕구가 끼어들지 않았겠는가?

"이 밑에서 태어났구나. 그렇지?"

아무도 대답하지 않았다. 소년은 질문 자체가 어이없다는 듯 당혹스러워하며 얼굴을 찌푸렸다. 줄리엣은 어깨 너머를 돌아보았다.

"부모님은 어디 계시지? 언제 돌아오시고? 얼마나 오래 있으면 될까?"

"안 와!" 소녀가 고개를 앞으로 내밀면서 빽 소리를 질렀다. "다 죽었어!"

소녀는 입을 벌린 채로 턱을 떨었다. 어린 목에 힘줄이 두드러졌다.

나이 많은 소년이 고개를 돌려 소녀를 노려보았다. 제발 조용히 있으라는 얼굴이었다. 줄리엣은 아직도 아이들뿐이라는 걸 이해하려 애쓰고 있었다. 아이들만 있을 리가 없었다. 누군가가 솔로를 공격하지 않았던가.

그 의문에 답이라도 하듯, 줄리엣의 눈길이 바닥에 떨어진 렌치로 향했다. 솔로의 렌치였다. 녹 자국을 보니 확실했다. 어떻게 그럴 수가 있지? 솔로의 말로는······.

줄리엣은 그가 한 말을 떠올렸다. 이 아이들, 이 소년······. 그녀는 솔로가 아직도 스스로를 그 나이로 여기고 있다는 사실을 깨달았다. 혼자 남겨졌던 그 나이로. 심층부의 마지막 생존자들이 최근에야 죽었고, 그 뒤에 무엇인가를 남겼던 걸까?

"이름이 뭐니?" 줄리엣은 소년에게 물었다. 그녀는 식칼을 내리고 반대쪽 손바닥을 보여주며 말했다. "내 이름은 줄리엣이야." 다른 사일로에서, 아직은 조금 더 제정신인 세상에서 왔다는 말도 덧붙이고 싶었지만, 아이들을 혼란스럽게 하거나 소스라치게 만들고 싶지 않았다.

"릭슨." 소년은 으르렁거리며 대답하고 가슴을 폈다. "우리 아버지는 배관공 릭이야."

"배관공 릭이구나." 줄리엣은 고개를 끄덕였다. 그녀는 한쪽 벽을 따라 높이 쌓인 보급품과 쓰레기에서 주워 온 물건들 끝에서 아이들이 훔쳐 간 장비 가방을 보았다. 벌어진 가방 입구로 그녀의 여벌 옷이 흘러나와 있었다. 수건도 그 안에 있을 터였다. 그녀는 대충 만든 침대를 둥지 삼아 있는 아이들을 곁눈질하고, 나이 많은 소년을 경계하면서 가방 쪽으로 슬금슬금 움직였다.

"좋아, 릭슨. 네 소지품을 챙겼으면 좋겠구나." 그녀는 가방 옆에 무릎을 꿇고, 손을 집어넣어 수건을 뒤졌다. 찾아낸 수건을 꺼내어 젖은 머리를 문지르니, 표현할 수 없을 만큼 사치스러운 기분이 들었다. 어쨌든 이 아이들을 여기에 두고 갈 수는 없었다. 그녀는 수건을 목에 걸고, 고개를 돌려 그녀를 빤히 보던 아이들을 마주 보고 말했다.

"어서. 다들 소지품 챙겨. 이렇게 살 수는 없어."

"우릴 내버려둬." 나이 많은 소녀가 말했다. 하지만 사내아이 둘은 침대에서 내려와서 물건 더미를 뒤지고 있었다. 그들은 소녀를 보더니, 불안한 얼굴로 다시 줄리엣을 보았다.

"당신이 왔던 곳으로 돌아가." 릭슨이 말했다. 손위의 두 아이는 서로에게서 힘을 얻는 모양이었다. "그 시끄러운 기계들 가지고 가 버리라고."

그게 문제였구나. 줄리엣은 옆으로 넘어져 있던 압축기를 떠올렸다. 아마 그 기계가 솔로보다 더 심하게 공격받았을 것이다. 그녀는 열 살, 아니면 열한 살로 보이는 어린 소년 둘에게 고개를 끄덕였다. "계속해. 나와 내 친구가 너희를 집에 돌아가게 도울 거야. 거기 가면 좋은 음식이 있어. 진짜 전기도 들어와. 뜨거운 물도 있고. 너희 물건 챙겨서……."

그 순간 제일 어린 여자아이가 소리를 질렀다. 어두운 복도에서 들었던 비명과 똑같은 소름 끼치는 소리였다. 릭슨이 왔다 갔다 움직이면서 줄리엣을 보았다가 바닥에 놓인 렌치를 보았다. 줄리엣은 어린 소녀를 달래려고 릭슨과 거리를 두고 침대로 향했다가, 그게 소녀의 비명 소리가 아니라는 걸 깨달았다.

손위 여자아이의 팔에서 무엇인가가 움직였다.

줄리엣은 침대 가장자리에 멈춰 섰다.

"그럴 리가." 줄리엣은 속삭였다.

릭슨이 한 걸음 다가왔다.

"움직이지 마!" 줄리엣은 칼끝을 릭슨에게 겨눴다. 릭슨은 다리에 난 상처를 내려다보고, 다시 생각했다. 두 소년은 가방을 챙기다 말고 얼어붙었다. 소녀의 팔 안에서 빽빽거리고 꼼지락거리는 아기를 빼면 방 안 누구도 움직이지 않았다.

"네 아이니?"

소녀는 어깨를 돌렸다. 어머니다운 몸짓이었지만, 그 소녀 역시 열다섯 살도 되지 않았을 아이였다. 줄리엣은 그게 가능한 줄도 몰랐다. 그래서 피임기구를 그렇게 일찍 이식했던 걸까. 줄리엣은 저도 모르게 엉덩이께를 만지며 삽입한 피임기구의 흔적으로 솟아오른 자국을 문지를 뻔했다.

"그냥 가버려." 10대 소녀는 훌쩍이며 말했다. "우린 당신 없이 잘 살았어."

줄리엣은 식칼을 내려놓았다. 칼을 포기하자니 기분이 이상했지만, 그 칼을 쥐고 침대로 다가선다는 건 더 잘못된 일이었다. "내가 도와줄 수 있어." 줄리엣은 고개를 돌리고 릭슨에게도 들리게 말했다. "난 예전에 갓난아이들을 돌보는 곳에서 일한 적이 있어. 내가……." 줄리엣은 두 손을 뻗었다. 소녀는 벽 쪽으로 몸을 더 돌리고 아이를 가렸다.

"알았다." 줄리엣은 손을 들어 올려 손바닥을 보였다. "하지만 계속 이렇게 살 수는 없어." 그녀는 어린 소년들에게 고개를 끄덕이고, 꼼짝도 하지 않는 릭슨을 돌아보았다. "다들 마찬가지야. 누구든 이렇게 살아서는 안 돼. 마지막 날이라 해도."

그녀는 마음을 정하고 혼자 고개를 끄덕였다. "릭슨? 네 물건을 챙겨라. 필요한 것만. 더 가져갈 게 있으면 다시 오면 돼." 그녀는 어린 소년들을 향해 가볍게 고개를 끄덕였다. 아이들의 작업복은 무릎에서 잘려 있었고, 드러난 다리에는 농장의 흙이 묻어 있었다. 아이들은 그 고갯짓을 다시 짐을 싸도 좋다는 허락으로 받아들였다. 두 아이는 아마도 큰형이 아닌 다른 누군가가 책임을 맡기를 바라는 모양이었다. 실제 형인지는 모르겠지만.

"이름을 말해주겠니?" 줄리엣은 다른 아이들이 물건을 뒤지는 동안 두 여자아이가 남은 침대에 앉았다. 그녀는 침착을 유지하고, 아이들이 아이를 가졌다는 사실이 불러일으키는 메스꺼움에 굴복하지 않으려고 애썼다.

아기가 배고픈 울음소리를 냈다.

"난 너희를 도우러 온 거야." 줄리엣이 소녀에게 말했다. "내가 봐도 되겠니? 여자애야, 남자애야?"

어린 어머니는 팔에서 힘을 뺐다. 담요를 젖히자 태어난 지 몇 달 되지 않았을 아기의 가느다란 눈과 오므린 붉은 입술이 보였다. 아기는 자그마한 팔을 어머니에게 흔들었다.

"여자애." 소녀는 조용히 말했다.

그 옆에 매달려 있던 어린 여자아이가 어린 엄마의 옆구리 사이로 줄리엣을 보았다.

"이름은 지어줬어?"

소녀는 고개를 저었다. "아직."

뒤에서 릭슨이 두 사내아이에게 뭐라고 말을 했다. 어떤 물건을 두고 싸우지 말라고 말리는 것 같았다.

"내 이름은 엘리스야." 어린 소녀가 10대 소녀 옆으로 고개를 내밀고 말했다. 그러고는 자기 입을 가리켰다. "이가 흔들거려."

줄리엣은 웃음을 터뜨렸다. "괜찮다면 내가 도와줄 수 있어." 줄리엣은 손을 내밀어서 어린 소녀의 팔을 잡았다. 아버지가 근무하는 육아실에서 보낸 어린 시절의 기억이 물밀 듯이 돌아왔다. 걱정하는 부모들, 귀중한 아이들, 티켓을 둘러싸고 생겼다가 무산되는 모든 희망과 꿈들의 기억……. 줄리엣의 생각은 살 수 없었던 남동생에게로 넘어갔고, 저도 모르게 눈물이 차올랐다. 이 아이들은 어떤 일을 헤쳐 나왔을까? 그래도 솔로에게는 정상적인 경험이 있었다. 그는 안전하게 지낼 수 있는 세상에서 산다는 게 어떤 의미인지 알았다. 이 다섯, 아니 여섯 아이들은 어떤 세상에서 자랐을까? 어떤 세상을 보았을까? 줄리엣은 그 아이들에게 강렬한 연민을 느꼈다. 그 연민은 차라리 태어나지 않았으면 좋았을 거라는 메스껍고 슬프고 잘못된 바람과 크게 다르지 않았다.

하지만 그 생각은, 그런 생각을 떠올렸다는 사실만으로도 곧바로 밀려드는 죄책감의 파도에 쓸려 나갔다.

"우린 너희를 여기에서 데리고 나갈 거야. 소지품 챙겨." 그녀는 두 소녀에게 말했다.

어린 소년 하나가 다가와서 그녀의 가방을 근처에 내려놓았다. 그 아이가 가방 속에 물건을 다시 집어넣고 그녀에게 사과했다. 그때 줄리엣의 귀에 찌지직거리는 또 다른 이상한 소리가 들렸다.

또 뭐지?

줄리엣은 수건에 입을 갖다 대면서 아이들의 모습을 지켜보았다. 여자아이들은 마지못해 어른이 시키는 대로 하고 물건을 챙기면서 정말 이래도 괜찮은 건지 서로를 쳐다보았다. 줄리엣의 장비 가방에서 바스락거리는 소리가 났다. 그녀는 이 아이들이 만들어낸 쥐둥지에서 살 수도 있을 짐승을 경계하면서 칼자루 끝으로 가방 지퍼를 벌렸다. 그사이 가방 안에서 작은 목소리가 들렸다.

그녀의 이름을 부르고 있었다.

줄리엣은 수건을 떨어뜨리고 가방 안을 뒤졌다. 공구와 물통을 헤치고, 여벌 작업복과 느슨한 양말 밑에서 무전기를 찾아냈다. 그녀는 어떻게 솔로가 호출을 할 수가 있을까 생각했다. 다른 무전기는 보호복과 함께 망가졌는데⋯⋯.

"⋯⋯제발 무슨 말이든 해봐라." 무전기가 치직거렸다. "거기 있는 게냐, 줄리엣? 워커다. 제발, 제발 대답 좀 해봐⋯⋯."

75

18번 사일로

"무슨 일이에요? 왜 저쪽에서 대답을 하지 않죠?" 코트니는 둘 중 누군가는 답을 알지도 모른다는 눈으로 워커와 셜리를 번갈아 보았다.

"고장인가요?" 셜리는 페인트 표시를 해둔 작은 다이얼을 집어 들고 혹시 우연히 돌아갔는지 알아보려고 했다. "우리가 이걸 망가뜨렸나요?"

"아니야, 켜져 있어." 워커는 헤드폰을 뺨에 대고, 다양한 부품을 훑어보았다.

"시간이 얼마나 더 있을지 모르겠어요." 코트니는 창문으로 발전실 안을 지켜보고 있었다. 셜리가 일어서서 제어반 너머로 발전실 입구 쪽을 보았다. 젱킨스와 그의 부하들 몇 명이 안에 들어와서, 어깨 위에 소총을 고정시키고 서로에게 고함을 지르고 있었다. 방음이 잘되는 제어실이다 보니 무슨 말이 오가는지는 들을 수가 없었다.

"여보세요?"

워커의 손안에서 목소리가 튀어나왔다. 말이 그의 손가락 사이로 굴러떨어지는 느낌이었다.

"거기 누구요?" 워커는 스위치를 누르고 외쳤다. "말하는 사람이 누구야?"

셜리는 워커 옆으로 달려가서, 믿을 수 없는 심정으로 그의 팔을 감싸 쥐었다. "줄리엣!" 셜리는 소리를 질렀다.

워커는 손을 들어 올리고, 셜리와 코트니 둘 다 조용히 시키려고 했다. 기폭장치를 더듬어서 가까스로 빨간 스위치를 누르는 워커의 손은 덜덜 떨리고 있었다.

"줄스?" 워커의 나이 든 목소리가 갈라져 나왔다. 셜리는 그의 팔을 꽉 잡았다. "너냐?"

잠시 침묵이 이어지다가, 스피커에서 울음소리가 터져 나왔다. "워커? 워커 아저씨? 어떻게 된 거예요? 어디 있어요? 난⋯⋯."

"줄스는 어디 있대요?" 셜리가 속삭였다.

코트니는 두 손을 뺨에 대고 입을 벌린 채 두 사람을 지켜보고 있었다.

워커는 스위치를 눌렀다. "줄스, 어디 있는 게냐?"

작은 스피커로 긴 한숨 소리가 들렸다. 줄리엣의 목소리는 작고 멀었다. "워커 아저씨, 전 다른 사일로에 있어요. 사일로가 더 있어요. 믿기지 않겠지만⋯⋯."

줄리엣의 목소리에 잡음이 섞였다. 셜리는 워커에게 몸을 기댔고, 코트니는 두 사람 앞을 왔다 갔다 하면서 무전기를 보았다가 창밖을 보았다.

"다른 사일로에 대해선 우리도 안다." 워커는 마이크를 턱수염 아래에 대고 말했다. "다른 사일로도 들을 수 있어, 줄스. 전부 다 말이야."

워커가 스위치를 놓자 줄리엣의 목소리가 돌아왔다.

"상황은 어때요, 기계부는요? 싸움에 대해 들었어요. 지금도 싸우는 중인가요?" 줄리엣은 송신을 끝내기 전에, 거의 들리지 않는 목소리로 다른 누군가에게 뭐라고 말을 했다.

워커는 싸움에 대한 언급을 듣고 눈썹을 치켜떴다.

"그걸 줄스가 어떻게 알죠?" 셜리가 물었다.

"줄스가 여기 있었으면 좋겠어. 줄스라면 어떻게 해야 할지 알 텐데." 코트니가 말했다.

"줄스에게 배기가스에 대해 말해줘요. 그 작전에 대해서요." 셜리가 말하고는 마이크를 달라고 손짓했다. "아니, 제가 말할게요."

워커는 고개를 끄덕이고 셜리에게 헤드셋과 기폭장치를 넘겼다.

셜리는 스위치를 눌렀다. 생각보다 더 뻑뻑했다. "줄스? 내 말 들려? 셜리야."

"셜리⋯⋯." 줄리엣의 목소리가 흔들렸다. "어이, 친구. 거기서 잘 버티고 있는 거야?"

친구의 감정이 담긴 목소리를 듣자 셜리의 눈에도 눈물이 차올랐다. "그래⋯⋯." 셜리는 고개를 끄덕이고 침을 삼켰다. "있지, 들어봐. 다른 사람들 몇 명이 배기관 경로를 돌려서 IT부 냉각 통풍구로 보내려고 해. 하지만 우리가 배압을 잃었을 때 기억나? 난 아무래도 모터가 걱정⋯⋯."

"안 돼." 줄리엣이 셜리의 말을 잘랐다. "막아야 해. 셜리, 내 말

들려? 그 사람들 막아야 해. 그래봤자 아무 소용도 없을 거야. 그
냉각 통풍구는 서버 컴퓨터를 위한 거야. 거기에 있는 사람이라고
는……." 줄리엣은 목청을 가다듬고 다시 말했다. "내 말 들어. 막
아야 해."

셜리는 빨간 스위치를 더듬거렸다. 워커가 도와주려는 듯 손을
뻗었지만, 마침내 셜리 혼자서 스위치를 누를 수 있었다. 셜리는
송신했다. "잠깐만, 넌 그 통풍구가 어디로 이어지는지 어떻게 알
아?"

"그냥 알아. 여기도 똑같은 구조거든. 빌어먹을, 내가 말하게 해
줘. 그렇게 하도록 놔둬선 안……."

셜리는 다시 스위치를 눌렀다. 코트니가 문을 열고 밖으로 달려
나가자 발전실에서 폭음이 들렸다. "코트니가 나갔어. 지금 가고
있어. 줄스, 넌 어떻게……? 누구와 함께 있는 거야? 그 사람들이
우릴 도와줄 수 있을까? 여기 상황이 좋아 보이지 않아."

작은 스피커가 다시 지지직거렸다. 셜리는 줄리엣이 심호흡을 하
는 소리, 배경에서 나는 다른 목소리들, 줄리엣이 누군가에게 명령
인지 지시를 내리는 소리를 들을 수 있었다. 셜리는 친구가 기진맥
진했다고 생각했다. 피곤하고, 슬픈 목소리였다.

"내가 할 수 있는 일이 없어." 줄리엣이 말했다. "여기엔 아무도
없어. 남자 하나, 아이들 몇 명뿐이야. 모두 없어졌어. 여기 살았던
사람들은 스스로도 구하지 못했어." 무전이 조용해졌다가, 줄리엣
이 다시 송신했다. "싸움을 멈춰야 해. 무슨 일이 있어도. 제발……
나 때문에 그러지 마. 제발 멈춰."

문이 다시 열리고, 코트니가 돌아왔다. 셜리는 발전실에서 나는

고함 소리를 들었다. 총성도.

"무슨 소리야? 다들 지금 어디에 있어?" 줄리엣이 물었다.

"제어실이야." 셜리는 코트니를 올려다보았다. 코트니는 두려움에 차서 눈을 크게 뜨고 있었다. "줄스, 시간이 별로 없을 것 같아. 난⋯⋯." 하고 싶은 말이 정말 많았다. 마크에 대해 말하고 싶었다. 시간이 더 필요했다. "놈들이 오고 있어." 하지만 셜리가 할 수 있는 말은 그것뿐이었다. "네가 무사해서 다행이야."

무전기가 지지직거렸다. "오, 신이시여, 저 사람들을 막아주세요. 싸움은 그만해! 셜리, 내 말 듣고⋯⋯."

"소용없어." 셜리는 스위치를 누른 채 뺨을 닦았다. "저들은 멈추지 않을 거야." 총성이 가까워지고 있었다. 두꺼운 문 너머로도 펑 소리가 들렸다. 셜리가 제어실에 웅크리고 앉아서 유령과 이야기하는 동안에도 사람들이 죽고 있었다. 그녀의 동포들이 죽고 있었다.

"몸 조심해." 셜리가 말했다.

"잠깐만!"

셜리는 헤드셋을 워커에게 넘기고, 창가에 코트니와 함께 서서 잔뜩 모여든 사람들이 발전기 반대편에 몸을 웅크리는 모습, 섬광과 난간에 놓인 총신의 떨림, 기계부의 파란 작업복을 입은 누군가가 바닥에 움직임 없이 누운 모습들을 지켜보았다. 희미한 탕, 탕 소리가 더 들렸다. 멀리서 소리 없는 덜컹임이 더 일었다.

"줄스!" 워커는 무전기를 더듬거렸다. 그는 줄스의 이름을 외치고, 아직도 대화를 하려 하고 있었다.

"내가 말하게 해줘요!" 줄리엣이 외치는 목소리가 어처구니없이 떨었다. "워커, 제가 어떻게 아저씨 목소리는 들을 수 있고 다른 목소리는 못 듣죠? 보안관들에게, 피터와 행크에게 말해야 해요. 워커, 어떻게 제 목소리를 들었어요? 전 그 사람들에게 말을 해야 해요!"

워커는 울면서 납땜과 확대경에 대해 말했다. 노인은 회로판과 전선과 전기장치들을 망가진 아이처럼 부드럽게 안고, 그 부품들을 앞뒤로 흔들면서 무슨 말인가를 속삭였고, 자기가 만든 물건에 위험한 짠물을 뚝뚝 떨궜다.

워커가 줄리엣에게 주절거리는 동안에도 파란 옷을 입은 사람들은 더 쓰러졌고, 난간에 팔을 늘어뜨리면서 성능이 떨어지는 소총을 바닥에 떨어뜨렸다. 그들이 한 달 동안 두려워하던 남자들이 안으로 밀고 들어왔다. 이제 끝났다. 셜리는 코트니를 더듬어 찾고, 서로 팔짱을 낀 채로 무력하게 상황을 지켜보았다. 뒤에서 흐느끼며 미친 듯이 열변을 토하는 늙은 워커의 목소리가 희미한 총성의 진동과 뒤섞였다. 그 소리는 균형을 잃고 통제 불능이 되어가는 기계의 굉음과 비슷했다.

76

18번 사일로

루카스는 뒤집힌 쓰레기통 위에 불안정하게 서서, 금방이라도 쓰레기통이 날아가거나 그의 몸무게에 내려앉을 듯한 기분에 부츠 앞코로 부드러운 플라스틱을 찌그러뜨렸다. 그는 12번 서버 윗부분을 잡고 몸을 지탱했다. 서버 위에 두껍게 쌓인 먼지를 보니 누군가가 사다리와 걸레를 가지고 청소한 지 몇 년은 지난 모양이었다. 그는 냉각 통풍구에 코를 갖다 대고 한 번 더 냄새를 맡았다.

가까운 문에서 삑 소리가 나더니, 잠금장치가 철커덕 소리를 내면서 문설주 안으로 들어갔다. 부드러운 끼익 소리와 함께 육중한 경첩이 움직이고, 무거운 문이 안쪽으로 열렸다.

루카스는 버나드가 문을 밀고 들어오자 지저분한 서버 위를 잡은 손을 놓칠 뻔했다. IT부 책임자는 의아한 얼굴로 루카스를 올려다보았다.

"자넨 거기 못 들어갈 텐데." 버나드는 소리 내어 웃으면서 문을 밀어 닫았다. 잠금장치가 철커덕 소리를 내고, 보안 패널에서 삐 소리가 나자 붉은빛이 방 안을 다시 감시하기 시작했다.

루카스는 먼지투성이 서버에서 몸을 떼어내고 쓰레기통에서 뛰어내렸다. 플라스틱 쓰레기통이 넘어져서 바닥을 굴렀다. 그는 손을 마주 털고, 작업복 엉덩이에 닦은 다음 억지로 웃음을 지었다.

"무슨 냄새가 난 것 같아서요." 루카스가 해명했다. "여기 연기가 좀 있어 보이지 않아요?"

버나드는 실눈을 뜨고 허공을 보았다. "내 눈에 이 방은 언제나 흐릿해 보여서 말이지. 그리고 난 아무 냄새도 안 나는군. 달아오른 서버 냄새밖에." 버나드는 가슴 앞주머니에 손을 넣어 몇 번 접은 종이쪽지를 몇 개 꺼냈다. "여기. 자네 어머니가 보내는 편지네. 운반인을 시켜서 나한테 보내면 자네에게 전해주겠다고 했지."

루카스는 민망한 웃음을 지으며 편지를 받았다. "전 그래도 이 문제를 물어봐야 한다고 생각하는데……." 루카스는 냉각 통풍구를 올려다보고 기계부에는 물어볼 사람이 남지 않았음을 깨달았다. 아래층 무전기에서 마지막으로 들은 내용은 심스와 그 부하들의 소탕 작전이었다. 수십 명이 죽었다. 죽은 사람의 서너 배쯤 되는 사람들이 구속되었다. 중층부의 아파트 지구에서 그 사람들을 다 가둬둘 감옥을 준비하고 있었다. 청소할 사람이 부족할 일은 오랫동안 없을 듯했다.

"후임 기계공 누군가에게 살펴보라고 하지." 버나드는 약속했다. "말이 나온 김에 말인데, 후임자들 몇 명은 자네와 같이 검토하고 싶네. 농부들을 기계부로 보내면서 초록색에서 파란색으로 대규모 이동이 있을 예정이야. 새미에게 아래 부서 전체의 책임을 맡

길까 하는데 어떻게 생각하나?"

루카스는 어머니가 보낸 편지를 하나 훑어보면서 고개를 끄덕였다. "새미를 기계부 책임자로요? 필요 이상의 자격을 갖췄다고 생각은 하지만, 완벽하죠. 저도 새미에게 많이 배웠어요." 루카스는 문가에 놓인 서류함을 열어서 작업 지시서를 뒤지는 버나드를 쳐다보았다. "새미는 훌륭한 선생님이지만, 그 발령은 영구적인가요?"

"영구적인 건 없어." 버나드는 찾던 서류를 들어 가슴 앞주머니에 넣었다. "또 필요한 게 있나?" 버나드는 코 위로 안경을 밀어 올렸다. 루카스는 버나드가 지난달보다 더 늙어 보인다고 생각했다. 더 늙고, 더 지쳐 보였다. "저녁 식사는 몇 시간 후에 올 거네."

루카스에게는 원하는 것이 있었다. 그는 다 준비됐다고, 장래에 맡을 직업의 무서움을 충분히 받아들였다고, 미치지 않고 필요한 내용은 다 배웠다고 말하고 싶었다. 그러니 이제 집으로 가도 되겠냐고 묻고 싶었다.

하지만 그건 여기에서 나가는 길이 아니었다. 루카스도 그 정도는 알 수 있었다.

"음, 읽을거리가 좀 더 있어도 괜찮겠다는 생각이 드는데요."

루카스의 머릿속에는 18번 서버에서 발견한 내용이 타오르고 있었다. 버나드가 그 자리에서 그의 머릿속을 읽을까 봐 두려웠다. 루카스는 답을 알았다고 생각했지만, 확실하게 하기 위해서 그 서류철에 대해 물어보아야 했다.

버나드는 미소 지었다. "읽을거리야 충분하지 않나?"

루카스는 어머니가 보낸 쪽지들로 부채질을 했다. "이거요? 덕분에 사다리까지 걸어가는 동안에는 심심하지 않을지 몰라도······."

"아래에 있는 책을 두고 한 말이네. 〈규칙〉. 자네가 할 공부." 버나드는 고개를 삐딱하게 기울였다.

루카스는 한숨을 내쉬었다. "네, 그게 있지요. 하지만 하루에 열두 시간씩 그걸 읽을 수는 없잖아요. 그보다 단순한 읽을거리 말입니다." 루카스는 고개를 저었다. "아니, 잊어버리세요. 안 된다면야."

"필요한 게 뭔가? 내가 자넬 힘들게 만들고 있나 보군." 버나드는 서류함에 등을 기대고 배 위로 깍지를 꼈다. 그는 안경 아래쪽으로 루카스를 바라보았다.

"그게, 이상하게 들릴지도 모르지만, 사건이 하나 있거든요. 오래된 사건입니다. 서버에서 찾아보니 수사 종료로 시장실에 정리되었다고 하던데요."

"수사?" 버나드의 목소리가 놀란 듯이 커졌다.

루카스는 고개를 끄덕였다. "네. 친구의 친구 일인데요. 그냥 어떻게 해결됐는지 궁금해서요. 서버에 디지털 카피는 없고."

"홀스턴 사건은 아니겠지?"

"누구요? 아, 예전 보안관요? 아니, 아닙니다. 왜요?"

버나드는 됐다는 듯 손을 내저었다.

"서류명은 윌킨스라는 이름입니다." 루카스는 버나드를 주의 깊게 관찰하며 말했다. "조지 윌킨스요."

버나드의 얼굴이 굳었다. 커튼이 내려가듯, 콧수염이 입술 위로 떨어졌다.

루카스는 목청을 가다듬었다. 버나드의 얼굴에 드러난 표정만으로도 충분할 정도였다. 그는 입을 열었다. "조지는 몇 년 전에 기계부에서 죽었······."

"어떻게 죽었는지는 나도 알아." 버나드가 턱을 내렸다. "왜 그 서류가 보고 싶은 건가?"

"그냥 궁금해서요. 친구가 하나 있는데······."

"그 친구 이름이 뭐지?" 버나드는 배 앞에 깍지 꼈던 작은 손을 풀어서 작업복 안에 찔러 넣었다. 그는 서류함을 벗어나서 루카스 쪽으로 한 걸음 다가갔다.

"네?"

"그 친구 말이야. 그 친구가 조지와 어떤 식으로든 얽혀 있나? 얼마나 가까운 친구였어?"

"아니에요. 제가 알기로는 그렇지는 않습니다. 저기, 혹시 중요한 사건이라면 신경 쓰지 마시고." 루카스는 그저 왜냐고, 왜 그랬냐고만 묻고 싶었다. 하지만 버나드는 굳이 묻지 않아도 말해주고 싶어 하는 듯했다.

"아주 중요한 사건 맞네. 조지 윌킨스는 위험한 남자였지. 새로운 발상으로 가득한 남자였어. 우리가 풍문으로 알게 되는 부류, 주위 사람들을 오염시키는 부류의 인간."

"네? 무슨 말씀이세요?"

"〈규칙〉 13절. 공부해봐. 그런 자들을 그냥 놓아두면 바로 온갖 반란 사태가 일어나게 돼. 조지 같은 남자들로부터 시작이 되지."

버나드는 가슴께로 턱을 내리고, 안경테 너머로 루카스를 응시하며, 루카스가 계획한 온갖 속임수 없이도 거리낌 없이 진실을 알렸다.

루카스는 사실 그 서류철이 필요치 않았다. 그는 조지의 죽음과 때를 맞춘 여행 기록, 홀스턴에게 사태를 마무리하라고 보낸 수십 통의 전신 기록을 찾아냈다. 버나드에게는 수치심도 없었다. 조지 월킨스는 그냥 죽지 않았다. 살해당했다. 그리고 버나드는 기꺼이 루카스에게 이유를 말해주고 있었다.

"그 사람이 무슨 짓을 했습니까?" 루카스는 조용히 물었다.

"그자가 무슨 일을 했는지 말해주지. 그자는 기계공, 기름쟁이였어. 우린 운반인들이 나누는 잡담을 통해서 떠도는 계획들을 알게 됐네. 측면으로 땅을 파서, 광산을 확장하자는 계획이었지. 자네도 알겠지만, 측면 채굴은 금지되어 있어."

"그야 당연하지요." 루카스는 18번 사일로의 광부들이 땅을 밀고 나아가다가 19번 사일로에서 온 광부들과 마주치는 장면을 그려보았다. 아무리 줄잡아 말해도 난처한 일이었다.

"예전 기계부 책임자와 오랫동안 이야기를 나눠서 그 터무니없는 계획은 끝을 냈지. 그러자 조지 월킨스는 아래로 확장하자는 계획을 들고 나왔어. 그자와 다른 몇 명이 150층의 설계도를 그렸지. 그다음에는 160층도."

"열여섯 층이나 더요?"

"우선 열여섯 층. 어쨌든 그런 이야기가 나왔어. 풍문과 스케치뿐이었지만, 그런 풍문이 어느 운반인의 귀에 닿았고, 그다음에는 우리의 예민한 귀에도 들어왔지."

"그래서 조지를 죽인 건가요?"

"그래, 누군가가 죽였어. 누가 죽였는지는 중요하지 않아." 버나드는 한 손으로 안경을 바로잡았다. 다른 손은 작업복 배 안에 남아 있었다. "언젠가는 자네도 이런 일을 해야 해. 그건 알고 있겠지?"

"네, 하지만……."

"하지만은 없어." 버나드는 천천히 고개를 저었다. "어떤 사람들은 바이러스와 비슷하지. 전염병이 번지는 꼴을 보고 싶지 않으면, 사일로에 있는 그런 자들에게 예방 주사를 놓아야 해. 바이러스는 제거해야지."

루카스는 침묵을 지켰다.

"우리는 올해 열네 건의 위협을 제거했네, 루카스. 우리가 이런 일들에 대해 사전에 대책을 강구하지 않았다면 평균 기대 수명이 얼마일지 아나?"

"하지만 청소는……."

"나가고 싶어 하는 사람들을 처리하기에는 유용하지. 더 나은 세상을 꿈꾸는 자들에게는. 지금 우리가 겪고 있는 폭동에도 그런 사람들이 가득하지만, 그건 우리가 다루는 질병 중 하나에 불과해. 청소는 여러 치료법 중 하나야. 다른 질병을 가진 사람은 밖으로 내보내더라도 청소를 하지 않을걸. 그 속임수가 통하려면 우리가 보여주는 풍경을 보고 싶어 해야 하니까."

그 말을 듣자 새삼 헬멧과 바이저에 대해 배운 내용이 떠올랐다. 루카스는 그것이 유일한 질병이라고 생각하고 있었다. 〈유산〉을 덜 보고 〈규칙〉을 더 읽을 걸 그랬다는 생각이 들기 시작했다.

"자네도 무전기로 최근에 일어난 폭동 상황을 들었잖나. 우리가 질병을 더 일찍 잡아내기만 했어도 이 모든 일을 막을 수 있었어. 그편이 더 낫지 않았겠나?"

루카스는 말없이 발끝만 내려다보았다. 쓰레기통이 근처에 비스듬히 쓰러져 있었다. 슬퍼 보였다. 이제는 물건을 담기에 쓸모가 없어진 모습이.

"생각에는 전염성이 있네, 루카스. 이건 〈규칙〉의 기본 내용이야. 자네도 알잖나."

루카스는 고개를 끄덕였다. 그는 줄리엣을 생각하고, 왜 영원처럼 오랜 시간 동안 호출을 하지 않을까 궁금해했다. 줄리엣도 버나드가 말하는 바이러스 중 하나였다. 그녀가 한 말들이 그의 마음에 스며들어 이상한 꿈으로 물들였다. 스스로도 그 바이러스에 걸렸음을 깨닫자 몸 전체가 확 뜨거워졌다. 가슴 앞주머니에 손을 대고, 그녀의 개인 소지품인 손목시계와 반지와 신분증으로 도독해진 부분을 만져보고 싶었다. 원래는 죽은 그녀를 기억하려고 챙긴 물건이었지만, 아직 살아 있다는 사실을 알자 더 소중해졌다.

"이번 폭동은 지난번에 비하면 별것 아니었어." 버나드가 말했다. "지난번같이 지독한 폭동 이후에도 상황은 결국 순조로워졌고, 피해도 다시 복구되었지. 사람들은 결국 잊어버려. 이번에도 똑같을 거야. 알았나?"

"네, 알겠습니다."

"잘됐군. 자, 그 서류철에서 알고 싶었던 건 이게 다인가?"

루카스는 고개를 끄덕였다.

"좋아. 어쨌든 자네는 다른 글도 읽을 필요가 있어 보이기는 하는군." 희미한 미소에 콧수염이 씰룩거렸다. 버나드는 나가려고 몸을 돌렸다.

"당신이었죠. 아닌가요?"

버나드는 발을 멈췄지만 고개를 돌리지는 않았다.

"조지 윌킨스를 죽인 사람 말입니다. 당신이었죠, 그렇죠?"

"그게 중요한가?"

"네. 중요합니다. 제게는요. 그건⋯⋯."

"자네에게, 아니면 자네 친구에게?" 버나드가 고개를 돌려 그를 마주했다. 루카스는 방 안 온도가 올라가는 것을 느꼈다. "생각이 달라진 건가, 자네? 이 일에 대해? 자네에 대한 내 판단이 틀렸나? 예전에도 틀린 적이 있긴 하지만."

루카스는 침을 꿀꺽 삼켰다. "전 그저 그게 언젠가 제가 해야 할 일인지 알고 싶을 뿐입니다. 제가 그림자로 있으니⋯⋯."

버나드는 루카스 쪽으로 몇 걸음을 옮겼다. 루카스는 저도 모르게 반걸음 물러섰다.

"자네에 대해 잘못 판단했다고는 생각지 않았어. 하지만 내가 틀렸군, 안 그런가?" 버나드는 고개를 절레절레 저었다. 넌더리가 난다는 표정이었다. "빌어먹을." 버나드는 침을 뱉듯이 말했다.

"아닙니다. 틀리지 않으셨어요. 그저 제가 여기에 너무 오래 있었나 봅니다." 루카스는 이마에 흘러내린 머리카락을 넘겼다. 두피가 근질거렸다. 목욕을 해야 했다. "바깥 공기가 좀 필요한가 봅니다. 잠시만 집에 간다거나⋯⋯ 제 침대에서 잔다거나요. 얼마나 지났죠? 한 달? 제가 얼마나 오래⋯⋯?"

"여기에서 나가고 싶다고?"

루카스는 고개를 끄덕였다.

버나드는 발끝을 내려다보며 잠시 생각해보는 듯했다. 그리고 고개를 들었을 때 그의 눈에는, 축 처진 콧수염에는 슬픔이 어려 있었다. 눈동자가 젖어 있었다.

"그게 자네가 원하는 건가? 여기에서 나가는 게?"

버나드는 작업복 안에서 손을 움직였다.

"네, 그렇습니다." 루카스는 고개를 끄덕였다.

"제대로 말해."

"여기에서 나가고 싶습니다." 루카스는 버나드 뒤에 보이는 육중한 강철 문을 흘긋 보았다. "제발. 나가게 해주십시오."

"밖으로 말이지."

루카스는 화가 나서 고개를 끄덕거렸다. 턱선을 따라 흐르는 땀이 뺨을 간지럽혔다. 갑자기 눈앞에 선 남자가 무척 두려워졌다. 지금의 버나드를 보니 전보다 더 생전의 아버지가 떠올랐다.

"제발 부탁입니다. 그냥…… 갇힌 느낌이 들기 시작해요. 제발 나가게 해주세요."

루카스의 말에 버나드는 고개를 끄덕였다. 버나드의 뺨이 실룩거리는 모양이, 금방이라도 울음을 터뜨릴 것 같았다. 루카스는 버나드의 얼굴에서 그런 표정을 본 적이 없었다.

"빌링스 보안관, 거기 있나?"

버나드의 작은 손이 작업복에서 빠져나와 슬프게 흔들리는 콧수염 쪽으로 무전기를 들어 올렸다.

치직거리며 피터의 목소리가 돌아왔다. "여기 있습니다."

버나드는 송신기를 눌렀다. "자네도 들었지." 버나드의 눈에 눈물이 차올랐다. "IT부 일급 기술자 루카스 카일이 밖으로 나가고 싶다는군."

77

17번 사일로

"여보세요? 워커? 셜리?"

줄리엣이 무전기에 대고 소리치는 동안, 고아들과 솔로는 몇 계단 아래에서 그녀를 지켜보았다. 그녀는 서둘러 아이들을 데리고 농장을 빠져나와서 급하게 서로를 소개시켰고, 그러면서도 내내 무전기를 확인했다. 몇 층이 지나갔고, 다른 사람들은 줄리엣 뒤에서 터벅터벅 걸어 올라왔다. 그리고 워커의 목소리 사이에 총성이 섞이고, 송신이 뚝 끊긴 후부터 지금까지 무전기에서는 아무 소리도 들리지 않았다. 그녀는 계속 조금만 더 올라가면, 한 번만 더 시도해보면 될 거라고 생각했다. 전력 스위치에 들어온 불빛을 점검하고 배터리가 나가지 않았음을 확인하고, 무전기가 멀쩡하게 작동하고 있음을 알면서도 잡음이라도 들을 수 있을 때까지 볼륨을 올렸다.

줄리엣은 버튼을 눌렀다. 잡음이 사라지고, 무전기가 송신할 말을 기다렸다. "제발 무슨 말이든 해봐요. 여기는 줄리엣. 내 말 들려? 무슨 말이든 해봐."

그녀는 자기를 공격한 바로 그 소년에게 부축을 받고 있는 솔로를 보고 말했다. "더 올라가야 할 것 같아요. 힘내요. 좀 더 빨리 가보죠."

여기저기에서 끙 소리가 터져 나왔다. 불쌍한 17번 사일로의 난민들은 줄리엣이 정신이 나갔다는 듯이 굴었다. 그래도 아이들은 솔로가 지시하는 속도로 줄리엣을 따라 계단을 달려 올라갔다. 솔로는 과일과 물 덕분에 기력을 회복한 듯했지만 몇 층을 지나면서 속도가 다시 느려졌다.

릭슨이 물었다. "우리랑 이야기한 당신 친구들은 어디에 있어? 그 사람들이 우릴 도우러 올 수 있어?" 릭슨은 솔로가 한쪽으로 휘청거리자 툴툴거리면서 말했다. "이 사람 무거워."

"그 사람들은 우리를 도우러 오지 않아. 거기에서 여기로 올 방법이 없어." 그 반대도 마찬가지지. 줄리엣은 생각했다.

걱정으로 속이 뒤틀렸다. IT부에 가서 루카스를 호출하고, 상황이 어떤지 알아내야 했다. 계획이 얼마나 끔찍하게 엇나갔는지, 어떻게 고비마다 실패했는지 루카스에게 말해야 했다. 그녀는 돌이킬 길이 없음을 깨달았다. 친구들을 구할 길도, 사일로를 구할 길도 없었다. 그녀는 어깨 너머를 돌아보았다. 이제 그녀는 이 고아들의 어머니가 되어 살게 되리라. 오직 서로에게 폭력을 행사하다가 먼저 가버린 사람들에게 아이들까지 죽일 배짱이 없었기에 살아남은 아이들. 아니, 어쩌면 마음이 없었던 걸지도.

그리고 이제 아이들의 운명은 그녀에게 떨어졌다. 솔로에게도 책임은 있었지만 줄리엣보다는 적었다. 솔로는 그저 그녀가 돌봐야 할 또 한 명의 아이일 수도 있었다.

그들은 서서히 또 한 층을 올라갔고, 솔로도 이제 조금이나마 정신이 돌아왔는지 진전을 보이고 있었다. 하지만 아직도 갈 길은 멀었다.

그들은 화장실에 가려고 중층부에 잠시 멈춰서, 물이 내려가지 않는 빈 변기들을 채웠다. 줄리엣은 어린아이들이 볼일을 보게 도왔다. 아이들은 변기 사용을 좋아하지 않았다. 흙에 누는 편이 더 좋다고 했다. 그녀는 아이들에게 괜찮다고, 이동 중에만 이렇게 하면 된다고 말했다. 솔로가 아파트 한 층의 화장실을 다 망가뜨리고 산 세월에 대해서는 말하지 않았다. 그 때문에 보았던 구름 같은 파리 떼에 대해서도.

식량은 다 먹어치웠지만 물은 많이 있었다. 줄리엣은 56층에 있는 수경재배 농장까지 가서 밤을 보내고 싶었다. 그곳에는 나머지 여행길에 충분할 식량과 물이 있었다. 그녀는 닳아가는 배터리를 의식하며 되풀이해서 무전기를 시험했다. 응답은 없었다. 애초에 어떻게 친구들의 목소리를 들었는지도 이해하지 못했다. 분명히 모든 사일로가 다른 방법을 쓸 텐데, 서로 듣지 못하는 방법을 쓸 텐데. 분명히 워커가 뭔가를 제작했으리라. IT부에 돌아가면 그 방법을 알아낼 수 있을까? 워커나 셜리에게 연락을 할 수 있을까? 확신할 수는 없었다. 루카스에게도 지금 있는 곳에서 기계부와 이야기를 하거나, 그녀를 연결해줄 방법은 없었다. 벌써 열 번도 더 물어본 일이었다.

루카스……

그리고 줄리엣은 기억해냈다.

솔로의 돼지우리 같은 집에 있던 무전기. 루카스가 언젠가 밤에 무슨 말을 했더라? 그들은 늦게까지 대화하고 있었고, 루카스는 좀 더 편한 아래층에서 이야기를 나눌 수 있었으면 좋겠다고 했다. 루카스가 폭동에 대한 최신 정보를 받는 곳이 아래층 아니었던가? 무전기를 통해서였다. 서버실 밑 솔로의 집에 있는, 도무지 열쇠를 찾을 수가 없는 강철 우리에 가둬둔 무전기와 똑같았다.

줄리엣은 몸을 돌려 일행을 마주했다. 다들 발을 멈추고 난간을 잡은 채 그녀를 올려다보았다. 자기 나이를 기억하지 못하는 어린 어머니, 헬레나는 바로 빽빽거리기 시작하는 아기를 달래려고 했다. 그 이름 없는 아기는 올라가는 길의 흔들림을 더 좋아했다.

"난 올라가야겠어." 줄리엣은 모두에게 말하고 솔로를 보았다. "좀 어때요?"

"나요? 난 괜찮아요."

괜찮아 보이지 않았다.

"다들 데리고 올라올 수 있겠어?" 그녀는 릭슨에게 고갯짓을 했다. "넌 괜찮아?"

소년은 턱을 살짝 내렸다. 릭슨의 반항기는 올라오는 길에 허물어진 것 같았다. 특히 화장실 휴식 시간에 더 그랬다. 한편 더 어린 아이들은 사일로의 새로운 부분을 본다는 데 흥분하고, 무서운 일이 일어날까 봐 겁먹지 않고 목소리를 높일 수 있다는 데 신이 난 모양이었다. 이제 어른이라고는 두 명밖에 남지 않았고, 둘 다 별로 나쁜 사람 같지 않다는 걸 이해하는 분위기였다.

"56층에 가면 먹을 것이 있어."

"숫자는⋯⋯." 릭슨은 고개를 저었다. "난 몰라."

당연했다. 릭슨이 살아서 볼 일도 없는 숫자를 헤아릴 이유가 있었겠는가, 여러 가지 면에서.

"솔로가 어딘지 알려줄 거야. 우린 전에도 거기 묵었거든. 좋은 음식이 있어. 통조림도 있고. 솔로?" 그녀는 솔로가 고개를 들고, 멍한 표정이 조금은 사라질 때까지 기다렸다. "난 당신 집으로 돌아가야 해요. 호출해야 할 사람들이 있어요, 알죠? 내 친구들 말이에요. 그 사람들이 괜찮은지 알아내야 해요."

솔로는 고개를 끄덕였다.

"다들 괜찮겠지?" 두고 가기가 싫었지만 어쩔 수 없었다. "내일 다시 내려가도록 할게요. 천천히 올라와요, 알았죠? 집까지 서둘러 돌아갈 필요 없으니까."

그곳을 '집'이라고 부르다니. 그녀도 이미 체념한 걸까?

다들 고개를 끄덕였다. 어린 남자애 하나가 다른 아이의 가방에서 물통을 꺼내어 뚜껑을 돌렸다. 줄리엣은 몸을 돌리고, 다리가 그러지 말라고 애원하는데도 한 번에 두 계단씩 올라가기 시작했다.

어쩌면 해내지 못할 수도 있겠다는 생각이 들었을 때, 줄리엣은 40층대에 있었다. 움직이느라 흘린 땀 때문에 피부가 식고 있었다. 다리는 쑤시고 아픈 정도를 넘어서서, 피곤에 마비된 상태였다. 앞으로 돌진하면서도 다리보다 팔이 더 많은 일을 했다. 찐득거리는 손으로 난간을 잡고, 팔 힘으로 두 계단 더 몸을 끌어 올렸다.

호흡은 거칠었다. 이미 여섯 층 전부터 그랬다. 혹시 물속에서 겪은 시련으로 폐가 손상되었을까. 그런 일이 가능하기는 할까? 그녀의 아버지라면 알 테지만. 그녀는 의사도 없이, 치아는 솔로처럼 누렇게 변해서, 성장하는 아이들을 돌보면서, 그리고 아이들이 좀 더 나이가 들 때까지는 아이를 더 만들지 못하게 막으면서 보내는 여생을 생각했다.

다음 층계참에서, 줄리엣은 산아 제한을 위해 피임기구가 삽입된 엉덩이께를 다시 한번 만져보았다. 17번 사일로를 보니 그런 산아 제한이 이해가 갔다. 이전 삶의 정말 많은 부분이 이해가 갔다. 예전에는 엉망이라고 여겼던 일들에서 이제는 패턴이 보이고, 논리가 보였다. 전신을 보내는 비용, 층과 층 사이의 간격, 하나뿐인 데다가 비좁은 계단, 직업마다 뚜렷하게 알 수 있는 작업복 색깔, 사일로를 구역별로 나누어놓은 것, 번식에 대한 불신……. 다 계획적이었다. 예전에도 이런저런 단서를 보기는 했지만, 이유는 결코 알지 못했다. 이제는 이 텅 빈 사일로가, 이 아이들의 존재가 이유를 말해줬다. 비뚤어진 것들 중에는 똑바로 폈을 때 더 나빠 보이는 것들이 있었다. 엉킨 매듭 중에는 다 풀렸을 때에만 의미가 통하는 것이 있었다.

올라가는 동안 그녀의 생각은 다른 곳으로 흘러갔다. 근육의 아픔을 잊고, 그날 있었던 시련을 더 이상 생각하지 않기 위해서였다. 마침내 30층대에 진입했을 때, 헤매던 생각은 고통의 끝은 아닐지 몰라도 새로운 관점을 선사했다. 그녀는 휴대용 무전기를 전처럼 자주 켜지 않았다. 무전기에서 흘러나오는 잡음에는 변화가 없었고, 이제는 워커에게 연락할 다른 방법이 생각났다. 진작 짜 맞춰 이해했어야 하는, 서버를 우회해서 다른 사일로와 통신하는 방법이었다. 그 방법은 내내 줄리엣과 솔로의 눈앞에 있었다. 그 생각이

틀렸을 수도 있다는 의심이 조금은 남았지만, 그렇지 않고서야 이미 다른 두 가지 수단으로 잠근 무전기를 왜 또 잠갔겠는가? 그 무전기가 극도로 위험하다고 생각해야만 말이 되는 일이었다. 그리고 줄리엣은 그렇기를 바랐다.

녹초가 되어 35층을 밟았다. 몸을 이렇게 혹사해본 적이 없었다. 작은 펌프에 배관을 연결하는 동안에도, 바깥세상을 걸어올 때조차도 이렇지는 않았다. 발을 들어 올리고, 내리고, 다리를 펴고, 팔을 당기고, 또 한 번 몸을 앞으로 내밀어 난간을 잡게 하는 힘이라곤 오직 의지력뿐이었다. 이제는 한 번에 한 계단씩이었다. 발가락이 다음 계단에 부딪쳤다. 부츠를 높이 들어 올릴 수가 없었다. 초록색 비상등 불빛은 시간이 가는 느낌을 주지 않았다. 밤이 왔는지, 언제가 아침인지 전혀 알 수가 없었다. 손목시계가 간절히 그리웠다. 최근에는 시계 대신 식칼만 들고 다녔다. 그녀는 그 변화에 대해, 인생의 매초를 헤아리던 삶에서 매 순간 싸우는 삶으로 넘어왔다는 사실을 생각하고 웃었다.

34층. 강철 격자판 위에 무너져서, 이 사일로에 온 첫날 밤처럼 그저 살아 있다는 사실에 감사하며 몸을 말고 자고 싶은 유혹이 찾아왔다. 그래도 그녀는 문을 당겨 열고, 문을 여는 데 얼마나 힘이 드는지에 놀라면서 다시 문명으로 돌아갔다. 빛. 전기. 열.

그녀는 시야가 좁아진 나머지 눈앞에 빨대를 놓고 보는 것처럼 주위가 흐릿하게 도는 가운데, 비틀거리면서 복도를 걸어갔다.

어깨가 벽을 스쳤다. 걷는 데에도 노력이 필요했다. 오직 루카스에게 호출해서 그 목소리를 듣고 싶은 마음뿐이었다. 그녀는 서버 컴퓨터 뒤에서 헤드폰을 귀에 단단히 대고, 컴퓨터 냉각 팬에서 불어오는 따뜻한 바람을 맞으며 잠드는 상상을 했다. 그녀가 며칠이고 자는 동안 루카스는 멀리 있는 별들에 대해 속삭일 수 있으리라.

하지만 루카스는 기다려도 된다. 루카스는 안전한 곳에 갇혀 있으니까. 그에게 호출할 시간은 얼마든지 있었다.

줄리엣은 대신 보호복 연구실로 방향을 틀었고, 감히 간이침대는 쳐다보지도 못하고 비틀거리며 공구가 있는 벽으로 향했다. 침대에 눈길만 줘도 다음 날 깨어날 것 같았다. 그다음 날이 언제인지도 모르겠지만.

그녀는 볼트 커터를 움켜쥐고 떠나려다가, 돌아가서 큰 망치도 하나 챙겼다. 공구는 무거웠지만, 한 손에 하나씩 팔을 아래로 끌어서 근육을 잡아당기고 몸을 안정시켜주는 느낌이 좋았다.

복도 끝까지 가서 서버실로 통하는 육중한 문을 어깨로 밀었다. 끼익 소리가 나면서 열릴 때까지 몸의 무게를 실었다. 약간이면 충분했다. 그녀가 통과할 만큼만 열리면. 줄리엣은 마비된 근육이 허용하는 한 서둘러서 사다리로 향했다. 발을 끌면서. 최대한 빨리.

격자판은 제자리로 돌아가 있었다. 옆으로 잡아당기고 공구부터 아래로 떨어뜨렸다. 큰 소리가 났다. 상관없었다. 부서질 물건이 아니었다. 그녀는 손이 미끄러워서 턱을 가로대에 걸면서 아래로 내려갔다. 바닥이 생각보다 더 빨리 닿았다.

줄리엣은 바닥에 주저앉아 발을 뻗다가 정강이를 망치에 부딪쳤다. 일어나 앉는 데 엄청난 의지력이, 거의 신적인 힘이 들어갔다. 그래도 그녀는 해냈다.

복도를 걸어서 작은 책상 앞을 지났다. 그곳에 강철 우리와 무전기가, 큰 무전기가 있었다. 줄리엣은 보안관으로 지내던 나날을 떠올렸다. 그녀의 사무실에도 꼭 이렇게 생긴 무전기가 있어서, 만스가 순찰 중일 때 호출하거나, 행크와 마시 부보안관을 부를 때 썼다. 하지만 이 무전기는 달랐다.

그녀는 큰 망치를 내려놓고 볼트 커터 날로 강철 우리의 경첩을 잡았다. 꼭 누르는 동작이 너무 힘들었다. 팔이 흔들렸다. 아니 덜덜 떨렸다.

줄리엣은 몸을 다잡고, 손잡이 한쪽을 목에 대고 쇄골과 어깨로 잡았다. 반대쪽 손잡이는 두 손으로 쥐고 온몸을 끌어당겨서 커터를 끌어안았다. 커터가 눌렸다. 움직임이 느껴졌다.

커다랗게 철컥 소리가 울리고, 금속이 부러지는 턱 소리가 났다. 반대쪽 경첩으로 옮겨 가서 같은 일을 반복했다. 손잡이가 파고들어 쇄골이 아팠다. 경첩이 아니라 쇄골이 부러질 것 같았다.

다시 한번 금속이 부러지는 소리가 났다.

줄리엣은 금속 우리를 붙잡고 당겼다. 설치판에서 경첩이 떨어져 나왔다. 그녀는 탐욕스럽게 상자를 뜯고, 안에 든 물건을 꺼내려 하면서 워커와 그녀의 가족들과 친구들 모두를 생각하고, 배경에서 들리던 사람들의 비명 소리를 생각했다. 싸움을 막아야 했다. 모두가 싸움을 멈추게 해야 했다.

일단 구부러진 강철 우리와 벽 사이에 충분히 틈이 벌어지자, 손가락을 집어넣고 잡아당겨서 앞채를 구부리고, 상자를 벽과 선반에서 멀리 기울여 그 밑에 있는 무전기 전체를 드러냈다. 열쇠가 무슨 필요가 있나. 열쇠 따위. 줄리엣은 강철 우리를 반듯하게 비튼 다음, 앞면을 새로운 경첩으로 삼아 온몸의 무게를 실어 구부렸고 방해되지 않게 치웠다.

무전기 앞에 달린 다이얼이 눈에 익었다. 무전기를 켜려고 다이얼을 돌렸더니 돌아가는 대신 찰칵 소리를 냈다. 줄리엣은 지칠 대로 지쳐서 헉헉거리며 무릎을 꿇었다. 목으로 땀이 비 오듯 흘러내렸다. 전기 스위치는 따로 있었다. 이 스위치를 켜자 스피커에서 잡음이 솟아올라 방 안을 지잉거리는 소리로 채웠다.

다른 다이얼 손잡이. 이게 그녀가 원했던 물건이자 찾았으면 했던 부품이었다. 서버 컴퓨터 뒷면 같은 연결선 아니면 펌프 제어반 같은 딥스위치일지도 모른다고 생각했는데, 손잡이 가장자리를 따라서 작게 숫자가 적혀 있었다. 줄리엣은 지친 몸으로도 미소를 짓고, 눈금을 '18'로 돌렸다. 집으로. 그리고 마이크를 잡고 버튼을 눌렀다.

"워커? 거기 있어요?"

줄리엣은 바닥에 주저앉아서 책상에 등을 기댔다. 눈을 감고, 마이크를 얼굴 앞에 대고, 그대로 잠드는 상상을 할 수도 있었다. 루카스가 했던 말이 이해가 됐다. 이 자세는 편안했다.

그녀는 다시 버튼을 눌렀다. "워커? 셜리? 제발 대답 좀 해요."

무전기가 지직거리며 살아났다.

줄리엣은 눈을 떴다. 손을 떨면서 무전기를 올려다보았다.

누군가의 목소리가 들렸다. "이게 내가 생각하는 그 사람인가?"

워커라기에는 너무 톤이 높았다. 그녀는 이 목소리를 알았다. 어디에서 알았더라? 피곤하고 혼란스러운 상태였다. 그녀는 마이크 버튼을 눌렀다.

"여기는 줄리엣. 그쪽은 누구죠?"

행크였나? 행크일 수도 있다고 생각했다. 행크에게도 무전기가 있었다. 어쩌면 아예 다른 사일로에 연결했을지도 몰랐다. 어쩌면 그녀가 망쳤는지도 몰랐다.

"무전기를 꺼야겠어. 전부 다 꺼. 당장." 그 목소리가 요구했다.

그녀에게 하는 말일까? 줄리엣의 머릿속이 빙빙 돌았다. 몇 명의 목소리가 하나씩 끼어들었다. 잡음이 울렸다. 그녀가 무슨 말이라도 해야 하는 걸까? 당황스러웠다.

"이 주파수로는 교신 금지야. 그런 짓을 하면 청소형이야." 그 목소리가 말했다.

줄리엣의 손이 무릎으로 떨어졌다. 낙담한 나머지 나무 책상에 몸을 축 늘어뜨렸다. 잘 아는 목소리였다.

버나드.

몇 주 동안 이 남자와 이야기하고 싶어 했고, 제발 버나드가 받기를 소리 없이 빌기도 했다. 하지만 지금은 아니었다. 지금은 그에게 할 말이 없었다. 친구들과 이야기하고, 사태를 해결하고 싶었다.

그녀는 무전기를 눌렀다.

"싸움은 그만해." 모든 의지력이 빠져나갔다. 복수하고 싶다는 바람도. 그녀는 그저 세상이 조용해지고, 사람들이 살고 늙어가다가 언젠가는 나무뿌리에 영양분이 되기를 바랄 뿐이었다.

"청소 하니 말인데." 버나드의 목소리가 다시 찍찍거렸다. "내일이면 수많은 청소형 중 첫 번째가 집행될 거야. 네 친구들이 줄지어 갈 준비를 하고 있지. 그리고 첫 번째로 나가게 될 행운의 친구는 누군지 알겠지?"

딸깍 소리가 나고, 지직거리고 바스락거리는 잡음이 뒤따랐다. 줄리엣은 움직이지 않았다. 이미 죽어버린 기분이었다. 마비된 기분이었다. 온몸에서 의지가 빠져나갔다.

"내가 얼마나 놀랐겠어. 괜찮은 남자가, 그것도 내가 믿는 남자가 너한테 오염됐다는 걸 알고 내 기분이 어땠을지 상상해봐."

줄리엣은 주먹으로 마이크를 쳤지만 굳이 입가에 들어 올리지는 않았다. 그저 목소리만 키워서 말했다. "넌 지옥에서 불탈 거야."

"의심할 여지가 있나." 버나드가 대꾸했다. "그때까지는, 내가 네 소지품 같은 물건들을 쥐고 있지. 네 사진이 든 신분증, 작고 예쁜 팔찌, 그리고 전혀 공식적인 물건으로 보이지 않는 결혼반지. 이게 궁금한데⋯⋯."

줄리엣은 신음했다. 어느 한 군데 감각을 느낄 수가 없었다. 스스로의 생각조차 들을 수가 없었다. 그녀는 간신히 마이크를 눌렀지만, 그러기 위해 남겨둔 힘을 모조리 쏟아야 했다.

"뭘 하자는 거야, 이 비열한 새끼야."

마지막 말을 뱉고, 그녀의 머리는 옆으로 기울었다. 온몸이 잠을 갈망했다.

"루카스 이야기지. 날 배신한 놈. 바로 지금 루카스가 가지고 있던 네 물건들을 발견했거든. 루카스가 대체 얼마나 오래 너와 대화를 나눈 거지? 서버실에 들어오기 한참 전부터겠지? 어디, 맞혀봐. 난 그 녀석을 너한테 보낼 거야. 그리고 이제야 겨우 네가 지난번에 어떻게 했는지, 공급부의 멍청이들이 어떻게 도와줬는지 알아냈으니, 장담컨대 네 친구는 절대로 같은 도움을 받지 못할 거야. 루카스의 보호복은 내가 직접 만들 거니까. 바로 내가. 그래야 한다면 밤을 새워서라도 만들지. 그래야 아침에 루카스가 밖으로 나갔을 때, 그 빌어먹을 언덕 근처에도 가지 못할 테니까."

78

18번 사일로

루카스가 죽음을 향해 호송되는 계단으로 아이들 한 무리가 쿵쾅거리며 뛰어 내려왔다. 한 명이 쫓기고 있는지 즐거우면서도 무서워하는 비명을 질렀다. 나선을 그리며 돌아 내려오는 아이들이 가까워지자, 루카스와 피터는 아이들이 지나갈 수 있도록 한쪽 옆으로 몸을 피해야 했다.

피터는 보안관 역할에 충실하게 아이들을 보고 속도를 늦추라고, 조심하라고 외쳤다. 아이들은 키득거리면서 흥분된 하강을 계속했다. 학교가 쉬는 날이었으니 어른들 말을 들을 리 없었다.

루카스는 바깥 난간에 몸을 붙이면서 잠시 유혹을 느꼈다. 훌쩍 뛰기만 하면 자유였다. 스스로 선택한 죽음, 예전에도 기분이 어두워졌을 때 생각해본 적이 있었다.

루카스가 무슨 행동을 할 겨를도 없이 피터가 팔꿈치를 잡고 끌어당겼다. 루카스는 그 우아한 강철봉에 감탄하고, 휘어지고 또 휘어지면서 똑같은 회전을 끝없이 반복하는 계단을 바라보았다. 그는 땅을 관통해 들어가는 계단의 모습을 떠올리고, 나선형으로 꼬인 우주적인 끈 같다고, 온갖 생명이 달라붙는 사일로의 핵심 DNA 같다고 생각했다. 계단의 진동이 루카스에게 전해졌다.

이런 생각들이 죽음을 향해 한 층을 더 올라가는 동안 소용돌이쳤다. 그는 지나가면서 용접 부위를 지켜보았다. 어떤 곳은 다른 곳보다 더 깔끔했다. 어떤 곳은 흉터처럼 잔주름이 잡혀 있었다. 또 어떤 곳은 너무 매끈하게 다듬어놓아서 거의 보지 못하고 지나칠 정도였다. 각각이 용접한 사람의 서명이나 다름없었다. 여기는 자부심이 느껴지는 작업, 저기는 긴 하루 끝에 서두른 작업이었고, 처음으로 일을 배우는 그림자의 작업이 있는가 하면 또 수십 년은 연습을 쌓아서 노련한 직업인의 작업도 있었다.

그는 수갑을 찬 손으로 거친 페인트 위를 쓸었다. 울퉁불퉁하고 주름 잡힌 부분들, 그리고 이 빠진 부분들이 몇 세기에 걸친 덧칠과 시간이나 염료나 페인트값에 따라 달라진 색깔들을 드러냈다. 그 페인트 층을 보니 거의 한 달 동안 들여다본 나무 책상이 떠올랐다. 작은 홈 하나하나가 시간의 흐름을 표시했다. 책상 표면에 그려진 이름 하나하나가 시간을 더 갖고 싶다는 미칠 듯한 욕망, 시간이 자신의 가엾은 영혼을 데려가게 놓아두고 싶지 않다는 욕망을 표시했다.

그들은 오랫동안 말없이 행진했다. 그동안 커다란 짐을 진 운반인 한 명이 지나가고, 죄책감 어린 표정의 젊은 한 쌍이 지나갔다. 서버실 밖으로 나오는 길은 루카스가 지난 몇 주 동안 갈망한 자유와는 전혀 달랐다. 악습이었으며, 수치스러운 행진이었다. 문간에 보이는 얼굴들, 층계참에 보이는 얼굴들, 계단에 보이는 얼굴들이 눈도 깜박이지 않고 멍하니 쳐다보았다. 루카스가 적일까 의심하고 바라보는 친구들의 얼굴들.

그 생각이 맞을지도 몰랐다.

그들은 루카스가 무너져서 치명적인 터부를 입에 담았다고 하겠지만, 지금 루카스는 왜 사람들이 바깥으로 쫓겨나는지 알고 있었다. 그는 바이러스였다. 엉뚱한 말이라도 뱉었다간 그가 아는 사람들을 모두 죽이고 말 것이다. 이것이 줄리엣이 걸어간 길이었고, 이유가 없기도 마찬가지였다. 그는 그녀를 믿었다. 언제나 믿었고, 언제나 그녀가 잘못된 일을 했을 리 없다는 걸 알고 있었다. 하지만 지금은 정말로 이해했다. 그녀는 정말 많은 면에서 그와 비슷했다. 다만 그녀와 달리 그는 살아남지 못할 것이다. 버나드가 그렇게 말했다.

두 사람이 IT부에서 열 층을 올라갔을 때 피터의 무전기가 지직거리더니 말소리가 들렸다. 피터는 루카스의 팔꿈치에서 손을 떼고, 자기를 찾는 호출인지 확인하려고 볼륨을 높였다.

"여기는 줄리엣. 그쪽은 누구죠?"

그 목소리.

루카스의 심장이 살짝 뛰어올랐다가 아주 먼 길을 곤두박질쳤다. 그는 난간에 시선을 고정시키고 귀를 기울였다.

버나드가 응답했고, 다른 무전기는 끄라고 말했다. 피터는 무전기에 손을 뻗어서 소리를 줄였지만 끄지는 않았다. 두 사람의 목소리가 왔다 갔다 하며 그들과 함께 올라갔다. 계단 하나, 단어 하나가 모두 루카스를 괴롭히고 쪼아댔다. 그는 난간을 살피며 다시 한

번 진정한 자유를 생각했다.

난간을 잡고 훌쩍 뛰어오르기만 하면, 긴 비행이 가능했다.

그는 마지못해 무릎을 굽히고 발을 들어 올리는 스스로를 느낄 수 있었다.

무전기로 들리는 목소리 둘이 다퉜다. 그들은 금지된 일들을 말했다. 다른 귀가 듣지 못한다고 생각하고 비밀을 흘리고 있었다.

루카스는 자신이 죽는 장면을 몇 번이고 몇 번이고 보았다. 운명이 난간 너머에서 그를 기다리고 있었다. 그 장면이 어찌나 강력한지, 계단을 오르는 보폭을 무너뜨리고 다리에 영향을 줄 정도였다.

그는 속도를 늦췄고, 피터도 같이 속도를 늦췄다. 두 사람 다 흔들리기 시작했다. 줄리엣과 버나드가 다투는 소리에 귀를 기울이다 보니 계단을 올라야 한다는 확신 자체가 흔들렸다. 루카스의 몸에서 힘이 빠져나갔고, 그는 난간 너머로 뛰어내리지 않기로 결심했다.

두 사람 다 생각을 다시 하고 있었다.

79

17번 사일로

줄리엣은 바닥에 누운 채로 깨어났다. 누군가가 그녀를 흔들고 있었다. 턱수염이 있는 남자였다. 솔로. 그녀는 솔로의 방에서, 솔로의 책상 옆에서 정신을 잃었다.

"우리가 해냈어요." 솔로가 누런 이를 번득이며 말했다. 줄리엣이 기억하는 것보다 상태가 좋아 보였다. 더 생기 있었다. 그녀는 죽은 사람이 된 기분이었다.

죽어버린.

"지금 몇 시죠? 무슨 날?"

그녀는 일어나 앉으려고 했다. 모든 근육이 반으로 찢어지고 끊어져서 피부 아래를 떠다니는 느낌이었다.

솔로가 컴퓨터로 가서 모니터를 켰다. "다른 사람들은 방을 고른 다음에 위쪽 농장으로 갔어요." 솔로는 줄리엣을 돌아보았다. 줄리엣은 관자놀이를 문질렀다. "다른 사람들이 있어요." 솔로는 여전히 새로운 소식이라는 듯이 진지하게 말했다.

줄리엣은 고개를 끄덕였다. 당장 생각할 수 있는 다른 사람은 하나뿐이었다. 꿈이 다시 떠올랐다. 루카스에 대한 꿈, 친구들 모두가 유치장에 갇혀 있고, 어떤 방에서는 그들이 청소를 하든 말든 상관하지 않고 모두에게 입힐 보호복을 준비하는 꿈이었다. 그건 집단 학살이었다. 남은 사람들에게 보내는 신호였다. 그녀는 이 사일로, 17번 사일로 밖에 널려 있던 시체들을 생각했다. 다음에 올 일을 상상하기는 쉬웠다.

"금요일이네요. 아니면 목요일 밤이라고 생각해도 좋고요. 새벽 2시예요." 솔로는 컴퓨터를 보고 말하면서 턱수염을 긁었다. "더 오래 잔 것 같았는데."

"어제는 무슨 날이었죠?" 그녀는 물으면서 고개를 내저었다. 이건 말이 되지 않았다. 다시 물었다. "내가 잠수한 게 무슨 요일이었어요? 압축기를 가져간 날요." 머리가 제대로 돌아가지 않았다.

솔로는 비슷한 생각을 하는 것처럼 그녀를 쳐다보았다. "잠수는 목요일이었어요. 오늘이 내일이에요." 그는 머리를 긁었다. "다시 시작하죠."

"시간이 없어요." 줄리엣은 신음하며 일어서려고 했다. 솔로가 달려오더니 그녀의 팔 아래 손을 넣고 부축해 일으켰다. "보호복 연구실로." 줄리엣의 말에 솔로는 고개를 끄덕였다. 그녀는 솔로 역시, 그녀만큼은 아니지만 상당히 기진맥진한 상태임을 알 수 있었다. 그래도 솔로는 여전히 그녀를 위해서 무엇이든 하려고 했다. 이토록 충직한 누군가가 있다는 사실이 슬펐다.

줄리엣은 앞장서서 좁은 복도를 돌아갔다. 사다리를 오르려니 통증이 한꺼번에 돌아왔다. 그녀는 서버실 바닥으로 기어 나갔고, 솔로가 사다리를 타고 뒤따라 올라와서 그녀를 부축해 일으켰다. 그리고 두 사람은 함께 보호복 연구실로 향했다.

"우리가 가진 열 테이프는 전부 다 필요해요." 그녀는 같이 움직이는 솔로에게 미리 말했다. 그리고 비틀거리면서 서버 컴퓨터 사이를 걷다가 어느 서버에 부딪쳤다. "노란 틀에 감긴 테이프, 보급부에서 가져온 테이프여야 해요. 빨간 틀 말고요."

솔로는 고개를 끄덕였다. "좋은 테이프 말이죠. 압축기에 쓴 것 같은."

"맞아요."

그들은 서버실을 떠나서 발을 끌며 복도를 걸었다. 줄리엣은 모퉁이 저편에서 신이 난 아이들의 고함 소리와 가벼운 발소리를 들을 수 있었다. 이상했다. 마치 유령들의 메아리 같았다. 하지만 정상적인 소리였다. 17번 사일로에 정상적인 무엇인가가 돌아왔다.

보호복 연구실에서 줄리엣은 열 테이프로 솔로를 바쁘게 만들었다. 솔로는 작업대 위에 긴 열 테이프를 펴놓고 가장자리를 겹친 다음 용접기로 지져서 빈틈없이 연결했다.

"적어도 3센티미터는 겹쳐야 해요." 그녀는 솔로가 테이프를 들고 주춤거리는 듯 보이자 그렇게 말했다. 그는 고개를 끄덕였다. 줄리엣은 침대를 흘긋 보고 그 위에 쓰러질까 생각했지만 시간이 없었다. 그녀는 방 안에서 제일 작은 보호복을 잡았다. 그 정도면 이음매가 딱 맞을 수도 있겠다 싶었다. 그녀는 17번 사일로에 들어오느라 힘겹게 몸을 밀어 넣었던 순간을 기억했고, 그런 순간을 반복하고 싶지 않았다.

"보호복 안에 다른 스위치를 달 시간이 없으니 무전기는 없겠네요." 줄리엣은 청소용 보호복을 차근차근 살펴본 후, 고장 나게 되어 있는 부품들을 뜯어내고 보급부에서 쓸어 온 물건들을 뒤져서 더 나은 부품으로 교체했다. 몇 군데는 멀쩡한 열 테이프를 발라서 밀폐시켜야 했다. 워커가 만들어준 보호복처럼 깔끔하고 말쑥해 보이지는 않겠지만, 그래도 루카스가 입을 보호복과는 천양지차이리라. 그녀는 몇 주 동안 골똘히 생각하고, 겉보기보다 약하게 작동하도록 만든 기술에 감탄했던 부품들을 모두 그러모았다. 부품 더미에서 찾아낸 개스킷 하나를 손톱으로 세게 집어서 시험해보았는데 쉽사리 쪼개져버렸다. 그녀는 다른 개스킷을 찾아 부품 더미를 뒤졌다.

"얼마나 오래 걸려요?" 솔로가 시끄럽게 열 테이프를 한 번 더 펴면서 물었다. "하루 있다가 올 건가요? 일주일?"

줄리엣은 작업대에서 고개를 들고 솔로가 일하고 있는 작업대를 보았다. 그에게는 무사하지 못할 수도 있다는 말을 하고 싶지 않았다. 그런 어두운 생각은 혼자만 간직하려고 했다. "돌아올 방법을 찾아낼게요. 우선 난 누군가를 구하러 가야 해요." 거짓말처럼 느껴졌다. 영영 사라질 수도 있다고 말하고 싶었다.

"이걸로요?" 솔로는 열 테이프로 만든 담요를 바스락거렸다.

그녀는 고개를 끄덕였다. "내가 온 곳으로 들어가는 문은 열리지 않아요. 누군가를 청소에 내보낼 때가 아니면 절대 열리지 않죠."

솔로는 고개를 끄덕였다. "여기도 똑같았어요. 미처 돌아갔던 시절에는."

줄리엣은 어리둥절해서 솔로를 쳐다보다가, 솔로의 얼굴에 떠오른 미소를 보았다. 솔로는 농담을 한 것이다. 그녀는 웃을 기분이 아니었지만 웃음을 터뜨렸고, 웃음이 도움이 된다는 사실을 깨달았다.

"여섯 시간 혹은 일곱 시간 후면 그 문이 열릴 거예요. 난 문이 열렸을 때 그 자리에 있고 싶어요."

"그다음에는요?" 솔로는 용접기를 닫고 작업 결과를 확인한 후에 그녀를 쳐다보았다.

"그다음에는 내가 살아 있다는 사실을 어떻게 설명할지 보고 싶네요. 아마……." 그녀는 밀봉을 갈아 끼우고 반대쪽 소매에 손을 대려고 보호복을 뒤집었다. "아마 내 친구들은 울타리 이쪽 편에서 싸우고, 날 여기로 보낸 사람들은 반대편에서 싸우고 있을 거예요. 다른 사람들은 그냥 지켜보고 있고요. 우리 사이로 사람들 대부분은. 누구 편을 들기에는 너무 겁먹고 있어요. 그건 기본적으로 사람들이 상황을 살펴봤다는 뜻이에요."

그녀는 작은 집게를 써서 손목과 장갑을 연결하는 밀봉을 뜯어냈다. 일단 뜯어낸 다음에는 멀쩡한 밀봉 테이프를 찾아 손을 뻗었다.

"이러면 바뀔 거라고 생각해요? 당신 친구를 구하면?"

줄리엣은 고개를 들고 솔로를 찬찬히 살폈다. 솔로는 테이프 연결 작업을 거의 끝낸 상태였다.

"내 친구를 구하는 건 그냥 내 친구를 구하는 거죠. 난 그저 그 울타리 경계에 선 사람들 모두가 청소부가 집에 돌아온 모습을 본다면 옳은 편에 서지 않을까 기대할 뿐이에요. 그렇게 지지 세력이 많아진다면, 총과 싸움은 의미가 없어지지 않을까요."

솔로는 고개를 끄덕였다. 그는 부탁받지 않고도 열 테이프 담요를 접기 시작했다. 이렇게 자발적으로 다음에 필요한 일을 알고 행동하는 모습에 줄리엣은 희망을 느꼈다. 어쩌면 솔로에게도 이 아이들같이 돌봐줄 사람이 필요했을지도 몰랐다. 벌써 열 살은 더 나이가 들어 보였다.

"당신과 다른 아이들을 위해 돌아올게요." 줄리엣은 솔로에게 말했다.

그는 고개를 까딱하고, 잠시 두뇌가 윙 소리를 내며 돌아가는 느낌으로 그녀를 바라보았다. 그러더니 그녀의 작업대로 와서 깔끔하게 접은 담요를 내려놓고 두 번 가볍게 두드렸다. 턱수염 안으로 미소가 휙 스치는가 싶다가 바로 몸을 돌렸다. 그러고는 가렵다는 듯이 뺨을 긁었다.

그런 면에서 그는 아직도 10대 소년이었다. 울기를 부끄러워하는 소년.

루카스에게 남은 마지막 시간 중 거의 네 시간이 3층까지 무거운 장비를 가지고 올라가는 데 쓰였다. 아이들이 도와주기는 했지만, 줄리엣은 맨 위 공기가 걱정스러워서 아이들은 한 층 아래에 멈춰 세웠다. 솔로가 며칠 사이 두 번째로 보호복 입기를 거들었다. 그는 침울한 얼굴로 그녀를 살폈다.

"정말 이래야겠어요?"

그녀는 고개를 끄덕이고 열 테이프로 만든 담요를 받아 들었다. 한 층 아래에서 사내아이들을 조용히 시키는 릭슨의 목소리가 들렸다.

"걱정하지 말아요. 일어날 일은 일어나는 거예요. 그래도 난 시도해봐야 해요."

솔로는 얼굴을 찌푸리고 턱을 긁더니 고개를 끄덕였다. "당신은 원래 당신네 사일로 사람들과 함께 있었죠. 어쨌든 그쪽이 더 행복할지도요."

줄리엣은 손을 뻗어 두꺼운 장갑으로 솔로의 팔을 잡았다. "여기 있다고 비참한 건 아니에요. 아무것도 시도하지 않고 그 사람을 밖에 나가게 둔다면 그건 비참하겠죠."

"이제 겨우 당신이 있는 게 익숙해지기 시작했는데." 솔로는 고개를 옆으로 돌리고, 허리를 굽혀 바닥에 놓여 있던 헬멧을 집었다.

줄리엣은 장갑을 점검하고, 모든 부분이 단단하게 싸여 있는지 확인한 다음에 고개를 들었다. 보호복을 입고 꼭대기까지 올라가기란 혹독한 과제였다. 무서웠다. 그다음에는 보안관실에 쌓인 그 모든 시신을 헤치고 에어록 문을 뚫고 나가야 했다. 헬멧을 받아 들었다. 해야 할 일이라고 확신한다고는 해도 지금부터 하려는 일이 두려운 건 어쩔 수 없었다.

"전부 다 고마워요." 작별 인사 이상의 말을 건네는 느낌이었다. 줄리엣은 버나드가 몇 주 전에 하려고 했던 일에 자진해서 나서고 있을 가능성이 아주 높다는 걸 알고 있었다. 청소는 미뤄졌을 뿐 이제 그녀는 청소를 하러 돌아가려고 했다.

솔로는 고개를 끄덕이고 옆으로 돌아가서 그녀의 등을 확인했다. 벨크로를 토닥이고 깃 부분을 잡아당겨보았다. "좋아요." 그는 갈라지는 목소리로 말했다.

"몸조심해요, 솔로." 그녀는 손을 뻗어 그의 어깨를 두드렸다. 공기를 아끼기 위해 헬멧은 한 층 더 들고 올라가서 쓸 작정이었다.

"지미." 그가 말했다. "이제는 다시 지미로 돌아가야겠어요."

그는 줄리엣을 보고 미소 지었다. 슬프게 고개를 젓기는 했지만, 미소를 지었다.

"이제부터는 혼자가 아닐 테니까요."

80

줄리엣은 에어록 문을 통과해서 경사로를 올라갔다. 주위에 널린 시체를 무시하고, 그저 한 발짝 한 발짝에만 집중하다 보니 제일 힘든 부분이 끝났다. 나머지는 탁 트인 공간과 바윗돌로 여길 수 있었으면 싶은 흩어진 시신들이었다. 길을 찾기는 쉬웠다. 그녀는 정말 오래전에 목표로 삼아서 걸었던, 멀리서 무너져가는 도시를 등지고 반대편으로 걷기 시작했다.

한동안 그 사람들의 집을 공유했던 탓일까, 풍경을 가로지르며 이따금씩 보이는 시체가 예전에 걸어올 때보다 더 슬프고 비극적으로 다가왔다. 줄리엣은 시신을 건드리지 않으려고 조심하고, 마땅히 받아야 할 침통함을 보이며 지나쳤다. 안타까워하는 것 이상으로 해줄 수 있는 일이 있으면 좋으련만.

마침내 시체가 줄어들었고, 그녀와 풍경만 남았다. 바람 부는 언덕을 터벅터벅 올라가는 동안, 미세한 흙 알갱이가 헬멧을 때리는 소리가 묘하게 친숙하고 이상하게 마음을 위로했다. 여기가 그녀가 사는 세상, 그들 모두가 사는 세상이었다. 투명한 헬멧 돔을 통해 최대한 생생하게 풍경을 볼 수 있었다. 빠르게 움직이는 구름은 성난 회색이었다. 비스듬히 몰아친 먼지가 땅을 후려쳤다. 삐죽빼죽한 바위들은 훨씬 커다란 돌에서 떨어져 나온 것 같았다. 아마도 이 언덕들을 만들어낸 기계가 한 일이리라.

언덕마루에 도착한 그녀는 잠시 멈춰 서서 주위 풍경을 받아들였다. 꼭대기에 서자 바람이 맹렬하게 불었다. 그녀는 넘어지지 않도록 신발을 넓게 버티고 서서 앞에 보이는 우묵한 반구와, 그 속에 있는 고향 집의 평평한 지붕을 내려다보았다. 흥분과 두려움이 뒤엉켰다. 낮게 걸린 태양 때문에 멀리 있는 언덕들은 선명하게 보여도, 아래에 있는 센서 탑은 아직 그림자 속에, 여전히 한밤중의 어둠 속에 숨어 있었다. 거기까지 갈 수 있었다. 하지만 언덕을 내려가기 전에, 그녀는 저도 모르게 지평선을 향해 뻗어나가는 우묵한 반구들을 경이로운 눈으로 바라보았다. 사일로 약도와 똑같았다. 똑같은 거리를 두고 흩어진 50개의 분지.

그리고 문득, 수많은 사람들이 근처에서 살아가고 있다는 사실이 갑작스러우면서도 강렬하게 떠올랐다. 살아 있는 사람들. 그녀의 사일로와 솔로의 사일로만이 아닌 다른 사일로들. 아무것도 모르는 사람들이 깨어나서 일터로 가고, 학교에 가고, 어쩌면 청소를 하러 나갈지도 모르는 사일로들.

혹시 같은 시간에 비슷한 보호복을 입고, 전혀 다른 두려움이 몰아치는 마음으로 그 풍경 위에 선 누군가가 또 있지는 않을까 싶어, 그녀는 그 자리에서 한 바퀴 돌며 모든 사일로들을 눈에 담았다. 그들에게 소리를 칠 수 있다면 얼마나 좋을까. 감춰진 센서 모두에 손을 흔들 수 있다면 얼마나 좋을까.

이 높이에서 세상은 다른 규모를 얻고, 다른 크기를 얻었다. 그녀의 목숨은 몇 주 전에 내던져졌고, 그렇게 끝났어야 했다. 그녀의 사일로 앞에 놓인 언덕 사면에서가 아니라면, 17번 사일로의 깊은 물속에서 확실히 끝났어야 했다. 그러나 그렇게 끝나지 않았다. 어쩌면 그 대신 오늘 아침, 여기에서 루카스와 함께 끝날지도 몰랐다. 그녀의 직감이 틀렸다면 저 에어록 안에서 둘이 함께 타버릴 수도 있었다. 아니면 저 언덕 골짜기 속에 누워서 같이 죽어갈 수도 있었다. 밤이 늦도록 이어진 절박한 대화로 가까워졌고, 한 번도 말하거나 인정하지는 않았지만 좌초한 두 영혼 사이의 강렬한 유대감으로 맺어진 한 쌍으로.

줄리엣은 다시는 비밀스럽게 사랑하지 않으리라, 다시는 사랑하지 않으리라 다짐했었다. 그런데 어찌 된 일인지 이번이 더 나빴다. 그녀는 이 사랑을 그에게마저 비밀로 했다. 심지어 그녀 자신에게 조차.

어쩌면 죽음이 가까워서 하는 말일지도 모르고, 모래와 독소로 그녀의 투명한 헬멧을 뒤흔드는 사신 탓일지도 몰랐다. 세상이 얼마나 넓고 다채로운지 보고 나니 그게 무슨 상관이랴 싶었다. 그녀의 사일로는 아마 계속되리라. 다른 사일로들도 확실히 계속 살아갈 테고.

강렬한 바람이 그녀를 후려치며 손에 쥔 열 테이프 담요를 낚아채려 했다. 줄리엣은 몸의 균형을 잡고 정신을 차린 후 집으로 향하는 한결 쉬운 하산길에 나섰다. 정신이 번쩍 드는 풍경과 마음이 슬

퍼지는 높이의 언덕마루 아래로 몸을 낮추고, 잔인하고 신랄한 바람으로부터 벗어났다. 두 언덕이 만나는 골짜기를 따라서, 잘 보이는 곳에 파묻힌 채로 치명적이고 위험하고 피곤한 그녀의 집으로 가는 길을 표시해주는 슬픈 한 쌍을 향해 굽이굽이 나아갔다.

경사로에는 일찍 도착했다. 풍경엔 아무도 없었고, 태양은 여전히 언덕 뒤에 숨어 있었다. 서둘러 경사로를 내려가면서 그녀는 누군가가 센서를 통해 비틀비틀 사일로로 내려가는 그녀를 보았다면 무슨 생각을 했을까 궁금해졌다.

경사로 바닥까지 내려간 그녀는 육중한 강철 문 가까이에 서서 기다렸다. 열 테이프로 만든 담요를 점검해보고, 마음속으로 일련의 과정을 연습했다. 계단을 오르는 동안에도, 미친 꿈속에서도, 또는 바깥 황야를 걸어오면서도 온갖 시나리오를 생각해보았다. 이 방법이라면 통할 거라고 스스로에게 말했다. 기계적인 부분은 믿을 만했다. 아무도 청소에서 살아남지 못한 이유는 오직 도움을 받지 못해서였다. 도구나 자원을 가져올 수 없었기 때문이었다. 그러나 그녀는 가져왔다.

시간이 조금도 흐르지 않은 것 같았다. 섬세하고 소중한 손목시계의 태엽을 깜박 잊고 감지 않았을 때와 비슷했다. 경사로 가장자리에 갇힌 흙이 그녀와 함께 초조하게 옮겨 다녔고, 줄리엣은 혹시 청소가 취소되었고, 그녀 혼자 죽는 게 아닐까 생각했다. 그리고 그 편이 낫다고 생각했다. 그녀는 심호흡을 하면서, 만약에 대비해서 돌아가는 길까지 충분한 공기를 가져올 걸 그랬다고 생각했다. 하지만 실제로 집행되는 청소형에 대한 걱정이 너무 커서, 거기까지는 미처 생각지 못했다.

신경이 고조되고 심장이 질주하는 상태로 한참을 기다린 끝에, 안에서 소리가 들렸다. 톱니바퀴가 긁히는 금속음이었다.

줄리엣은 긴장했다. 팔에 한기가 퍼지고 목구멍이 꽉 죄어들었다. 이제 시작이었다. 그녀는 육중한 문이 가엾은 루카스를 토해낼 준비를 하면서 내는 거대한 삐걱거림에 귀를 기울이며 무게중심을 옮겼다. 열 담요를 일부 펼치고 기다렸다. 모든 일이 너무나 빨리 돌아갈 것이다. 안다. 하지만 해내리라. 아무도 그녀를 막으려 끼어들 수 없었다.

끔찍한 쇳소리와 함께 18번 사일로의 문이 갈라지고, 쉿 소리를 내며 아르곤이 뿜어져 나왔다. 줄리엣은 그 속으로 몸을 기울였다. 아르곤 안개가 그녀를 집어삼켰다. 그녀는 가슴에 안은 담요를 소리 나게 펄럭거리며, 보이지 않는 앞을 더듬더듬 나아갔다. 놀라고 겁먹은 남자와 드잡이질을 하게 될 줄 알고 루카스를 제압해서 담요로 단단히 감싸 안을 준비를 했지만……

문간에는 아무도 없었다. 다가오는 불길의 숙청으로부터 벗어나려고 허우적거리며 빠져나오는 몸뚱이는 없었다.

줄리엣은 거의 에어록 안으로 넘어질 뻔했다. 어두운 계단 꼭대기를 걷어찰 때 같은 저항을 기대했던 몸이 빈 공간을 맞닥뜨린 탓이었다.

아르곤 안개가 걷히고 문이 삐걱거리며 닫히기 시작하자, 그녀는 잠시 청소형이 없을지 모른다는 희망을 느꼈다. 보잘것없는 환상이었다. 에어록 문은 그저 그녀의 귀환을 맞이하려고 열렸을 뿐인지도 모른다, 누군가가 언덕 사면을 내려오는 그녀를 보고, 그녀를 용서하고 모험에 나섰는지도 모른다, 다 잘될 것이다.

하지만 피어오르는 아르곤 안개 속을 볼 수 있게 되자마자 그렇지 않다는 사실이 드러났다. 청소용 보호복을 입은 남자 하나가 에어록 한가운데에 무릎을 꿇고, 허벅지에 두 손을 올린 채로 안쪽 문을 마주하고 있었다.

루카스.

줄리엣은 방 안에 빛무리가 터지고, 화염 분사구가 지글거리는 불빛을 플라스틱에 반사시키는 가운데 그에게 달려갔다. 뒤에서 문이 탁 닫혔다. 두 사람은 안에 갇혔다.

줄리엣은 담요를 흔들어 펴고 그가 볼 수 있게, 그래서 혼자가 아니라는 사실을 알 수 있게 천천히 앞쪽으로 움직였다.

보호복으로도 충격을 감출 수는 없었다. 루카스는 화들짝 놀라서 경계하듯 두 팔을 들어 올렸다. 불길이 쏟아지기 시작하는데도 그랬다.

그녀는 고개를 끄덕였다. 자신은 루카스를 볼 수 없어도, 루카스는 투명한 돔을 통해 그녀의 얼굴을 볼 수 있다는 사실을 알고 있었다. 그리고 마음속으로 천 번은 연습한 대로 빙그르르 돌면서 담요를 그의 머리 위에 펼치고 재빨리 무릎을 굽혀서 같이 담요 밑으로 들어갔다.

열 테이프 아래는 어두웠다. 바깥 온도가 올라가고 있었다. 루카스에게 괜찮을 거라고 외치려 했지만, 헬멧 안에서는 자기 목소리도 알아듣기 어려웠다. 그녀는 담요 가장자리를 무릎과 발아래로 잡아당기고 조금씩 움직여서 단단히 고정시켰다. 그리고 앞으로 손을 뻗어서 그의 발아래로도 담요를 잡아당기고, 등을 완전히 덮어 보호받게 하려고 했다.

　루카스는 그녀가 무엇을 하는지 아는 것 같았다. 장갑 낀 손이 그녀의 팔에 내려앉더니 움직이지 않았다. 그녀는 그가 얼마나 고요하고 차분한지 느낄 수 있었다. 루카스가 그냥 기다리려고 했다니, 청소를 하는 대신 타 죽는 길을 선택했다니 믿을 수가 없었다. 이제까지 그런 선택을 한 사람이 있었는지 기억나지 않았다. 사방이 더워지는 어둠 속에서 한 덩어리가 되어 앉아 있는 동안 그녀는 그 점이 걱정스러웠다.

　불길이 열 테이프 위를 핥고, 몸을 뒤흔드는 바람처럼 확실히 느껴지는 힘으로 담요를 후려쳤다. 온도가 치솟았고, 입술과 이마에 땀이 맺혔다. 라이닝이 훨씬 뛰어난 보호복을 입고도 그랬다. 담요로는 충분하지 않았다. 루카스가 입은 보호복으로는 살아남을 수 없었다. 피부가 뜨거워지기 시작하는데도 그녀는 오직 루카스만을 걱정했다.

　줄리엣의 공포가 전해졌거나, 아니면 그가 열기를 더 심하게 겪는 모양이었다. 그녀의 팔을 잡은 그의 손이 덜덜 떨렸다. 그녀는 문자 그대로 그가 미쳐버리는 순간을 느꼈다. 그가 마음을 바꾸는 순간, 무엇인가가 끓어오르는 순간이었다.

　루카스는 그녀를 밀어냈다. 그가 발을 차면서 기어 나가기 시작하자 두 사람을 보호하던 반구에 눈부신 빛이 흘러들었다.

　줄리엣은 멈추라고 비명을 질렀다. 허둥지둥 쫓아가서 그의 팔을, 다리를, 신발을 잡았지만 그는 발을 걸어차고, 주먹으로 그녀를 때리면서 미친 듯이 빠져나가려고 했다.

　그녀의 머리에서 담요가 떨어지고, 쏟아지는 빛에 눈이 멀 뻔했다. 강렬한 열기가 느껴지면서, 그녀는 헬멧이 퍽 하고 열리는 소리를 듣고, 투명한 돔이 머리 위에서 움푹 꺼지고 우그러지는 걸 볼 수 있었다. 루카스가 보이지 않았다. 만져지지도 않았다. 그저 눈이 멀 듯한 빛을 보고, 이글거리는 열기를 느꼈다. 보호복이 오그라드는 곳마다 몸이 탔다. 그녀는 고통스러운 비명을 지르며 머리 위로 담요를 잡아당겨서 투명한 플라스틱을 덮었다.

그리고 불길은 계속 맹위를 떨쳤다.

그를 느낄 수가 없었다. 볼 수가 없었다. 그를 찾아낼 방법이 없었다. 수많은 칼이 살을 찌르듯 온몸에 수많은 화상 자국이 돋았다. 줄리엣은 얇은 보호막 아래 혼자 앉아서, 끓는 듯한 몸으로 맹렬한 불길을 견디며 뜨거운 눈물을 흘렸다. 울음과 노여움으로 몸이 부들부들 떨렸다. 그녀는 불을 저주하고, 고통을 저주하고, 사일로와 온 세상을 저주했다.

결국에는 흘릴 눈물도 다하고, 연료도 다 타버릴 때까지 그랬다. 끓는 듯한 온도가 델 정도의 온도로 떨어졌다. 그제서야 줄리엣은 김이 피어오르는 담요를 젖힐 수 있었다. 피부에 불이 붙은 느낌이었다. 보호복 안쪽이 닿는 자리마다 화끈거렸다. 허둥지둥 루카스를 찾아 헤맸다. 멀리 볼 필요도 없었다.

그는 문에 기대어 누워 있었다. 보호복은 새까맣게 탔고, 온전히 남은 부분도 얇게 떨어져 나왔다. 헬멧은 아직 그 자리에 남아서 루카스의 젊은 얼굴을 보는 끔찍한 일을 면하게 해주었지만, 헬멧 자체가 녹아서 그녀의 헬멧보다 훨씬 심하게 우그러들었다. 그녀는 시신 가까이 기어가면서 등 뒤의 문이 열리는 것을 알아차렸다. 그들이 오고 있었다. 다 끝났다. 그녀는 실패했다.

줄리엣은 흐느끼다가 보호복과 검은색 내피복이 떨어져 나가면서 드러난 시신을 보았다. 새까맣게 탄 팔이 보였고, 배가 이상하게 부풀어 있었다. 작은, 정말 작고 마른 손도 타버린 채로…….

아니야.

이해가 가지 않았다. 그녀는 다시 눈물이 흘렀다. 김이 피어오르는 장갑 낀 손을 뜨거운 헬멧에 대고 놀라 소리를 질렀다. 분노와 안도감이 뒤엉켰다.

앞에 죽어 있는 이 사람은 루카스가 아니었다.

그녀가 눈물을 흘릴 가치가 없는 남자였다.

81

18번 사일로

이따금 솟구치는 화상의 통증처럼, 의식도 들어왔다가 나갔다.

줄리엣은 피어오르던 안개, 사방에서 쿵쾅거리던 부츠, 오븐 같은 에어록 안에 비스듬히 누워 있던 자신을 기억했다. 그녀는 끈적거리는 헬멧이 녹아서 얼굴 쪽으로 늘어지자 세상도 일그러지는 모양을 지켜보았다. 눈앞에 눈부신 은색 별이 맴돌더니, 흔들거리면서 돔 위에 자리를 잡았다. 피터 빌링스가 헬멧 너머로 그녀를 보고, 불에 덴 그녀의 어깨를 흔들면서 사람들에게 도와달라고 외쳤다.

사람들은 땀방울을 뚝뚝 떨어뜨리면서 그녀를 들어 올려 뜨거운 에어록 밖으로 옮기고, 녹아내린 보호복을 잘라내어 벗겼다.

줄리엣은 자신의 예전 사무실 안을 유령처럼 떠다녔다. 반듯하게 누워서, 몸 아래로 신경질적인 바퀴가 삐걱거리는 소리를 들으며 줄줄이 이어진 강철 창살을 지나치고, 빈 유치장에 든 빈 의자를 지나쳤다.

사람들은 그녀를 들고 빙글빙글 돌아서.

아래로 내려갔다.

깨어났을 때는 심장에서 삐 소리가 났다. 온갖 기계들이 그녀를 점검하고 있었고, 아버지처럼 차려입은 남자가 옆에 있었다.

그 남자가 제일 먼저 그녀가 깨어났음을 알아차렸다. 그는 눈썹을 올리고 미소를 짓더니, 그녀의 어깨 너머에 있는 누군가에게 고개를 끄덕였다.

그곳에 루카스가 있었다. 흐릿한 시야에 너무나 친숙하고 동시에 너무나 낯선 얼굴이 보였다. 그녀의 두 손을 잡은 그의 손을 느낄 수 있었다. 그녀는 그 손이 한동안 그 자리에 있었음을, 루카스가 꽤 오래 그곳에 있었음을 알았다. 그는 울고 웃으면서 그녀의 뺨을 어루만졌다. 줄리엣은 뭐가 그렇게 웃기고, 뭐가 그렇게 슬픈지 알고 싶었다. 그는 그녀가 다시 잠에 빠져드는 동안 그저 고개를 흔들기만 했다.

화상은 심하기만 한 게 아니라 온몸에 퍼져 있었다.

회복의 시간은 진통제의 안개 속으로 미끄러져 들어왔다가 미끄러져 나갔다.

그녀는 루카스를 볼 때마다 사과했다. 모두가 법석을 떨고 있었다. 피터가 왔다. 심층부에서 쪽지가 산더미처럼 왔지만, 아무도 올라오지는 못했다. 그녀의 아버지처럼 차려입은 남자와 어쩐지 어머니가 떠오르는 여자를 제외하면 다른 사람은 아무도 그녀를 만날 수 없었다.

약 기운을 빼자 머리는 금세 맑아졌다.

줄리엣은 깊은 꿈에서 깨어난 기분이었다. 몇 주 동안 이어진 몽롱한 상태로 물에 빠지고, 불에 타고, 바깥에 나가고, 꼭 이 사일로 같은 사일로를 수십 개나 보는 악몽을 꾼 것 같았다. 진통제는 통증을 막아주기도 했지만, 의식도 흐릿하게 만들었다. 다시 제정신을 찾을 수 있다면 아프고 따가운 정도는 상관없었다. 쉬운 거래였다.

"안녕."

그녀는 머리를 옆으로 돌렸다. 루카스가 있었다. 없었던 적이 있었을까. 루카스가 몸을 앞으로 기울이고 그녀의 손을 잡자, 그의 가슴에 있던 담요가 떨어졌다. 루카스는 미소 지었다.

"전보다 나아 보이네요."

줄리엣은 입술을 축였다. 입이 말랐다.

"여기가 어디죠?"

"32층 병동이에요. 걱정 말아요. 뭐 필요한 거 있어요?"

그녀는 고개를 저었다. 움직이고, 다른 사람의 말에 반응할 수 있다니 놀라웠다. 그녀는 그의 손을 잡은 손에 힘을 주려고 했다.

"몸이 화끈거려요." 그녀는 약한 목소리로 말했다.

루카스는 웃음을 터뜨렸다. 그 말을 듣고 안심하는 표정이었다. "그렇겠죠."

그녀는 눈을 깜박이고 그를 쳐다보았다. "32층에 병동이 있어요?" 아까 들은 말이 한 박자 늦게 전해졌다.

루카스는 근엄하게 고개를 끄덕였다. "미안하지만, 여기가 사일로에서 제일 좋은 병동이에요. 그래서 당신을 안전하게 지킬 수 있기도 했죠. 하지만 그 문제는 잊어버려요. 쉬어요. 가서 간호사를 데려올게요."

루카스가 일어서자 무릎에 놓여 있던 두꺼운 책이 의자로 굴러떨어져서 담요와 베개 속에 파묻혔다.

"뭔가 먹을 수 있겠어요?"

그녀는 고개를 끄덕이고, 고개를 돌려 천장과 눈부신 불빛을 마주했다. 전부 다 되돌아왔다. 기억이 따끔거리는 상처들처럼 줄줄이 튀어올랐다.

그녀는 며칠 동안 쪽지들을 읽으며 울었다. 루카스는 옆에 앉아서, 층계참에서 날린 종이비행기처럼 바닥에 흩어진 쪽지들을 모았다. 그는 자기가 한 짓이라는 듯이 울고, 몇 번이고 몇 번이고 사과했다. 줄리엣은 모든 쪽지를 열 번씩 되풀이해 읽으면서 누가 죽었고 누가 아직 이름을 적을 수 있는지 정리하려고 했다. 녹스에 대한 끔찍한 소식을 믿을 수가 없었다. 어떤 것들은 중앙 계단처럼 절대 불변할 듯 보이는 것들이었는데, 그녀는 녹스 때문에 울고 마크 때문에 울었다. 셜리를 보고 싶은 마음이 간절했으나 지금은 만날 수 없다는 말을 들었다.

불이 꺼지면 유령들이 찾아왔다. 줄리엣은 흠뻑 젖은 베개와 눈물이 말라붙은 눈으로 깨어나곤 했고, 루카스는 그녀의 이마를 쓰다듬으며 괜찮다고 했다.

피터는 자주 찾아왔다. 줄리엣은 그에게 몇 번이나 고맙다고 했다. 모두 피터가 한 일이었다. 피터가 선택을 했다. 루카스는 그녀에게 계단에서 있었던 일을 들려주었다. 청소형을 향해 걷다가, 피터의 무전기에서 흘러나온 목소리가 그녀의 생존을 알렸다고 했다.

피터는 위험을 무릅쓰고 그 내용을 들었다. 그리고 루카스와 대화를 나누었다. 더 나빠질 것이 없던 루카스는 금지된 일들을 말했고, 나쁜 바이러스에 대한 이야기를 했다. 그 말에 줄리엣은 감기 바이러스를 말하는 건가 어리둥절해했다. 무전기에서는 항복한 기계부 사람들에 대한 보고가 올라왔다. 버나드는 그들에게 사형을 선고했다.

그리고 피터는 결정해야 했다. 그가 최종 법질서인가, 아니면 그 자리에 그를 앉힌 사람들에게 빚을 진 입장인가? 옳은 일을 할 것인가, 그가 기대하는 일을 할 것인가? 후자를 선택하기가 훨씬 쉬웠지만, 피터 빌링스는 선한 사람이었다.

루카스는 계단에서 피터에게 그렇게 말했다. 운명이 그들을 이 자리에 밀어 넣었지만, 앞으로 하는 행동이 그들을 정의한다고, 그들이 어떤 사람인지를.

루카스는 피터에게 버나드가 한 남자를 살해했다고 말했다. 증거가 있었다. 루카스는 청소형을 받을 만한 일은 아무것도 하지 않았다.

피터는 IT부의 보안 인력은 전부 다 100층 아래에 있다는 점을 지적했다. 상층부에 존재하는 총은 단 한 자루였다. 법질서도 단 하나였다.

피터뿐이었다.

82

몇 주 후, 18번 사일로

세 사람은 회의실에 둘러앉았고, 줄리엣은 레이스처럼 얽힌 흉터 조직이 삐져나오자 붕대를 바로잡았다. 통증을 최소화하기 위해 헐렁한 작업복을 받았지만, 그래도 속에 입은 셔츠가 닿는 곳마다 근질거렸다. 그녀는 푹신한 의자에 앉은 채, 발가락으로 의자를 앞 뒤로 밀었다. 어서 나가고 싶어서 안달이 났다. 하지만 루카스와 피터에게는 의논할 문제들이 있었다. 그들은 중앙 계단 가까이까지 그녀를 데려오더니, 내려보내지는 않고 회의실에 앉혀놓았다. 방해받지 않기 위해서라고 했다. 두 사람의 표정을 보니 불안했다.

한동안은 아무도 말을 하지 않았다. 피터는 자기는 기술자 한 명에게 물을 가져다달라고 말했다는 걸 변명으로 내세웠지만, 물 주전자가 도착하고 물잔이 채워졌어도 손을 뻗는 사람은 없었다. 루카스와 피터는 불안한 눈빛을 교환했다. 줄리엣은 기다리는 데 지쳤다.

"무슨 일이에요? 가도 될까요? 이미 며칠이나 미룬 것 같은데."
그녀는 손목시계를 흘긋 보았다. 시계가 손목에 감은 붕대에서 벗어나도록 팔을 흔들어야 작은 시계 앞면을 볼 수 있었다. 그녀는 탁자 건너편에 앉은 루카스를 보고, 그 걱정스러운 표정에 웃음을 터뜨렸다. "여기에 날 영원히 붙잡아두려는 거예요? 심층부의 모두에게 오늘 밤에 보러 간다고 말했단 말예요."

루카스는 피터를 돌아보았다.

"자요, 두 사람. 이제 털어놔요. 고민이 뭐예요? 의사 선생님은 나보고 아래로 내려가도 괜찮다고 했고, 나도 문제가 있으면 마시와 행크에게 알리겠다고 했잖아요. 지금도 서두르지 않으면 늦을 판이에요."

"좋아요." 루카스가 한숨을 내쉬며 말했다. 마치 피터에게 떠넘기길 포기한 한숨 같았다. "몇 주가 지났는데."

"두 사람 덕분에 몇 달 같았죠." 줄리엣은 손목시계 옆에 붙은 다이얼을 비틀었다. 오래된 습관은 떠난 적도 없었다는 듯 돌아왔다.

"그게……." 루카스는 주먹으로 입을 가리고 기침을 하며 목청을 가다듬었다. "우린 당신에게 온 쪽지를 전부 다 전해줄 수 없었어요." 루카스는 죄책감 어린 표정으로 그녀에게 얼굴을 찌푸려 보였다.

줄리엣의 심장이 쿵 떨어졌다. 그녀는 몸을 앞으로 늘어뜨리고, 기다렸다. 또 다른 이름들이 슬픈 목록 하나에서 다른 슬픈 목록으로 이동하려는 걸까.

루카스가 손바닥을 들어 보였다. "그런 건 아니에요." 그는 줄리엣의 얼굴에 떠오른 걱정을 알아보고 잽싸게 말했다. "세상에, 미

안해요. 그런 게 아니라…….″

"좋은 소식이에요." 피터가 말했다. "축하 쪽지들이죠."

루카스는 피터를 한 번 쏘아보았다. 그 눈빛을 보니 줄리엣은 다르게 받아들일 수도 있는 소식인 듯했다.

"음, 소식이기는 해요." 루카스는 테이블 너머로 그녀를 보았다. 그는 그녀와 마찬가지로 두 손을 포개어 상처투성이 나무 테이블 위에 올려놓았다. 두 사람 다 몇 센티미터만 앞으로 내밀면 서로 손가락을 깍지 낄 수 있을 것 같았다. 몇 주 동안 해본 일이라 자연스럽기도 했다. 하지만 그건 걱정하는 친구들이 병원에서 하는 일이겠지. 줄리엣은 루카스와 피터가 선거에 대해 말하는 동안 이런 생각을 하고 있었다.

"잠깐만. 뭐라고요?" 줄리엣은 마지막 부분만 겨우 알아듣고 눈을 깜박이며 손에서 시선을 올렸다.

"때마침 시기가 그랬어요." 루카스가 설명했다.

"다들 당신 이야기만 하고 있었으니 말이죠." 피터가 말했다.

"앞으로 돌아가서요. 뭐라고 했죠?" 줄리엣이 물었다.

루카스는 심호흡을 했다. "버나드가 경쟁자 없이 출마한 상황이었어요. 버나드를 청소형에 내보내고 나서 선거는 취소됐죠. 하지만 그때 당신의 기적적인 귀환 소식이 퍼졌고, 사람들은 취소된 데 개의치 않고 투표하러 나타나서…….″

"많은 사람들이 그랬죠." 피터가 덧붙였다.

루카스는 고개를 끄덕이고 말을 이었다. "투표율이 상당했어요. 과반수가 넘었죠."

"그래요, 하지만…… 시장이라고요?" 줄리엣은 웃음을 터뜨리고, 손도 대지 않은 물잔 말고는 아무것도 없는 상처투성이 회의 테이블을 둘러보았다. "내가 서명해야 할 서류라도 있는 건 아니겠죠? 이 말도 안 되는 일을 거절할 공식적인 방법이라든가?"

두 남자는 서로 눈빛을 교환했다.

"그게 말이죠." 피터가 말했다.

루카스가 고개를 내저었다. "내가 말했잖아."

"우리는 당신이 수락해주기를 바라고 있었어요."

"내가? 시장직을요?" 줄리엣은 팔짱을 끼고, 아픔을 감내하며 의자에 등을 기댔다. 그리고 웃음을 터뜨렸다. "농담하는 거겠죠. 난 하나도 아는 게 없……."

"알 필요도 없어요." 피터가 몸을 앞으로 내밀면서 말했다. "사무실을 지키고, 악수를 나누고, 서명도 좀 하고, 사람들 기분을 띄워주고……."

루카스는 피터의 팔을 두드리고 고개를 내저었다. 줄리엣은 피부에 번지는 열기를 느꼈다. 화상 흉터와 상처만 더 가려워졌다.

피터가 의자에 다시 등을 기대자 루카스가 말했다. "정리하자면 이래요. 우리에겐 당신이 필요해요. 꼭대기에 권력의 진공이 생겼어요. 피터가 그나마 저 자리에 오래 있었는데, 그게 얼마나 오래인지는 당신도 알죠."

줄리엣은 귀 기울여 듣고 있었다.

"그때 밤마다 나누던 대화 기억해요? 그쪽 사일로가 어떻게 되었는지 말해주던 일은요? 우리가 그런 상황에 얼마나 가까이 갔는지 이해하고 있어요?"

줄리엣은 입술을 씹다가 물잔에 손을 뻗어서 물을 한참 마셨다.

그녀는 유리잔 너머로 루카스를 보며 이어지는 말을 기다렸다.

"우리에겐 기회가 있어요, 줄스. 이 사일로를 유지할 기회가요. 다시……."

그녀는 유리잔을 내려놓고 손을 들어 말을 막았다.

"우리가 정말로 이 일을 실행에 옮긴다면." 그녀는 기대에 찬 두 사람의 얼굴을 차례로 보면서 서늘하게 말했다. "만약 우리가 그렇게 한다면, 그때는 내 방식대로 해요."

피터가 얼굴을 찌푸렸다.

"거짓말은 그만해요. 진실에 기회를 줘봐요."

루카스가 불안한 웃음을 터뜨렸다. 피터는 고개를 저었다.

"내 말 잘 들어봐요." 그녀가 말했다. "미친 소리가 아니에요. 이런 생각을 처음 해본 것도 아니에요. 젠장, 몇 주 동안 생각 말고는 할 수 있는 게 없었죠."

"진실이라고요?" 피터가 물었다.

그녀는 고개를 끄덕였다. "두 사람이 무슨 생각을 하는지 알아요. 우리에게 거짓말이, 두려움이 필요하다고 생각하죠."

피터가 고개를 끄덕였다.

"하지만 우리가 바깥에 놓인 진실보다 더 무서운 거짓을 만들어낼 수 있을까요?" 줄리엣은 지붕 쪽을 가리키고 그 말이 스며들기를 기다렸다. "이 사일로들을 지은 사람들은 우리 모두가 이렇게 살아야 한다고 생각했어요. 함께이기는 하지만 따로따로, 서로의 존재를 모르는 채로요. 하나가 병이 들더라도 다른 이들까지 감염시키지 않도록. 하지만 난 그 팀에서 뛰고 싶지 않아요. 난 그자들이 내세우는 대의에 동의하지 않아요. 난 거부해요."

루카스가 고개를 기울였다. "그렇기는 하지만……."

"그렇다면 우리 대 그자들이죠. 다른 사일로에 사는 사람들, 알지도 못하고 나날의 일을 하는 사람들이 아니라 알고 있는 꼭대기 사람들 말이에요. 18번 사일로는 다를 거예요. 지식을 갖고, 목적을 갖는 거예요. 생각해봐요. 사람들을 조종하는 대신 권한을 주면 안 될 이유가 뭐죠? 사람들에게 우리가 어떤 상황에 봉착해 있는지 알려주자고요. 그걸로 우리의 단합된 의지를 움직여요."

루카스는 눈썹을 들어 올렸다. 피터는 두 손으로 머리를 쓸어 넘겼다.

"둘이서 생각해봐요." 그녀는 테이블에서 몸을 밀어냈다. "천천히 생각해요. 난 가족과 친구들을 보러 갈 거예요. 하지만 함께하지 않는다면, 내가 두 사람에게 반대하는 입장이 될 거예요. 난 이렇게든 저렇게든 진실을 퍼뜨릴 테니까."

그녀는 루카스를 보고 미소 지었다. 대담한 발언이었지만, 루카스는 이 말이 농담이 아닌 줄 알 것이다.

피터가 일어서서 손바닥을 들어 올렸다. "다시 만날 때까지만이라도 성급한 행동은 하지 말아요. 그 정도는 합의할 수 있겠죠?"

줄리엣은 팔짱을 끼고 턱을 내려 고개를 끄덕였다.

"좋아요." 피터는 그렇게 말하고 참았던 숨을 내쉬면서 팔을 떨어뜨렸다.

줄리엣은 루카스에게 고개를 돌렸다. 그는 입술을 오므리고 그녀를 살피고 있었다. 그도 상황을 알고 있었다. 갈 길은 하나뿐이었고, 루카스는 그 점에 죽도록 겁을 먹었다.

피터가 몸을 돌리고 문을 열었다. 그가 루카스를 돌아보았다.

"우리에게 잠시만 시간을 주겠어?" 루카스가 일어나 문 쪽으로 걸어가며 피터에게 물었다.

피터는 고개를 끄덕였다. 그는 몸을 돌리고 줄리엣의 손을 잡아 흔들었다. 줄리엣은 100만 번째로 그에게 고맙다고 말했다. 피터는 가슴팍에 삐딱하게 매달린 보안관 별을 확인한 다음, 회의실을 떠났다.

루카스는 창밖으로 보이지 않도록 방을 가로질러 와 줄리엣의 손을 잡고 문 쪽으로 끌어당겼다.

"농담해요?" 줄리엣이 물었다. "정말로 내가 그냥 그 자리를 받아들일 거라고 생각……?"

루카스는 손바닥을 문에 대고 밀어 닫았다. 줄리엣은 당황해서 루카스를 마주 보았고, 상처를 걱정해서 부드럽게 허리를 감싸는 그의 팔을 느꼈다.

"당신 생각이 맞았어요." 루카스가 속삭였다. 그는 몸을 가까이 기울여, 그녀의 어깨에 머리를 댔다. "난 시간을 끌고 있었어요. 보내기 싫어서."

목에 닿는 그의 숨결이 따뜻했다. 줄리엣은 긴장을 풀었다. 무슨 말을 하려고 했는지도 잊어버렸다. 그녀는 한 팔을 그의 등에 감고, 반대쪽 손으로 그의 목을 감았다. "괜찮아요." 루카스에게 마침내 감정을 인정하는 말을 들으니 마음이 놓였다. 그리고 그녀는 그의 떨림을 느낄 수 있었다. 뚝뚝 끊어지는 숨소리도 들을 수 있었다.

"괜찮아요." 그녀는 뺨을 맞대고, 그를 위로하려고 하면서 다시 속삭였다. "내가 영영 어디로 가는 것도 아니고."

루카스가 몸을 떼어내고 그녀를 보았다. 그는 눈물이 고인 눈으로 그녀의 얼굴을 살폈다. 그의 몸이 떨리기 시작했다. 그의 팔에서도, 등에서도 느낄 수 있었다.

그가 그녀를 바싹 끌어당기고 입술을 겹쳤을 때 비로소 그녀는 그에게서 느껴지던 감정이 두려움이나 공포가 아니었음을 깨달았다. 그것은 긴장이었다.

그녀는 입맞춤 속에서 흐느꼈다. 머리까지 솟구치는 흥분이 의사가 준 약보다 나았다. 루카스의 손이 등을 꽉 잡으면서 일어난 통증을 남김없이 씻어냈다. 그녀는 마지막으로 다른 입술의 감촉을 느껴본 때를 기억할 수 없었다. 그녀는 그에게 한 번 더 입을 맞췄다. 너무 짧게 느껴졌다. 그는 물러서서 그녀의 두 손을 잡고, 불안한 눈으로 창문을 보았다.

"그게…… 어…….'"

"좋았어요." 그녀는 그의 손을 힘주어 잡으며 말했다.

"아무래도…….' 그는 문 쪽으로 턱짓을 했다.

줄리엣은 미소 지었다. "그래요. 그래야겠죠.'"

그는 IT부 현관 로비를 지나서 층계참까지 그녀를 배웅했다. 기술자 한 명이 그녀의 배낭을 가지고 기다리고 있었다. 줄리엣은 루카스가 그녀의 상처를 걱정해서 끈을 두툼하게 덧대어둔 걸 보았다.

"정말 혼자 가도 괜찮겠어요?"

"괜찮을 거예요." 그녀는 귀 뒤로 머리카락을 넘기며 대답했다. 그녀는 가방을 목보다 높이 치켜올렸다. "일주일쯤 있다가 봐요."

"무전을 써도 돼요." 루카스가 말했다.

줄리엣은 소리 내어 웃었다. "알아요."

그녀는 그의 손을 잡고 한 번 힘을 준 다음, 중앙 계단으로 돌아섰다. 지나가던 사람 하나가 그녀에게 고개를 끄덕였다. 분명히 모르는 사람이었지만 그녀도 마주 고개를 끄덕였다. 다른 사람들이 그녀를 보려고 고개를 돌렸다. 그녀는 그 사람들을 지나쳐서 모든 것의 심장부를 구불구불 뚫고 내려가는 거대한 곡선 난간을 붙잡았다. 그 위에서 사람들의 일생이 이어지고 또 이어지는 동안 닳아빠진 디딤판들을 하나로 붙들어준 난간이었다. 그리고 줄리엣은 앞으로 이어질 긴 여행의 첫걸음을 향해 부츠를 들어 올렸다.

"줄리엣!"

루카스가 뒤에서 외쳤다. 그는 당황한 듯 이마를 찌푸리고 층계참을 가로질러 달려왔다. "친구들을 보러 내려가는 줄 알았는데."

줄리엣은 그를 보고 미소 지었다. 운반인 한 명이 루카스가 받을 짐을 지고 지나갔다. 줄리엣이 받을 짐도 최근에 얼마나 많이 지나갔을지 몰랐다.

"가족이 먼저죠." 그녀는 루카스에게 말하고, 진동하는 사일로 중앙을 꿰뚫는 수직 통로를 올려다보며 다음 계단으로 발을 올렸다. "아버지부터 보러 가야겠어요."

에필로그

17번 사일로

"서른둘!"

엘리스는 하얀 입김을 뒤로 길게 끌면서 심층부의 계단을 춤추듯 올라왔다. 어린아이의 서툰 발이 무거운 부츠를 신고 젖은 철을 밟으면서 시끄러운 소리를 냈다.

"서른두 계단이에요, 솔로 아저씨!"

엘리스는 다시 층계참으로 올라오다가, 마지막 계단에 걸려서 손과 무릎을 짚고 넘어졌다. 엘리스는 1분 정도 그대로 고개를 숙인 채 울어도 괜찮을지 생각하는 것 같았다.

솔로는 엘리스가 울음을 터뜨리기를 기다렸다.

그러나 엘리스는 그를 올려다보며 함박웃음으로 괜찮다는 걸 알렸다. 그 웃음 사이로, 흔들리던 이가 빠지고 아직 새 이가 나지 않은 벌어진 틈이 보였다.

"내려가고 있어요." 엘리스는 새 작업복에 두 손을 닦고 그에게 달려갔다. "물이 내려가고 있어요!"

엘리스가 솔로의 엉덩이께에 몸을 던지고 허리를 끌어안자 솔로
는 끙 소리를 냈다. 그는 힘주어 매달리는 아이의 등에 한 팔을 걸
쳤다.

"다 잘될 거예요!"

솔로는 한 손으로 난간을 잡고 예전에 흘린 피가 남긴 발아래 녹
빛 얼룩과 그 기억을 지나쳐서 한참 아래로 내려가고 있는 물속을
바라보았다. 그는 허리춤에 찬 무전기에 손을 뻗었다. 줄리엣이 알
면 정말 기뻐할 것이다.

"네 말이 맞다." 그는 무전기를 꺼내면서 어린 엘리스에게 말했
다. "나도 다 잘될 거라고 생각해……."

옮긴이 **이수현**

서울대학교 인류학과를 졸업하고 동 대학원에서 석사 학위를 받았다. 작가이자 번역가로 활동하며
《빼앗긴 자들》《킨》《체체파리의 비법》《유리와 철의 계절》《새들이 모조리 사라진다면》《아메리카에
어서 오세요》《아득한 내일》《어슐러 K. 르 귄의 말》, '얼음과 불의 노래' 시리즈, '노인의 전쟁' 시리
즈, '다이버전트' 시리즈, '샌드맨' 시리즈, '퍼시 잭슨' 시리즈, '수확자' 시리즈 등 많은 SF와 판타지,
그래픽 노블을 우리말로 옮겼다. 직접 쓴 소설로는 러브크래프트 다시 쓰기 소설 《외계 신장》과 도시
판타지 《서울에 수호신이 있었을 때》가 있다.

울 2

초판 1쇄 발행일 2013년 9월 27일
개정판 1쇄 인쇄일 2023년 4월 10일
개정판 1쇄 발행일 2023년 4월 17일

지은이 휴 하위
옮긴이 이수현

발행인 윤호권
사업총괄 정유한

편집 이원석, 박고운 **디자인** 최초아 **마케팅** 정재영, 윤아림
발행처 ㈜시공사 **주소** 서울시 성동구 상원1길 22, 6-8층(우편번호 04779)
대표전화 02-3486-6877 **팩스(주문)** 02-585-1755
홈페이지 www.sigongsa.com / www.sigongjunior.com

ISBN 979-11-6925-619-3 04840
ISBN 979-11-6925-616-2 (세트)

*시공사는 시공간을 넘는 무한한 콘텐츠 세상을 만듭니다.
*시공사는 더 나은 내일을 함께 만들 여러분의 소중한 의견을 기다립니다.
*잘못 만들어진 책은 구입하신 곳에서 바꾸어드립니다.